光文社文庫

黒衣聖母

探偵くらぶ

芥川龍之介
日下三蔵・編

KOBUNSHA

光

目次

探偵くらぶ

芥川龍之介　黒衣聖母

開化の殺人

下《しも》に掲げるのは、最近予《よ》が本多子爵《ほんだししやく》（仮名）から借覧《しやくらん》する事を得た、故ドクトル・北《きた》畠義一郎《ばたけぎいちろう》（仮名）の遺書である。北畠ドクトルは、よし実名を明《あきらか》にした所で、もう今は知っている人もあるまい。予自身も、本多子爵に親炙《しんしや》して、明治初期の逸事瑣談《いつじさだん》を聞かせて貰《もら》うようになってから、初めてこのドクトルの名を耳にする機会を得た。彼の人物性行は、下の遺書によっても幾分の説明を得《う》るに相違ないが、猶《なお》二三、予が仄聞《そくぶん》した事実をつけ加えて置けば、ドクトルは当時内科の専門医として有名だったと共に、演劇改良に関しても或《ある》急進的意見を持っていた、一種の劇通《げきつう》だったと云《い》う。現に後者に関しては、ドクトル自身の手になった戯曲さえあって、それはヴォルテエルのCandid《カンディッド》の一部を、徳川《とくがわ》時代の出来事として脚色した、二幕物《ふたまくもの》の喜劇だったそうである。

北庭筑波《きたにわつくば》が撮影した写真を見ると、北畠ドクトルは英吉利《イギリス》風の頬鬚《ほおひげ》を蓄えた、容貌魁偉《ようぼうかいい》な紳士である。本多子爵によれば、体格も西洋人を凌《しの》ぐばかりで、少年時代から何をするので も、精力抜群を以《もっ》て知られていたと云う。そう云えば遺書の文字さえ、鄭板橋《ていはんきょう》風《ふう》の奔放《ほんぽう》な字で、その淋漓《りんり》たる墨痕《ぼっこん》の中にも、彼の風貌《ふうぼう》が看取《かんしゅ》されない事もない。

勿論《もちろん》予はこの遺書を公にするに当って、幾多の改竄《かいざん》を施した。譬《たと》えば当時まだ授爵《じゅしゃく》の制がなかったにも関らず、後年《こうねん》の称に従って本多子爵及《およ》び夫人等《とう》の名を用いた如《ごと》きものである。唯《ただ》、その文章の調子に至っては、殆《ほとんど》原文の調子をそっくりその儘《まま》、ひき写したと云っても差支《さしつか》えない。

本多子爵閣下《かっか》、並《ならび》に夫人、

予は予が最期《さいご》に際し、既往《きおう》三年来、常に予が胸底《きょうてい》に蟠《わだかま》れる、呪う可《べ》き秘密を告白し、以て卿等《きょうら》の前に予が醜悪なる心事《しんじ》を暴露せんとす。卿等にして若《も》しこの遺書を読むの後《のち》、猶《なお》卿等の故人たる予の記憶に対し、一片憐憫《いっぺんれんびん》の情を動す事ありとせんか、そは素《もと》より予にとりて、望外の大幸《たいこう》なり。されど又《また》予を目《もく》して、万死《ばんし》の狂徒と做し、当《まさ》に屍《しかばね》を鞭打って後已《や》む可しとするも、予に於《おい》ては毫《ごう》も遺憾《いかん》とする所なし。唯、予が告白せんとする事実の、余りに意想外なるの故《ゆえ》を以て、妄《みだり》に予を誣《し》うるに、神経病患者の名を藉《か》る事勿《なか》れ。予は最近数ケ月に亙《わた》りて、不眠症の為に苦しみつつありと雖《いえど》も、予が意識は明白にして、且《かつ》極めて鋭敏なり。若し卿等にして、予が二十年来の相識《そうしき》たるを想起せんか。（予は敢《あえ》て友人とは称せざる可し。）請《こ》う、予が精神的健康を疑う事勿れ。然《しか》らずんば、予が一生の汚辱《おじょく》を披瀝《ひれき》せんとする此《この》遺書の如きも、結局無用の故紙《こし》たると何の選ぶ所か是《これ》あらん。

閣下、並に夫人、予は過去に於て殺人罪を犯したると共に、将来に於ても亦《また》同一罪悪を犯さんとしたる卑《いやし》む可き危険人物なり。しかもその犯罪が卿等に最も親近なる人物に対して、企画せられたるのみならず、又企画せられんとしたりと云うに至りては、卿等にとりて正《まさ》に意外中の意外たる可し。予は是《ここ》に於て予が警告を再《ふたたび》するの、必要なる所以《ゆえん》を感ぜざる能《あた》わず。予は全然正気にして、予が告白は徹頭徹尾事実なり。卿等幸にそを信ぜよ。而《しこう》して予が生涯の唯一の記念たる、この数枚の遺書をして、空《むな》しく狂人の囈語《げいご》たらしむる事勿れ。

予はこれ以上予の健全を喋々《ちょうちょう》すべき余裕なし。予が生存すべき僅少なる時間は、直下に予を駆りて、予が殺人の動機と実行とを叙し、更に進んで予が殺人後の奇怪なる心境に言及せしめずんば、已まざらんとす。されど、嗚呼《ああ》されど、予は硯《すずり》に呵《か》し紙に臨んで、猶惶々《こうこう》として自ら安からざるものあるを覚ゆ。惟《おも》うに予が過去を点検し記載するは、予にとりて再《ふたたび》過去の生活を営むと、畢竟《ひっきょう》何の差違かあらん。予は殺人の計画を再《ふたたび》し、その実行を再し、更に最近一年間の恐る可《べ》き苦悶を再《ふたたび》せざる可《べか》らず。是《これ》果して善く予の堪え得可き所なりや否や。予は今にして予が数年来失却したる我耶蘇基督《わがヤソキリスト》に祈る。願《ねがわ》くば予に力を与え給《たま》え。

予は少時より予が従妹《じゅうまい》たる今の本多子爵夫人（三人称を以て、呼ぶ事を許せ。）往年の甘《かん》露寺《ろじ》明子《あきこ》を愛したり。予の記憶に遡《さかのぼ》りて、予が明子と偕《とも》にしたる幸福なる時間を列記せんか。そは恐《おそ》らく卿等が卒読《そつどく》の煩《はん》に堪えざる所ならん。されど予はその例証として、今日《こんにち》も猶《なお》予が胸底に歴々たる一場《いちじょう》の光景を語らざるを得ず。予は当時十六歳の少年にして、明子は未《いま》だ十歳の少女なりき。五月某日予等は明子が家の芝生なる藤棚の下《もと》に嬉戯《きぎ》せしが、明子は予に対して、隻脚《せききゃく》にて善く久しく立つを得るや否《いな》と問いぬ。而して予が否と答うるや、彼女は左手を垂れて左の趾《あしゆび》を握り、右手を挙げて均衡を保ちつつ、隻脚にて立つ事、是《これ》を久《ひさ》しゅうしたりき。頭上の紫藤《しとう》は春日《しゅんじつ》の光を揺りて垂れ、藤下《とうか》の明子は凝然《ぎょうぜん》として彫塑《ちょうそ》の如く佇《たたず》めり。予はこの画《え》の如き数分の彼女を今に至って忘るる能わず。私《ひそか》に自ら省《かえり》みて、予が心既に深く彼女を愛せるに驚きしも、実にその藤棚の下に於て然《しか》りしなり。爾来《じらい》予の明子に対する愛は益々《ますます》烈しきを加え、念々《ねんねん》に彼女を想いて、殆《ほとんど》学を廃するに至りしも、予の小心なる、遂《つい》に一語の予が衷心《ちゅうしん》を吐露す可《べ》きものを出《いだ》さず。陰晴定りなき感情の悲天の下に、或《あるい》は泣き、或は笑いて、茫々《ぼうぼう》数年の年月を閲《けみ》せしが、予の二十一歳に達するや、予が父は突然予に命じて、遠く家業たる医学を英京龍動《えいきょうロンドン》に学ばしめぬ。予は訣別に際して、明子に語るに予が愛を以てせんとせしも、厳粛なる予等が家庭は、斯《かか》る機会を与うるに吝《やぶさか》なりしと共に、儒教主義の教育を受けたる予も、亦桑間濮上《そうかんぼくじょう》の譏《そしり》を惧《おそ》れたるを以て、無限の離愁を抱きつつ、孤笈飄然《こきゅうひょうぜん》として英京に去れり。

英吉利《イギリス》留学の三年間、予がハイド・パアクの芝生に立ちて、如何《いか》に故園《こえん》の紫藤花下《かか》なる明子を懐《おも》いしか、或は又予がパルマルの街頭を歩して、如何に天涯の遊子たる予自身を憫《あわれ》みしか、そは茲《ここ》に叙説するの要なかる可し。予は唯、龍動に在るの日、予が所謂《いわゆる》薔薇色の未来の中《うち》に、来《きた》る可き予等の結婚生活を夢想し、以て僅《わずか》に悶々の情を排せしを語れば足る。然り而《しこう》して予の英吉利より帰朝するや、予は明子の既に嫁《か》して第×銀行頭取満村恭平《みつむらきようへい》の妻となりしを知りぬ。予は即座に自殺を決心したれども、予が性来の怯懦《きようだ》と、留学中帰依《きえ》したる基督教《キリスト》の信仰とは、不幸にして予が手を麻痺せしめしを如何《いかん》。卿等にして若《も》し当時の予が、如何《いか》に傷心したるかを知らんとせば、予が帰朝後旬日《じゆんじつ》にして、再《ふたたび》英京に去らんとし、為に予が父の激怒を招きたるの一事を想起せよ。当時の予が心境を以てすれば、実に明子なきの日本は、故国に似て故国にあらず。この故国ならざる故国に止《とどま》って、徒《いたずら》に精神的敗残者たるの生涯を送らんよりは、寧《むしろ》チャイルド・ハロルドの一巻を抱《いだ》いて、遠く万里の孤客《こかく》となり、骨を異域の土に埋《うず》むるの遥《はるか》に慰む可きものあるを信ぜしなり。されど予が身辺の事情は遂に予をして渡英の計画を拋棄せしめ、加之《しかのみならず》予が父の病院内に、一個新帰朝のドクトルとして、多数患者の診療に忙殺さる可き、退屈なる椅子に倚《よ》らしめ了《おわ》りぬ。

是《ここ》に於て予は予の失恋の慰藉《いしや》を神に求めたり。当時築地《つきじ》に在住したる英吉利宣教師ヘンリイ・タウンゼンド氏は、この間に於ける予の忘れ難き友人にして、予の明子に対する愛が、幾多の悪戦苦闘の後、漸次熱烈にしてしかも静平《せいへい》なる肉親的感情に変化したるは、一《いつ》に同氏が予の為に釈義《しやくぎ》したる聖書の数章の結果なりき。予は屢《しばしば》、同氏と神を論じ、神の愛を論じ、更に人間の愛を論じたる後《のち》、半夜行人稀《まれ》なる築地居留地を歩《ほ》して、独《ひと》り予が家に帰りしを記憶す。若《も》し卿等にして予が児女の情あるを哂《わら》わずんば、予は居留地の空なる半輪の月を仰ぎて、私《ひそか》に従妹明子の幸福を神に祈り、感極って歔欷《きよき》せしを語るも善し。

予が愛の新なる転向を得しは、所謂《いわゆる》「あきらめ」の心理を以て、説明す可《べ》きものなりや否や、予は之《これ》を詳《つまびらか》にする勇気と余裕とに乏しけれど、予がこの肉親的愛情によりて、始めて予が心の創痍《そうい》を医《い》し得たるの一事は疑う可《べか》らず。是《これ》を以て帰朝以来、明子夫妻の消息を耳にするを蛇蝎《だかつ》の如く恐れたる予は、今や予がこの肉親的愛情に依頼し、進んで彼等に接近せん事を希望したり。こは予にして若し彼等に幸福なる夫妻を見出さんか、予の慰安の益《ますます》大にして、念頭些《いささか》の苦悶なきに至る可しと、早計にも信じたるが故《ゆえ》のみ。

予はこの信念に動かされし結果、遂《つい》に明治十一年八月三日両国橋畔《りょうごくきょうはん》の大煙火に際し、知人の紹介を機会として、折から校書十数輩と共に柳橋万八《やなぎばしまんぱち》の水楼に在りし、明子の夫満村恭平と、始めて一夕《いっせき》の歓《かん》を倶《とも》にしたり。歓か、歓か、予はその苦と云うの、遥《はるか》に勝れるの所以《ゆえん》を思わざる能わず。予は日記に書して曰《いわく》、「予は明子にして、かの満村某《ぼう》の如き、濫淫《らんいん》の賤貨《せんか》に妻《さい》たるを思えば、殆《ほとんど》一肚皮《いっとひ》の憤怨何の処《ところ》に向って吐かんとするを知らず。神は予に明子を見る事、妹の如くなる可きを教え給《たま》えり。然《しか》り而《しこう》して予が妹を、斯《かか》る禽獣《きんじゅう》の手に委《い》せしめ給いしは、何ぞや。予は最早《もはや》、この残酷にして奸譎《かんけつ》なる神の悪戯《あくぎ》に堪うる能わず。誰《たれ》か善くその妻と妹とを強人《ごうじん》の為に凌辱せられ、しかも猶天を仰いで神の御名を称《とな》う可きものあらん。予は今後断じて神に依《よ》らず、予自身の手を以て、予が妹明子をこの色鬼《しきき》の手より救助す可し。」

予はこの遺書を認《したた》むるに臨み、再《ふたたび》当時の呪う可き光景の、眼前に彷彿するを禁ずる能わず。かの蒼然たる水靄《すいあい》と、かの万点《ばんてん》の紅灯《こうとう》と、而《しこう》してかの隊々相銜《あいふく》んで、尽くる所を知らざる画舫《がぼう》の列と――嗚呼、予は終生その夜、その半空に仰ぎたる煙火の明滅を記憶すると共に、右に大妓《たいぎ》を擁し、左に雛妓《すうぎ》を従え、猥褻聞くに堪えざるの俚歌《りか》を高吟《こうぎん》しつつ、傲然として涼棚《すずみだな》の上に酣酔《かんすい》したる、かの肥大豕《いのこ》の如き満村恭平をも記憶す可し。否《いな》、否、彼の黒絽《くろろ》の羽織に抱明姜《だきみようが》の三つ紋ありしさえ、今に至って予は忘却する能わざるなり。予は信ず、予が彼を殺害せんとするの意志を抱きしは、実にこの水楼煙火を見しの夕《ゆうべ》に始る事を。又信ず、予が殺人の動機なるものは、その発生の当初より、断じて単なる嫉妬の情にあらずして、寧《むしろ》不義を懲《こら》し不正を除かんとする道徳的憤激に存せし事を。

爾来《じらい》予は心を潜めて、満村恭平の行状に注目し、その果《はた》して予が一夕の観察に悖《もと》らざる痴漢なりや否やを検査したり。幸《さいわい》にして予が知人中、新聞記者を業《ぎよう》とするもの、啻《ただ》に二三子《し》に止《とどま》らざりしを以て、彼が淫虐無道《いんぎやくむどう》の行跡《ぎようせき》の如きも、その予が視聴に入《い》らざるものは絶無なりしと云うも妨げざる可し。予が先輩にして且《かつ》知人たる成島柳北《なるしまりゆうほく》先生より、彼が西京《さいきよう》祇園《ぎおん》の妓楼《ぎろう》に、雛妓の未春《いまだしゆん》を懐《いだ》かざるものを梳櫳《そろう》して、以て死に到らしめしを仄聞せしも、実に此《この》間の事に属す。しかもこの無頼《ぶらい》の夫にして、夙《つと》に温良貞淑《おんりようていしゆく》の称ある夫人明子を遇するや、奴婢《ぬひ》と一般なりと云うに至っては、誰《たれ》か善く彼を目して、人間の疫癘《えきれい》と做《な》さざるを得んや。既に彼を存するの風《ふう》を頽《おと》し俗を濫《みだ》る所以《ゆえん》なるを知り、彼を除くの老を扶《たす》け幼を憐む所以なるを知《し》る。是《ここ》に於て予が殺害の意志たりしものは、徐《おもむろ》に殺害の計画と変化し来《きた》れり。

然《しか》れども若《も》し是《これ》に止《とど》らんか、予は恐らく予が殺人の計画を実行するに、猶《なお》幾多の逡巡なきを得《え》ざりしならん。幸か、抑亦《そもまた》不幸か、運命はこの危険なる時期に際して、予を予が年少の友たる本多子爵と、一夜墨上《ぼくじょう》の旗亭柏屋《かしわや》に会せしめ以て酒間《しゅかん》その口より一場《いちじょう》の哀話《あいわ》を語らしめたり。予はこの時に至って、始めて本多子爵と明子とが、既に許嫁《いいなずけ》の約ありしにも関らず、彼、満村恭平が黄金の威に圧せられて、遂《つい》に破約の已《や》む無きに至りしを知りぬ。予が心、豈《あに》憤を加えざらんや。かの酒灯一穂《しゅとういっすい》、画楼簾裡《がろうれんり》に暗淡たるの処《ところ》、本多子爵と予とが杯を含んで、満村を痛罵せし当時を思えば、予は今に至って自ら肉動くの感なきを得ず。されど同時に又、当夜人力車に乗じて、柏屋より帰るの途《と》、本多子爵と明子との旧契を思いて、一種名状す可《べか》らざる悲哀を感ぜしも、予は猶明《あきらか》に記憶する所なり。請う、再び予が日記を引用するを許せ。「予は今夕《こんせき》本多子爵と会《かい》してより、愈《いよいよ》旬日の間に満村恭平を殺害す可《べ》しと決心したり。子爵の口吻《こうふん》より察するに、彼と明子とは、独り許嫁の約ありしのみならず、又実に相愛の情を抱きたるものの如し。（予は今日《こんにち》にして、子爵の独身生活の理由を発見し得たるを覚ゆ。）若し予にして満村を殺害せんか、子爵と明子とが伉儷《こうれい》を完《まっと》うせんは、必《かならず》しも難事にあらず。偶《たまたま》明子の満村に嫁《か》して、未《いまだ》一児を挙げざるは、恰《あたか》も天意亦《また》予が計画を扶くるに似たるの観あり。予はかの獣心の巨紳を殺害するの結果、予の親愛なる子爵と明子とが、早晩幸福なる生活に入《い》らんとするを思い、自ら口辺の微笑を禁ずる事能わず。」

　今や予が殺人の計画は、一転して殺人の実行に移らんとす。予は幾度《いくたび》か周密なる思慮を重ねたるの後《のち》、漸《ようや》くにして満村を殺害す可き適当なる場所と手段とを選定したり。その何処《いずこ》にして何なりしかは、敢《あえ》て詳細なる叙述を試みるの要なかる可し。卿等にして猶明治十二年六月十二日、独逸《ドイツ》皇孫殿下が新富座《しんとみざ》に於て日本劇を見給いしの夜、彼、満村恭平が同《どう》戯場《ぎじょう》よりその自邸に帰らんとするの途次《とじ》、馬車中に於て突如病死したる事実を記憶せんか、予は新富座に於て満村の血色宜《よろ》しからざる由を説き、これに所持の丸薬の服用を勧誘したる、一個壮年のドクトルありしを語れば足る。嗚呼《ああ》、卿等請う、そのドクトルの面《おもて》を想像せよ。彼は纍々たる紅球灯の光を浴びて、新富座の木戸口に佇みつつ、霖雨《りんう》の中《なか》に奔馳《ほんち》し去る満村の馬車を目送するや、昨日《さくじつ》の憤怨、今日《こんにち》の歓喜、均《ひと》しく胸中に蝟集《いしゅう》し来り、笑声《しょうせい》嗚咽《おえつ》共に脣頭《しんとう》に溢れんとして、殆《ほとん》ど、処の何処《いずこ》たる、時の何時《なんどき》たるを忘却したりき。しかもその彼が且《かつ》泣き且笑いつつ、蕭雨《しょうう》を犯し泥濘《でいねい》を踏んで、狂せる如く帰途に就きしの時、彼の呟いて止《や》めざりしものは明子の名なりしをも忘るる事勿れ。――「予は終夜眠らずして、予が書斎を徘徊《はいかい》したり。歓喜か、悲哀か、予はそを明《あきらか》にする能わず。唯、或《ある》云い難き強烈なる感情は、予の全身を支配して、一霎時《いっそうじ》たりと雖《いえど》も、予をして安坐せざらしむるを如何《いかん》。予が卓上には三鞭酒《シャンパン》あり、薔薇の花あり。而《しこう》して又かの丸薬の箱あり。予は殆《ほとん》ど、天使と悪魔とを左右にして、奇怪なる饗宴を開きしが如《ごと》くなりき……。」

　予は爾来数ケ月の如く、幸福なる日子を閲《けみ》せし事あらず。満村の死因は警察医によりて、予の予想と寸分の相違もなく、脳出血の病名を与えられ、即刻地下六尺の暗黒に、腐肉を虫蛆《ちゆうそ》の食としたるが如し。既に然《しか》り、誰《たれ》か又予を目して、殺人犯の嫌疑ありと做《な》すものあらん。しかも仄聞する所によれば、明子はその良人《おっと》の死に依りて、始めて蘇色ありと云うにあらずや。予は満面の喜色を以て予の患者を診察し、閑《ひま》あれば即《すなわち》本多子爵と共に、好んで劇を新富座に見たり。是《これ》全く予にとりては、予が最後の勝利を博せし、光栄ある戦場として、屢《しばしば》その花瓦斯《はなガス》とその掛毛氈《かけもうせん》とを眺めんとする、不思議なる欲望を感ぜしが為のみ。

然れどもこは真に、数ケ月の間なりき。この幸福なる数ケ月の経過すると共に、予は漸次予が生涯中最も憎む可き誘惑《ゆうわく》と闘う可《べ》き運命に接近しぬ。その闘の如何《いか》に酷烈を極めたるか、如何に歩々《ほほ》予を死地に駆逐したるか。予は到底茲《ここ》に叙説するの勇気なし。否、この遺書を認めつつある現在さえも、予は猶《なお》この水蛇《パイドラ》の如き誘惑と、死を以て闘わざる可《べか》らず。卿等にして若《も》し予が煩悶の跡を見んと欲せば、請う、以下に抄録せんとする予が日記を一瞥《いちべつ》せよ。

「十月×日、明子、子なきの故を以て満村家を去る由、予は近日本多子爵と共に、六年ぶりにて彼女と会見す可し。帰朝以来、始《はじめ》予は彼女を見るの己《おのれ》の為に忍びず、後は彼女を見るの彼女の為に忍びずして、遂に荏苒今日《じんぜんこんにち》に及べり。明子の明眸《めいぼう》、猶六年以前の如くなる可きや否や。

「十月×日、予は今日《こんにち》本多子爵を訪れ、始めて共に明子の家に赴かんとしぬ。然るに豈計《あにはか》らんや、子爵は予に先立ちて、既に彼女を見る事両三度なりと云わんには。子爵の予を疎外する、何ぞ斯《か》くの如く甚《はなは》だしきや。予は甚しく不快を感じたるを以て、辞《じ》を患者の診察に託し、匇惶《そうこう》として子爵の家を辞したり。子爵は恐らく予の去りし後、単身明子を訪れしならんか。

「十一月×日、予は本多子爵と共に、明子を訪《と》いぬ。明子は容色の幾分を減却したれども、猶紫藤花下に立ちし当年の少女を髣髴《ほうふつ》するは、未《いまだ》必しも難事にあらず。嗚呼予は既に明子を見たり。而《しこう》して予が胸中、反《かえ》って止む可らざる悲哀を感ずるは何ぞ。予はその理由を知らざるに苦《くるし》む。

「十二月×日、子爵は明子と結婚する意志あるものの如し。斯くして予が明子の夫を殺害したる目的は、始めて完成の域に達するを得ん。されど――されど、予は予が再《ふたたび》明子を失いつつあるが如き、異様なる苦痛を免るる事能わず。

「三月×日、子爵と明子との結婚式は、今年《こんねん》年末を期して、挙行せらるべしと云う。予はその一日《いちじつ》も速《すみやか》ならん事を祈る。現状に於ては、予は永久にこの止み難き苦痛を脱離する能わざる可《べ》し。

「六月十二日、予は独り新富座に赴けり。去年今月今日《こんにち》、予が手に仆《たお》れたる犠牲を思えば、予は観劇中も自《おのずか》ら会心の微笑を禁ぜざりき。されど同座より帰途予がふと予の殺人の動機に想到するや、予は殆帰趣を失いたるかの感に打たれたり。嗚呼、予は誰の為に満村恭平を殺せしか。本多子爵の為か、明子の為か、抑《そ》も亦《また》予自身の為か。こは予も亦答うる能わざるを如何《いかん》。

「七月×日、予は子爵と明子と共に、今夕《こんせき》馬車を駆って、隅田川《すみだがわ》の流灯会を見物せり。馬車の窓より洩るる灯光に、明子の明眸の更に美しかりしは、始《はじめ》予をして傍に子爵あるを忘れしめぬ。されどそは予が語らんとする所にあらず、予は馬車中子爵の胃痛を訴うるや、手にポケットを捜りて、丸薬の函を得たり。而《しこう》してその「かの丸薬」なるに一驚《いっきょう》したり。予は何が故に今宵この丸薬を携えたるか。偶然か、予は切にその偶然ならん事を庶幾《こいねが》う。されどそは必ずしも偶然にはあらざりしものの如し。

「八月×日、予は子爵と明子と共に、予が家に晩餐を共にしたり。しかも予は始終、予がポケットの底なるかの丸薬を忘るる事能わず。予の心は、殆《ほとんど》予自身にとりても、不可解なる怪物を蔵するに似たり。

「十一月×日、子爵は遂に明子と結婚式を挙げたり。予は予自身に対して、名状し難き憤怒を感ぜざるを得ず。その憤怒たるや、恰《あたか》も一度遁走《ひとたびとんそう》せし兵士が、自己の怯懦に対して感ずる羞恥の情に似たるが如し。

「十二月×日、予は子爵の請《こい》に応じて、之《これ》をその病床に見たり。明子亦傍にありて、夜来発熱甚しと云う。予は診察の後《のち》、その感冒に過ぎざるを云いて、直《ただち》に家へ帰り、子爵の為に自《みずか》ら調剤しぬ。その間二時間、「かの丸薬」の函は始終予に恐る可き誘惑を持続したり。

「十二月×日、予は昨夜子爵を殺害せる悪夢に脅《おびやか》されたり。終日胸中の不快を排し難し。

「二月×日、嗚呼《ああ》予は今にして始めて知る、予が子爵を殺害せざらんが為には、予自身を殺害せざる可《べか》らざるを。されど明子は如何。」

子爵閣下、並《ならび》に夫人、こは予が日記の大略なり。大略なりと雖《いえど》も、予が連日連夜の苦悶は、卿等必ずや善く了解せん。予は本多子爵を殺さざらんが為に、本多子爵を殺さんか、予は予が満村恭平を屠《ほふ》りされど予にして若《も》し予自身を救わんが為に、本多子爵を殺さんか、予は予が満村恭平を屠《ほふ》りし理由を如何《いかん》の地にか求む可けん。若し又彼を毒殺したる理由にして、予の自覚せざる利己主義に伏在したるものと做《な》さんか、予の人格、予の良心、予の道徳、予の主張は、すべて地を払って消滅す可し。是素《これもと》より予の善く忍び得る所にあらず。予は寧《むしろ》、予自身を殺すの、遥に予が精神的破産に勝れるを信ずるものなり。故に予は予が人格を樹立せんが為に、今宵「かの丸薬」の函によりて、嘗《かつ》て予が手に僵《たお》れたる犠牲と、同一運命を担わんとす。

本多子爵閣下、並に夫人、予は如上《にょじょう》の理由の下に、卿等がこの遺書を手にするの時、既に死体となりて、予が寝台に横わらん。唯、死に際して、縷々《るる》予が呪う可《べ》き半生の秘密を告白したるは、亦《また》以て卿等の為に聊《いささか》自《みずか》ら潔《いさぎよく》せんと欲するが為のみ。卿等にして若《も》し憎む可くんば、即ち憎み、憐む可くんば、即ち憐め。予は――自ら憎み、自ら憐める予は、悦んで卿等の憎悪と憐憫とを蒙《こうむ》る可し。さらば予は筆を擱《お》いて、予が馬車を命じ、直《ただち》に新富座に赴かん。而《しこう》して半日の観劇を終りたる後《のち》、予は「かの丸薬」の幾粒《いくりゅう》を口に啣《ふく》みて、再《ふたたび》予が馬車に投ぜん。節物《せつぶつ》は素より異れども、紛紛たる細雨は、予をして幸《さいわい》に黄梅雨《こうばいう》の天を彷彿せしむ。斯《か》くして予はかの肥大豕に似たる満村恭平の如く、車窓の外に往来する灯火の光を見、車蓋《しゃがい》の上に蕭々《しょうしょう》たる夜雨《やう》の音を聞きつつ、新富座を去る事甚《はなはだ》遠からずして、必《かならず》予が最期の息を呼吸す可し。卿等亦明日《みょうにち》の新聞を飜《ひるがえ》すの時、恐らくは予が遺書を得るに先立って、ドクトル北畠義一郎が脳出血病を以て、観劇の帰途、馬車内に頓死《とんし》せしの一項を読まんか。終《おわり》に臨んで予は切《せつ》に卿等が幸福と健在とを祈る。卿等に常に忠実なる僕《しもべ》、北畠義一郎拝。

この小説を中央公論で発表した当時、自分に手紙をよこして、Pall Mall はペルメルと発音すべきだと注意してくれた人がいる。が、自分はやはり外《ほか》に Pell Mell と云う語がある以上、これはパルマルとした方がよかろうと思う。又この小説を見た人が自分は Pall Mall の発音も知らないかと思って、再度手紙など貰うと厄介だから、一言書き加える事にした。

開化の良人

何時《いつ》ぞや上野《うえの》の博物館で、明治初期の文明に関する展覧会が開かれていた時の事である。或《ある》曇った日の午後、私《わたくし》はその展覧会の各室を一一《いちいち》丁寧に見て歩いて、漸《ようや》く当時の版画が陳列されている、最後の一室へはいった時、そこの硝子《ガラス》戸棚の前に立って、古ぼけた何枚かの銅版画を眺めている一人の紳士《しんし》が眼にはいった。紳士は背のすらりとした、どこか花車《きやしや》な所のある老人で、折目の正しい黒ずくめの洋服に、上品な山高帽《やまたかぼう》をかぶっていた。私はこの姿を一目見ると、すぐにそれが四五日前に、或《ある》会合の席上で紹介された本多子爵《ほんだししやく》だと云《い》う事に気がついた。が、近づきになって間もない私も、子爵の交際嫌いな性質は、以前からよく承知していたから、咄嗟《とつさ》の間《ま》、側へ行って挨拶《あいさつ》したものかどうかを決しかねた。すると本多子爵は、私の足音が耳にはいったものと見えて、徐《おもむろ》にこちらを振返ったが、やがてその半白《はんぱく》な髭に掩《おお》われた脣《くちびる》に、ちらりと微笑の影が動くと、心もち山高帽を持ち上げながら、「やあ」と柔《やさ》しい声で会釈《えしやく》をした。私はかすかな心の寛《くつろ》ぎを感じて、無言の儘《まま》、丁寧にその会釈を返しながら、そっと子爵の側《そば》へ歩を移した。

本多子爵は壮年時代の美貌《びぼう》が、まだ暮方《くれがた》の光《ひかり》の如く肉の落ちた顔のどこかに、漂《ただよ》っている種類の人であった。が、同時に又《また》その顔には、貴族階級には珍らしい、心の底にある苦労の反映が、もの思わしげな陰影を落していた。私は先達《せんだつ》ても今日の通り、唯一色《ただひといろ》の黒の中に懶《ものう》い光を放っている、大きな真珠のネクタイピンを、子爵その人の心のように眺めたと云う記憶があった。

「どうです、この銅版画は。築地《つきじ》居留地の図――ですか。図どりが中中《なかなか》巧妙じゃありませんか。その上明暗も相当に面白く出来ているようです。」

子爵は小声でこう云いながら、細い杖の銀の握りで、硝子戸棚の中の絵をさし示した。私は頷《うなず》いた。雲母《きらら》のような波を刻んでいる東京湾、いろいろな旗を飜《ひるがえ》した蒸気船、往来を歩いて行く西洋の男女の姿、それから洋館の空に枝をのばしている、広重《ひろしげ》めいた松の立木《たちき》――そこには取材と手法とに共通した、一種の和洋折衷《せっちゅう》が、明治初期の芸術に特有な、美しい調和を示していた。この調和はそれ以来、永久に我我《われわれ》の芸術から失われた。いや、我我が生活する東京からも失われた。私が再び頷きながら、この築地居留地の図は、独《ひと》り銅版画として興味があるばかりでなく、牡丹《ぼたん》に唐獅子《からじし》の絵を描いた相乗《あいのり》の人力車《じんりきしゃ》や、硝子取りの芸者の写真が開化《かいか》を誇り合った時代を思い出させるので、一層懐《いっそうなつか》しみがあると云った。子爵はやはり微笑を浮べながら、私の言《ことば》を聞いていたが、静《しずか》にその硝子戸棚の前を去って、隣のそれに並べてある大蘇芳年《たいそよしとし》の浮世絵の方へ、ゆっくりした歩調で歩みよると、

「じゃこの芳年をごらんなさい。洋服を着た菊五郎《きくごろう》と銀杏返《いちょうがえ》しの半四郎《はんしろう》とが、火入《ひい》りの月の

下で愁嘆場《しゅうたんば》を出している所です。これを見ると一層あの時代が、——あの江戸とも東京ともつかない夜と昼とを一つにしたような時代が、ありありと眼の前に浮んで来るようじゃありませんか。」

私は本多子爵が、今でこそ交際嫌いで通っているが、その頃は洋行《ようこう》帰りの才子《さいし》として官界のみならず民間にも、屢《しばしば》声名を謳《うた》われたと云う噂《うわさ》の端《はし》も聞いていた。だから今、この人気《ひとけ》の少い陳列室で、硝子《ガラス》戸棚の中にある当時の版画に囲まれながら、こう云う子爵の言《ことば》を耳にするのは、元《もと》より当然すぎる程《ほど》、ふさわしく思われる事であった。が、一方では又その当然すぎる事が、多少の反撥《はんぱつ》を私の心に与えたので、私は子爵の言《ことば》が終ると共に、話題を当時から引き離して、一般的な浮世絵の発達へ運ぼうと思っていた。しかし本多子爵は更《さら》に杖の銀の握りで、芳年の浮世絵を一つ一つさし示しながら、不相変《あいかわらず》低い声で、

「殊《こと》に私《わたし》などはこう云う版画を眺めていると、三四十年前のあの時代が、まだ昨日のような心もちがして、今でも新聞をひろげて見たら、鹿鳴館《ろくめいかん》の舞踏会の記事が出ていそうな気がするのです。実を云うとさっきこの陳列室へはいった時から、もう私はあの時代の人間がみんな又生き返って、我我《われわれ》の眼にこそ見えないが、そこにもここにも歩いている。——そうしてその幽霊が時時《ときどき》我我の耳へ口をつけて、そっと昔の話を囁《ささや》いてくれる。——そんな怪しげな考《かんがえ》がどうしても念頭を離れないのです。殊に今の洋服を着た菊五郎などは、余《あま》りよく私の友だちに似ているので、あの似顔絵の前に立った時には、殆《ほとん》ど久闊《きゅうかつ》を叙《じょ》したい位《くらい》、半

ば気味の悪い懐《なつか》しささえ感じました。どうです。御嫌でなかったら、その友だちの話でも聞いて頂くとしましょうか。」

本多子爵はわざと眼を外《そ》らせながら、私《わたくし》の気をかねるように、落ち着かない調子でこう云った。私は先達《せんだって》子爵と会った時に、紹介の労を執《と》った私の友人が、「この男は小説家ですから、何か面白い話があった時には、聞かせてやって下さい。」と頼んだのを思い出した。又、それがないにしても、その時にはもう私も、何時《いつ》か子爵の懐古的な詠歎《えいたん》に釣りこまれて、出来るなら今にも子爵と二人で、過去の霧の中に隠れている「一等煉瓦《れんが》」の繁華な市街へ、馬車を駆りたいとさえ思っていた。そこで私は頭を下げながら、喜んで「どうぞ」と相手を促した。

「じゃあすこへ行きましょう。」

子爵の言につれて我我は、陳列室のまん中に据《す》えてあるベンチへ行って、一《いっ》しょに腰を下ろした。室内にはもう一人も人影は見えなかった。唯《ただ》、周囲には多くの硝子戸棚が、曇天《どんてん》の冷い光の中に、古色《こしょく》を帯びた銅版画や浮世絵を寂然《じゃくねん》と懸《か》け並べていた。本多子爵は杖の銀の握りに頤《あご》をのせて、暫《しばら》くはじっとこの子爵自身の「記憶」のような陳列室を見渡していたが、やがて眼を私の方に転じると、沈んだ声でこう語り出した。

「その友だちと云うのは、三浦直記《みうらなおき》と云う男で、私《わたし》が仏蘭西《フランス》から帰って来る船の中で、偶然近づきになったのです。年は私と同じ二十五でしたが、あの芳年の菊五郎のように、色の白い、細面《ほそおもて》の、長い髪をまん中から割った、如何《いか》にも明治初期の文明が人間になったような紳士でした。それが長い航海の間に、何時《いつ》となく私と懇意になって、帰朝後も互《たがい》に一週間とは訪問を絶やした事がない位、親しい仲になったのです。

「三浦の親は何でも下谷《したや》あたりの大地主で、彼が仏蘭西《フランス》へ渡ると同時に、二人とも前後して歿《な》くなったとか云う事でしたから、その一人息子だった彼は、当時もう相当な資産家になっていたのでしょう。私が知ってからの彼の生活は、ほんの御役目だけに第×銀行へ出る外《ほか》は、何時も懐《ふところ》手《で》をして遊んでいられると云う、至極《しごく》結構な身分だったのです。ですから彼は帰朝すると間もなく、親の代から住んでいる両国百本杭《りょうごくひゃっぽんぐい》の近くの邸宅に、気の利いた西洋風の書斎を新築して、可也《かなり》贅沢な暮しをしていました。

「私はこう云っている中《うち》にも、向うの銅版画の一枚を見るように、その部屋の有様《ありさま》が歴歴《ありあり》と眼の前へ浮んで来ます。大川《おおかわ》に臨んだ仏蘭西窓、縁《へり》に金を入れた白い天井、赤いモロッコ皮の椅子や長椅子、壁に懸かっているナポレオン一世の肖像画、彫《ほり》刻のある黒檀《こくたん》の大きな書棚、鏡のついた大理石の煖炉、それからその上に載っている父親の遺愛の松の盆栽――すべてが或《ある》古い新しさを感じさせる、陰気な位けばけばしい、もう一つ形容すれば、どこか調子の狂った楽器の音《ね》を思い出させる、やはりあの時代らしい書斎でした。しかもそう云う周囲の中に、三浦は何時もナポレオン一世の下に陣取りながら、結城揃《ゆうきぞろ》いか何かの衿を重ねて、ユウゴオのオリアンタアルでも読んで居《い》ようと云うのですから、愈《いよいよ》あすこに並べてある銅版画にでもありそうな光景です。そう云えばあの仏蘭西窓の外を塞いで時時《ときどき》大きな白帆が通りすぎるのも、何となくもの珍しい心もちで眺めた覚えがありましたっけ。

「三浦は贅沢な暮しをしていると云っても、同年輩の青年のように、新橋《しんばし》とか柳橋《やなぎばし》とか云う遊里《ゆうり》に足を踏み入れる気色《けしき》もなく、唯《ただ》、毎日この新築の書斎に閉じこもって、銀行家と云うよりは若隠居にでもふさわしそうな読書三昧《ざんまい》に耽っていたのです。これは勿論《もちろん》一つには、彼の蒲柳《ほりゆう》の体質が一切の不摂生を許さなかったからもありましょうが、又一つには彼の性情《せいじょう》が、どちらかと云うと唯物的な当時の風潮とは正反対に、人一倍純粋な理想的傾向を帯びていたので、自然と孤独に甘んじるような境涯に置かれてしまったのでしょう。実際模範的な開化の紳士だった三浦が、多少彼の時代と色彩を異《こと》にしていたのは、この理想的な性情だけで、ここへ来ると彼は寧《むしろ》、もう一時代前の政治的夢想家に似通っている所があったようです。

「その証拠は彼が私と二人で、或日《ある》どこかの芝居でやっている神風連《しんぷうれん》の狂言を見に行った時の話です。たしか大野鉄平《おおのてっぺい》の自害の場の幕がしまった後だったと思いますが、彼は突然私の方をふり向くと、『君は彼等《ら》に同情が出来るか。』と、真面目《まじめ》な顔をして問いかけました。私は元より洋行帰りの一人として、すべて旧弊《きゆうへい》じみたものが大嫌いだった頃ですから、『いや一向同情は出来ない。廃刀令が出たからと云って、一揆《いっき》を起すような連中は、自滅する方が当然だと思っている。』と、至極冷淡な返事をしますと、彼は不服そうに首を振って、『それは彼等の主張は間違っていたかも知れない。しかし彼等がその主張に殉《じゅん》じた態度は、同情以上に価《あたい》すると思う。』と、云うのです。そこで私がもう一度、『じゃ君は彼等のように、明治の世の中を神代《かみよ》の昔に返そうと云う子供じみた夢の為《ため》に、二つとない命を捨てても惜しくないと思うのか。』と、笑いながら反問《はんもん》しましたが、彼はやはり真面目な調子で、『たとい子供じみた夢にしても、信ずる所に殉ずるのだから、僕はそれで本望だ。』と、思い切ったように答えました。その時はこう云う彼の言《ことば》も、単に一場《いちじょう》の口頭語として、深く気にも止めませんでしたが、今になって思い合わすと、実はもうその言の中に傷《いたま》しい後年の運命の影が、煙のように這《は》いまつわっていたのです。が、それは追い追い話が進むに従って、自然と御会得《ごえとく》が参るでしょう。

「何しろ三浦は何にによらず、こう云う態度で押し通していましたから、結婚問題に関しても、『僕は愛《アムウル》のない結婚はしたくはない。』と云う調子で、どんな好《い》い縁談が湧《わ》いて来ても、惜しげもなく断ってしまうのです。しかもその又彼の愛《アムウル》なるものが、一通りの恋愛とは事変《ことかわ》って、随分《ずいぶん》彼の気に入っているような令嬢が現れても、『どうもまだ僕の心もちには、不純な所があるようだから。』などと云って、愈《いよいよ》結婚と云う処《ところ》までは中中《なかなか》話が運びません。それが側《はた》で見ていても、余り歯痒《はがゆ》い気がするので、時には私も横合いから、『それは何でも君のように、隅から隅まで自分の心もちを点検してかかると云う事になると、行住坐臥《ぎょうじゅうざが》さえ容易には出来はしない。だからどうせ世の中は理想通りに行《ゆ》かないものだとあきらめて、好い加減な候補者で満足するさ。』と、世話を焼いた事があるのですが、三浦は反《かえ》ってその度《たび》に、憐むような眼で私を眺めながら、『その位なら何もこの年まで、僕は独身で通しはしない。』と、まるで相手にならないのです。が、友だちはそれで黙っていても、親戚の身になって見ると、元来病弱な彼ではあるし、万一血統を絶やしてはと云う心配もなくはないので、せめて権妻《ごんさい》でも置いたらどうだと勧めた向きもあったそうですが、元よりそんな忠告などに耳を仮《か》すような三浦ではありません。いや、耳を仮さない所か、彼はその権妻と云う言《ことば》が大嫌いで、日頃から私をつかまえては、『何しろいくら開化したと云った所で、まだ日本では妾《めかけ》と云うものが公然と幅を利かせているのだから。』と、よく嗤《わら》ってはいたものなのです。ですから帰朝後二三年の間、彼は毎日あのナポレオン一世を相手に、根気よく読書しているばかりで、何時《いつ》になったら彼の所謂《いわゆる》『愛《アムウル》のある結婚』をするのだか、とんと私たち友人にも見当のつけようがありませんでした。

「処《ところ》がその中《うち》に私は或官辺《あるかんぺん》の用向きで、暫《しばら》く韓国京城《かんこくけいじょう》へ赴任する事になりました。すると向うへ落ち着いてから、まだ一月と経たない中に、思いもよらず三浦から結婚の通知が届いたじゃありませんか。その時の私の驚きは、大抵御想像がつきましょう。が、驚いたと同時に私は、愈彼にもその愛《アムウル》の相手が出来たのだなと思うと、流石《さすが》に微笑せずにはいられませんでした。通知の文面は極《ごく》簡単なもので、唯《ただ》、藤井勝美《ふじいかつみ》と云う御用商人の娘と縁談が整ったと云うだけでしたが、その後引き続いて受取った手紙によると、彼は或日《あるひ》散歩の序《ついで》にふと柳島《やなぎしま》の萩寺《はぎでら》へ寄った処《ところ》が、そこへ丁度《ちょうど》彼の屋敷へ出入りする骨董屋が藤井の父子《おやこ》と一しょに詣《まい》り合《あわ》せたので、つれ立って境内を歩いている中《うち》に、何時《いつ》かお互に見染めもし見染められもしたと云う次第なのです。何しろ萩寺と云えば、その頃はまだ仁王門《におうもん》も藁葺屋根《わらぶきやね》で、『ぬれて行く人もおかしや雨の萩《はぎ》』と云う芭蕉翁《ばしょうおう》の名高い句碑《くひ》が萩の中に残っている、如何《いか》にも風雅な処でしたから、実際才子佳人《かじん》の奇遇には誂《あつら》え向きの舞台だったのに違いありません。しかしあの外出する時は、必《かならず》巴里《パリ》仕立ての洋服を着用した、どこまでも開化の紳士を以《もっ》て任じている三浦にしては、余り見染め方が紋切形なので、既に結婚の通知を読んでさえ微笑した私などは、愈《いよいよ》擽《くすぐ》られるような心もちを禁ずる事が出来ませんでした。こう云えば勿論縁談の橋渡しには、その骨董屋のなったと云う事も、すぐに御推察が参るでしょう。それが又幸《またさいわい》と、即座に話がまとまって、表向きの仲人《なこうど》を拵《こしら》えるが早いか、その秋の中《うち》に婚礼も滞《とどこお》りなくすんでしまったのです。ですから夫婦仲の好かった事は、元より云うまでもないでしょうが、殊に私が可笑《おか》しいと同時に妬《ねた》ましいような気がしたのは、あれ程《ほど》冷静な学者肌の三浦が、結婚後は近状を報知する手紙の中でも、殆《ほとんど》別人のような快活さを示すようになった事でした。

「その頃の彼の手紙は、今でも私の手もとに保存してありますが、それを一一《いちいち》読み返すと、当時の彼の笑い顔が眼に見えるような心もちがします。三浦は子供のような喜ばしさで、彼の日常生活の細目《さいもく》を根気よく書いてよこしました。今年は朝顔の培養に失敗した事、上野の養育院《よういくいん》の寄附を依頼された事、入梅《にゆうばい》で書物が大半黴《か》びてしまった事、抱えの車夫が破傷風《はしようふう》になった事、都座《みやこざ》の西洋手品を見に行った事、蔵前《くらまえ》に火事があった事——一一数え立てていたのでは、とても際限がありませんが、中でも一番嬉しそうだったのは、彼が五姓田芳梅《ごせだほうばい》画伯に依頼して、細君の肖像画を描いて貰《もら》ったと云う一条です。その肖像画は彼が例のナポレオン一世の代りに、書斎の壁へ懸けて置きましたから、私も後《のち》に見ましたが、何でも束髪に結《ゆ》った勝美夫人が毛金《けきん》の繍《ぬいとり》のある黒の模様で、薔薇の花束を手にしながら、姿見の前に立っている所を、横顔《プロフイイル》に描いたものでした。が、それは見る事が出来ても、当時の快活な三浦自身は、とうとう永久に見る事が出来なかったのです。……」

本多子爵はこう云って、かすかな吐息を洩《もら》しながら、暫《しばら》くの間口を噤《つぐ》んだ。じっとその話に聞き入っていた私《わたくし》は、子爵が韓国京城から帰った時、万一三浦はもう物故《ぶつこ》していたのではないかと思って、我知らず不安の眼を相手の顔に注《そそ》がずにはいられなかった。すると子爵は早くもその不安を覚《さと》ったと見えて、徐《おもむろ》に頭を振りながら、

「しかし何もこう云ったからと云って、彼が私《わたし》の留守中に故人になったと云う次第じゃありません。唯、彼是《かれこれ》一年ばかり経って、私が再《ふたたび》内地へ帰って見ると、三浦はやはり落ち着き払った、寧《むしろ》以前よりは幽鬱《ゆううつ》らしい人間になっていたと云うだけです。これは私があの新橋停車場でわざわざ迎えに来た彼と久闊《きゆうかつ》の手を握り合った時、既に私には気がついていた事でした。いや恐らくは気がついたと云うよりも、その冷静すぎるのが気になったとでもい

うべきでしょう。実際その時私は彼の顔を見るが早いか、何よりも先に『どうした。体でも悪いのじゃないか。』と尋《たず》ねた程、意外な感じに打たれました。が、彼は反《かえ》って私の怪しむのを不審がりながら、彼ばかりでなく彼の細君も至極健康だと答えるのです。そう云われて見れば、成程一年ばかりの間にいくら『愛《アムウル》のある結婚』をしたからと云って、急に彼の性情が変化する筈もないと思いましたから、それぎり私も別段気にもとめないで、『じゃ光線のせいで顔色がよくないように見えたのだろう。』と笑って済ませてしまいました。それが追追《おいおい》笑って済ませなくなるまでには、――この幽鬱な仮面に隠れている彼の煩悶に感づくまでには、まだ凡《およ》そ二三箇月の時間が必要だったのです。が、話の順序として、その前に一通り、彼の細君の人物を御話して置く必要がありましょう。

「私が始めて三浦の細君に会ったのは、京城から帰って間もなく、彼の大川端《おおかわばた》の屋敷に招かれて、一夕《いっせき》の饗応《きょうおう》に預った時の事です。聞けば細君は彼是三浦と同年配だったそうですが、小柄ででもあったせいか、誰《たれ》の眼にも二つ三つ若く見えたのに相違ありません。それが眉の濃い、血色の鮮《あざやか》な丸顔で、その晩は古代蝶鳥《こだいちょうとり》の模様か何かに繻珍《しゅちん》の帯をしめたのが、当時の言《ことば》を使って形容すれば、如何《いか》にも高等の感じを与えていました。が、三浦の愛《アムウル》の相手として、私が想像に描いていた新夫人に比べると、どこかその感じにそぐわない所があるのです。尤《もっと》もこれはどこかと云う位な事で、私自身にもその理由がはっきりとわかっていた訳じゃありません。殊に私の予想が狂うのは、今度三浦に始めて会った時を始めとして、度度《たびたび》経験した事ですから、勿論《もちろん》その時も唯ふとそう思っただけで、別段それだから彼の結婚を祝する心が冷却したと云う訳でもなかったのです。それ所《どころ》か、明《あかる》い空気洋灯《ランプ》の光を囲んで、暫《しばら》く膳に向っている間《あいだ》に、彼の細君の潑剌《はつらつ》たる才気は、すっかり私を敬服させてしまいました。俗に打てば響くと云うのは、恐《おそ》らくあんな応対の仕振りの事を指すのでしょう。『奥さん。あなたのような方は実際日本より、仏蘭西《フランス》にでも御生れになればよかったのです。』――とうとう私は真面目な顔をして、こんな事を云う気にさえなりました。すると三浦も盃《さかずき》を含みながら、『それ見るが好《い》い。己《おれ》が何時《いつ》も云う通りじゃないか。』と、からかうように横槍《よこやり》を入れましたが、そのからかうような彼の言《ことば》が、刹那の間《あいだ》私の耳に面白くない響を伝えたのは、果して私の気のせいばかりだったでしょうか。いや、この時半《なか》ば怨《えん》ずる如《ごと》く、斜《ななめ》に彼を見た勝美夫人の眼が、余りに露骨な艶《なまめ》かしさを裏切っているように思われたのは、果して私の邪推ばかりだったでしょうか。兎《と》に角《かく》私はこの短い応答の間に、彼等二人の平生が稲妻のように閃くのを、感じない訳には行《ゆ》かなかったのです。今思えばあれは私にとって、三浦の生涯の悲劇に立ち合った最初の幕開きだったのですが、当時は勿論私にしても、ほんの不安の影ばかりが際どく頭を掠《かす》めただけで、後は又元の如く、三浦を相手に賑《にぎやか》な盃のやりとりを始めました。ですからその夜は文字通り一夕の歓《かん》を尽した後で、彼の屋敷を辞した時も、大川端の川風に俥上《しゃじょう》の微醺《びくん》を吹かせながら、やはり私は彼の為に、所謂《いわゆる》『愛《アムウル》のある結婚』に成功した事を何度もひそかに祝したのです。

「処《ところ》がそれから一月ばかり経って（元より私はその間《あいだ》も、度度《たびたび》彼等夫婦とは往来《ゆきき》し合っていたのです。）或《ある》日私が友人の或ドクトルに誘われて、丁度《ちょうど》於伝仮名書《おでんのかなぶみ》をやっていた新富《しんとみ》座《ざ》を見物に行きますと、丁度向うの桟敷《さじき》の中ほどに、三浦の細君が来ているのを見つけました。その頃私は芝居へ行く時は、必《かならず》眼鏡《オペラグラス》を持って行ったので、勝美夫人もその円《まる》い硝子《ガラス》の中に、燃え立つような掛毛氈《かけもうせん》を前にして、始めて姿を見せたのです。それが薔薇《ばら》かと思われる花を束髪《そくはつ》にさして、地味な色の半襟の上に、白い二重顋《ふたえあご》を休めていましたが、私がその顔に気がつくと同時に、向うも例の艶かしい眼をあげて、軽く目礼を送りました。そこで私も眼鏡を下しながら、その目礼に答えますと、三浦の細君はどうしたのか、又慌てて私の方へ会釈《えしゃく》を返すじゃありませんか。しかもその会釈が前のそれに比べると、遥に恭《うやうや》しいものなのです。私はやっと最初の目礼が私に送られたのではなかったと云う事に気がつきましたから、思わず周囲の高土間《たかどま》を見まわして、その挨拶の相手を物色しました。するとすぐ隣の枡《ます》に派手な縞の背広を着た若い男がいて、これも勝美夫人の会釈の相手をさがす心算《つもり》だったのでしょう。匂《におい》の高い巻煙草《まきたばこ》を銜《くわ》えながら、じろじろ私たちの方を窺《うかが》っていたのと、ぴったり視線が出合いました。私はその浅黒い顔に何か不快な特色を見てとったので、咄嗟《とっさ》に眼を反《そ》らせながら、又眼鏡をとり上げて、見るともなく向うの桟敷を見ますと、三浦の細君のいる枡には、もう一人女が坐《すわ》っているのです。楢山《ならやま》の女権論者《じょけんろんしゃ》――と云ったら、或《あるい》は御聞き及《およ》びになった事がないものでもありますまい。当時相当な名声のあった楢山と云う代言《だいげん》人《にん》の細君で、盛《さかん》に男女同権を主張した、兎角如何《とかくいかが》わしい風評が絶えた事のない女です。私はその楢山夫人が、黒の紋付の肩を張って、金縁の眼鏡《めがね》をかけながら、まるで後見《こうけん》と云う形で、三浦の細君と並んでいるのを眺めると、何と云う事もなく不吉な予感に脅《おびや》かされずにはいられませんでした。しかもあの女権論者は、骨立った顔に薄化粧をして、絶えず襟を気にしながら、私たちのいる方へ——と云うよりは恐らく隣の縞の背広の方へ、意味ありげな眼を使っているのです。私はこの芝居見物の一日が、舞台の上の菊五郎や左團次《さだんじ》より、三浦の細君と縞の背広と楢山の細君とを注意するのに、より多く費されたと云ったにしても、決して過言じゃありません。それ程私は賑《にぎやか》な下座《げざ》の囃《はや》しと桜の釣枝との世界にいながら、心は全然そう云うものと没交渉な、忌《いま》わしい色彩を帯びた想像に苦しめられていたのです。ですから中幕《なかまく》がすむと間もなく、あの二人の女連れが向うの桟敷にいなくなった時、私は実際肩が抜けたようなほっとした心もちを味わいました。勿論女の方はいなくなっても、縞の背広はやはり隣の枡で、しっきりなく巻煙草をふかしながら、時時私の方へ眼をやっていましたが、三《みっつ》の巴《ともえ》の二つがなくなった今になっては、前ほど私もその浅黒い顔が、気にならないようになっていたのです。

「と云うと私がひどく邪推深いように聞えますが、これはその若い男の浅黒い顔だちが、妙に私の反感を買ったからで、どうも私とその男との間には、——或《あるい》は私たちとその男との間には、始《はじめ》から或《ある》敵意が纏綿《てんめん》しているような気がしたのです。ですからその後一月とたたない中《うち》に、あの大川へ臨んだ三浦の書斎で、彼自身その男を私に紹介してくれた時には、まるで謎でもかけられたような、当惑に近い感情を味わずにはいられませんでした。何でも三浦の話によると、これは彼の細君の従弟《いとこ》だそうで、当時××紡績会社でも歳の割には重用されている、敏腕の社員だと云う事です。成程そう云えば一つ卓子《テーブル》の紅茶を囲んで、多曖《たわい》もない雑談を交換しながら、巻煙草をふかせている間でさえ、彼が相当な才物《さいぶつ》だと云う事はすぐに私にもわかりました。が、何も才物だからと云って、その人間に対する好悪《こうお》は、勿論変る訳もありません。いや、私は何度となく、既に細君の従弟だと云う以上、芝居で挨拶を交す位な事は、更《さら》に不思議でも何でもないじゃないかと、こう理性に訴えて、出来る丈《だけ》その男に接近しようとさえ努力して見ました。しかし私がその努力にやっと成功しそうになると、彼は必ず音を立てて紅茶を啜《すす》ったり、巻煙草の灰を無造作に卓子の上へ落したり、或は又自分の洒落《しゃれ》を自分で声高に笑ったり、何かしら不快な事をしでかして、再《ふたたび》私の反感を呼び起してしまうのです。ですから彼が三十分ばかり経って、会社の宴会とかへ出る為に、暇《いとま》を告げて帰った時には、私は思わず立ち上って、部屋の中の俗悪な空気を新《あらた》にしたい一心から、川に向った仏蘭西《フランス》窓を一ぱいに大きく開きました。すると三浦は例の通り、薔薇の花束を持った勝美夫人の額の下に坐りながら、『ひどく君はあの男が嫌いじゃないか。』と、たしなめるような声で云うのです。私『どうも虫が好かないのだから仕方がない。あれが又君の細君の従弟だとは不思議だな。』三浦『不思議——だと云うと？』私『何。あんまり人間の種類が違いすぎるからさ。』三浦は暫《しばら》くの間黙って、もう夕暮の光が漂っている大川の水面をじっと眺めていましたが、やがて『どうだろう。その中《うち》に一つ釣にでも出かけて見ては。』と、何の取《と》つきもない事を云い出しました。が、私は何よりもあの細君の従弟から、話題の離れるのが嬉しかったので、『よかろう。釣なら僕は外交より自信がある。』と、急に元気よく答えますと、三浦も始めて微笑しながら、『外交よりか、じゃ僕は――そうさな、先ず愛《アムウル》よりは自信があるかも知れない。』私『すると君の細君以上の獲物がありそうだと云う事になるが。』三浦『そうしたら又君に羨《うらや》んで貰うから好《い》いじゃないか。』私はこう云う三浦の言《ことば》の底に、何か針の如く私の耳を刺すものがあるのに気がつきました。が、夕暗《ゆうやみ》の中に透して見ると、彼は不相変《あいかわらず》冷《ひややか》な表情を浮べた儘《まま》、仏蘭西窓の外の水の光を根気よく眺めているのです。私『処《ところ》で釣には何時《いつ》出かけよう。』三浦『何時でも君の都合の好い時にしてくれ給え。』私『じゃ僕の方から手紙を出す事にしよう。』そこで私は徐《しずか》に赤いモロッコ皮の椅子を離れながら、無言の儘、彼と握手を交して、それからこの秘密臭い薄暮《はくぼ》の書斎を更にうす暗い外の廊下へ、そっと独りで退きました。すると思いがけなくその戸口には、誰《たれ》やら黒い人影が、まるで中の容子《ようす》でも偸《ぬす》み聴いていたらしく、静に佇《たたず》んでいたのです。しかもその人影は、私の姿が見えるや否や、咄嗟に間近く進み寄って、『あら、もう御帰りになるのでございますか。』と、艶《なまめか》しい声をかけるじゃありませんか。私は息苦しい一瞬の後、今日も薔薇を髪にさした勝美夫人を冷《ひややか》に眺めながら、やはり無言の儘会釈をして、匇匇俥《そうそうくるま》の待たせてある玄関の方へ急ぎました。この時の私の心もちは、私自身さえ意識出来なかった程《ほど》、混乱を極めていたでしょう。私は唯《ただ》、私の俥が両国橋《りょうごくばし》の上を通る時も、絶えず口の中で呟《つぶや》いていたのは、「ダリラ」と云う名だった事を記憶しているばかりなのです。

「それ以来私は明《あきらか》に三浦の幽鬱な容子が蔵《かく》している秘密の匂《におい》を感じ出しました。勿論《もちろん》その秘密の匂が、すぐ忌むべき姦通《かんつう》の二字を私の心に烙《や》きつけたのは、御断りするまでもありますまい。が、もしそうだとすれば、何故又《なぜまた》あの理想家の三浦ともあるものが、離婚を断行しないのでしょう。姦通の疑惑は抱いていても、その証拠がないからでしょうか。それとも或《あるい》は証拠があっても、猶《なお》離婚を躊躇する程、勝美夫人を愛しているからでしょうか。私はこんな臆測を代り代り逞《たくまし》くしながら、彼と釣りに行く約束があった事さえ忘れ果てて、彼《かれ》是《これ》半月ばかりの間というものは、手紙こそ時には書きましたが、あれ程屢《しばしば》訪問した彼の大川端の邸宅にも、足踏《あしぶみ》さえしなくなってしまいました。処《ところ》がその半月ばかりが過ぎてから、私は又偶然にも或《ある》予想外な事件に出合ったので、とうとう前約を果し旁《かたがた》、彼と差向いになる機会を利用して、直接彼に私の心労を打ち明けようと思い立ったのです。

「と云うのは或日の事、私はやはり友人のドクトルと中村座《なかむらざ》を見物した帰り途に、たしか珍《ちん》竹林《ちくりん》主人とか号していた曙《あけぼの》新聞でも古顔の記者と一しょになって、日の暮から降り出した雨の中を、当時柳橋《やなぎばし》にあった生稲《いくいね》へ一盞《いっさん》を傾けに行ったのです。処《ところ》がそこの二階座敷で、江戸の昔を偲《しの》ばせるような遠三味線《とおじゃみせん》の音《ね》を聞きながら、暫《しばら》く浅酌《せんしゃく》の趣を楽しんでいると、その中《うち》に開化の戯作者《げさくしゃ》のような珍竹林主人が、ふと興に乗って、折折《おりおり》軽妙な洒落を交えながら、あの楢山夫人の醜聞《スカンダアル》を面白く話して聞かせ始めました。何でも夫人の前身は神戸あたりの洋妾《らしやめん》だと云う事、一時は三遊亭円暁《さんゆうていえんぎょう》を男妾《おとこめかけ》にしていたと云う事、その頃は夫人の全盛時代で金の指環ばかり六つも嵌《は》めていたと云う事、それが二三年前から不義理な借金で殆《ほとんど》首もまわらないと云う事――珍竹林主人はまだこの外《ほか》にも、いろいろ内幕の不品行を素《す》つぱぬいて聞かせましたが、中でも私の心の上に一番不愉快な影を落したのは、近来はどこかの若い御新造《ごしんぞう》が楢山夫人の腰巾着《こしぎんちゃく》になって、歩いていると云う風評でした。しかもこの若い御新造は、時時《ときどき》女権論者と一しょに、水神《すいじん》あたりへ男連れで泊りこむらしいと云うじゃありませんか。私はこれを聞いた時には、陽気なるべき献酬《けんしゅう》の間でさえ、もの思わしげな三浦の姿が執念深く眼の前へちらついて、義理にも賑《にぎやか》な笑い声は立てられなくなってしまいました。が、幸《さいわい》とドクトルは、早くも私のふさいでいるのに気がついたものと見えて、巧《たくみ》に相手を操りながら、何時《いつ》か話題を楢山夫人とは全く縁のない方面へ持って行ってくれましたから、私はやっと息をついて、兎《と》も角《かく》一座の興を殺《そ》がない程度に、応対を続ける事が出来たのです。しかしその晩は私にとって、どこまでも運悪く出来上っていたのでしょう。女権論者の噂に気を腐らした私が、やがて二人と一しょに席を立って、生稲の玄関から帰りの俥へ乗ろうとしていると、急に一台の相乗俥が幌を雨に光らせながら、勢《いきおい》よくそこへ曳《ひ》きこまれました。しかも私が俥の上へ靴の片足を踏みかけたのと、向うの俥が桐油《とうゆ》を下して、中の一人が沓脱《くつぬ》ぎへ勢よく飛んで下りたのとが、殆《ほとんど》同時だったのです。私はその姿を見るが早いか、素早く幌の下へ身を投じて、車夫が梶棒《かじぼう》を上げる刹那の間も、異様な興奮に動かされながら、『あいつだ。』と呟かずにはいられませんでした。あいつと云うのは別人でもない。三浦の細君の従弟と称する、あの色の浅黒い縞の背広だったのです。ですから私は雨の脚を俥の幌に弾きながら、灯火の多い広小路《ひろこうじ》の往来を飛ぶように走って行く間も、あの相乗俥《あいのりぐるま》の中に乗っていた、もう一人の人物を想像して、何度となく恐しい不安の念に脅《おびやか》されました。あれは一体楢山夫人でしたろうか。或《あるい》は又《また》束髪に薔薇の花をさした勝美夫人だったでしょうか。私は独りこのどちらともつかない疑惑に悩まされながら、寧《むしろ》その疑惑の晴れる事を恐れて、倉皇《そうこう》と俥に身を隠した私自身の臆病な心もちが、腹立たしく思われてなりませんでした。このもう一人の人物が果して三浦の細君だったか、それとも女権論者だったかは、今になっても猶《なお》私には解く事の出来ない謎なのです。」

本多子爵はどこからか、大きな絹の手巾《ハンケチ》を出して、つつましく鼻をかみながら、もう暮色を帯び出した陳列室の中を見渡して、静に又話を続け始めた。

「尤《もっと》もこの問題はいずれにせよ、兎に角珍竹林主人から聞いた話だけは、三浦の身にとって三考《さんこう》にも四考《しこう》にも価《あたい》する事ですから、私はその翌日すぐに手紙をやって、保養がてら約束の釣に出たいと思う日を知らせました。するとすぐに折り返して、三浦から返事が届きましたが、見るとその日は丁度十六夜《じゅうろくや》だから、釣よりも月見旁《かたがた》、日の暮から大川へ舟を出そうと云うのです。勿論私にしても格別釣に執着があった訳でもありませんから、早速彼の発《ほっ》議《ぎ》に同意して、当日はかねての約束通り柳橋の舟宿《ふなやど》で落合ってから、まだ月の出ない中に猪《ちょ》牙舟《きぶね》で大川へ漕ぎ出しました。

「あの頃の大川の夕景色は、たとい昔の風流には及ばなかったかも知れませんが、それでも猶《なお》、どこか浮世絵じみた美しさが残っていたものです。現にその日も万八《まんぱち》の下を大川筋へ出て見ますと、大きく墨をなすったような両国橋の欄干《らんかん》が、仲秋《ちゅうしゅう》のかすかな夕明りを揺《ゆらめ》かしている川波の空に、一《ひと》反《そ》り反《そ》った一文字《いちもんじ》を黒黒《くろぐろ》とひき渡して、その上を通る車馬の影が、早くも水靄《すいあい》にぼやけた中には、目まぐるしく行《ゆ》き交う提灯《ちょうちん》ばかりが、もう鬼灯《ほおずき》程の小ささに点点《てんてん》と赤く動いていました。三浦『どうだ、この景色は。』私『そうさな、こればかりはいくら見たいと云ったって、西洋じゃとても見られない景色かも知れない。』三浦『すると君は景色なら、少し位旧弊《きゅうへい》でも差支えないと云う訳か。』私『まあ、景色だけは負けて置こう。』三浦『処《ところ》が僕は又《また》近頃になって、すっかり開化なるものがいやになってしまった。』私『何《な》んでも旧幕《きゅうばく》の修好使《しゅうこうし》がヴルヴァルを歩いているのを見て、あの口の悪いメリイと云うやつは、側にいたデュマか誰かに「おい、誰《たれ》が一体日本人をあんな途方もなく長い刀に縛《しば》りつけたのだろう。」と云ったそうだぜ。君なんぞは気をつけないと、すぐにメリイの毒舌でこき下される仲間らしいな。』三浦『いや、それよりもこんな話がある。何時《いつ》か使《つかい》に来た何如璋《かじょしょう》と云う支那人は、横浜の宿屋へ泊って日本人の夜着を見た時に、「是古《これいにしえ》の寝衣《しんい》なるもの、此邦《このくに》に夏周《かしゅう》の遺制《いせい》あるなり。」とか何とか、感心したと云うじゃないか。だから何も旧弊だからって、一概には莫迦《ばか》に出来ない。』その中《うち》に上げ汐《しお》の川面《かわも》が、急に闇を加えたのに驚いて、ふとあたりを見ますと、何時の間にか我我《われわれ》を乗せた猪牙舟は、一段と櫓《ろ》の音を早めながら、今ではもう両国橋を後にして、夜目にも黒い首尾《しゅび》の松の前へ、さしかかろうとしているのです。そこで私は一刻も早く、勝美夫人の問題へ話題を進めようと思いましたから、早速三浦の言尻《ことばじり》をつかまえて、『そんなに君が旧弊好きなら、あの開化な細君はどうするのだ。』と、探《さぐ》りの錘《おもり》を投げこみました。すると三浦は暫くの間、私の問が聞えないように、まだ月代《つきしろ》もしない御竹倉《おたけぐら》の空をじっと眺めていましたが、やがてその眼を私の顔に据えると、低いながらも力のある声で、『どうもしない。一週間ばかり前に離縁《りえん》をした。』ときっぱりと答えたじゃありませんか。私はこの意外な答に狼狽《ろうばい》して、思わず舷《ふなばた》をつかみながら、『じゃ君も知っていたのか。』と、際《きわ》どい声で尋ねました。が、三浦は依然とした静《しずか》な調子で、『君こそ万事を知っていたのか。』と念を押すように問い返すのです。私『万事かどうかは知らないが、君の細君と楢山夫人との関係だけは聞いていた。』三浦『じゃ、僕の妻と妻の従弟との関係は？』私『それも薄薄《うすうす》推察していた。』三浦『それじゃ僕はもう何も云う必要はない筈だ。』私『しかし――しかし君は何時からそんな関係に気がついたのだ？』三浦『妻と妻の従弟とのか？　それは結婚して三月程経ってから――丁度あの妻の肖像画を、五姓田《ごせだ》芳梅《ほうばい》画伯に依頼して描いて貰《もら》う前の事だった。』この答が私にとって、更《さら》に又意外だったのは、大抵《たいてい》御想像がつくでしょう。私『どうして君は又、今日までそんな事を黙認していたのだ?』三浦『黙認していたのじゃない。僕は肯定してやっていたのだ。』私は三度《みたび》意外な答に驚かされて、暫《しばら》くは唯茫然と彼の顔を見つめていると、三浦は少しも迫らない容子で、『それは勿論《もちろん》妻と妻の従弟との現在の関係を肯定した訳じゃない。当時の僕が想像に描いていた彼等の関係を肯定してやったのだ。君は僕が「愛《アムウル》のある結婚」を主張していたのを覚えているだろう。あれは僕が僕の利己心を満足させたい為の主張じゃない。僕は愛《アムウル》をすべての上に置いた結果だったのだ。だから僕は結婚後、僕等の間の愛情が純粋なものでない事を覚った時、一方僕の軽挙を後悔すると同時に、そう云う僕と同棲《どうせい》しなければならない妻も気の毒に感じたのだ。僕は君も知っている通り、元来体も壮健じゃない。その上僕は妻を愛そうと思っていても、妻の方ではどうしても僕を愛する事が出来ないのだ。いやこれも事によると、抑《そもそも》僕の愛《アムウル》なるものが、相手にそれだけの熱を起させ得ない程、貧弱なものだったかも知れない。だからもし妻と妻の従弟との間に、僕と妻との間よりもっと純粋な愛情があったら、僕は潔《いさぎよ》く幼馴染《おさななじみ》の彼等の為《ため》に犠牲になってやる考《かんがえ》だった。そうしなければ愛《アムウル》をすべての上に置く僕の主張が、事実に於《おい》て廃《すた》ってしまう。実際あの妻の肖像画も万一そうなった暁《あかつき》に、妻の身代りとして僕の書斎に残して置く心算《つもり》だったのだ。』三浦はこう云いながら、又眼を向う河岸《がし》の空へ送りました。が、空はまるで黒幕でも垂らしたように、椎《しい》の樹《き》松浦《まつうら》の屋敷の上へ陰陰《いんいん》と蔽いかかった儘《まま》、月の出らしい雲のけはいは未《いまだ》に少しも見せません。私は巻煙草に火をつけた後で、『それから？』と相手を促しました。三浦『処《ところ》が僕はそれから間もなく、妻の従弟の愛情《アムウル》が不純な事を発見したのだ、露骨に云えばあの男と楢山夫人との間にも、情交のある事を発見したのだ。どうして発見したかと云うような事は、君も格別聞きたくはなかろうし、僕も今更話したいとは思わない。が、兎に角或《ある》極めて偶然な機会から、僕自身彼等の密会する所を見たと云う事だけ云って置こう。』私は巻煙草の灰を舷の外に落しながら、あの生稲の雨の夜の記憶を、まざまざと心に描き出しました。が、三浦は澱《よど》みなく言《ことば》を継いで、『これが僕にとっては、正に第一の打撃だった。僕は彼等の関係を肯定してやる根拠の一半《いっぱん》を失ったのだから、勢《いきおい》、前のような好意のある眼で、彼等の情事を見る事が出来なくなってしまったのだ。これは確《たしか》、君が朝鮮から帰って来た頃の事だったろう。あの頃の僕は、如何《いか》にして妻の従弟から妻を引き離そうかと云う問題に、毎日頭を悩ましていた。あの男の愛《アムウル》に虚偽はあっても妻のそれは純粋なのに違いない。——こう信じていた僕は、同時に又妻自身の幸福の為にも、彼等の関係に交渉する必要があると信じていたのだ。が、彼等は——少くとも妻は、僕のこう云う素振りに感づくと、僕が今まで彼等の関係を知らずにいて、その頃やっと気がついたものだから、嫉妬《しっと》に駆られ出したとでも解釈してしまったらしい。従って僕の妻は、それ以来僕に対して、敵意のある監視を加え始めた。いや、事によると時時《ときどき》は、君にさえ僕と同様の警戒を施していたかも知れない。』私

『そう云えば、何時《いつ》か君の細君は、書斎で我我《われわれ》が話しているのを立ち聴きをしていた事があ

った。』三浦『そうだろう、ずいぶんその位《くらい》な振舞《ふるまい》はし兼ねない女だった。』私たちは暫く口を噤んで、暗い川面を眺めました。この時もう我我《われわれ》の猪牙舟は、元の御厩橋《おんまやばし》の下をくぐりぬけて、かすかな舟脚を夜の水に残しながら、彼是駒形《こまがた》の並木近くへさしかかっていたのです。その中《うち》に又三浦が、沈んだ声で云いますには、『が、僕はまだ妻の誠実を疑わなかった。だから僕の心もちが妻に通じない点で、——通じない所《どころ》か、寧《むしろ》、憎悪を買っている点で、それだけ余計に僕は煩悶《はんもん》した。君を新橋に出迎えて以来、とうとう今日に至るまで、僕は始終この煩悶と闘わなければならなかったのだ。が、一週間ばかり前に、下女か何かの過失から、妻の手にはいる可《べ》き郵便が、僕の書斎へ来ているじゃないか。僕はすぐ妻の従弟の事を考えた。そうして——とうとうその手紙を開いて見た。すると、その手紙は思いもよらない外の男から妻へ宛てた艶書《えんしょ》だったのだ。言い換えれば、あの男に対する妻の愛情も、やはり純粋なものじゃなかったのだ。勿論この第二の打撃は、第一のそれよりも遥《はる》かに恐しい力を以て、あらゆる僕の理想を粉砕した。が、それと同時に又、僕の責任が急に軽くなったような、悲むべき安慰《あんい》の感情を味《あじわ》った事も亦《また》事実だった。』三浦がこう語り終った時、丁度向う河岸の並倉《なみくら》の上には、もの凄いような赤い十六夜の月が、始めて大きく上り始めました。私がさっきあの芳年の浮世絵を見て、洋服を着た菊五郎から三浦の事を思い出したのは、殊にその赤い月が、あの芝居の火入《ひい》りの月に似ていたからの事だったのです。あの色の白い、細《ほそ》面《おもて》の、長い髪をまん中から割った三浦は、こう云う月の出を眺めながら、急に長い息を吐くと、さびしい微笑を帯びた声で、『君は昔、神風連が命を賭して争ったのも子供の夢だとけなした事がある。じゃ君の眼から見れば、僕の結婚生活なども――』私『そうだ。やはり子供の夢だったかも知れない。が、今日我我《われわれ》の目標にしている開化も、百年の後《のち》になって見たら、やはり同じ子供の夢だろうじゃないか。……』

丁度本多子爵がここ迄《まで》語り続けた時、我我は何時《いつ》か側へ来た守衛《しゅえい》の口から、閉館の時刻が既に迫っていると云う事を伝えられた。子爵と私《わたくし》とは徐《おもむろ》に立上って、もう一度周囲の浮世絵と銅版画とを見渡してから、そっとこのうす暗い陳列室の外へ出た。まるで我我自身も、あの硝子《ガラス》棚から浮び出た過去の幽霊か何かのように。

黒衣聖母

――この涙の谷に呻《うめ》き泣きて、御身《おんみ》に願いをかけ奉《たてまつ》る。……御身の憐《あわれ》みの御眼《おんめ》をわれらに廻《めぐ》らせ給《たま》え。……深く御柔軟《ごじゅうなん》、深く御哀憐《ごあいれん》、すぐれて甘《うま》しくまします「びるぜん、さんたまりや」様――

――和訳「けれんど」――

「どうです、これは。」

田代《たしろ》君はこう云《い》いながら、一体の麻利耶観音《マリヤかんのん》を卓子《テーブル》の上へ載せて見せた。

麻利耶観音と称するのは、切支丹宗門禁制《きりしたんしゅうもんきんぜい》時代の天主教徒《てんしゅきょうと》が、屡《しばしば》聖母麻利耶の代りに礼拝《らいはい》した、多くは白磁《はくじ》の観音像である。が、今田代君が見せてくれたのは、その麻利耶観音の中でも、博物館の陳列室や世間普通の蒐集家《しゅうしゅうか》のキャビネットにあるようなものではない。第一これは顔を除いて、他《た》は悉《ことごと》く黒檀《こくたん》を刻んだ、一尺ばかりの立像である。のみならず頸《くび》のまわりへ懸けた十字架形《じゅうじかがた》の瓔珞《ようらく》も、金と青貝とを象嵌《ぞうがん》した、極めて精巧な細工《さいく》らしい。

その上顔は美しい牙彫《げぼり》で、しかも唇《くちびる》には珊瑚《さんご》のような、一点の朱まで加えてある。……私は黙って腕を組んだ儘《まま》、暫《しばら》くはこの黒衣聖母《こくいせいぼ》の美しい顔を眺めていた。が、眺めている内に、何か怪しい表情が、象牙《ぞうげ》の顔の何処《どこ》だかに、漂《ただよ》っているような心もちがした。いや、怪しいと云ったのでは物足りない。私にはその顔全体が、或《ある》悪意を帯びた嘲笑を漲《みなぎ》らしているような気さえしたのである。

「どうです、これは。」

田代君はあらゆる蒐集家に共通な矜誇《きんか》の微笑を浮べながら、卓子《テーブル》の上の麻利耶《マリヤ》観音と私の顔とを見比べて、もう一度こう繰返した。

「これは珍品ですね。が、何だかこの顔は、無気味《ぶきみ》な所があるようじゃありませんか。」

「円満具足《えんまんぐそく》の相好《そうごう》とは行きませんかな。そう云えばこの麻利耶観音には、妙な伝説が附随しているのです。」

「妙な伝説？」

私は眼を麻利耶観音から、思わず田代君の顔に移した。田代君は存外真面目《まじめ》な表情を浮べながら、ちょいとその麻利耶観音を卓子の上から取り上げたが、すぐに又《また》元の位置に戻して、

「ええ、これは禍《わざわい》を転じて福とする代りに、福を転じて禍とする、縁起《えんぎ》の悪い聖母だと云う事ですよ。」

「まさか。」

「処《ところ》が実際そう云う事実が、持ち主にあったと云うのです。」

田代君は椅子《いす》に腰を下すと、殆《ほとん》ど物思わしげなとも形容すべき、陰鬱な眼つきになりながら、私にも卓子の向うの椅子へかけろと云う手真似をして見せた。

「ほんとうですか。」

私は椅子へかけると同時に、我知らず怪しい声を出した。田代君は私より一二年前に大学を卒業した、秀才の聞えの高い法学士である。且《かつ》又私の知っている限り、所謂《いわゆる》超自然的現象には寸毫《すんごう》の信用も置いていない、教養に富んだ新思想家である。その田代君がこんな事を云い出す以上、まさかその妙な伝説と云うのも、荒唐無稽《こうとうむけい》な怪談ではあるまい。——

「ほんとうですか。」

私が再びこう念を押すと、田代君は燐寸《マッチ》の火を徐《おもむろ》にパイプへ移しながら、

「さあ、それはあなた自身の御判断に任せるより外《ほか》はありますまい。が、兎《と》も角《かく》もこの麻利耶観音には、気味の悪い因縁《いんねん》があるのだそうです。御退屈でなければ、御話しますが。

——」

この麻利耶観音は、私の手にはいる以前、新潟県の或《ある》町の稲見《いなみ》と云う素封家《そほうか》にあったのです。勿論《もちろん》骨董《こっとう》としてあったのではなく、一家の繁栄を祈るべき宗門神《しゅうもんじん》としてあったのですが。

その稲見の当主と云うのは、丁度私と同期の法学士で、これが会社にも関係すれば、銀行にも手を出していると云う、まあ仲仲《なかなか》の事業家なのです。そんな関係上、私も一二度稲見の為《ため》に、或《ある》便宜を計ってやった事がありました。その礼心《れいごころ》だったのでしょう。稲見は或年上京した序《ついで》に、この家重代《いえじゅうだい》の麻利耶観音を私にくれて行ったのです。

私の所謂《いわゆる》妙な伝説と云うのも、その時稲見の口から聞いたのですが、彼自身は勿論そう云う不思議を信じている訳でも何でもありません。ただ、母親から聞かされた通り、この聖母の謂《い》われ因縁をざっと説明しただけだったのです。

何でも稲見の母親が十《とお》か十一の秋だったそうです。年代にすると、黒船が浦賀《うらが》の港を擾《さわ》がせた嘉永《かえい》の末年にでも当りますか——その母親の弟になる、茂作《もさく》と云う八ツばかりの男の子が、重い麻疹《はしか》に罹《かか》りました。稲見の母親はお栄《えい》と云って、二三年前の疫病に父母《ちちはは》共世を去って以来、この茂作と姉弟《きょうだい》二人、もう七十《しちじゅう》を越した祖母の手に育てられて来たのだそうです。ですから茂作が重病になると、稲見には曽祖母に当る、その切髪《きりかみ》の隠居の心配と云うものは、一通りや二通りではありません。が、いくら医者が手を尽しても、茂作の病気は重くなるばかりで、殆《ほとん》ど一週間と経たない内に、もう今日か明日かと云う容態《ようだい》になってしまいました。

すると或夜の事、お栄のよく寝入っている部屋へ、突然祖母がはいって来て、眠《ね》むがるのを無理に抱き起してから、人手も借りず甲斐甲斐《かいがい》しく、ちゃんと着物を着換えさせたそうです。お栄はまだ夢でも見ているような、ぼんやりした心もちでいましたが、祖母はすぐにその手を引いて、うす暗い雪洞《ぼんぼり》に人気《ひとけ》のない廊下を照らしながら、昼でも滅多にはいった事のない土蔵《どぞう》へお栄をつれて行きました。

土蔵の奥には昔から、火伏《ひぶ》せの稲荷《いなり》が祀《まつ》ってあると云う、白木《しらき》の御宮《おみや》がありました。祖母は帯の間から鍵を出して、その御宮の扉を開けましたが、今雪洞の光に透《す》かして見ると、古びた錦の御戸帳《おとばり》の後《うしろ》に、端然《たんぜん》と立っている御神体は、外《ほか》でもない、この麻利耶《マリヤ》観音なのです。お栄はそれを見ると同時に、急に蟀《こおろぎ》の鳴く声さえしない真夜中の土蔵が怖くなって、思わず祖母の膝に縋《すが》りついた儘《まま》、しくしく泣き出してしまいました。が、祖母は何時《いつ》もと違って、お栄の泣くのにも頓着《とんぢやく》せず、その麻利耶観音の御宮の前に坐《すわ》りながら、恭《うやうや》しく額に十字を切って、何かお栄にわからない御祈禱《ごきとう》をあげ始めたそうです。

それが凡《およ》そ十分あまりも続いてから、祖母は静《しずか》に孫娘を抱き起すと、怖がるのを頻《しき》りになだめなだめ、自分の隣に坐らせました。そうして今度はお栄にもわかるように、この黒檀の麻利耶観音へ、こんな願《がん》をかけ始めました。

「童貞聖麻利耶様《ビルゼンサンタマリヤ》、私が天にも地にも、杖柱《つえはしら》と頼んで居りますのは、当年八歳の孫の茂作と、此処《ここ》につれて参りました姉のお栄ばかりでございます。お栄もまだ御覧の通り、婿《むこ》をとる程《ほど》の年でもございません。もし唯今《ただいま》茂作の身に万一の事でもございましたら、稲見の家は明日《あす》が日にも世嗣《よつ》ぎが絶えてしまうのでございます。そのような不祥《ふしよう》がございませんように、どうか茂作の一命を御守りなすって下さいまし。それも私《わたくし》風情《ふぜい》の信心には及ばない事でございましたら、せめては私の息のございます限り、茂作の命を御助け下さいまし。私もとる年でございますし、霊魂《アニマ》を天主《デウス》に御捧げ申すのも、長い事ではございますまい。しかし、それまでには孫のお栄も、不慮の災難でもございませなんだら、大方《おおかた》年頃になるでございましょう。何卒《なにとぞ》私が目をつぶりますまででよろしゅうございますから、死の天使《アンジョ》の御剣が茂作の体に触れませんよう、御慈悲を御垂れ下さいまし。」

祖母は切髪の頭を下げて、熱心にこう祈りました。するとその言葉が終った時、恐る恐る顔を擡《もた》げたお栄の眼には、気のせいか麻利耶《マリヤ》観音が微笑したように見えたと云うのです。お栄は勿論小さな声をあげて、又《また》祖母の膝に縋りつきました。が、祖母は反《かえ》って満足そうに、孫娘の背をさすりながら、

「さあ、もうあちらへ行《ゆ》きましょう。麻利耶様は難有《ありがた》い事に、この御婆さんの御祈りを御聞き入れになって下すったからね。」

と、何度も繰り返して云ったそうです。

さて明くる日になって見ると、成程《なるほど》祖母の願がかなったか、茂作は昨日《きのう》よりも熱が下って、今まではまるで夢中だったのが、次第に正気《しょうき》さえついて来ました。この容子《ようす》を見た祖母の喜びは、仲仲《なかなか》口には尽せません。何でも稲見の母親は、その時祖母が笑いながら、涙をこぼしていた顔が、未《いま》だに忘れられないとか云っているそうです。その内に祖母は病気の孫がすやすや眠り出したのを見て、自分も連夜の看病疲れを暫《しばら》く休める心算《つもり》だったのでしょう。

病間《びょうま》の隣へ床《とこ》をとらせて、珍らしく其処《そこ》へ横になりました。

その時お栄は御弾《おはじ》きをしながら、祖母の枕もとに坐っていましたが、隠居は精根《せいこん》も尽きる程、疲れ果てていたと見えて、まるで死んだ人のように、すぐに寝入ってしまったとか云う事です。処《ところ》が彼是《かれこれ》一時間ばかりすると、茂作の介抱をしていた年輩の女中が、そっと次の間の襖《ふすま》を開けて、「御嬢様ちょいと御隠居様を御起し下さいまし」と、慌《あわ》てたような声で云いました。そこでお栄は子供の事ですから、早速《さっそく》祖母の側《そば》へ行って、「御婆さん、御婆さん」と二三度掻巻《かいまき》の袖を引いたそうです。が、どうしたのかふだんは眼慧《めざと》い祖母が、今日に限っていくら呼んでも返事をする気色《けしき》さえ見えません。その内に女中も不審《ふしん》そうに、病間からこちらへはいって来ましたが、これは祖母の顔を見ると、気でも違ったかと思う程、いきなり隠居の掻巻きに縋りついて、「御隠居様、御隠居様」と、必死の涙声を挙げ始めました。けれども祖母は眼のまわりにかすかな紫の色を止《とど》めた儘、やはり身動きもせずに眠っています。と間《ま》もなくもう一人の女中が、慌《あわただ》しく襖を開けたと思うとこれも、色を失った顔を見せて、「御隠居様、――坊ちゃんが――御隠居様」と、震《ふる》え声《ごえ》で呼び立てました。勿論この女中の「坊ちゃんが――」は、お栄の耳にも明かに、茂作の容態の変った事を知らせる力があったのです。が、祖母は依然として、今は枕もとに泣き伏した女中の声も聞《きこ》えないように、じっと眼をつぶっているのでした。……

茂作もそれから十分ばかりの内に、とうとう息を引き取りました。麻利耶《マリヤ》観音は約束通り、祖母の命のある間は、茂作を殺さずに置いたのです。

田代君はこう話し終ると、又陰鬱な眼を挙げて、じっと私の顔を眺めた。

「どうです。あなたにはこの伝説が、ほんとうにあったとは思われませんか。」

私はためらった。

「さあ——しかし——どうでしょう。」

田代君は暫《しばら》く黙っていた。が、やがて煙の消えたパイプへもう一度火を移すと、

「私はほんとうにあったかとも思うのです。唯《ただ》、それが稲見家の聖母のせいだったかどうかは、疑問ですが、——そう云えば、まだあなたはこの麻利耶観音の台座の銘《めい》をお読みにならなかったでしょう。御覧なさい。此処《ここ》に刻んである横文字を。——DESINE FATA DEUM《「汝の祈禱、神神の定め給う所を》 LECTI SPERARE PRECANDO《動かすべしと望む勿れ」の意》——」

私はこの運命それ自身のような麻利耶観音へ、思わず無気味な眼を移した。聖母は黒檀の衣を纏《まと》ったまま、やはりその美しい象牙の顔に、或《ある》悪意を帯びた嘲笑を、永久に冷然と湛《たた》えている。——

影

横浜《よこはま》。

日華洋行《にっかようこう》の主人陳彩《ちんさい》は、机に背広の両肘《りょうひじ》を凭《もた》せて、火の消えた葉巻《はまき》を銜《くわ》えた儘《まま》、今日も堆《うずだか》い商用書類に、繁忙《はんぼう》な眼を曝《さら》していた。

更紗《さらさ》の窓掛けを垂れた部屋の内には、不相変《あいかわらず》残暑の寂寞《せきばく》が、息苦しい位《くらい》支配していた。その寂寞を破るものは、ニスの匂《におい》のする戸の向うから、時時此処《ときどきここ》へ聞えて来る、かすかなタイプライターの音だけであった。

書類が一山片づいた後《のち》、陳はふと何か思い出したように、卓上電話の受話器を耳へ当てた。

「私の家《うち》へかけてくれ給《たま》え。」

陳の脣《くちびる》を洩《も》れる言葉は、妙に底力のある日本語であった。

「誰?――婆《ばあ》や?――奥さんにちょいと出て貰《もら》ってくれ。――房子《ふさこ》かい?――私は今夜東京へ、行くからね、――ああ、向うへ泊って来る。――帰れないか?――とても汽車に間に合うまい。――じゃ頼むよ。――何? 医者に来て貰った?――それは神経衰弱に違いないさ。よろしい。さようなら。」

陳は受話器を元の位置に戻すと、何故《なぜ》か顔を曇らせながら、肥《ふと》った指に燐寸《マッチ》を摺《す》って、銜えていた葉巻を吸い始めた。

……煙草の煙、草花の匂、ナイフやフォークの皿に触れる音、部屋の隅から湧《わ》き上《あが》る調子外《はず》れのカルメンの音楽、――陳はそう云《い》う騒ぎの中に、一杯の麦酒《ビール》を前にしながら、たった一人茫然と、卓《テーブル》に肘をついている。彼の周囲にあるものは、客も、給仕も、煽風機も、何一つ目まぐるしく動いていないものはない。が、唯《ただ》、彼の視線だけは、帳場机の後《うしろ》の女の顔へ、さっきからじっと注がれている。

女はまだ見た所、二十《はたち》を越えてもいないらしい。それが壁へ貼った鏡を後に、絶えず鉛筆を動かしながら、忙《せわ》しそうにビルを書いている。額の捲《ま》き毛、かすかな頬紅《ほおべに》、それから地味な青磁色《せいじいろ》の半襟。――

陳は麦酒を飲み干すと、徐《おもむ》ろに大きな体を起して、帳場机の前へ歩み寄った。

「陳さん。何時《いつ》私に指環を買って下すって？」

女はこう云う間《あいだ》にも、依然として鉛筆を動かしている。

「その指環がなくなったら。」

陳は小銭を探りながら、女の指へ顋《あご》を向けた。其処《そこ》には既に二年前から、延べの金《きん》の両端《りょうはし》を抱《だ》かせた、約婚《やくこん》の指環が嵌《はま》っている。

「じゃ今夜買って頂戴《ちょうだい》。」

女は咄嗟《とつさ》に指環を抜くと、ビルと一《いつ》しょに彼の前へ投げた。

「これは護身用の指環なのよ。」

カフェの外のアスファルトには、涼しい夏の夜風が流れている。陳は人通りに交《まじ》りながら、何度も町の空の星を仰いで見た。その星も皆今夜だけは、……

誰《たれ》かの戸を叩く音が、一年後の現実へ陳彩の心を喚《よ》び返した。

「おはいり。」

その声がまだ消えない内に、ニスの匂のする戸がそっと明《あ》くと、顔色の蒼白い書記の今西《いまにし》が、無気味《ぶきみ》な程静《ほどしずか》にはいって来た。

「手紙が参りました。」

黙って頷《うなず》いた陳の顔には、その上今西に一言《ひとこと》も、口を開かせない不機嫌《ふきげん》さがあった。今西は冷《ひやや》かに目礼すると、一通の封書を残した儘《まま》、又《また》前のように音もなく、戸の向うの部屋へ帰って行った。

戸が今西の後《うしろ》にしまった後《のち》、陳は灰皿に葉巻を捨てて、机の上の封書を取上げた。それは白い西洋封筒に、タイプライターで宛名を打った、格別普通の商用書簡と、変る所のない手紙であった。しかしその手紙を手にすると同時に、陳の顔には云いようのない嫌悪《けんお》の情が浮んで来た。

「又か。」

陳は太い眉を顰《ひそ》めながら、忌忌《いまいま》しそうに舌打ちをした。が、それにも関《かかわ》らず、靴の踵《かかと》を机の縁《ふち》へ当てると、殆《ほとん》ど輪転椅子の上に仰向けになって、紙切小刀《ペーパーナイフ》も使わずに封を切った。

「拝啓《はいけい》、貴下《きか》の夫人が貞操《ていそう》を守られざるは、再三御忠告……貴下が今日《こんにち》に至るまで、何等《なんら》断《だん》乎《こ》たる処置に出《い》でられざるは……されば夫人は旧日の情夫と共に、日夜……日本人にして且《かつ》珈琲《コーヒー》店の給仕女たりし房子夫人が、……支那人たる貴下の為《ため》に、万斛《ばんこく》の同情無き能《あた》わず候《そうろう》。……今後もし夫人を離婚せられずんば、……貴下は万人の嗤笑《ししょう》する所となるも……微衷《びちゅう》不悪《あしからず》御推察……敬白《けいはく》。貴下の忠実なる友より。」

手紙は力なく陳の手から落ちた。

……陳は卓子《テーブル》に倚《よ》りかかりながら、レースの窓掛けを洩れる夕明りに、女持ちの金時計を眺めている。が、蓋の裏に彫った文字は、房子のイニシャルではないらしい。

「これは？」

新婚後まだ何日も経たない房子は、西洋箪笥《だんす》の前に佇《たたず》んだ儘、卓子越しに夫へ笑顔を送った。

「田中《たなか》さんが下すったの。御存知じゃなくって？　倉庫会社の——」

卓子《たくし》の上にはその次に、指環の箱が二つ出て来た。白天鵞絨《びろうど》の蓋を明けると、一つには真珠の、他の一つには土耳古《トルコ》玉《だま》の指環がはいっている。

「久米《くめ》さんに野村《のむら》さん。」

今度は珊瑚珠《さんごじゅ》の根懸《ねが》けが出た。

「古風だわね。久保田《くぼた》さんに頂いたのよ。」

その後から――何が出て来ても知らないように、陳は唯《ただ》じっと妻の顔を見ながら、考《かんがえ》深そうにこんな事を云った。

「これは皆お前の戦利品だね。大事にしなくっちゃ済《す》まないよ。」

すると房子は夕明りの中に、もう一度あでやかに笑って見せた。

「ですからあなたの戦利品もね。」

その時は彼も嬉しかった。しかし今は……

陳は身ぶるいを一つすると、机にかけていた両足を下した。それは卓上電話のベルが、突然彼の耳を驚かしたからであった。

「私。――よろしい。――繋《つな》いでくれ給え。」

彼は電話に向いながら、苛立《いらだ》たしそうに額の汗を拭った。

「誰？――里見《さとみ》探偵事務所はわかっている。事務所の誰？――吉井《よしい》君？――よろしい。報告は？――何が来ていた？――医者？――それから？――そうかも知れない。――じゃ停車場《ていしゃば》へ来ていてくれ給え。――いや、終列車にはきっと帰るから。――間違わないように。さようなら。」

受話器を置いた陳彩は、まるで放心したように、少時《しばらく》は黙然《もくねん》と坐《すわ》っていた。が、やがて置き時計の針を見ると、半ば機械的にベルの鈕《ボタン》を押した。

書記の今西はその響《ひびき》に応じて、心もち明けた戸の後《うしろ》から、痩せた半身《はんしん》をさし延ばした。

「今西君。鄭《てい》君にそう云ってくれ給え。今夜はどうか私の代りに、東京へ御出でを願いますと。」

陳の声は何時《いつ》の間にか、力のある調子を失っていた。今西はしかし例の通り、冷然と目礼を送った儘《まま》、すぐに戸の向うへ隠れてしまった。

その内に更紗の窓掛けへ、おいおい当って来た薄曇りの西日が、この部屋の中の光線に、どんよりした赤味を加え始めた。と同時に大きな蠅《はえ》が一匹、何処《どこ》から此処《ここ》へ紛れこんだか、鈍い羽音《はおと》を立てながら、ぼんやり頰杖《ほおづえ》をついた陳のまわりに、不規則な円を描《えが》き始めた。

……………

鎌倉《かまくら》。

陳彩の家の客間にも、レースの窓掛けを垂れた窓の内には、晩夏《ばんか》の日の暮が近づいて来た。しかし日の光は消えたものの、窓掛けの向うに煙っている、まだ花盛りの夾竹桃《きようちくとう》は、この涼しそうな部屋の空気に、快い明るさを漂《ただよ》わしていた。

壁際《かべぎわ》の籐椅子《とういす》に倚った房子は、膝《ひざ》の三毛猫《みけねこ》をさすりながら、その窓の外の夾竹桃へ、物憂《ものう》そうな視線を遊ばせていた。

「旦那様は今晩も御帰りにならないのでございますか？」

これはその側《そば》の卓子《テーブル》の上に、紅茶の道具を片づけている召使いの老女の言葉であった。

「ああ、今夜も亦《また》寂しいわね。」

「せめて奥様が御病気でないと、心丈夫《こころじょうぶ》でございますけれども――」

「それでも私の病気はね、唯《ただ》神経が疲れているのだって、今日も山内《やまのうち》先生がそう仰有《おっしゃ》ったわ。二三日よく眠りさえすれば、――あら。」

老女は驚いた眼を主人へ挙げた。すると子供らしい房子の顔には、何故《なぜ》か今までにない恐怖の色が、ありありと瞳に漲《みなぎ》っていた。

「どう遊ばしました？　奥様。」

「いいえ、何でもないのよ。何でもないのだけれど、――」

房子は無理に微笑しようとした。

「誰か今あすこの窓から、そっとこの部屋の中を、――」

しかし老女が一瞬の後《のち》に、この窓から外を覗《のぞ》いた時には、唯微風に戦《そよ》いでいる夾竹桃の植込みが、人気《ひとけ》のない庭の芝原を透《す》かして見せただけであった。

「まあ、気味の悪い。きっと又御隣の別荘の坊ちゃんが、悪戯《いたずら》をなすったのでございますよ。」

「いいえ、御隣の坊ちゃんなんぞじゃなくってよ。何だか見た事があるような――そうそう、何時《いつ》か婆やと長谷《はせ》へ行った時に、私たちの後をついて来た、あの鳥打帽《とりうちぼう》をかぶっている、若い人のような気がするわ。それとも――私の気のせいだったかしら。」

房子は何か考えるように、ゆっくり最後の言葉を云った。

「もしあの男でしたら、どう致しましょう。旦那様は御帰りになりませんし、――何なら爺《じい》やでも警察へ、そう申しにやって見ましょうか。」

「まあ、婆やは臆病ね。あの人なんぞ何人来たって、私はちっとも怖くないわ。けれどももし――もし私の気のせいだったら――」

老女は不審《ふしん》そうに瞬《またた》きをした。

「もし私の気のせいだったら、私はこの儘気違《きちがい》になるかも知れないわね。」

「奥様はまあ、御冗談ばっかり。」

老女は安心したように微笑しながら、又紅茶の道具を始末し始めた。

「いいえ、婆やは知らないからだわ。私はこの頃《ごろ》一人でいるとね、きっと誰《たれ》かが私の後《うしろ》に立っているような気がするのよ。立って、そうして私の方をじっと見つめているような――」

房子はこう云いかけた儘、彼女自身の言葉に引き入れられたのか、急に憂鬱《ゆううつ》な眼つきになった。

……電灯を消した二階の寝室には、かすかな香水の匂のする薄暗がりが拡がっている。唯窓掛けを引かない窓だけが、ぼんやり明るんで見えるのは、月が出ているからに違いない。現にその光を浴びた房子は、独り窓の側《そば》に佇みながら、眼の下の松林を眺めている。

夫は今夜も帰って来ない。召使いたちは既に寝静まった。窓の外に見える庭の月夜も、ひっそりと風を落している。その中に鈍い物音が、間遠《まどお》に低く聞えるのは、今でも海が鳴っているらしい。

房子は少時《しばらく》立ち続けていた。すると次第《しだい》に不思議な感覚が、彼女の心に目ざめて来た。それは誰かが後にいて、じっとその視線を彼女の上に集注《しゅうちゅう》しているような心もちである。が、寝室の中には彼女の外《ほか》に、誰も人のいる理由はない。もしいるとすれば、――いや、戸には寝る前に、ちゃんと錠《じょう》が下《おろ》してある。ではこんな気がするのは、――そうだ。きっと神経が疲れているからに相違ない。彼女は薄明《うすあか》るい松林を見下しながら、何度もこう考え直そうとした。しかし誰かが見守っていると云う感じは、いくら一生懸命に打ち消して見ても、だんだん強くなるばかりである。

房子はとうとう思い切って、怖《こ》わ怖《ご》わ後《うしろ》を振り返って見た。が、果して寝室の中には、飼《か》い馴《な》れた三毛猫の姿さえ見えない。やはり人がいるような気がしたのは、病的な神経の仕業《しわざ》であった。――と思ったのはしかし言葉通り、ほんの一瞬の間だけである。房子はすぐに又前の通り、何か眼に見えない物が、この部屋を満たした薄暗がりの何処《どこ》かに、潜《ひそ》んでいるような心もちがした。しかし以前より更《さら》に堪えられない事には、今度はその何物かの眼が、窓を後《うしろ》にした房子の顔へ、まともに視線を焼きつけている。

房子は全身の戦慄《せんりつ》と闘いながら、手近の壁へ手をのばすと、咄嗟《とっさ》に電灯のスイッチを捻《ひね》った。と同時に見慣れた寝室は、月明りに交《まじ》った薄暗がりを払って、頼もしい現実へ飛び移った。寝台、西洋蝈《がや》、洗面台、――今はすべてが昼のような光の中に、嬉しい程《ほど》はっきり浮き上っている。その上それが何一つ、彼女が陳と結婚した一年以前と変っていない。こう云う幸福な周囲を見れば、どんなに気味の悪い幻《まぼろし》も、――いや、しかし怪しい何物かは、眩《まぶ》しい電灯の光にも恐れず、寸刻もたゆまない凝視の眼を房子の顔に注いでいる。彼女は両手に顔を隠すが早いか、無我夢中に叫ぼうとした。が、何故《なぜ》か声が立たない。その時彼女の心の上には、あらゆる経験を超越した恐怖が、……

房子は一週間以前の記憶から、吐息《といき》と一しょに解放された。その拍子に膝の三毛猫は、彼女の膝を飛び下りると、毛並みの美しい背を高くして、快さそうに欠伸《あくび》をした。

「そんな気は誰《たれ》でも致すものでございますよ。爺やなどは何時《いつ》ぞや御庭の松へ、鋏《はさみ》をかけて居《お》りましたら、まっ昼間《ぴるま》空に大勢の子供の笑い声が致したとか、そう申して居りました。それでもあの通り気が違う所《どころ》か、御用の暇には私へ小言《こごと》ばかり申して居《い》るじゃございませんか。」

老女は紅茶の盆を擡《もた》げながら、子供を慰めるようにこう云った。それを聞くと房子の頬には、始めて微笑らしい影がさした。

「それこそ御隣の坊ちゃんが、おいたをなすったのに違いないわ。そんな事にびっくりするようじゃ、爺やもやっぱり臆病なのね。――あら、おしゃべりをしている内に、とうとう日が暮れてしまった。今夜は旦那様が御帰りにならないから、好《い》いようなものだけれど、――御湯は？　婆や。」

「もうよろしゅうございますとも。何ならちょいと私が御加減を見て参りましょうか。」

「好いわ。すぐにはいるから。」

房子は漸《ようや》く気軽そうに、壁側の籐椅子から身を起した。

「又今夜も御隣の坊ちゃんたちは、花火を御揚げなさるかしら。」

老女が房子の後から、静《しずか》に出て行ってしまった跡《あと》には、もう夾竹桃も見えなくなった、薄暗い空虚の客間が残った。すると二人に忘れられた、あの小さな三毛猫は、急に何か見つけたように、一飛《ひと》びに戸口へ飛んで行った。そうしてまるで誰《たれ》かの足に、体を摺《す》りつけるような身ぶりをした。が、部屋に拡がった暮色の中には、その三毛猫の二つの眼が、無気味な燐光《りんこう》を放つ外《ほか》に、何もいるようなけはいは見えなかった。…………


横浜。

日華洋行の宿直室には、長椅子に寝ころんだ書記の今西が、余《あま》り明るくない電灯の下に、新刊の雑誌を拡げていた。が、やがて手近の卓子《テーブル》の上《うえ》へ、その雑誌をぱたりと抛《ほお》ると、大事そうに上衣《うわぎ》の隠しから、一枚の写真をとり出した。そうしてそれを眺めながら、蒼白い頰に何時までも、幸福らしい微笑を浮べていた。

写真は陳彩の妻の房子が、桃割《ももわ》れに結《ゆ》った半身であった。


鎌倉。


下り終列車の笛が、星月夜の空に上った時、改札口を出た陳彩は、たった一人跡に残って、二つ折の鞄《かばん》を抱えた儘、寂しい構内を眺めまわした。すると電灯の薄暗い壁側《かべぎわ》のベンチに坐っていた、背の高い背広の男が一人、太い籐の杖を引きずりながら、のそのそ陳の側《そば》へ歩み寄った。そうして闊達《かったつ》に鳥打帽を脱ぐと、声だけは低く挨拶をした。

「陳さんですか？　私は吉井です。」

陳は殆《ほとん》ど無表情に、じろりと相手の顔を眺めた。

「今日は御苦労でした。」

「先程《さきほど》電話をかけましたが、――」

「その後何もなかったですか？」

陳の語気には、相手の言葉を弾き除《の》けるような力があった。

「何もありません。奥さんは医者が帰ってしまうと、日暮までは婆やを相手に、何か話して御出ででした。それから御湯や御食事をすませて、十時頃までは蓄音機《ちくおんき》を御聞きになっていたようです。」

「客は一人も来なかったですか？」

「ええ、一人も。」

「君が監視をやめたのは？」

「十一時二十分です。」

吉井の返答もてきぱきしていた。

「その後終列車まで汽車はないですね。」

「ありません。上りも、下りも。」

「いや。難有《ありがと》う。帰ったら里見君に、よろしく云ってくれ給え。」

陳は麦藁帽《むぎわらぼう》の庇《ひさし》へ手をやると、吉井が鳥打帽を脱ぐのには眼もかけず、砂利を敷いた構外へ大股《おおまた》に歩み出した。その容子《ようす》が余り無遠慮《ぶえんりょ》すぎたせいか、吉井は陳の後姿《うしろすがた》を見送ったなり、ちょいと両肩を聳《そび》やかせた。が、すぐ又気にも止めないように、軽快な口笛を鳴らしながら、停車場《ていしゃじょう》前の宿屋の方へ、太い籐の杖を引きずって行った。

鎌倉。

一時間の後《のち》陳彩は、彼等夫婦の寝室の戸へ、盗賊《とうぞく》のように耳を当てながら、じっと容子を窺《うかが》っている彼自身を発見した。寝室の外の廊下には、息のつまるような暗闇が、一面にあたりを封じていた。その中に唯一点、かすかな明りが見えるのは、戸の向うの電灯の光が、鍵穴を洩れるそれであった。

陳は殆《ほとん》ど破裂しそうな心臓の鼓動を抑えながら、ぴったり戸へ当てた耳に、全身の注意を集めていた。が、寝室の中からは何の話し声も聞こえなかった。その沈黙が又陳にとっては、一層堪え難い呵責《かしやく》であった。彼は目の前の暗闇の底に、停車場から此処《ここ》へ来る途中の、思いがけない出来事が、もう一度はっきり見えるような気がした。

……枝を交《かわ》した松の下には、しっとり砂に露の下りた、細い路が続いている。大空に澄んだ無数の星も、その松の枝の重なった此処へは、滅多に光を落して来ない。が、海の近い事は、疎《まば》らな芒《すすき》に流れて来る潮風が明かに語っている。陳はさっきからたった一人、夜と共に強くなった松脂《まつやに》の匂を嗅ぎながら、こう云う寂しい闇の中に、注意深い歩みを運んでいた。

その内に彼はふと足を止めると、不審そうに行く手を透かして見た。それは彼の家の煉瓦《れんが》塀《べい》が、何歩か先に黒黒《くろぐろ》と、現われて来たからばかりではない、その常春藤《きづた》に蔽《おお》われた、古風な塀の見えるあたりに、忍びやかな靴の音が、突然聞え出したからである。

が、いくら透して見ても、松や芒の闇が深いせいか、肝腎《かんじん》の姿は見る事が出来ない。唯、咄嗟に感づいたのは、その足音がこちらへ来ずに、向うへ行《ゆ》くらしいと云う事である。

「莫迦《ばか》な、この路を歩く資格は、おればかりにある訳じゃあるまいし。」

陳はこう心の中に、早くも疑惑を抱き出した彼自身を叱ろうとした。が、この路は彼の家の裏門の前へ出る外《ほか》には、何処《どこ》へも通じていない筈である。して見れば、——と思う刹那《せつな》に陳の耳には、その裏門の戸の開く音が、折から流れて来た潮風と一しょに、かすかながらも伝わって来た。

「可笑《おか》しいぞ。あの裏門には今朝《けさ》見た時も、錠がかかっていた筈だが。」

そう思うと共に陳彩は、獲物を見つけた猟犬のように、油断なくあたりへ気を配りながら、そっとその裏門の前へ歩み寄った。が、裏門の戸はしまっている。力一《いっ》ぱい押して見ても、動きそうな気色《けしき》も見えないのは、何時《いつ》の間にか元の通り、錠が下りてしまったらしい。陳はその戸に倚りかかりながら、膝を埋《うず》めた芒の中に、少時《しばらく》は茫然と佇んでいた。

「門が明くような音がしたのは、おれの耳の迷だったかしら。」

が、さっきの足音は、もう何処からも聞えて来ない。常春藤の簇《むらが》った塀の上には、火の光もささない彼の家が、ひっそりと星空に聳《そび》えている。すると陳の心には、急に悲しさがこみ上げて来た。何がそんなに悲しかったか、それは彼自身にもはっきりしない。唯其処《そこ》に佇んだ儘、乏しい虫の音に聞き入っていると、自然と涙が彼の頬へ、冷やかに流れ始めたのである。

「房子。」

陳は殆《ほとん》ど呻《うめ》くように、なつかしい妻の名前を呼んだ。

するとその途端《とたん》である。高い二階の室《へや》の一つには、意外にも眩しい電灯がともった。

「あの窓は、――あれは、――」

陳は際《きわ》どい息を呑んで、手近の松の幹を捉えながら、延《の》び上《あが》るように二階の窓を見上げた。窓は、――二階の寝室の窓は、硝子《ガラス》戸をすっかり明け放った向うに、明るい室内を覗《のぞ》かせている。そうして其処《そこ》から流れる光が、塀の内に茂った松の梢《こずえ》を、ぼんやり暗い空に漂わせている。

しかし不思議はそればかりではない。やがてその二階の窓際には、こちらへ向いたらしい人影が一つ、朧《おぼろ》げな輪廓《りんかく》を浮き上らせた。生憎《あいにく》電灯の光が後《うしろ》にあるから、顔かたちは誰《たれ》だか判然しない。が、兎《と》も角《かく》もその姿が、女でない事だけは確《たしか》である。陳は思わず塀の常春藤を摑《つか》んで、倒れかかる体を支えながら、苦しそうに切れ切れな声を洩らした。

「あの手紙は、――まさか、――房子だけは――」

一瞬間の後陳彩は、安安《やすやす》塀を乗り越えると、庭の松の間をくぐりくぐり、首尾《しゅび》よく二階の真下にある、客間の窓際へ忍び寄った。其処には花も葉も露に濡れた、水水《みずみず》しい夾竹桃の一むらが、……………

陳はまっ暗な外の廊下《ろうか》に、乾いた唇を嚙みながら、一層嫉妬《しっと》深い聞き耳を立てた。それはこの時戸の向うに、さっき彼が聞いたような、用心深い靴の音が、二三度床に響いたからであった。

足響《あしおと》はすぐに消えてしまった。が、興奮した陳の神経には、程《ほど》なく窓をしめる音が、鼓膜《こまく》を刺すように聞えて来た。その後には、――又長い沈黙があった。

その沈黙は忽《たちま》ち絞《し》め木《ぎ》のように、色を失った陳の額へ、冷たい脂汗《あぶらあせ》を絞り出した。彼はわなわな震《ふる》える手に、戸のノッブを探り当てた。が、戸に錠の下りている事は、すぐにそのノッブが教えてくれた。

すると今度は櫛《くし》かピンかが、突然ばたりと落ちる音が聞えた。しかしそれを拾い上げる音は、いくら耳を澄ましていても、何故《なぜ》か陳には聞えなかった。

こう云う物音は一つ一つ、文字通り陳の心臓を打った。陳はその度《たび》に身を震わせながら、それでも耳だけは剛情にも、じっと寝室の戸へ押しつけていた。しかし彼の興奮が極度に達している事は、時時《ときどき》彼があたりへ投げる、気違いじみた視線にも明かであった。

苦しい何秒かが過ぎた後《のち》、戸の向うからはかすかながら、ため息をつく声が聞えて来た。と思うとすぐに寝台の上へも、誰《たれ》かが静《しずか》に上ったようであった。

もしこんな状態が、もう一分続いたなら、陳は戸の前に立ちすくんだ儘、失心してしまったかも知れなかった。が、この時戸から洩れる、蜘蛛《くも》の糸程の朧げな光が、天啓のように彼の眼を捉えた。陳は咄嗟に床へ這《は》うと、ノッブの下にある鍵穴から、食い入るような視線を室内へ送った。

その刹那に陳の眼の前には、永久に呪《のろ》わしい光景が開けた。…………

横浜。

書記の今西は内隠しへ、房子の写真を還《かえ》してしまうと、静《しずか》に長椅子から立ち上った。そうして例の通り音もなく、まっ暗な次の間《ま》へはいって行った。

スイッチを捻《ひね》る音と共に、次の間はすぐに明るくなった。その部屋の卓上電灯の光は、何時《いつ》の間《ま》に其処《そこ》へ坐ったか、タイプライターに向っている今西の姿を照し出した。

今西の指は忽《たちま》ちの内に、目まぐるしい運動を続け出した。と同時にタイプライターは、休みない響を刻みながら、何行かの文字が断続した一枚の紙を吐き始めた。

「拝啓、貴下の夫人が貞操を守られざるは、この上猶《なお》も申上ぐべき必要無き事と存じ候《そうろう》。されど貴下は溺愛の余り……」

今西の顔はこの瞬間、憎悪《ぞうお》そのもののマスクであった。

鎌倉。

陳の寝室の戸は破れていた。が、その外《ほか》は寝台も、西洋𢅥も、洗面台も、それから明るい電灯の光も、悉《ことごと》く一瞬間以前と同じであった。

陳彩は部屋の隅に佇んだ儘、寝台の前に伏し重なった、二人の姿を眺めていた、その一人は房子であった。――と云うよりも寧《むし》ろさっきまでは、房子だった「物」であった。この顔中紫に腫《は》れ上った「物」は、半ば舌を吐いた儘、薄眼《うすめ》に天井を見つめていた。もう一人は陳彩であった。部屋の隅にいる陳彩と、寸分《すんぶん》も変らない陳彩であった。これは房子だった「物」に重なりながら、爪も見えない程相手の喉《のど》に、両手の指を埋《うず》めていた。そうしてその露《あら》わな乳房《ちぶさ》の上に、生死もわからない頭を凭《もた》せていた。

何分《なんぷん》かの沈黙が過ぎた後《のち》、床の上の陳彩は、まだ苦しそうに喘《あえ》ぎながら、徐《おもむ》ろに肥った体を起した。が、やっと体を起したと思うと、すぐ又側にある椅子の上へ、倒れるように腰を下してしまった。

その時部屋の隅にいる陳彩は、静《しずか》に壁際を離れながら、房子だった「物」の側に歩み寄った。そうしてその紫に腫上った顔へ、限りなく悲しそうな眼を落した。

椅子の上の陳彩は、彼以外の存在に気がつくが早いか、気違いのように椅子から立ち上った。彼の顔には、——血走った眼の中には、凄まじい殺意が閃《ひらめ》いていた。が、相手の姿を一目見ると、その殺意は見る見る内に、云いようのない恐怖に変って行った。

「誰《たれ》だ、お前は?」

彼は椅子の前に立ちすくんだ儘、息のつまりそうな声を出した。

「さっき松林の中を歩いていたのも、——裏門からそっと忍びこんだのも、——この窓際に立って外を見ていたのも、——おれの妻を、——房子を——」

彼の言葉は一度途絶えてから、又荒荒しい嗄《しわが》れ声《ごえ》になった。

「お前だろう。誰だ、お前は?」

もう一人の陳彩は、しかし何とも答えなかった。その代りに眼を挙げて、悲しそうに相手の陳彩を眺めた。すると椅子の前の陳彩は、この視線に射すくまされたように、無気味な程大きな眼をしながら、だんだん壁際の方へすさり始めた。が、その間も彼の脣は、「誰だ、お前は？」を繰返すように、時時《ときどき》声もなく動いていた。

その内にもう一人の陳彩は、房子だった「物」の側に跪《ひざまず》くと、そっとその細い頸《くび》へ手を廻した。それから頸に残っている、無残な指の痕《あと》に脣を当てた。

明るい電灯の光に満ちた、墓窖《はかあな》よりも静な寝室の中には、やがてかすかな泣き声が、途切《とぎ》れ途切れに聞え出した。見ると此処にいる二人の陳彩は、壁際に立った陳彩も、床に跪いた陳彩のように、両手に顔を埋めながら……………

東京。

突然「影」の映画が消えた時、私は一人の女と一しょに、或《ある》活動写真館のボックスの椅子に坐っていた。

「今の写真はもうすんだのかしら。」

女は憂鬱な眼を私に向けた。それが私には「影」の中の房子の眼を思い出させた。

「どの写真？」

「今のさ。『影』と云うのだろう。」

女は無言の儘、膝の上のプログラムを私に渡してくれた。が、それには何処を探しても、「影」と云う標題は見当らなかった。

「するとおれは夢を見ていたのかな。それにしても眠った覚えのないのは妙じゃないか。おまけにその『影』と云うのが妙な写真でね。――」

私は手短かに「影」の梗概《こうがい》を話した。

「その写真なら、私も見た事があるわ。」

私が話し終った時、女は寂しい眼の底に微笑の色を動かしながら、殆《ほとん》ど聞えないようにこう返事をした。

「お互《たがい》に『影』なんぞは、気にしないようにしましょうね。」

奇怪な再会

一

お蓮《れん》が本所《ほんじょ》の横網《よこあみ》に囲われたのは、明治二十八年の初冬だった。

妾宅《しょうたく》は御蔵橋《おくらばし》の川に臨んだ、極《ご》く手狭な平家《ひらや》だった。唯《ただ》庭先から川向うを見ると、今は両国停車場《りょうごくていしゃじょう》になっている御竹倉《おたけぐら》一帯の藪《やぶ》や林が、時雨勝《しぐれがち》な空を遮《さえぎ》っていたから、比較的町中らしくない、閑静な眺めには乏しくなかった。が、それだけに又旦那《まただんな》が来ない夜なぞは寂し過ぎる事も度度《たびたび》あった。

「婆《ばあ》や、あれは何の声だろう?」

「あれでございますか? あれは五位鷺《ごいさぎ》でございますよ。」

お蓮は眼の悪い傭《やと》い婆さんとランプの火を守りながら、気味悪そうにこんな会話を交換する事もないではなかった。

旦那の牧野《まきの》は三日にあげず、昼間でも役所の帰り途《みち》に、陸軍一等主計《りくぐんいっとうしゅけい》の軍服を着た、逞《たくま》しい姿を運んで来た。勿論《もちろん》日が暮れてから、厩橋《うまやばし》向うの本宅を抜けて来る事も稀ではなかった。牧野はもう女房ばかりか、男女二人の子持ちでもあった。

この頃丸髷《ごろまるまげ》に結《ゆ》ったお蓮は、殆《ほとん》ど宵毎《よいごと》に長火鉢を隔てながら、牧野の酒の相手をした。二人の間の茶ぶ台には、大抵《たいてい》からすみや海鼠腸《このわた》が、小綺麗な皿小鉢を並べていた。

そう云《い》う時には過去の生活が、兎角《とかく》お蓮の頭の中に、はっきり浮んで来勝《が》ちだった。彼女はあの賑かな家や朋輩《ほうばい》たちの顔を思い出すと、遠い他国へ流れて来た彼女自身の便りなさが、一層心に沁《し》みるような気がした。それから又以前よりも、益《ますます》肥《ふと》って来た牧野の体が、不意に妙な憎悪《ぞうお》の念を燃え立たせる事も時時《ときどき》あった。

牧野は始終愉快そうに、ちびちび杯《さかずき》を嘗《な》めていた。そうして何か冗談を云っては、お蓮の顔を覗《のぞ》きこむと、突然大声に笑い出すのが、この男の酒癖《さけくせ》の一つだった。

「如何《いかが》ですな。お蓮の方《かた》、東京も満更《まんざら》じゃありますまい。」

お蓮は牧野にこう云われても、大抵は微笑を洩らした儘《まま》、酒の燗《かん》などに気をつけていた。

役所の勤めを抱えていた牧野は、滅多《めった》に泊って行かなかった。枕もとに置いた時計の針が、十二時近くなったのを見ると、彼はすぐにメリヤスの襯衣《シャツ》へ、太い腕を通し始めた。お蓮は自堕落《じだらく》な立て膝をしたなり、何時《いつ》も唯《ただ》ぼんやりと、せわしなそうな牧野の帰り仕度《じたく》へ、懶《ものう》い流し眼を送っていた。

「おい、羽織をとってくれ。」

牧野は夜中のランプの光に、脂《あぶら》の浮いた顔を照させながら、もどかしそうな声を出す事もあった。

お蓮は彼を送り出すと、殆《ほとん》ど毎夜の事ながら、気疲れを感ぜずにはいられなかった。と同時に又独りになった事が、多少は寂しくも思われるのだった。

雨が降っても、風が吹いても、川一つ隔てた藪や林は、心細い響を立て易かった。お蓮は酒臭い夜着《よぎ》の襟に、冷たい頬《ほほ》を埋《うず》めながら、じっとその響に聞き入っていた。こうしている内に彼女の眼には、何時《いつ》か涙が一ぱいに漂《ただよ》って来る事があった。しかしふだんは重苦しい眠《ねむり》が、――それ自身悪夢のような眠が、間もなく彼女の心の上へ、昏昏《こんこん》と下《くだ》って来るのだった。……

二

「どうしたんですよ？　その傷は。」

或《ある》静かな雨降りの夜《よ》、お蓮は牧野の酌《しゃく》をしながら、彼の右の頬へ眼をやった。其処《そこ》には青い剃痕《そりあと》の中に、大きな蚯蚓脹《みみずばれ》が出来ていた。

「これか？　これは嚊《かかあ》に引っ掻《か》かれたのさ。」

牧野は冗談かと思う程《ほど》、顔色も声もけろりとしていた。

「まあ、嫌な御新造《ごしんぞ》だ。どうして又そんな事をしたんです？」

「どうしてもこうしてもあるものか。御定《おさだま》りの角《つの》をはやしたのさ。おれでさえこの位《くらい》だから、お前なぞが遇《あ》って見ろ。忽《たちま》ち喉笛《のどぶえ》へ嚙《か》みつかれるぜ。まず早い話が満洲犬《まんしゅういぬ》さ。」

お蓮はくすくす笑い出した。

「笑い事じゃないぜ。此処《ここ》にいる事が知れた日にゃ、明日にも押しかけて来ないものじゃない。」

牧野の言葉には思いの外《ほか》、真面目《まじめ》そうな調子も交《まじ》っていた。

「そうしたら、その時の事ですわ。」

「へええ、ひどく又度胸《どきょう》が好《い》いな。」

「度胸が好い訳じゃないんです。私《わたし》の国の人間は、——」

お蓮は考え深そうに、長火鉢の炭火《すみび》へ眼を落した。

「私の国の人間は、みんな諦《あきら》めが好いんです。」

「じゃお前は焼かないと云う訳か？」

牧野の眼にはちょいとの間《あいだ》、狡猾《こうかつ》そうな表情が浮んだ。

「おれの国の人間は、みんな焼くよ。就中《なかんずく》おれなんぞは、——」

其処《そこ》へ婆さんが勝手から、あつらえ物の蒲焼《かばやき》を運んで来た。

その晩牧野は久しぶりに、妾宅へ泊って行く事になった。

雨は彼等《かれら》が床へはいってから、霙《みぞれ》の音に変り出した。お蓮は牧野が寝入った後《のち》、何故《なぜ》か何時《いつ》までも眠られなかった。彼女の冴《さ》えた眼の底には、見た事のない牧野の妻が、いろいろな姿を浮べたりした。が、彼女は同情は勿論、憎悪も嫉妬《しっと》も感じなかった。唯《ただ》その想像に伴うのは、多少の好奇心ばかりだった。どう云う夫婦喧嘩をするのかしら。――お蓮は戸の外の藪や林が、霙にざわめくのを気にしながら、真面目にそんな事も考えて見た。

それでも二時を聞いてしまうと、漸《ようや》く眠気《ねむけ》がきざして来た。――お蓮は何時か大勢《おおぜい》の旅客《りょかく》と、薄暗い船室に乗り合っている。円《まる》い窓から外を見ると、黒い波の重なった向うに、月だか太陽だか判然しない、妙に赤光《あかびかり》のする球《たま》があった。乗合いの連中はどうした訳か、皆影の中に坐った儘《まま》、一人も口を開くものがない。お蓮はだんだんこの沈黙が、恐しいような気がし出した。その内に誰かが彼女の後《うしろ》へ、歩み寄ったらしいけはいがする。彼女は思わず振り向いた。すると後には別れた男が、悲しそうな微笑を浮べながら、じっと彼女を見下している。………

「金《きん》さん。」

お蓮は彼女自身の声に、明け方の眠《ねむり》から覚まされた。牧野はやはり彼女の隣に、静かな呼吸を続けていた。が、こちらへ背中を向けた彼が、実際寝入っていたのかどうか、それはお蓮にはわからなかった。

三

お蓮に男のあった事は、牧野も気がついてはいたらしかった。が、彼はそう云う事には、頓着《とんじやく》する気色《けしき》も見せなかった。又実際男の方でも、牧野が彼女にのぼせ出すと同時に、ぱったり遠のいてしまったから、彼が嫉妬を感じなかったのも、自然と云えば自然だった。

しかしお蓮の頭の中には、始終男の事があった。それは恋しいと云うよりも、もっと残酷《ざんこく》な感情だった。何故《なぜ》男が彼女の所へ、突然足踏みもしなくなったか、――その訳が彼女には呑みこめなかった。勿論お蓮は何度となく、変り易い世間の男心に、一切の原因を見出そうとした。が、男の来なくなった前後の事情を考えると、あながちそうばかりも、思われなかった。と云って何か男の方に、已《や》むを得ない事情が起ったとしても、それも知らさずに別れるには、彼等二人の間柄は、余りに深い馴染《なじ》みだった。では男の身の上に、不慮の大変でも襲《おそ》って来たのか、――お蓮はこう想像するのが、恐しくもあれば望ましくもあった。……

男の夢を見た二三日後《のち》、お蓮は銭湯《せんとう》に行った帰りに、ふと「身上判断《みのうえはんだん》、玄象道人《げんしようどうじん》」と云う旗が、或格子戸造《あるこうしどづく》りの家に出してあるのが眼に止まった。その旗は算木《さんぎ》を染め出す代りに、赤い穴銭《あなせん》の形を描《か》いた、余《あま》り見慣れない代物《しろもの》だった。が、お蓮は其処《そこ》を通りかかると、急《きゆう》にこの玄象道人に、男が昨今どうしているか、占《うらな》って貰《もら》おうと云う気になった。

案内に応じて通されたのは、日当りの好《い》い座敷だった。その上主人が風流なのか、支那《しな》の書棚だの蘭《らん》の鉢だの、煎茶家《せんちゃか》めいた装飾があるのも、居心《いごころ》の好《い》い空気をつくっていた。

玄象道人は頭を剃《そ》った、恰幅《かっぷく》の好い老人だった。が、金歯《きんば》を嵌《は》めていたり、巻煙草《まきたばこ》をすぱすぱやる所は、一向道人らしくもない、下品な風采《ふうさい》を具《そな》えていた。お蓮はこの老人の前に、彼女には去年行方《ゆくえ》知れずになった親戚のものが一人ある、その行方を占って頂きたいと云った。

すると老人は座敷の隅から、早速《さっそく》二人のまん中へ、紫檀《したん》の小机を持ち出した。そうしてその机の上へ、恭《うやうや》しそうに青磁《せいじ》の香炉《こうろ》や金襴《きんらん》の袋を並べ立てた。

「その御親戚は御幾《おいく》つですな？」

お蓮は男の年を答えた。

「ははあ、まだ御若いな。御若い内は兎角《とかく》間違いが起りたがる。手前《てまえ》のような老爺《おやじ》になっては、――」

玄象道人はじろりとお蓮を見ると、二三度下《げ》びた笑い声を出した。

「御生れ年も御存知かな？　いや、よろしい。卯《う》の一白《いっぱく》になります。」

老人は金襴の袋から、穴銭を三枚取り出した。穴銭は皆一枚ずつ、薄赤い絹に包んであった。

「私の占いは擲銭卜《てきせんぼく》と云います。擲銭卜は昔漢《かん》の京房《けいぼう》が、始めて筮《ぜい》に代えて行ったとある。

御承知でもあろうが、筮と云う物は、一爻《いっこう》に三変の次第《しだい》があり、一卦《いっけ》に十八変の法があるから、容易に吉凶を判じ難い。其処《そこ》はこの擲銭卜の長所でな、……」

そう云う内に香炉からは、道人の燻《く》べた香《こう》の煙が、明《あかる》い座敷の中に上《のぼ》り始めた。

四

道人は薄赤い絹を解いて、香炉の煙に一枚ずつ、中の穴銭を燻《くん》じた後《のち》、今度は床《とこ》に懸けた軸《じく》の前へ、丁寧に円《まる》い頭を下げた。軸は狩野派《かのうは》が描《か》いたらしい、伏羲文王周公孔子《ふくぎぶんのうしゅうこうこうし》の四大聖人の画像だった。

「惟皇《これこう》たる上帝《じょうてい》、宇宙の神聖、この宝香《ほうこう》を聞いて、願《ねがわ》くは降臨を賜《たま》え。——猶予《ゆうよ》未《いま》だ決せず、疑う所は神霊に質《ただ》す。請《こ》う、皇愍《こうびん》を垂れて、速《すみやか》に吉凶を示し給《たま》え。」

そんな祭文《さいもん》が終ってから、道人は紫檀《したん》の小机の上へ、ぱらりと三枚の穴銭を撒《ま》いた。穴銭は一枚は文字が出たが、跡《あと》の二枚は波の方だった。道人はすぐに筆を執《と》って、巻紙にその順序を写した。

銭《ぜに》を擲《な》げては陰陽《いんよう》を定める、——それが丁度《ちょうど》六度続いた。お蓮はその穴銭の順序へ、心配そうな眼を注《そそ》いでいた。

「さて——と。」

擲銭《てきせん》が終った時、老人は巻紙《まきがみ》を眺めた儘《まま》、少時《しばらく》は唯《ただ》考えていた。

「これは雷水解《らいすいかい》と云う卦《け》でな、諸事思うようにはならぬとあります。――」

お蓮は怯《お》ず怯《お》ず三枚の銭から、老人の顔へ視線を移した。

「まずその御親戚とかの若い方《かた》にも、二度と御遇《おあ》いにはなれそうもないな。」

玄象道人はこう云いながら、又穴銭を一枚ずつ、薄赤い絹に包み始めた。

「では生きては居《お》りませんのでしょうか？」

お蓮は声が震えるのを感じた。「やはりそうか」と云う気もちが、「そんな筈はない」と云う気もちと一しょに、思わず声へ出たのだった。

「生きていられるか、死んでいられるかそれはちと判じ悪《にく》いが、――兎《と》に角《かく》御遇いにはなれぬものと御思いなさい。」

「どうしても遇えないでございましょうか？」

お蓮に駄目《だめ》を押された道人は、金襴の袋の口をしめると、脂《あぶら》ぎった頬のあたりに、ちらりと皮肉らしい表情が浮んだ。

「滄桑《そうそう》の変《へん》と云う事もある。この東京が森や林にでもなったら、御遇いになれぬ事もありますまい。――とまず、卦にはな、卦にはちゃんと出ています。」

お蓮は此処《ここ》へ来た時よりも、一層心細い気になりながら、高い見料《けんりょう》を払った後《のち》、匆匆《そうそう》家へ帰って来た。

その晩彼女は長火鉢の前に、ぼんやり頬杖《ほおづえ》をついたなり、鉄瓶《てつびん》の鳴る音に聞き入っていた。玄象道人の占いは、結局何の解釈をも与えてくれないのと同様だった。いや、寧《むし》ろ積極的に、彼女が密かに抱いていた希望、――たとい如何《いか》にはかなくとも、やはり希望には違いない、万一を期する心もちを打ち砕いたのも同様だった。男は道人がほのめかせたように、実際生きていないのであろうか？　そう云えば彼女が住んでいた町も、当時は物騒な最中だった。男はお蓮のいる家へ、不相変《あいかわらず》通って来る途中、何か間違いに遇ったのかも知れない。さもなければ忘れたように、ふっつり来なくなってしまったのは、――お蓮は白粉《おしろい》を刷《は》いた片頬《かたほお》に、炭火《すみび》の火照《ほて》りを感じながら、何時《いつ》か火箸を弄《もてあそ》んでいる彼女自身を見出した。

「金、金、金、――」

灰の上にはそう云う文字が、何度も書かれたり消されたりした。

五

「金、金、金、――」

そうお蓮が書き続けていると、台所にいた雇婆《やとい》さんが、突然かすかな叫び声を洩らした。この家《うち》では台所と云っても、障子一重《しょうじひとえ》開けさえすれば、すぐに其処《そこ》が板の間《ま》だった。

「何？　婆や。」

「まあ御新《ごしん》さん。いらしって御覧なさい。ほんとうに何だと思ったら、――」

お蓮は台所へ出て行って見た。竈《かまど》が幅をとった板の間には、障子に映るランプの光が、物静かな薄暗をつくっていた。婆さんはその薄暗の中に、半天《はんてん》の腰を屈《かが》めながら、丁度今何か白い獣《けもの》を抱き上げている所だった。

「猫かい？」

「いえ、犬でございますよ。」

両袖を胸に合せたお蓮は、じっとその犬を覗きこんだ。犬は婆さんに抱かれた儘《まま》、水水《みずみず》しい眼を動かしては、頻《しきり》に鼻を鳴らしていた。

「これは今朝程《けさほど》五味溜《ごみた》めの所に、啼《な》いていた犬でございますよ。――どうしてはいって参りましたかしら。」

「お前はちっとも知らなかったの？」

「はい、その癖此処にさっきから、御茶碗を洗って居《お》りましたんですが――やっぱり人間眼の悪いと申す事は、仕方のないもんでございますね。」

婆さんは水口《みずぐち》の腰障子を開けると、暗い外へ小犬を捨てようとした。

「まあ御待ち、ちょいと私も抱いて見たいから、――」

「御止《およ》しなさいましよ。御召しでもよごれるといけません。」

お蓮は婆さんの止めるのも聞かず、両手にその犬を抱きとった。犬は彼女の手の内に、ぶるぶる体を震わせていた。それが一瞬間過去の世界へ、彼女の心をつれて行った。お蓮はあの賑かな家にいた時、客の来ない夜は一しょに寝る、白い小犬を飼っていたのだった。

「可哀《かわい》そうに、――飼ってやろうかしら。」

婆さんは妙な瞬《またた》きをした。

「ねえ、婆や。飼ってやろうよ。お前に面倒はかけないから、――」

お蓮は犬を板の間へ下《おろ》すと、無邪気な笑顔を見せながら、もう肴《さかな》でも探してやる気か、台所の戸棚《とだな》に手をかけていた。

その翌日から妾宅には、赤い頸環《くびわ》に飾られた犬が、畳の上にいるようになった。

綺麗《きれい》好きな婆さんは、勿論この変化を悦ばなかった。殊《こと》に庭へ下りた犬が、泥足の儘上って来なぞすると、一日腹を立てている事もあった。が、外《ほか》に仕事のないお蓮は、子供のように犬を可愛《かわい》がった。食事の時にも膳の側には、必ず犬が控えていた。夜は又彼女の夜着の裾に、まろまろ寝ている犬を見るのが、文字通り毎夜の事だった。

「その時分《じぶん》から私は、嫌だ嫌だと思っていましたよ。何しろ薄暗いランプの光に、あの白犬が御新造の寝顔をしげしげ見ていた事もあったんですから、――」

婆さんは彼是《かれこれ》一年の後《のち》、私の友人のKと云う医者に、こんな事も話して聞かせたそうである。

六

この小犬に悩まされたものは、雇婆さん一人ではなかった。牧野も犬が畳の上に、寝そべっているのを見た時には、不快そうに太い眉《まゆ》をひそめた。

「何だい、こいつは？――畜生《ちくしょう》。あっちへ行け。」

陸軍主計の軍服を着た牧野は、邪慳《じゃけん》に犬を足蹴《あしげ》にした。犬は彼が座敷へ通ると、白い背中の毛を逆立《さかだ》てながら、無性《むしょう》に吠《ほ》え立て始めたのだった。

「お前の犬好きにも呆《あき》れるぜ。」

晩酌《ばんしゃく》の膳に就いてからも、牧野はまだ忌忌《いまいま》しそうに、じろじろ犬を眺めていた。

「前にもこの位《くらい》なやつを飼っていたじゃないか？」

「ええ、あれもやっぱり白犬でしたわ。」

「そう云えばお前があの犬と、何でも別れないと云い出したのにゃ、随分《ずいぶん》手こずらされたものだったけ。」

お蓮は膝の小犬を撫《な》でながら、仕方なさそうな微笑を洩らした。汽船や汽車の旅を続けるのに、犬をつれて行く事が面倒なのは、彼女にもよくわかっていた。が、男とも別れた今、その白犬を後に残して、見ず知らずの他国へ行くのは、どう考えて見ても寂しかった。だから、愈《いよいよ》立つと云う前夜、彼女は犬を抱き上げては、その鼻に頬をすりつけながら、何度も止めどない啜《すす》り泣きを呑みこみ呑みこみしたものだった。………

「あの犬は中中《なかなか》利巧だったが、こいつはどうも莫迦《ばか》らしいな。第一人相《にんそう》が、……人相じゃない。犬相《けんそう》だが、――犬相が甚だ平凡だよ。」

もう酔《よい》のまわった牧野は、初めの不快も忘れたように、刺身《さしみ》なぞを犬に投げてやった。

「あら、あの犬によく似ているじゃありませんか？ 違うのは鼻の色だけですわ。」

「何、鼻の色が違う？ 妙な所が又違ったものだな。」

「この犬は鼻が黒いでしょう。あの犬は鼻が赭《あこ》うござんしたよ。」

お蓮は牧野の酌をしながら、前に飼っていた犬の鼻が、はっきり眼の前に見えるような気がした。それは始終涎《よだれ》に濡れた、丁度子持ちの乳房のように、鳶色《とびいろ》の斑《ぶち》がある鼻づらだった。

「へええ、して見ると鼻の赭《あか》い方が、犬では美人の相《そう》なのかも知れない。」

「美男《びなん》ですよ、あの犬は。これは黒いから、醜男《ぶおとこ》ですわね。」

「男かい、二匹とも。此処の家《うち》へ来る男は、おればかりかと思ったが、――こりゃちと怪しからんな。」

牧野はお蓮の手を突《つつ》きながら、彼一人上機嫌に笑い崩《くず》れた。

しかし牧野は何時《いつ》までも、その景気を保っていられなかった。犬は彼等が床《とこ》へはいると、古襖一重《ふるぶすまひとえ》隔てた向うに、何度も悲しそうな声を立てた。のみならずしまいには其襖《そのふすま》へ、がりがり前足の爪をかけた。牧野は深夜のランプの光に、妙な苦笑《くしょう》を浮べながら、とうとうお蓮へ声をかけた。

「おい、其処《そこ》を開けてやれよ。」

が、彼女が襖を開けると、犬は存外《ぞんがい》ゆっくりと、二人の枕もとへはいって来た。そうして白い影のように、其処へ腹を落着けたなり、じっと彼等を眺め出した。お蓮は何だかその眼つきが、人のような気がしてならなかった。

七

それから二三日経った或夜《あるよ》、お蓮は本宅を抜けて来た牧野と、近所の寄席《よせ》へ出かけて行った。

手品《てじな》、剣舞《けんぶ》、幻灯《げんとう》、大神楽《だいかぐら》――そう云う物ばかりかかっていた寄席は、身動きも出来ない程大入《ほどおおい》りだった。二人は少時《しばらく》待たされた後《のち》、やっと高座《こうざ》には遠い所へ、窮屈《きゅうくつ》な腰を下《お》す事が出来た。彼等が其処へ坐った時、あたりの客は云い合わせたように、丸髷を結ったお蓮の姿へ、物珍しそうな視線を送った。彼女にはそれが晴がましくもあれば、同時に又何故《なぜ》か寂しくもあった。

高座には明るい吊《つり》ランプの下に、白い鉢巻をした男が、長い抜き身を振りまわしていた。そうして楽屋《がくや》からは朗朗《ろうろう》と、「踏み破る千山万岳《せんざんばんがく》の煙」とか云う、詩《し》をうたう声が起っていた。お蓮にはその剣舞は勿論、詩吟も退屈なばかりだった。が、牧野は巻煙草へ火をつけながら、面白そうにそれを眺めていた。

剣舞の次は幻灯だった。高座に下した幕の上には、日清《にっしん》戦争の光景が、いろいろ映ったり消えたりした。大きな水柱《みずばしら》を揚げながら、「定遠《ていえん》」の沈没する所もあった。敵の赤児《あかご》を抱いた樋口大尉《ひぐちたいい》が、突撃を指揮する所もあった。大勢の客はその画《え》の中に、たまたま日章旗《にっしょうき》が現れなぞすると、必ず盛な喝采《かっさい》を送った。中には「帝国万歳《ばんざい》」と、頓狂《とんきょう》な声を出すものもあった。しかし実戦に臨んで来た牧野は、そう云う連中とは没交渉に、唯にやにやと笑っていた。

「戦争もあの通りだと、楽《らく》なもんだが、——」

彼《かれ》は牛荘《ニューチャン》の激戦の画を見ながら、半ば近所へも聞かせるように、こうお蓮へ話しかけた。が、彼女は不相変《あいかわらず》、熱心に幕へ眼をやった儘《まま》、かすかに頷《うなず》いたばかりだった。それは勿論どんな画でも、幻灯が珍しい彼女にとっては、興味があったのに違いなかった。しかしその外《ほか》にも画面の景色は、——雪の積った城楼《じょうろう》の屋根だの、枯柳《かれやなぎ》に繋《つな》いだ兎馬《うさぎうま》だの、辮髪《べんぱつ》を垂れた支那兵だのは、特に彼女を動かすべき理由も持っていたのだった。

寄席がはねたのは十時だった。二人は肩を並べながら、しもうた家《や》ばかり続いている、人《ひと》気《け》のない町を歩いて来た。町の上には半輪の月が、霜の下りた家家《いえいえ》の屋根へ、寒い光を流していた。牧野はその光の中へ、時時《ときどき》巻煙草の煙を吹いては、さっきの剣舞でも頭にあるのか、「鞭声《べんせい》粛粛《しゅくしゅく》夜河《よるかわ》を渡る」なぞと、古臭い詩の句を微吟《びぎん》したりした。

所《ところ》が横町を一つ曲ると、突然お蓮は慴《おび》えたように、牧野の外套《がいとう》の袖を引いた。

「びっくりさせるぜ。何だ？」

彼はまだ足を止めずに、お蓮の方へ振り返った。

「誰《たれ》か呼んでいるようですもの。」

お蓮は彼に寄り添いながら、気味の悪そうな眼つきをしていた。

「呼んでいる？」

牧野は思わず足を止めると、ちょいと耳を澄ませて見た。が、寂しい往来には、犬の吠える声さえ聞えなかった。

「空耳《そらみみ》だよ。何が呼んでなんぞいるものか。」

「気のせいですかしら。」

「あんな幻灯を見たからじゃないか？」

八

寄席《よせ》へ行《い》った翌朝《よくあさ》だった。お蓮《れん》は房楊枝《ふさようじ》を銜《くわ》えながら、顔を洗いに縁側《えんがわ》へ行った。縁側にはもう何時《いつ》もの通り、銅の耳盥《みみだらい》に湯を汲んだのが、鉢前《はちまえ》の前に置いてあった。

冬枯《ふゆがれ》の庭は寂しかった。庭の向うに続いた景色も、曇天を映した川の水と一しょに、荒涼を極めたものだった。が、その景色が眼にはいると、お蓮は嗽《うが》いを使いながら、今までは全然忘れていた昨夜《ゆうべ》の夢を思い出した。

それは彼女がたった一人、暗い藪《やぶ》だか林だかの中を歩き廻っている夢だった。彼女は細い路《みち》を辿《たど》りながら、「とうとう私の念力《ねんりき》が届いた。東京はもう見渡す限り、人気《ひとけ》のない森に変っている。きっと今に金さんにも、遇う事が出来るのに違いない。」――そんな事を思い続けていた。すると少時《しばらく》歩いている内に、大砲の音や小銃の音が、何処《どこ》とも知らず聞え出した。と同時に木木《きぎ》の空が、まるで火事でも映すように、だんだん赤濁りを帯び始めた。「戦争だ。戦争だ。」――彼女はそう思いながら、一生懸命に走ろうとした。が、いくら気負《きお》って見ても、何故《なぜ》か一向走れなかった。…………

お蓮は顔を洗ってしまうと、手水《ちょうず》を使う為に肌を脱いだ。その時何か冷たい物が、べたりと彼女の背中に触《ふ》れた。

「しっ！」

彼女は格別驚きもせず、艶《なまめ》いた眼を後《うしろ》へ投げた。其処には小犬が尾を振りながら、頻《しきり》に黒い鼻を舐《な》め廻していた。

九

牧野はその後《ご》二三日すると、何時《いつ》もより早めに妾宅へ、田宮《たみや》と云う男と遊びに来た。或有《ある》名な御用商人の店へ、番頭格に通《かよ》っている田宮は、お蓮が牧野に囲われるのに就《つ》いても、いろいろ世話をしてくれた人物だった。

「妙なもんじゃないか？　こうやって丸髷に結っていると、どうしても昔のお蓮さんとは見えない。」

田宮は明いランプの光に、薄痘痕《うすいも》のある顔を火照《ほて》らせながら、向い合った牧野へ盃《さかずき》をさした。

「ねえ、牧野さん。これが島田《しまだ》に結っていたとか、赤熊《しやぐま》に結っていたとか云うんなら、こうも違っちゃ見えまいがね、何しろ以前が以前だから、――」

「おい、おい、此処の婆さんは眼は少し悪いようだが、耳は遠くもないんだからね。」

牧野はそう注意はしても、嬉しそうににやにや笑っていた。

「大丈夫。聞えた所がわかるもんか。——ねえ、お蓮さん。あの時分の事を考えると、まるで夢のようじゃありませんか。」

お蓮は眼を外《そ》らせた儘、膝の上の小犬にからかっていた。

「私も牧野さんに頼まれたから、一度は引き受けて見たようなものの、万一ばれた日にゃ大《おお》事《ごと》だと、無事に神戸《こうべ》へ上がるまでにゃ、随分これでも気を揉《も》みましたぜ。」

「へん、そう云う危い橋なら、渡りつけているだろうに、——」

「冗談云っちゃいけない。人間の密輸入はまだ一度ぎりだ。」

田宮は一盃ぐいとやりながら、わざとらしい渋面《じゅうめん》をつくって見せた。

「だがお蓮の今日《こんにち》あるを得たのは、実際君のおかげだよ。」

牧野は太い腕を伸ばして、田宮へ猪口《ちょく》をさしつけた。

「そう云われると恐れ入るが、兎《と》に角《かく》あの時は弱ったよ。おまけに又乗った船が、丁度玄海《げんかい》へかかったとなると、恐ろしいしけを食《くら》ってね。——ねえ、お蓮さん。」

「ええ、私はもう船も何も、沈んでしまうかと思いましたよ。」

お蓮は田宮の酌をしながら、やっと話に調子を合わせた。が、あの船が沈んでいたら、今よりは反《かえ》って益《まし》かも知れない。——そんな事もふと考えられた。

「それがまあこうしていられるんだから、御互様《おたがいさま》に仕合せでさあ。——だがね、牧野さん。お蓮さんに丸髷が似合うようになると、もう一度又昔《また》のなりに、返らせて見たい気もしやしないか？」

「返らせたかった所が、仕方がないじゃないか？」

「ないがさ、――ないと云えば昔の着物は、一つもこっちへは持って来なかったかい？」

「着物所《どころ》か櫛簪《くしかんざし》までも、ちゃんと御持参になっている。いくら僕が止せと云っても、一向《いっこう》御取上げにならなかったんだから、――」

牧野はちらりと長火鉢越しに、お蓮の顔へ眼を送った。お蓮はその言葉も聞えないように、鉄瓶のぬるんだのを気にしていた。

「そいつは猶更《なおさら》好都合だ。――どうです？　お蓮さん。その内に一つなりを変えて、御酌を願おうじゃありませんか？」

「そうして君も序《ついで》ながら、昔馴染《むかしなじみ》を一人思い出すか。」

「さあ、その昔馴染みと云うやつがね、お蓮さんのように好縹緻《ハオピイチエ》だと、思い出し甲斐《がい》もあると云うものだが、――」

田宮は薄痘痕のある顔に、擽《くすぐ》ったそうな笑いを浮べながら、すり芋を箸《はし》に搦《から》んでいた。

………

その晩田宮が帰ってから、牧野は何も知らなかったお蓮に、近近《きんきん》陸軍を止《や》め次第、商人になると云う話をした。辞職の許可が出さえすれば、田宮が今使われている、或《ある》名高い御用商人が、すぐに高給で抱えてくれる、――何でもそう云う話だった。

「そうすりゃ此処にいなくとも好《い》いから、何処か手広い家《うち》へ引っ越そうじゃないか？」

牧野はさも疲れたように、火鉢の前へ寝ころんだ儘《まま》、田宮が土産《みやげ》に持って来たマニラの葉巻を吹かしていた。

「この家だって沢山ですよ。婆やと私と二人ぎりですもの。」

お蓮は意地のきたない犬へ、残り物を当てがうのに忙しかった。

「そうなったら、おれも一しょにいるさ。」

「だって御新造がいるじゃありませんか？」

「嬶《かかあ》かい？　嬶とも近近《きんきん》別れる筈だよ。」

牧野の口調や顔色では、この意外な消息《しょうそく》も、満更冗談とは思われなかった。

「あんまり罪な事をするのは御止しなさいよ。」

「かまうものか。己《おのれ》に出でて己に返るさ。おれの方ばかり悪いんじゃない。」

牧野は険《けわ》しい眼をしながら、やけに葉巻をすぱすぱやった。お蓮は寂しい顔をしたなり、少時《しばらく》は何とも答えなかった。

十

「あの白犬が病みついたのは、――そうそう、田宮の旦那《だんな》が御見えになった、丁度その明《あ》くる日ですよ。」

お蓮に使われていた婆さんは、私の友人のKと云う医者に、こう当時の容子《ようす》を話した。

「大方食中り《おおかたしょくあた》か何かだったんでしょう。始は毎日長火鉢の前に、ぼんやり寝ているばかりでしたが、その内に時時《ときどき》どうかすると、畳をよごすようになったんです。御新造は何しろ子供のように、可愛がっていらしった犬ですから、わざわざ牛乳を取ってやったり、宝丹《ほうたん》を口へ銜《ふく》ませてやったり、随分大事になさいました。それに不思議はないんです。ないんですが、嫌《いや》じゃありませんか？　犬の病気が悪くなると、御新造が犬と話をなさるのも、だんだん珍しくなくなったんです。

「そりゃ話をなさると云っても、つまりは御新造が犬を相手に、長長《ながなが》と独り語《ひとごと》を仰有《おつしや》るんですが、夜更けにでもその声が聞えて御覧なさい。何だか犬も人間のように、口を利《き》いていそうな気がして、あんまり好《い》い気はしないもんですよ。それでなくっても一度なぞは、或《あ》る、からつ風のひどかった日に、御使いに行って帰って来ると、——その御使いも近所の占い者《うらないしゃ》の所へ、犬の病気を見て貰いに行ったんですが、——御使いに行って帰って来ると、障子のがたがた云う御座敷に、御新造の話し声が聞えるんでしょう。こりゃ旦那様でもいらしったかと思って、障子の隙間から覗いて見ると、やっぱり其処《そこ》にはたった一人、御新造がいらっしゃるだけなんです。おまけに風に吹かれた雲が、御日様の前を飛ぶからですが、膝へ犬をのせた御新造の姿が、しっきりなしに明るくなったり暗くなったりするじゃありませんか？

あんな気味の悪かった事は、この年になってもまだ二度とは、出っくわした覚えがない位《くらい》ですよ。

「ですから犬が死んだ時には、そりゃ御新造には御気の毒でしたが、こちらは内内《ないない》ほっとしたもんです。尤《もっと》もそれが嬉しかったのは、犬が粗匆《そそう》をする度に、掃除《そうじ》をしなければならなかった私ばかりじゃありません。旦那様もその事を御聞きになると、厄介払《やっかいばら》いをしたと云うように、にやにや笑って御出でになりました。犬ですか？　犬は何でも、御新造はもとより、私もまだ起きない内に、鏡台《きょうだい》の前へ仆《たお》れた儘、青い物を吐いて死んでいたんです。気がなさそうに長火鉢の前に、寝てばかりいるようになってから、彼是《かれこれ》半月にもなりましたかしら。……」

丁度薬研堀《ちょうどやげんぼり》の市《いち》の立つ日、お蓮は大きな鏡台の前に、息の絶えた犬を見出した。犬は婆さんが話した通り、青い吐物《とぶつ》の流れた中に、冷たい体を横たえていた。これは彼女もとうの昔に、覚悟をきめていた事だった。前の犬には生別《いきわか》れをしたが、今度の犬には死別《しにわか》れをした。所詮《しょせん》犬は飼えないのが、持って生まれた因縁《いんねん》かも知れない。——そんな事が唯《ただ》彼女の心へ、絶望的な静かさをのしかからせたばかりだった。

お蓮は其処《そこ》へ坐ったなり、茫然と犬の屍骸《しがい》を眺めた。それから懶《ものう》い眼を挙げて、寒い鏡の面《おもて》を眺めた。鏡には畳に仆《たお》れた犬が、彼女と一しょに映っていた。その犬の影をじっと見ると、お蓮は目まいでも起ったように、突然両手に顔を掩《おお》った。そうしてかすかな叫び声を洩らした。

鏡の中の犬の屍骸は、何時《いつ》か黒かるべき鼻の先が、赭《あか》い色に変っていたのだった。

十一

妾宅の新年は寂しかった。門《かど》には竹が立てられたり、座敷には蓬莱《ほうらい》が飾られたりしても、お蓮は独り長火鉢の前に、屈托《くったく》らしい頬杖《ほおづえ》をついては、障子の日影が薄くなるのに、懶い眼ばかり注いでいた。

暮《くれ》に犬に死なれて以来、唯《ただ》でさえ浮かない彼女の心は、ややともすると発作的《ほっさてき》な憂鬱に襲われ易かった。彼女は犬の事ばかりか、未《いまだ》にわからない男の在りかや、どうかすると顔さえ知らない、牧野の妻の身の上までも、いろいろ思い悩んだりした。と同時に又その頃から、折折《おりおり》妙な幻覚にも、悩まされるようになり始めた。——

或時《あるとき》は床《とこ》へはいった彼女が、やっと眠《ねむり》に就《つ》こうとすると、突然何かがのったように、夜着の裾がじわりと重くなった。小犬はまだ生きていた時分、彼女の蒲団の上へ来ては、よくごろりと横になった。——丁度それと同じように、柔かな重みがかかったのだった。お蓮はすぐに枕から、そっと頭を浮かせて見た。が、其処《そこ》には搔巻《かいまき》の格子模様《こうしもよう》が、ランプの光に浮んでいる外《ほか》は、何物もいるとは思われなかった。……

又或時は鏡台の前に、お蓮が髪を直していると、鏡へ映った彼女の後《うしろ》を、ちらりと白い物が通った。彼女はそれでも気をとめずに、水水《みずみず》しい鬢《びん》を掻《か》き上げていた。すると其《その》白い物は、前とは反対の方向へ、もう一度咄嗟《とっさ》に通り過ぎた。お蓮は櫛を持った儘、とうとう後を振り返った。しかし明い座敷の中には、何も生き物のけはいはなかった。やっぱり眼のせいだったかしら、――そう思いながら、鏡へ向うと、少時《しばらく》の後《のち》白い物は、三度彼女の後を通った。……

又或時は長火鉢の前に、お蓮が独り坐っていると、遠い外の往来《おうらい》に、彼女の名を呼ぶ声が聞えた。それは門の竹の葉が、ざわめく音に交《まじ》りながら、たった一度聞えたのだった。が、その声は東京へ来ても、始終心にかかっていた男の声に違いなかった。お蓮は息をひそめるように、じっと注意深い耳を澄ませた。その時又往来に、今度は前よりも近近《ちかぢか》と、なつかしい男の声が聞えた。と思うと何時《いつ》の間にか、それは風に吹き散らされる犬の声に変っていた。……

又或時はふと眼がさめると、彼女と一つ床《とこ》の中に、いない筈の男が眠っていた。迫った額《ひたい》、長い睫毛《まつげ》、――すべてが夜半《やはん》のランプの光に、寸分《すんぶん》も以前と変らなかった。左の眼尻《めじり》に黒子《ほくろ》があったが、――そんな事さえ検《しら》べて見ても、やはり確に男だった。お蓮は不思議に思うよりは、嬉しさに心を躍《おど》らせながら、その儘体も消え入るように、男の頸《くび》へすがりついた。しかし眠《ねむり》を破られた男が、うるさそうに何か呟《つぶや》いた声は、意外にも牧野に違いなかった。のみならずお蓮はその刹那《せつな》に、実際酒臭い牧野の頸へ、しっかり両手をからんでいる彼女自身を見出したのだった。

しかしそう云う幻覚の外《ほか》にも、お蓮の心を擾《さわが》すような事件は、現実の世界からも起って来た。と云うのは松もとれない内に、噂に聞いていた牧野の妻が、突然訪ねて来た事だった。

十二

牧野の妻が訪れたのは、生憎《あいにく》例の雇婆さんが、使いに行っている留守《るす》だった。案内を請う声に驚かされたお蓮は、やむを得ず気のない体を起して、薄暗い玄関へ出かけて行った。すると北向きの格子戸が、軒《のき》さきの御飾りを透《すか》せている、——其処にひどく顔色の悪い、眼鏡《めがね》をかけた女が一人、余り新しくない肩掛をした儘、俯《うつむ》向き勝《がち》に佇《たたず》んでいた。

「どなた様でございますか？」

お蓮はそう尋ねながら、相手の正体《しょうたい》を直覚《ちょっかく》していた。そうしてこの根《ね》の抜けた丸髷に、小紋《こもん》の羽織の袖を合せた、何処か影の薄い女の顔へ、じっと眼を注いでいた。

「私《わたくし》は——」

女はちょいとためらった後《のち》、やはり俯向き勝に話し続けた。

「私は牧野の家内《かない》でございます。瀧《たき》と云うものでございます。」

今度はお蓮が口ごもった。

「さようでございますか。それはもう存じて居ります。私《わたくし》は――」

牧野が始終御世話になりますそうで、私からも御礼を申し上げます。」

女の言葉は穏《おだやか》だった。皮肉らしい調子なぞは、不思議な程罩《ほどこ》っていなかった。それだけ又お蓮は何と云って好《い》いか、挨拶のしように困るのだった。

「就《つ》きましては今日《こんにち》は御年始かたがた、ちと御願いがあって参りましたんですが、――」

「何でございますか、私に出来る事でございましたら――」

まだ油断をしなかったお蓮は、略《ほぼ》その「御願い」もわかりそうな気がした。と同時にそれを切り出された場合、答うべき文句も多そうな気がした。しかし伏眼《ふしめ》勝ちな牧野の妻が、静《しず》に述べ始めた言葉を聞くと、彼女の予想は根本から、間違っていた事が明かになった。

「いえ、御願いと申しました所が、大した事でもございませんが、――実は近近《きんきん》に東京中が、森になるそうでございますから、その節はどうか牧野同様、私も御宅へ御置き下さいまし。御願いと云うのはこれだけでございます。」

相手はゆっくりこんな事を云った。その容子はまるで彼女の言葉が、如何《いか》に気違いじみているかも、全然気づいていないようだった。お蓮は呆気《あっけ》にとられたなり、少時《しばらく》は唯《ただ》外光に背いた、この陰気な女の姿を見つめているより外《ほか》はなかった。

「如何《いかが》でございましょう？　置いて頂けましょうか？」

お蓮は舌が剛《こわ》ばったように、何とも返事が出来なかった。何時《いつ》か顔を擡《もた》げた相手は、細細《ほそぼそ》と冷たい眼を開きながら、眼鏡越しに彼女を見つめている、――それが猶更《なおさら》お蓮には、すべてが一場《いちじょう》の悪夢のような、気味の悪い心地を起させるのだった。

「私はもとよりどうなっても、かまわない体でございますが、万一路頭に迷うような事がありましては、二人の子供が可哀そうでございます。どうか御面倒でもあなたの御宅へ、お置きなすって下さいまし。」

牧野の妻はこう云うと、古びた肩掛に顔を隠しながら、突然しくしく泣き始めた。すると何故《なぜ》か黙っていたお蓮も、急に悲しい気がして来た。やっと金さんにも遇える時が来たのだ。嬉しい。嬉しい。――彼女はそう思いながら、それでも春着の膝の上へ、やはり涙を落している彼女自身を見出したのだった。

が、何分《なんぷん》か過ぎ去った後《のち》、お蓮がふと気がついて見ると、薄暗い北向きの玄関には、何時《いつ》の間《ま》に相手は帰ったのか、誰《たれ》も人影が見えなかった。

十三

七草《ななくさ》の夜《よ》、牧野が妾宅へやって来ると、お蓮は早速彼の妻が、訪ねて来たいきさつを話して聞かせた。が、牧野は案外平然と、彼女に耳を貸した儘、マニラの葉巻ばかり燻《くゆ》らせていた。

「御新造はどうかしているんですよ。」

何時《いつ》か興奮し出したお蓮は、苛立たしい眉をひそめながら、剛情に猶《なお》も云い続けた。

「今の内に何とかして上げないと、取り返しのつかない事になりますよ。」

「まあ、なったらなった時の事さ。」

牧野は葉巻の煙の中から、薄眼《うすめ》に彼女を眺めていた。

「嚊《かかあ》の事なんぞを案じるよりゃ、お前こそ体に気をつけるが好《い》い。何だかこの頃《ごろ》は何時来て見ても、ふさいでばかりいるじゃないか？」

「私《わたし》はどうなっても好《い》いんですけれど、――」

「好《よ》くはないよ。」

お蓮は顔を曇らせたなり、少時《しばらく》は口を噤《つぐ》んでいた。が、突然涙ぐんだ眼を挙げると、

「あなた、後生《ごしょう》ですから、御新造を捨てないで下さい。」と云った。

牧野は呆気にとられたのか、何とも答を返さなかった。

「後生ですから、ねえ、あなた――」

お蓮は涙を隠すように、黒繻子《くろじゅす》の襟へ顎《あご》を埋《うず》めた。

「御新造は世の中にあなた一人が、何よりも大事なんですもの。それを考えて上げなくっち

や、薄情すぎると云うもんですよ。私の国でも女と云うものは、――」

「好《い》いよ。好いよ。お前の云う事はよくわかったから、そんな心配なんぞはしない方が好いよ。」

　葉巻を吸うのも忘れた牧野は、子供を欺《だま》すようにこう云った。

「一体この家《うち》が陰気だからね、――そうそう、この間は又犬が死んだりしている。だからお前も気がふさぐんだ。その内に何処か好い所があったら、早速引越してしまおうじゃないか？　そうして陽気に暮すんだね、――何、もう十日も経《た》ちさえすりゃ、おれは役人をやめてしまうんだから、――」

　お蓮は殆《ほとん》どその晩中、いくら牧野が慰めても、浮かない顔色《かおいろ》を改めなかった。……

「御新造の事では旦那様も、随分御心配なすったもんですが、――」

　Kにいろいろ尋《き》かれた時、婆さんは又当時の容子をこう話したとか云う事だった。

「何しろ今度の御病気は、あの時分にもうきざしていたんですから、やっぱりまあ旦那様始め、御諦《おあきら》めになる外《ほか》はありますまい。現に本宅の御新造が、不意に横網へ御出でなすった時でも、私《わたくし》が御使いから帰って見ると、こちらの御新造は御玄関先へ、ぼんやりと唯坐《ただすわ》っていらっしゃる、――それを眼鏡越しに睨《にら》みながら、あちらの御新造は又上ろうともなさらず、悪丁寧《わるていねい》な嫌味《いやみ》のありったけを並べて御出でなさる始末なんです。

「そりゃ御主人が毒づかれるのは、蔭《かげ》に聞いている私にも、好《い》い気のするもんじゃありません。けれども私が其処へ出ると、余計事がむずかしいんです。――と云うのは私も四五年前には、御本宅に使われていたもんですから、あちらの御新造に見つかったが最後、反《かえ》って先様《さき》の御腹立ちを煽《あお》る事になるかも知れますまい。そんな事があっては大変ですから、私は御本宅の御新造が、さんざん悪態《あくたい》を御つきになった揚句《あげく》、御帰りになってしまうまでは、とうとう御玄関の襖《ふすま》の蔭から、顔を出さずにしまいました。

「所《ところ》がこちらの御新造は、私の顔を御覧になると、『婆や、今し方御新造が御見えなすったよ。私《わたし》なんぞの所へ来ても、嫌味一つ云わないんだから、あれがほんとうの結構人《けっこうじん》だろうね』と、こう仰有《おつしや》るじゃありませんか？　そうかと思うと笑いながら、『何でも近近《きんきん》に東京中が、森になるって云っていたっけ。可哀そうにあの人は、気が少し変なんだよ』と、そんな事さえ仰有るんですよ。……」

十四

しかしお蓮の憂鬱は、二月にはいって間《ま》もない頃、やはり本所の松井町《まついちよう》にある、手広い二階家へ住むようになっても、不相変《あいかわらず》晴れそうな気色《けしき》はなかった。彼女は婆さんとも口を利かず、大抵は茶の間《ま》にたった一人、鉄瓶のたぎりを聞き暮していた。

すると其処へ移ってから、まだ一週間も経たない或夜《あるよ》、もう何処《どこ》かで飲んだ田宮が、ふらりと妾宅へ遊びに来た。丁度一杯始めていた牧野は、この飲み仲間の顔を見ると、早速手にあった猪口《ちょく》をさした。田宮はその猪口を貰う前に、襯衣《シャツ》を覗かせた懐《ふところ》から、赤い缶詰《かんづめ》を一つ出した。そうしてお蓮の酌を受けながら、

「これは御土産です。お蓮夫人。これはあなたへ御土産です。」と云った。

「何だい、これは？」

牧野はお蓮が礼を云う間《あいだ》に、その缶詰を取り上げて見た。

「貼紙《ペーパー》を見給え。膃肭獣《おっとせい》だよ。膃肭獣の缶詰さ。――あなたは気のふさぐのが病《やまい》だって云うから、これを一つ献上します。産前、産後、婦人病一切《いっさい》によろしい。――これは僕の友だちに聞いた能書《のうが》きだがね、そいつがやり始めた缶詰だよ。」

田宮《たみや》は唇《くちびる》を嘗《な》めまわしては、彼等二人を見比べていた。

「食えるかい、お前、膃肭獣なんぞが？」

お蓮は牧野にこう云われても、無理にちょいと口元へ、微笑を見せたばかりだった。が、田宮は手を振りながら、すぐにその答えを引き受けた。

「大丈夫。大丈夫だとも。――ねえ、お蓮さん。この膃肭獣と云うやつは、牡《おす》が一匹いる所には、牝が百匹《ひやっぴき》もくっついている。まあ人間にすると、牧野さんと云う所です。そう云えば顔も似ていますな。だからです。だから一つ牧野さんだと思って、――可愛い牧野さんだと思って御上《おあが》んなさい。」

「何を云っているんだ。」

牧野はやむを得ず苦笑した。

「牡が一匹いる所に、——ねえ、牧野さん、君によく似ているだろう。」

田宮は薄痘痕のある顔に、一ぱいの笑いを浮べたなり、委細《いさい》かまわずしゃべり続けた。

「今日僕の友だちに、——この缶詰屋に聞いたんだが、膃肭獣と云うやつは、牡同志が牝を取り合うと、——そうそう、膃肭獣の話よりや、今夜は一つお蓮さんに、昔のなりを見せて貰うんだった。どうです？　お蓮さん。今こそお蓮さんなんぞと云っているが、お蓮さんとは世を忍ぶ仮の名さ。此処は一番音羽屋《おとわや》で行きたいね。お蓮さんとは——」

「おい、おい、牝を取り合うとどうするんだ？　その方をまず伺《うかが》いたいね。」

迷惑らしい顔をした牧野は、やっともう一度膃肭獣の話へ、危険な話題を一転させた。が、その結果は必ずしも、彼が希望していたような、都合《つごう》の好《い》いものではなさそうだった。

「牝を取り合うとか？　牝を取り合うと、大喧嘩をするんだそうだ。その代りだね、その代り正正堂堂《せいせいどうどう》とやる。君のように暗打ちなんぞは食わせない。いや、こりゃ失礼。禁句禁句《きんくきんく》金看板《かんばん》の甚九郎《じんくろう》だっけ。——お蓮さん。一つ、献じましょう。」

田宮は色を変えた牧野に、ちらりと顔を睨まれると、てれ隠しにお蓮へ盃《さかずき》をさした。しかしお蓮は無気味《ぶきみ》な程《ほど》、じっと彼を見つめたぎり、手も出そうとはしなかった。

十五

お蓮が床を抜け出したのは、その夜《よ》の三時過ぎだった。彼女は二階の寝間《ねま》を後《うしろ》に、そっと暗い梯子《はしご》を下りると、手さぐりに鏡台の前へ行った。そうしてその抽斗《ひきだし》から、剃刀《かみそり》の箱を取り出した。

「牧野め。牧野の畜生め。」

お蓮はそう呟きながら、静《しずか》に箱の中の物を抜いた。その拍子に剃刀の匂《におい》が、磨《と》ぎ澄ました鋼《はがね》の匂が、かすかに彼女の鼻を打った。

何時《いつ》か彼女の心の中には、狂暴な野性が動いていた。それは彼女が身を売るまでに、邪慳《じやけん》な継母《ままはは》との争いから、荒《すさ》む儘に任せた野性だった。白粉《おしろい》が地肌《じはだ》を隠したように、この数年間の生活が押し隠していた野性だった。……

「牧野め。鬼め。二度の日の目は見せないから、――」

お蓮は派手な長襦袢《ながじゆばん》の袖に、一挺の剃刀を蔽《おお》ったなり、鏡台の前に立ち上った。

すると突然かすかな声が、何処からか彼女の耳へはいった。

「御止《およ》し。御止し。」

彼女は思わず息を呑んだ。が、声だと思ったのは、時計の振子《ふりこ》が暗い中に、秒を刻んでいる音らしかった。

「御止し。御止し。御止し。」

しかし梯子を上りかけると、声はもう一度お蓮を捉えた。彼女は其処へ立ち止りながら、茶の間《ま》の暗闇を透かして見た。

「誰《たれ》だい？」

「私《わたし》。私だよ、私。」

声は彼女と仲が好《よ》かった、朋輩の一人に違いなかった。

「一枝《いっし》さんかい？」

「ああ、私。」

「久しぶりだねえ。お前さんは今何処にいるの？」

お蓮は何時《いつ》か長火鉢の前へ、昼間のように坐っていた。

「御止し。御止しよ。」

声は彼女の問に答えず、何度も同じ事を繰返すのだった。

「何故《なぜ》又お前さんまでが止めるのさ？　殺したって好《い》いじゃないか？」

「お止し。生きているもの。生きているよ。」

「生きている？　誰《たれ》が？」

其処に長い沈黙があった。時計はその沈黙の中にも、休みない振子を鳴らしていた。

「誰が生きているのさ？」

少時《しばらく》無言《むごん》が続いた後《のち》、お蓮がこう問い直すと、声はやっと彼女の耳に、懐しい名前を囁《ささや》いてくれた。

「金――金さん。金さん。」

「ほんとうかい？　ほんとうなら嬉しいけれど、――」

お蓮は頬杖《ほおづえ》をついた儘《まま》、物思わしそうな眼つきになった。

「だって金さんが生きているんなら、私に会いに来そうなもんじゃないか？」

「来るよ。来るとさ。」

「来るって？　何時《いつ》？」

「明日《あした》。弥勒寺《みろくじ》へ会いに来るとさ。弥勒寺へ。明日の晩。」

「弥勒寺って、弥勒寺橋《ばし》だろうねえ。」

「弥勒寺橋へね。夜来る。来るとさ。」

それぎり声は聞えなくなった。が、長襦袢一つのお蓮は、夜明前の寒さも知らないように、長い間《あいだ》じっと坐っていた。

十六

お蓮は翌日の午過《ひるす》ぎまでも、二階の寝室を離れなかった。が、四時頃やっと床《とこ》を出ると、何時《いつ》もより念入りに化粧をした。それから芝居でも見に行くように、上着も下着も悉《ことごと》く一番好《い》い着物を着始めた。

「おい、おい、何だって又そんなにめかすんだい？」

その日は一日店へも行《ゆ》かず、妾宅にごろごろしていた牧野は、風俗画報《ふうぞくがほう》を拡げながら、不審そうに彼女へ声をかけた。

「ちょいと行《ゆ》く所がありますから、――」

お蓮は冷然と鏡台の前に、鹿《か》の子《こ》の帯上《おびあ》げを結んでいた。

「何処《どこ》へ？」

「弥勒寺橋まで行けば好《い》いんです。」

「弥勒寺橋？」

牧野はそろそろ訝《いぶか》るよりも、不安になって来たらしかった。それがお蓮には何とも云えない、愉快な心もちを唆《そそ》るのだった。

「弥勒寺橋に何の用があるんだい？」

「何の用ですか、――」

彼女はちらりと牧野の顔へ、侮蔑《ぶべつ》の眼の色を送りながら、静《しずか》に帯止《おびど》めの金物《かなもの》を合せた。

「それでも安心して下さい。身なんぞ投げはしませんから、――」

「莫迦な事を云うな。」

牧野はばたりと畳の上へ、風俗画報を抛《ほう》り出すと、忌々《いまいま》しそうに舌打ちをした。……

「彼是《かれこれ》その晩の七時頃だそうだ。――」

今までの事情を話した後《のち》、私《わたくし》の友人のKと云う医者は、徐《おもむろ》にこう言葉を続けた。

「お蓮は牧野が止めるのも聞かず、たった一人家《うち》を出て行った。何しろ婆さんなぞが心配して、いくら一しょに行《ゆ》きたいと云っても、当人がまるで子供のように、一人にしなければ死んでしまうと、駄駄《だだ》をこねるんだから仕方がない。が、勿論お蓮一人、出してやれたもんじゃないから、其処は牧野が見え隠れに、ついて行く事にしたんだそうだ。

「所《ところ》が外へ出て見ると、その晩は丁度弥勒寺橋の近くに、薬師《やくし》の縁日《えんにち》が立っている。だから二つ目の往来は、いくら寒い時分でも、押し合わないばかりの人通りだ。これはお蓮の跡をつけるには、都合が好かったのに違いない。牧野がすぐ後《うしろ》を歩きながら、とうとう相手に気づかれなかったのも、畢竟《ひっきょう》は縁日の御蔭なんだ。

「往来にはずっと両側に、縁日商人《あきんど》が並んでいる。そのカンテラやランプの明りに、飴屋《あめや》の渦巻《うずまき》の看板だの豆屋の赤い日傘だのが、右にも左にもちらつくんだ。が、お蓮はそんな物には、全然側目《わきめ》もふらないらしい。唯《ただ》心もち俯向《うつむ》いたなり、さっさと人ごみを縫って行《ゆ》くんだ。何でも遅れずに歩くのは、牧野にも骨が折れたそうだから、余程《よっぽど》先を急いでいたんだろう。

「その内に弥勒寺橋の袂《たもと》へ来ると、お蓮はやっと足を止めて、茫然とあたりを見廻したそうだ。あすこには河岸《かし》へ曲った所に、植木屋ばかりが続いている。どうせ縁日物《えんにちもの》だから、大した植木がある訳じゃないが、兎も角も松とか檜《ひのき》とかが、此処だけは人足《ひとあし》の疎《まば》らな通りに、水水《みずみず》しい枝葉《えだは》を茂らしているんだ。

「こんな所へ来たは好《い》いが、一体どうする気なんだろう？——牧野はそう疑いながら、少時《しばらく》は橋づめの電柱の蔭に、妾《めかけ》の容子を窺《うかが》っていた。が、お蓮は不相変《あいかわらず》、ぼんやり其処に佇んだ儘《まま》、植木の並んだのを眺めている。そこで牧野は相手の後《うしろ》へ、忍び足にそっと近よって見た。するとお蓮は嬉しそうに、何度もこう云う独り語《ひとりごと》を呟いていたと云うじゃないか？——『森になったんだねえ。とうとう東京も森になったんだねえ。』………」

十七

「それだけならばまだ好《い》いが、——」

Kは更《さら》に話し続けた。

「其処へ雪のような小犬が一匹、偶然人ごみを抜けて来ると、お蓮はいきなり両手を伸ばして、その白犬を抱き上げたそうだ。そうして何を云うかと思えば、『お前も来てくれたのかい？　随分此処までは遠かったろう。何しろ途中には山もあれば、大きな海もあるんだからね。ほんとうにお前に別れてから、一日も泣かずにいた事はないよ。お前の代《かわ》りに飼った犬には、この間死なれてしまうしさ』なぞと、夢のような事をしゃべり出すんだ。が、小犬は人懐《ひとな》つこいのか、啼きもしなければ噛みつきもしない。唯《ただ》鼻だけ鳴らしては、お蓮の手や頬を舐め廻すんだ。

「こうなると見てはいられないから、牧野もとうとう顔を出した。が、お蓮は何と云っても、金さんが此処へ来るまでは、決して家へは帰らないと云う。その内に縁日の事だから、すぐにまわりへは人だかりが出来る。中には『やあ、別嬪《べっぴん》の気違いだ』と、大きな声を出すやつさえあるんだ。しかし犬好きなお蓮には、久しぶりに犬を抱いたのが、少しは気休めになったんだろう。やや少時《しばらく》押《お》し問答をした後《のち》、兎も角も牧野の云う通り一応《の》は家へ帰る事に、やっと話が片附《かたづ》いたんだ。が、愈《いよいよ》帰るとなっても、野次馬《やじうま》は容易に退くもんじゃない。お蓮も亦《また》どうかすると、弥勒寺橋の方へ引っ返そうとする。それを宥《なだ》めたり賺《すか》したりしながら、松井町の家《うち》へつれて来た時には、さすがに牧野も外套の下が、すっかり汗になっていたそうだ。……」

お蓮は家へ帰って来ると、白い小犬を抱いたなり、二階の寝室へ上って行った。そうして真暗《まっくら》な座敷の中へ、そっとこの憐れな動物を放した。犬は小さな尾を振りながら、嬉しそうに其処《そこ》らを歩き廻った。それは以前飼っていた時、彼女の寝台《ねだい》から石畳の上へ、飛び出したのと同じ歩きぶりだった。――

「おや、――」

座敷の暗いのを思い出したお蓮は、不思議そうにあたりを見廻した。すると何時《いつ》か天井からは、火をともした瑠璃灯《るりとう》が一つ、彼女の真上に吊下《つりさが》っていた。

「まあ、綺麗だ事。まるで昔に返ったようだねえ。」

彼女は少時《しばらく》はうっとりと、燦《きら》びやかな灯火《ともしび》を眺めていた。が、やがてその光に、彼女自身の姿を見ると、悲しそうに二三度頭を振った。

「私は昔の蕙蓮《けいれん》じゃない。今はお蓮と云う日本人だもの。金さんも会いに来ない筈だ。けれども金さんさえ来てくれれば、――」

ふと頭を擡《もた》げたお蓮は、もう一度驚きの声を洩らした。見ると小犬のいた所には、横になった支那人が一人、四角な枕へ肘《ひじ》をのせながら、悠悠《ゆうゆう》と鴉片《あへん》を燻《くゆ》らせている! 迫った額、長い睫毛、それから左の目尻の黒子《ほくろ》。――すべてが金に違いなかった。のみならず彼はお蓮を見ると、やはり煙管《きせる》を銜えた儘《まま》、昔の通り涼しい眼に、ちらりと微笑を浮べたではないか?

「御覧。東京はもうあの通り、何処を見ても森ばかりだよ。」

成程《なるほど》二階の亜字欄《あじらん》の外には、見慣ない樹木が枝を張った上に、刺繍《ししゅう》の模様にありそうな鳥が、何羽《なんば》も気軽そうに囀《さえず》っている。——そんな景色を眺めながら、お蓮は懐しい金の側に、一夜《いちや》中恍惚《じゆうこうこつ》と坐っていた。……

「それから一日か二日すると、お蓮——本名は孟《もう》蕙蓮は、もうこのK脳病院の患者《かんじや》の一人になっていたんだ。何でも日清戦争中は、威海衛《いかいえい》の或妓館《あるぎかん》とかに、客を取っていた女だそうだが、——何、どんな女だった？　待ち給え。此処に写真があるから。」

Kが見せた古写真には、寂しい支那服の女が一人、白犬と一しょに映っていた。

「この病院へ来た当座は、誰《たれ》が何と云った所が、決して支那服を脱がなかったもんだ。おまけにその犬が側にいないと、金さん金さんと喚《わめ》き立てるじゃないか？　考えれば牧野も可哀そうな男さ。蕙蓮を妾にしたと云っても、帝国軍人の片破《かたわ》れたるものが、戦争後すぐに敵国人を内地《ないち》へつれこもうと云うんだから、人知れない苦労が多かったろう。——え、金はどうした？　そんな事は尋《き》くだけ野暮だよ。僕は犬が死んだのさえ、病気かどうかと疑っているんだ。」

春の夜

これは近頃Nさんと云《い》う看護婦に聞いた話である。Nさんは中々利《き》かぬ気らしい。いつも乾いた脣《くちびる》のかげに鋭い犬歯《けんし》の見える人である。

僕は当時僕の弟の転地先の宿屋の二階に大腸加答児《だいちょうかたる》を起して横になっていた。下痢《げり》は一週間たってもとまる気色《けしき》は無い。そこで元来は弟の為《ため》にそこに来ていたNさんに厄介《やっかい》をかけることになったのである。

或五月雨《あるさみだれ》のふり続いた午後、Nさんは雪平《ゆきひら》に粥《かゆ》を煮ながら、如何《いか》にも無造作《むぞうさ》にその話をした。

×　　×　　×　　×　　×

或年の春、Nさんは或看護婦会から牛込《うしごめ》の野田《のだ》と云う家《うち》へ行《ゆ》くことになった。野田と云う家には男主人はいない。切り髪《きりがみ》にした女隠居《おんないんきょ》が一人、嫁入り前の娘が一人、その又《また》娘の弟が一人、――あとは女中のいるばかりである。Nさんはこの家へ行った時、何か妙に気の滅入《めい》るのを感じた。それは一つには姉も弟も肺結核《はいけっかく》に罹《かか》っていた為であろう。けれども又一つには四畳半の離れの抱えこんだ、飛び石一つ打ってない庭に木賊《とくさ》ばかり茂っていた為である。実際その夥《おびただ》しい木賊はNさんの言葉に従えば、「胡麻竹《ごまだけ》を打った濡《ぬ》れ縁《えん》さえ突き上げるように」茂っていた。

女隠居は娘を雪《ゆき》さんと呼び、息子だけは清太郎《せいたろう》と呼び捨てにしていた。雪さんは気の勝《か》った女だったと見え、熱の高低を計《はか》るのにさえ、Nさんの見たのでは承知せずに一々検温器を透《す》かして見たそうである。清太郎は雪さんとは反対にNさんに世話を焼かせたことはない。何でも言うなりになるばかりか、Nさんにものを言う時には顔を赤めたりする位《くらい》である。女隠居はこう云う清太郎よりも雪さんを大事にしていたらしい。その癖《くせ》病気の重いのは雪さんよりも寧《むし》ろ清太郎だった。

「あたしはそんな意気地《いくじ》なしに育てた覚えはないんだがね。」

女隠居は離れへ来る度《たび》に（清太郎は離れに床《とこ》に就《つ》いていた。）いつもつけつけと口小言《くちこごと》を言った。が、二十一になる清太郎は滅多《めった》に口答《くちごた》えもしたこともない。唯仰向《ただあおむ》けになったまま、大抵《たいてい》はじっと目を閉じている。その又《また》顔も透きとおるように白い。Nさんは氷嚢《ひようのう》を取り換えながら、時々その頬のあたりに庭一《いっ》ぱいの木賊の影が映《うつ》るように感じたと云うことである。

或晩《あるばん》の十時前に、Nさんはこの家《うち》から二三町離れた、灯《ひ》の多い町へ氷を買いに行った。その帰りに人通りの少ない屋敷続きの登り坂へかかると、誰《たれ》か一人ぶらさがるように後ろからNさんに抱きついたものがある。Nさんは勿論《もちろん》びっくりした。が、その上にも驚いたことには思わずたじたじとなりながら、肩越しに相手をふり返ると、闇の中にもちらりと見えた顔が清太郎と少しも変らないことである。いや、変らないのは顔ばかりではない。五分刈《ごぶが》りに刈った頭でも、紺飛白《こんがすり》らしい着物でも、殆《ほとん》ど清太郎とそっくりである。しかしおといも喀血《かっけつ》した患者の清太郎が出て来る筈《はず》はない。況《いわん》やそんな真似をしたりする筈はない。

「姐《ねえ》さん、お金をおくれよう。」

その少年はやはり抱きついたまま、甘えるようにこう声をかけた。その声も亦《また》不思議にも清太郎の声ではないかと思うくらいである。気丈《きじょう》なNさんは左の手にしっかり相手の手を抑えながら、

「何です、失礼な。あたしはこの屋敷のものですから、そんなことをおしなさると、門番の爺《じい》やさんを呼びますよ。」と言った。

けれども相手は不相変《あいかわらず》「お金をおくれよう」を繰り返している。Nさんはじりじり引き戻されながら、もう一度この少年をふり返った。今度も亦相手の目鼻立ちは確かに「はにかみや」の清太郎である。Nさんは急に無気味になり、抑えていた手を緩《ゆる》めずに出来るだけ大きい声を出した。

「爺やさん、来て下さい！」

相手はNさんの声と一しょに、抑えられていた手を振りもぎろうとした。同時に又Nさんも左の手を離した。それから相手がよろよろする間《ま》に一生懸命に走り出した。

Nさんは息を切らせながら、(後《あと》になって気がついて見ると、風呂敷《ふろしき》に包んだ何斤《なんきん》かの氷をしっかり胸に当てていたそうである。)野田の家《うち》の玄関へ走りこんだ。家の中は勿論ひっそりしている。Nさんは茶の間《ま》へ顔を出しながら、夕刊をひろげていた女隠居にちょっと間《ま》の悪い思いをした。

「Nさん、あなた、どうなすった?」

女隠居はNさんを見ると、殆《ほとん》ど詰《なじ》るようにこう言った。それは何もけたたましい足音に驚いた為《ため》ばかりではない。実際又Nさんは笑ってはいても、体の震《ふる》えるのは止《と》まらなかったからである。

「いえ、今そこの坂へ来ると、いたずらをした人があったものですから、……」

「あなたに?」

「ええ、後《うしろ》からかじりついて、『姐さん、お金をおくれよう』って言って、……」

「ああ、そう言えばこの界隈には小堀《こぼり》とか云う不良少年があってね、……」

すると次の間《ま》から声をかけたのはやはり床《とこ》についている雪さんである。しかもそれはNさんには勿論、女隠居にも意外だったらしい、妙に険《けん》のある言葉だった。

「お母様《かあさま》、少し静かにして頂戴《ちょうだい》。」

Nさんはこう云う雪さんの言葉に軽い反感——と云うよりも寧ろ侮蔑《ぶべつ》を感じながら、その機会に茶の間を立って行った。が、清太郎に似た不良少年の顔は未《いま》だに目の前に残っている。

いや、不良少年の顔ではない。唯《ただ》どこか輪廓《りんかく》のぼやけた清太郎自身の顔である。

五分ばかりたった後《のち》、Nさんは又濡れ縁をまわり、離れへ氷嚢を運んで行った。清太郎はそこにいないかも知れない。少くとも死んでいるのではないか？——そんな気もNさんにはしないではなかった。が、離れへ行って見ると、清太郎は薄暗い電灯の下《した》に静かにひとり眠っている。顔も亦不相変《またあいかわらず》透きとおるように白い。丁度《ちょうど》庭に一ぱいに伸びた木賊の影の映っているように。

「氷嚢をお取り換え致《いた》しましょう。」

Nさんはこう言いかけながら、後ろが気になってならなかった。

×　　×　　×　　×　　×　　×

僕はこの話の終った時、Nさんの顔を眺めたまま多少悪意のある言葉を出した。

「清太郎？——ですね。あなたはその人が好きだったんでしょう？」

「ええ、好きでございました。」

Nさんは僕の予想したよりも遥《はる》かにさっぱりと返事をした。

三右衛門の罪

文政《ぶんせい》四年の師走《しわす》である。加賀《かが》の宰相《さいしよう》治修《はるなが》の家来《けらい》に知行《ちぎよう》六百石《こく》の馬廻《うままわ》り役を勤める細井《ほそい》三《さん》右衛門《えもん》と云《い》う侍《さむらい》は相役《あいやく》衣笠《きぬがさ》太兵衛《たへえ》の次男数馬《かずま》と云う若者を打ち果《はた》した。それも果し合いをしたのではない。或夜《あるよ》の戌《いぬ》の上刻頃《じようこくごろ》、数馬は南の馬場《ばば》の下《した》に、謡《うたい》の会から帰って来る三右衛門を闇打《やみう》ちに打ち果そうとし、反《かえ》って三右衛門に斬《き》り伏《ふ》せられたのである。

この始末を聞いた治修は三右衛門を目通りへ召すように命じた。命じたのは必《かならず》しも偶然ではない。第一に治修は聡明《そうめい》の主《しゆ》である。聡明の主だけに何ごとによらず、家来任《けらいまか》せと云うことをしない。みずから或判断を下《くだ》し、みずからその実行を命じないうちは心を安《やす》んじないと云う風《ふう》である。治修は或時二人の鷹匠《たかじよう》にそれぞれみずから賞罰《しようばつ》を与えた。これは治修の事を処する面目《めんもく》の一端を語っているから、大略を下《しも》に抜き書きして見よう。

「或時石川郡市川村《いしかわごおりいちかわむら》の青田《あおた》へ丹頂《たんちよう》の鶴群《む》れ下《さが》れるよし、御鳥見役《おとりみやく》より御鷹部屋《おたかべや》へ御注進になり、若年寄《わかどしより》より直接言上《ごんじよう》に及びければ、上様《うえさま》には御満悦《ごまんえつ》に思召《おぼしめ》され、翌朝《よくちよう》卯《う》の刻《こく》御供《おとも》揃《ぞろ》い相済《あいす》み、市川村へ御成《おな》りあり。鷹には公儀《こうぎ》より御拝領の富士司《ふじづかさ》の大逸物《だいいちもつ》を始め、大鷹《おおたか》二基《き》、鶻《はやぶさ》二基を擎《たずさ》えさせ給《たま》う。富士司の御鷹匠は相本喜左衛門《あいもときざえもん》と云うものなりしが、其《その》日は上様御自身に富士司を合さんとし給うに、雨上《あめあが》りの畦道《あぜみち》のことなれば、思わず御足《おんあし》もとの狂いしとたん、御鷹はそれて空中に飛び揚《あが》り、丹頂も俄《にわ》かに飛び去りぬ。この様《さま》を見たる喜左衛門は一時《いちじ》の怒《いかり》に我を忘れ、この野郎《やろう》、何をしやがったと罵《ののし》りけるが、忽《たちま》ち御前《ごぜん》なりしに心づき、冷汗《れいかん》背を沾《うるお》すと共に、蹲踞《そんきょ》してお手打ちを待ち居《お》りしに、上様には大きに笑わせられ、予の誤《あやまり》じゃ、ゆるせと御意《ぎょい》あり。猶《なお》喜左衛門の忠直《ちゆうちよく》なるに感じ給い、御帰《ごき》城《じょう》の後《のち》は新地百石《しんちひやつこく》に御召し出しの上、組外《くみはず》れに御差加《おさしくわ》えに相成り、御鷹部屋御用掛《ごようがかり》に被成給《なされたま》いしとぞ。

「其後《そのご》富士司の御鷹は柳瀬清八《やなせせいはち》の掛りとなりしに、一時病《や》み鳥《どり》となりしことあり。或日上様清八を召され、富士司の病《やまい》はと被仰《おおせられ》し時、既《すで》に快癒の後《のち》なりしかば、すきと全治《ぜんじ》、唯今《ただいま》では人をも把《と》り兼《か》ねませぬと申し上げし所、清八の利口をや憎《にく》ませ給いけん、夫《それ》は一段、さらば人《ひと》を把らせて見よと御意あり。清八は爾来《じらい》やむを得ず、己《おの》が息子清太郎の天額《てんがく》にたたき餌《え》小《こ》ごめ餌などを載せ置き、朝夕《あさゆう》富士司を合せければ、鷹も次第《しだい》に人の天額へ舞い下《さが》る事を覚えこみぬ。清八は取り敢《あえ》ず御鷹匠小頭《こがしら》より、人を把るよしを言上《ごんじよう》しけるに、そは面白からん、明日《みようにち》南の馬場へ赴《おもむ》き、茶坊主大場重玄《おおばじゆうげん》を把らせて見よと御沙汰《おさた》あり。辰《たつ》の刻《こく》頃より馬場へ出御《しゆつぎよ》、大場重玄をまん中に立たせ、清八、鷹をと御意ありしかば、清八は此処《ここ》ぞと富士司を放つに、鷹は忽ち真一文字《まいちもんじ》に重玄の天額をかい摑《つか》みぬ。清八は得たりと勇《いさ》みをなしつつ、圓揚《まるあ》げ（圓トハ鳥ノ肝《きも》ヲ云《いう》）の小刀《さすが》を隻手《せきしゅ》に引き抜き、重玄を刺さんと飛びかかりしに、上様には柳瀬、何をすると御意あり。清八はこの御意をも恐れず、御鷹の獲物はかかり次第、圜を揚げねばなりませぬと、猶《なお》も重玄を刺さんとせし所へ、上様には忽《たちま》ち震怒《しんど》し給い、筒《つつ》を持てと御意あるや否や、日頃御鍛錬《ごたんれん》の御手銃《おてづつ》にて、即座に清八を射殺《いころ》し給う。」

第二に治修は三右衛門へ、ふだんから特に目をかけている。甞乱心者《かつてらんしんもの》を取り抑えた際に、三右衛門外《ほか》一人の侍は二人とも額に傷を受《う》けた。しかも一人は眉間《みけん》のあたりを、三右衛門は左の横鬢《よこびん》を紫色に腫れ上らせたのである。治修はこの二人を召し、神妙の至りと云う褒美《ほうび》を与えた。それから「どうじゃ、痛むか？」と尋《たず》ねた。すると一人は「難有《ありがた》い仕合《しあわ》せ、幸い傷は痛みませぬ」と答えた。が、三右衛門は苦にがしそうに、「かほどの傷も痛まなければ、活《い》きているとは申されませぬ」と答えた。爾来《じらい》治修は三右衛門を正直者だと思っている。あの男は兎《と》に角巧言《かくこうげん》は云わぬ、頼もしいやつだと思っている。

こう云う治修は今度のことも、自身こう云う三右衛門に仔細《しさい》を尋ねて見るより外《ほか》に近途《ちかみち》はないと信じていた。

仰せを蒙《こうむ》った三右衛門は恐る恐る御前へ伺候《しこう》した。しかし悪びれた気色《けしき》などは見えない。色の浅黒い、筋肉の引き緊《しま》った、多少疳癖《かんぺき》のあるらしい顔には決心の影さえ仄《ほの》めいている。治修はまずこう尋ねた。

「三右衛門、数馬はそちに闇打ちをしかけたそうじゃな。すると何かそちに対し、意趣《いしゅ》を含んで居《お》ったものと見える。何に意趣を含んだのじゃ？」

「何に意趣を含みましたか、しかとしたことはわかりませぬ。」

治修はちょいと考えた後《のち》、念を押すように尋ね直した。

「何もそちには覚えはないか？」

「覚えと申すほどのことはございませぬ。しかし或《あるい》はああ云うことを怨《うら》まれたかと思うことはございまする。」

「何じゃ、それは？」

「四日ほど前のことでございまする。御指南番山本小左衛門殿《ごしなんばんやまもとこざえもんどの》の道場に納会《のうかい》の試合がございました。その節わたくしは小左衛門殿の代りに行司《ぎょうじ》の役を勤めました。尤《もっと》も目録《もくろく》以下のものの勝負だけを見届けたのでございまする。数馬の試合を致した時にも、行司はやはりわたくしでございました。」

「数馬の相手には誰《たれ》がなったな？」

「御側役平田喜太夫殿《おそばやくひらたきだいふどの》の総領《そうりょう》、多門《たもん》と申すものでございました。」

「その試合に数馬は負けたのじゃな？」

「さようでございまする。多門は小手《こて》を一本に面《めん》を二本とりました。数馬は一本もとらずにしまいました。つまり三本勝負の上には見苦《みぐる》しい負けかたを致したのでございまする。それゆえ或は行司のわたくしに意趣を含んだかもわかりませぬ。」

「すると数馬はそちの行司に依怙《えこ》があると思うたのじゃな？」

「さようでございまする。わたくしは依怙は致しませぬ。依怙を致す訣《わけ》もございませぬ。しかし数馬は依怙のあるように疑ったかとも思いまする。」

「日頃はどうじゃ？　そちは何か数馬を相手に口論でも致した覚えはないか？」

「口論などを致したことはございませぬ。唯《ただ》、………」

三右衛門はちょっと云い澱《よど》んだ。尤《もっと》も云おうか云うまいかとためらっている気色《けしき》とは見えない。一応《いちおう》云うことの順序か何か考えているらしい面持ちである。治修は顔色《がんしょく》を和《やわら》げたまま、静かに三右衛門の話し出すのを待った。三右衛門は間《ま》もなく話し出した。

「唯こう云うことがございました。試合の前日でございまする。数馬は突然わたくしに先刻の無礼を詫《わ》びました。しかし先刻の無礼と申すのは一体何のことなのか、とんとわからぬのでございまする。又《また》何かと尋ねて見ても、数馬は苦笑《にがわら》いを致すより外《ほか》に返事を致さぬのでございまする。わたくしはやむを得ませぬゆえ、無礼をされた覚えもなければ詫びられる覚えもなお更《さら》ないと、こう数馬に答えました。すると数馬も得心《とくしん》したように、では思違《おもい》いだったかも知れぬ、どうか心にかけられぬ様にと、今度は素直に申しました。其《その》時はもう苦笑いよりは北叟笑《ほくそえ》んでいたことも覚えて居りまする。」

「何を又数馬は思い違えたのじゃ？」

「それはわたくしにもわかり兼ねまする。が、いずれ取るにも足らぬ些細《ささい》のことだったでございましょう。――その外《ほか》は何もございませぬ。」

其処《そこ》に又《また》短い沈黙があった。

「ではどうじゃな、数馬の気質は？　疑い深いとでも思ったことはないか？」

「疑い深い気質とは思いませぬ。どちらかと申せば若者らしい、何ごとも色に露《あら》わすのを恥じぬ、――その代りに多少激し易《やす》い気質だったかと思いまする。」

三右衛門はちょっと言葉を切り、更《さら》に言葉をと云うよりは、吐息《といき》をするようにつけ加えた。

「その上あの多門との試合は大事の試合でございました。」

「大事の試合とはどう云う訣じゃ？」

「数馬は切り紙《きがみ》でござりまする。しかしあの試合に勝って居りましたら、目録を授《さずか》った筈《はず》でございまする。尤《もっと》もこれは多門にもせよ、同じ羽目《はめ》になって居りました。数馬と多門とは同門のうちでも、丁度《ちょうど》腕前の伯仲《はくちゅう》した相弟子《あいでし》だったのでございまする。」

治修は少時《しばらく》黙ったなり、何か考えているらしかった。が、急に気を変えたように、今度は三右衛門の数馬を殺した当夜のことへ問を移した。

「数馬は確かに馬場の下にそちを待っていたのじゃな？」

「多分はさようかと思いまする。その夜《よ》は急に雪になりましたゆえ、わたくしは傘をかざしながら、御馬場の下を通りかかりました。丁度又伴《とも》もつれず、雨着《あまぎ》もつけずに参ったのでございまする。すると風音《かざおと》の高まるが早いか、左から雪がしまいて参りました。わたくしは咄《とっ》嗟《さ》に半開きの傘を斜めに左へ廻しました。数馬はその途端《とたん》に斬りこみましたゆえ、わたくしへは手傷も負《お》わせずに傘ばかり斬ったのでございまする。」

「声もかけずに斬って参ったか？」

「かけなかったように思いまする。」

「その時には相手を何と思った？」

「何と思う余裕《よゆう》もござりませぬ。わたくしは傘を斬られると同時に、思わず右へ飛びすさりました。足駄《あしだ》ももうその時には脱いで居ったようでございまする。と、二《に》の太刀《たち》が参りました。二の太刀はわたくしの羽織の袖《そで》を五寸ばかり斬り裂きました。わたくしは又飛びすさりながら、抜き打ちに相手を払いました。数馬の脾腹《ひばら》を斬られたのはこの刹那《せつな》だったと思いまする。相手は何か申しました。………」

「何かとは？」

「何と申したかはわかりませぬ。唯《ただ》何か烈しい中に声を出したのでございまする。わたくしはその時にはっきりと数馬だなと思いました。」

「それは何か申した声に聞き覚えがあったと申すのじゃな？」

「いえ、左様《さよう》ではございませぬ。」

「ではなぜ数馬と悟《さと》ったのじゃ？」

治修はじっと三右衛門を眺めた。三右衛門は何とも答えずにいる。治修はもう一度促すように、同じ言葉を繰り返した。が、今度も三右衛門は袴《はかま》へ目を落したきり、容易に口を開こうともしない。

「三右衛門、なぜじゃ?」

治修はいつか別人のように、威厳のある態度に変っていた。この態度を急変するのは治修の慣用《かんよう》手段の一つである。三右衛門はやはり目を伏せたまま、やっと噤《つぐ》んでいた口を開いた。しかしその口を洩れた言葉は「なぜ」に対する答ではない。意外にも甚《はなは》だ悄然《しょうぜん》とした、罪を謝する言葉である。

「あたら御役《おやく》に立つ侍を一人、刀の錆《さび》に致したのは三右衛門の罪でございまする。」

治修はちょっと眉をひそめた。が、目は不相変《あいかわらず》厳《おごそ》かに三右衛門の顔に注がれている。三右衛門は更《さら》に言葉を続けた。

「数馬の意趣を含んだのは尤《もっと》もの次第でございまする。わたくしは行司を勤めた時に、依怙の振舞いを致しました。」

治修は愈《いよいよ》眉をひそめた。

「そちは最前は依怙は致さぬ、致す訣もないと申したようじゃが、……」

「そのことは今も変りませぬ。」

三右衛門は一言《ひとこと》ずつ考えながら、述懐《じゅっかい》するように話し続けた。

「わたくしの依怙と申すのはそう云うことではございませぬ。ことさらに数馬を負かしたいとか、多門を勝たせたいとかと思わなかったことは申し上げた通りでございまする。しかし何もそればかりでは、依怙がなかったとは申されませぬ。わたくしは一体多門よりも数馬に望みを嘱《しよく》して居りました。多門の芸はこせついて居りまする。如何《いか》に卑怯《ひきよう》なことをしても、唯《ただ》勝ちさえ致せば好《よ》いと、勝負ばかりを心がける邪道《じやどう》の芸でございまする。数馬の芸はそのように卑《いや》しいものではございませぬ。どこまでも真《ま》ともに敵を迎える正道《せいどう》の芸でございまする。わたくしはもう二三年致せば、多門は到底数馬の上達《じようたつ》に及ぶまいとさえ思って居りました。……」

「その数馬をなぜ負かしたのじゃ？」

「さあ、其処《そこ》でございまする。わたくしは確かに多門よりも数馬を勝たしたいと思って居りました。しかしわたくしは行司でございまする。行司はたとい如何なる時にも、私曲《しきよく》を抛《なげう》たねばなりませぬ。一たび二人の竹刀《しない》の間へ、扇《おうぎ》を持って立った上は、天道に従わねばなりませぬ。わたくしはこう思いましたゆえ、多門と数馬との立ち合う時にも公平ばかりを心がけました。けれども唯今《ただいま》申し上げた通り、わたくしは数馬に勝たせたいと思って居《い》るのでございまする。云わばわたくしの心の秤《はかり》は数馬に傾いて居《い》るのでございまする。わたくしはこの心の秤を平《たい》らに致したい一心から、自然と多門の皿の上へ錘《おもり》を加えることになりました。しかも後《のち》に考えれば、加え過ぎたのでございまする。多門には寛《かん》に失《しつ》した代りに、数馬には厳《げん》に過《す》ぎたのでございまする。」

三右衛門は又言葉を切った。が、治修は黙然《もくねん》と耳を傾けているばかりだった。

「二人は正眼《せいがん》に構えたまま、どちらからも最初にしかけずに居りました。その内に多門は隙《すき》を見たのか、数馬の面を取ろうと致しました。しかし数馬は気合いをかけながら、鮮《あざや》かにそれを切り返しました。同時に又多門の小手を打ちました。わたくしの依怙の致しはじめはこの刹那でございまする。わたくしは確かにその一本は数馬の勝《かち》だと思いました。が、勝だと思うや否や、いや、竹刀の当りかたは弱かったかも知れぬと思いました。この二度目の考えはわたくしの決断を鈍らせました。わたくしはとうとう数馬の上へ、当然挙げる筈の扇を挙げずにしまったのでございまする。二人は又少時《しばらく》の間、正眼の睨《にら》み合いを続けて居りました。すると今度は数馬から多門の小手へしかけました。多門はその竹刀を払いざまに、数馬の小手へはいりました。この多門の取った小手は数馬の取ったのに比べますと、弱かったようでございまする。少くとも数馬の取ったよりも見事だったとは申されませぬ。しかしわたくしはその途端《とたん》に多門へ扇を挙げてしまいました。つまり最初の一本の勝は多門のものになったのでございまする。わたくしはしまったと思いました。が、そう思う心の裏には、いや、行司は誤っては居《お》らぬ、誤って居《い》ると思うのは数馬に依怙のある為《ため》だぞと囁《ささや》くものがあるのでございまする。………」

「それから如何《いかが》致した？」

治修はやや苦にがしげに、不相変《あいかわらず》ちょっと口を噤んだ三右衛門の話を催促した。

「二人はまたもとのように、竹刀の先をすり合せました。一番長い気合《きあい》のかけ合いはこの時だったかと覚えて居りまする。しかし数馬は相手の竹刀へ竹刀を触れたと思うが早いか、いきなり突《つき》を入れました。突はしたたかにはいりました。が、同時に多門の竹刀も数馬の面を打ったのでございまする。わたくしは相打《あいう》ちを伝える為に、まっ直《すぐ》に扇を挙げて居りました。しかしその時も相打ちではなかったのかもわかりませぬ。或《あるい》は先後《せんご》を定めるのに迷って居ったのかもわかりませぬ。いや、突のはいったのは面に竹刀を受けるよりも先だったかもわかりませぬ。けれども兎に角相打ちをした二人は四度目の睨み合いへはいりました。すると今度もしかけたのは数馬からでございました。数馬はもう一度突を入れました。が、この時の数馬の竹刀は心もち先が上って居りました。多門はその竹刀の下を胴《どう》へ打ちこもうと致しました。それから彼是《かれこれ》十合《ごう》ばかりは互に鎬《しのぎ》を削《けず》りました。しかし最後に入り身になった多門は数馬の面へ打ちこみました。………」

「その面は？」

「その面は見事にとられました。これだけは誰《たれ》の目にも疑いのない多門の勝でございまする。数馬はこの面を取られた後《のち》、だんだんあせりはじめました。わたくしはあせるのを見るにつけても、今度こそは是非とも数馬へ扇を挙げたいと思いました。しかしそう思えば思うほど、実は扇を挙げることをためらうようになるのでございまする。二人は今度も少時《しばらく》の後《のち》、七八合ばかり打ち合いました。その内に数馬はどう思ったか、多門へ体当《たいあた》りを試みました。どう思ったかと申しますのは日頃《ひごろ》数馬は体当りなどは決して致さぬゆえでございまする。わたくしはっと思いました。又はっと思ったのも当然のことでございました。多門は体《たい》を開いたと思うと、見事にもう一度面を取りました。この最後の勝負ほど、呆気《あっけ》なかったものはございませぬ。わたくしはとうとう三度とも多門へ扇を挙げてしまいました。——わたくしの依怙と申すのはこう云うことでございまする。これは心の秤から見れば、云わば一毫《いちごう》を加えたほどの吊合《つりあ》いの狂いかもわかりませぬ。けれども数馬はこの依怙の為《ため》に大事の試合を仕損《しそん》じました。わたくしは数馬の怨んだのも、今はどうやら不思議のない成行《なりゆき》だったように思って居《お》りまする。」

「じゃがそちの斬り払った時に数馬と申すことを悟ったのは？」

「それははっきりとはわかりませぬ。しかし今考えまするると、わたくしは何処《どこ》か心の底に数馬に済まぬと申す気もちを持って居ったかとも思いまする。それゆえ忽《たちま》ち狼藉者《ろうぜきもの》を数馬と悟ったかとも思いまする。」

「するとそちは数馬の最後を気の毒に思うて居《い》るのじゃな？」

「さようでございまする。且《かつ》は又先刻《せんこく》も申した通り、一《ひと》かどの御用も勤まる侍にむざと命を殞《おと》させたのは、何よりも上《かみ》へ対し奉《たてまつ》り、申し訣《わけ》のないことと思って居りまする。」

語り終った三右衛門は今更《いまさら》のように頭《かしら》を垂れた。額には師走の寒さと云うのに汗さえかすかに光っている。いつか機嫌《きげん》を直した治修は大様《おおよう》に何度も頷《うなず》いて見せた。

「好《よ》い。好い。そちの心底《しんてい》はわかっている。そちのしたことは悪いことかも知れぬ。しかしそれも詮《せん》ないことじゃ。唯《ただ》この後《のち》は――」

治修は言葉を終らずに、ちらりと三右衛門の顔を眺めた。

「そちは一太刀《ひとたち》打った時に、数馬と申すことを知ったのじゃな。ではなぜ打ち果すのを控《ひか》えなかったのじゃ？」

三右衛門は治修にこう問われると、昂然《こうぜん》と浅黒い顔を起した。その目には又前にあった、不敵な赫《かがや》きも宿っている。

「それは打ち果さずには置かれませぬ。三右衛門は御家来ではございまする。とは云え又侍でもございまする。数馬を気の毒に思いましても、狼藉者は気の毒には思いませぬ。」

煙草と悪魔

　煙草《たばこ》は、本来、日本になかった植物である。では、何時頃《いつごろ》、舶載《はくさい》されたかと云《い》うと、記録によって、年代が一致しない。或《あるい》は、慶長《けいちょう》年間と書いてあったり、或は天文《てんもん》年間と書いてあったりする。が、慶長十年頃には、既《すで》に栽培が、諸方に行われていたらしい。それが文禄《ぶんろく》年間になると、「きかぬものたばこの法度《はっと》銭法度《ぜにはっと》、玉のみこえにげんたくの医者」と云う落首《らくしゅ》が出来た程《ほど》、一般に喫煙が流行するようになった。――

　そこで、この煙草は、誰《たれ》の手で舶載されたかと云うと、歴史家なら誰でも、葡萄牙《ポルトガル》人とか、西班牙《スペイン》人とか答える。が、それは必ずしも唯一の答ではない。その外《ほか》にまだ、もう一つ、伝説としての答が残っている。それによると、煙草は、悪魔がどこからか持って来たのだそうである。そうして、その悪魔なるものは、天主教《てんしゅきょう》の伴天連《ばてれん》か（恐らくは、フランシス上人《しょうにん》）がはるばる日本へつれて来たのだそうである。

　こう云うと、切支丹《きりしたん》宗門の信者は、彼等のパアテルを誣《し》いるものとして、自分を咎《とが》めようとするかも知れない。が、自分に云わせると、これはどうも、事実らしく思われる。何故《なぜ》と云えば、南蛮《なんばん》の神が渡来すると同時に、南蛮の悪魔が渡来すると云う事は――西洋の善が輸入されると同時に、西洋の悪が輸入されると云う事は、至極《しごく》、当然な事だからである。

しかし、その悪魔が実際、煙草を持って来たかどうか、それは、自分にも、保証する事が出来ない。尤《もっと》もアナトオル・フランスの書いた物によると、悪魔は木犀草《もくせいそう》の花で、或《ある》坊さんを誘惑しようとした事があるそうである。して見ると、煙草を、日本へ持って来たと云う事も、満更嘘《まんざらうそ》だとばかりは、云えないであろう。よし又《また》それが嘘にしても、その嘘は又、或《ある》意味で、存外《ぞんがい》、ほんとうに近い事があるかも知れない。――自分は、こう云う考えで、煙草の渡来に関する伝説を、ここへ書いて見る事にした。

×　　×　　×　　×　　×　　×

天文十八年、悪魔は、フランシス・ザヴィエルに伴《つ》いている伊留満《いるまん》の一人に化《ば》けて、長い海路を恙《つつが》なく、日本へやって来た。この伊留満の一人に化けられたと云うのは、正物《しょうぶつ》のその男が、阿媽港《あまかわ》か何処《どこ》かへ上陸している中《うち》に、一行《いっこう》をのせた黒船が、それとも知らずに出帆《しゅっぱん》をしてしまったからである。そこで、それまで、帆桁《ほげた》へ尻尾をまきつけて、倒《さかさま》にぶら下りながら、私《ひそか》に船中の容子《ようす》を窺《うかが》っていた悪魔は、早速《さっそく》姿をその男に変えて、朝夕《あさゆう》フランシス上人に、給仕する事になった。勿論《もちろん》、ドクトル・ファウストを尋《たず》ねる時には、赤い外套《がいとう》を着た立派な騎士に化ける位《くらい》な先生の事だから、こんな芸当なぞは、何でもない。

所《ところ》が、日本へ来て見ると、西洋にいた時に、マルコ・ポオロの旅行記で読んだのとは、大分、容子がちがう。第一、あの旅行記によると、国中至《いた》る処《ところ》、黄金がみちみちているようであるが、どこを見廻しても、そんな景色はない。これなら、ちょいと磔《くるす》を爪でこすって、金《きん》にすれば、それでも可成《かなり》、誘惑が出来そうである。それから、日本人は、真珠か何かの力で、起死回生の法を、心得ているそうであるが、それもマルコ・ポオロの嘘らしい。嘘なら、方々の井戸へ唾を吐いて、悪い病さえ流行《はや》らせれば、大抵《たいてい》の人間は、苦しまぎれに当来の波羅葦僧《はらいそ》なぞは、忘れてしまう。――フランシス上人の後へついて、殊勝《しゅしょう》らしく、そこいらを見物して歩きながら、悪魔は、私《ひそか》にこんな事を考えて、独《ひと》り会心の微笑をもらしていた。

が、たった一つ、ここに困った事がある。こればかりは、流石《さすが》の悪魔が、どうする訳にも行《ゆ》かない。と云うのは、まだフランシス・ザヴィエルが、日本へ来たばかりで、伝道も盛《さかん》にならなければ、切支丹《きりしたん》の信者も出来ないので、肝腎《かんじん》の誘惑する相手が、一人もいないと云う事である。これには、いくら悪魔でも、少からず、当惑した。第一、さしあたり退屈な時間を、どうして暮していいか、わからない。――

そこで、悪魔は、いろいろ思案した末に、先《まず》園芸でもやって、暇をつぶそうと考えた。それには、西洋を出る時から、種々雑多《しゅじゅざった》な植物の種を、耳の穴の中へ入れて持っている。地面は、近所の畠《はたけ》でも借りれば、造作はない。その上、フランシス上人さえ、それは至極よかろうと、賛成した。勿論、上人は、自分についている伊留満《いるまん》の一人が、西洋の薬用植物か何かを、日本へ移植しようとしているのだと、思ったのである。

悪魔は、早速、鋤鍬《すきくわ》を借りて来て、路ばたの畠を、根気よく、耕しはじめた。

丁度《ちょうど》水蒸気の多い春の始《はじめ》で、たなびいた霞《かすみ》の底からは、遠くの寺の鐘が、ぼうんと、眠《ね》むそうに、響いて来る。その鐘の音《ね》が、如何《いか》にも又のどかで、聞きなれた西洋の寺の鐘のように、いやに冴えて、かんと脳天へひびく所がない。――が、こう云う太平《たいへい》な風物の中にいたのでは、さぞ悪魔も、気が楽だろうと思うと、決してそうではない。

彼は、一度この梵鐘《ぼんしょう》の音《ね》を聞くと、聖保羅《さんほおろ》の寺の鐘を聞いたよりも、一層、不快そうに、顔をしかめて、むしょうに畑を打ち始めた。何故《なぜ》かと云うと、こののんびりした鐘の音を聞いて、この曖々《あいあい》たる日光に浴していると、不思議に、心がゆるんで来る。善をしようと云う気にもならないと同時に、悪を行おうと云う気にもならずにしまう。これでは、折角《せっかく》、海を渡って、日本人を誘惑に来た甲斐《かい》がない。――掌《てのひら》に肉豆《まめ》がないので、イワンの妹に叱られた程《ほど》、労働の嫌《きらい》な悪魔が、こんなに精を出して、鍬を使う気になったのは、全《まった》く、このやもすれば、体にはいかかる道徳的の眠けを払おうとして、一生懸命になったせいである。

悪魔は、とうとう、数日の中《うち》に、畑打《はたう》ちを完《おわ》って、耳の中の種を、その畦《うね》に播《ま》いた。

×　　×　　×　　×　　×

それから、幾月《いくつき》かたつ中《うち》に、悪魔の播いた種は、芽を出し、茎をのばして、その年の夏の末には、幅の広い緑の葉が、もう残りなく、畑の土を隠してしまった。が、その植物の名を知っている者は、一人もない。フランシス上人が、尋ねてさえ、悪魔は、にやにや笑うばかりで、何とも答えずに、黙っている。

その中《うち》に、この植物は、茎の先に、簇々《そうそう》として、花をつけた。漏斗《じょうご》のような形をした、うす紫の花である。悪魔には、この花のさいたのが、骨を折っただけに、大へん嬉しいらしい。そこで、彼は、朝夕の勤行《ごんぎょう》をすましてしまうと、何時《いつ》でも、その畑へ来て、余念なく培養につとめていた。

すると、或日《あるひ》の事、(それは、フランシス上人が伝道の為《ため》に、数日間、旅行をした、その留守中の出来事である。)一人の牛商人《あきうど》が、一頭の黄牛《あめうし》をひいて、その畑の側を通りかかった。見ると、紫の花のむらがった畑の柵の中で、黒い僧服に、つばの広い帽子をかぶった、南蛮の伊留満《いるまん》が、しきりに葉へついた虫をとっている。牛商人は、その花があまり、珍しいので、思わず足を止めながら、笠をぬいで、丁寧にその伊留満へ声をかけた。

——もし、お上人様、その花は何でございます。

伊留満は、ふりむいた。鼻の低い、眼の小さな、如何《いか》にも、人の好さそうな紅毛《こうもう》である。

——これですか。

——さようでございます。

紅毛は、畑の柵によりかかりながら、頭をふった。そうして、なれない日本語で云った。

――この名だけは、御気の毒ですが、人には教えられません。

――はてな、すると、フランシス様が、云ってはならないとでも、仰有《おつしや》ったのでございますか。

――いいえ、そうではありません。

――では、一つお教え下さいませんか、手前も、近ごろはフランシス様の御教化をうけて、この通り御宗旨に、帰依《きえ》して居《お》りますのですから。

牛商人は、得意そうに自分の胸を指さした。見ると、成《な》る程《ほど》、小さな真鍮《しんちゆう》の十字架が、日に輝きながら、頸《くび》にかかっている。すると、それが眩《まぶ》しかったのか、伊留満はちょいと顔をしかめて、下を見たが、すぐに又《また》、前よりも、人なつこい調子で、冗談ともほんともつかずに、こんな事を云った。

――それでも、いけませんよ。これは、私の国の掟《おきて》で、人に話してはならない事になっているのですから。それより、あなたが、自分で一つ、あてでごらんなさい。日本の人は賢いから、きっとあたります。あたったら、この畑にはえているものを、みんな、あなたにあげましょう。

牛商人は、伊留満が、自分をからかっているとでも思ったのであろう。彼は、日にやけた顔に、微笑を浮べながら、わざと大仰に、小首を傾けた。

――何でございますかな。どうも、殺急《さつきゆう》には、わかり兼ねますが。

——なに今日でなくっても、いいのです。三日の間に、よく考えてお出でなさい。誰《たれ》かに聞いて来ても、かまいません。それとも、これをみんなあげます。この外《ほか》にも、珍陀《ちんだ》の酒をあげましょう。それとも、波羅葦僧垤利阿利《はらいそてれある》の絵をあげますか。

牛商人は、相手があまり、熱心なのに、驚いたらしい。

——では、あたらなかったら、どう致しましょう。

伊留満《いるまん》は、帽子をあみだに、かぶり直しながら、手を振って、笑った。牛商人が、聊《いささか》、意外に思った位《くらい》、鋭い、鴉《からす》のような声で、笑ったのである。

——あたらなかったら、私があなたに、何かもらいましょう。賭《かけ》です。あたるか、あたらないかの賭です。あたったら、これをみんな、あなたにあげますから。

こう云う中に紅毛は、何時《いつ》か又《また》、人なつこい声に、帰っていた。

——よろしゅうございます。では、私も奮発して、何でもあなたの仰有るものを、差上げましょう。

——何でもくれますか、その牛でも。

——これでよろしければ、今でも差上げます。

牛商人は、笑いながら、黄牛《あめうし》の額を、撫でた。彼はどこまでも、これを、人の好《い》い伊留満の、冗談だと思っているらしい。

——その代り、私が勝ったら、その花のさく草を頂きますよ。

――よろしい。よろしい。では、確《たしか》に約束しましたね。

――確に、御約定致《やくじょういた》しました。御主《おんあるじ》エス・クリストの御名にお誓い申しまして。

伊留満は、これを聞くと、小さな眼を輝かせて、二三度、満足そうに、鼻を鳴らした。それから、左手を腰にあてて、少し反《そ》り身になりながら、右手で紫の花にさわって見て、

――では、あたらなかったら――あなたの体と魂とを、貰《もら》いますよ。

こう云って、紅毛は、大きく右の手をまわしながら、帽子をぬいだ。もじゃもじゃした髪の毛の中には、山羊《やぎ》のような角《つの》が二本、はえている。牛商人は、思わず顔の色を変えて、持っていた笠を、地に落した。日のかげったせいであろう、畑の花や葉が、一時《いちじ》に、あざやかな光を失った。牛さえ、何におびえたのか、角を低くしながら、地鳴りのような声で、唸っている。……

――私にした約束でも、約束は、約束ですよ。私が名を云えないものを指して、あなたは、誓ったでしょう。忘れてはいけません。期限は、三日ですから。では、さようなら。

人を莫迦《ばか》にしたような、慇懃《いんぎん》な調子で、こう云いながら、悪魔は、わざと、牛商人に丁寧なおじぎをした。

×　　×　　×　　×　　×　　×

牛商人は、うっかり、悪魔の手にのったのを、後悔した。このまま行《ゆ》けば、結局、あの

「ぢゃぼ」につかまって、体も魂も、「亡ぶることなき猛火《みようか》」に、焼かれなければ、ならない。それでは、今までの宗旨をすてて、波宇寸低茂《はうすちも》をうけた甲斐が、なくなってしまう。が、御主耶蘇基督《おんあるじエス・クリスト》の名で、誓った以上、一度した約束は、破る事が出来ない。勿論、フランシス上人でも、いたのなら、またどうにかなる所だが、生憎《あいにく》、それも今は留守である。そこで、彼は、三日の間、夜の眼もねずに、悪魔の巧みの裏をかく手だてを考えた。それには、どうしても、あの植物の名を、知るより外《ほか》に、仕方がない。しかし、フランシス上人でさえ、知らない名を、どこに知っているものが、いるであろう。……

牛商人は、とうとう、約束の期限の切れる晩に、又あの黄牛《あめうし》をひっぱって、そっと、伊留満《いるまん》の住んでいる家の側へ、忍んで行った。家は畑とならんで、往来に向っている。行って見ると、もう伊留満も寝しずまったと見えて、窓からもる灯《あかり》さえない。丁度《ちようど》、月はあるが、ぼんやりと曇った夜で、ひっそりした畑のそこここには、あの紫の花が、心ぼそくうす暗い中に、ほのめいている。元来、牛商人は、覚束《おぼつか》ないながら、一策を思いついて、やっとここまで、忍んで来たのであるが、このしんとした景色を見ると、何となく恐しくなって、いっそ、このまま帰ってしまおうかと云う気にもなった。殊《こと》に、あの戸の後《うしろ》では、山羊のような角のある先生が、因辺留濃《いんへるの》の夢でも見ているのだと思うと、折角、はりつめた勇気も、意気地なく、くじけてしまう。が、体と魂とを、「ぢゃぼ」の手に、渡す事を思えば、勿論、弱い音《ね》なぞを吐いているべき場合ではない。

そこで、牛商人は、毘留善麻利耶《びるぜんまりや》の加護を願いながら、思い切って、予《あらかじめ》、もくろんで置いた計画を、実行した。計画と云うのは、別でもない。——ひいて来た黄牛の綱《はづな》を解いて、尻をつよく打ちながら、例の畑へ勢よく追いこんでやったのである。

牛は、打たれた尻の痛さに、跳ね上りながら、柵を破って、畑をふみ荒らした。角《つの》を家の板目《はめ》につきかけた事も、一度や二度ではない。その上、蹄《ひづめ》の音と、鳴く声とは、うすい夜の霧をうごかして、ものものしく、四方《あたり》に響き渡った。すると、窓の戸をあけて、顔を出したものがある。暗いので、顔はわからないが、伊留満に化けた悪魔には、相違ない。気のせいか、頭の角は、夜目《よめ》ながら、はっきり見えた。

——この畜生《ちくしよう》、何だって、己《おれ》の煙草畑《たばこばたけ》を荒らすのだ。

悪魔は、手をふりながら、睡むそうな声で、こう怒鳴った。寝入りばなの邪魔をされたのが、よくよく癪《しやく》にさわったらしい。

が、畑の後《うしろ》へかくれて、容子を窺《うかが》っていた牛商人の耳へは、悪魔のこの語が、泥烏須《でうす》の声のように、響いた。……

——この畜生、何だって、己の煙草畑を荒らすのだ。

×　　×　　×　　×　　×　　×

それから、先の事は、あらゆるこの種類の話のように、至極《しごく》、円満に完《おわ》っている。即《すなわち》、牛商人は、首尾よく、煙草《たばこ》と云う名を、云いあてて、悪魔に鼻をあかさせた。そうして、その畑にはえている煙草を、悉《ことごと》く自分のものにした。と云うような次第である。

が、自分は、昔からこの伝説に、より深い意味がありはしないかと思っている。何故《なぜ》と云えば、悪魔は、牛商人の肉体と霊魂とを、自分のものにする事は出来なかったが、その代《かわり》に、煙草は、洽《あまね》く日本全国に、普及させる事が出来た。して見ると牛商人の救抜《きゅうばつ》が、一面堕落を伴っているように、悪魔の失敗も、一面成功を伴ってはいないだろうか。悪魔は、ころんでも、ただは起きない。誘惑に勝ったと思う時にも、人間は存外、負けている事がありはしないだろうか。

それから序《ついで》に、悪魔のなり行《ゆ》きを、簡単に、書いて置こう。彼は、フランシス上人が、帰って来ると共に、神聖なペンタグラマの威力によって、とうとう、その土地から、逐払《おいはら》われた。が、その後《ご》も、やはり伊留満《いるまん》のなりをして、方々をさまよって、歩いたものらしい。或《ある》記録によると、彼は、南蛮寺の建立《こんりゅう》前後、京都にも、屢々《しばしば》出没したそうである。松永弾正《まつながだんじょう》を翻弄《ほんろう》した例の果心居士《かしんこじ》と云う男は、この悪魔だと云う説もあるが、これはラフカディオ・ヘルン先生が書いているから、ここには、御免を蒙《こうむ》る事にしよう。それから、豊臣徳川《とよとみとくがわ》両氏の外教禁遏《がいきょうきんあつ》に会って、始《はじめ》の中《うち》こそ、まだ、姿を現わしていたが、とうとう、しまいには、完《まった》く日本にいなくなった。——記録は、大体ここまでしか、悪魔の消息を語っていない。唯《ただ》、明治以後、再《ふたたび》、渡来した彼の動静を知る事が出来ないのは、返《か》えす返《が》えすも、遺《い》憾《かん》である。……

西郷隆盛

これは自分より二三年前に、大学の史学科を卒業した本間《ほんま》さんの話である。本間さんが維新史に関する、二三興味ある論文の著者だと云《い》う事は、知っている人も多いであろう。僕は昨年の冬鎌倉《かまくら》へ転居する、丁度《ちょうど》一週間ばかり前に、本間さんと一しょに飯を食いに行って、偶然この話を聞いた。

それがどう云うものか、この頃《ごろ》になっても、僕の頭を離れない。そこで僕は今、この話を書く事によって、新小説の編輯者《へんしゅうしゃ》に対する僕の寄稿の責《せめ》を完《まっと》うしようと思う。尤《もっと》も後《のち》になって聞けば、これは「本間さんの西郷隆盛《さいごうたかもり》」と云って、友人間には有名な話の一つだそうである。して見ればこの話も或《ある》社会には存外《ぞんがい》もう知られている事かも知れない。

本間さんはこの話をした時に、「真偽の判断は聞く人の自由です」と云った。本間さんさえ主張しないものを、僕は勿論《もちろん》主張する必要がない。まして読者は唯《ただ》、古い新聞の記事を読むように、漫然《まんぜん》と行を追って、読み下《くだ》してさえくれれば、よいのである。

彼是七八年も前にもなろうか。丁度三月の下旬で、もうそろそろ清水《きよみず》の一重桜《ひとえざくら》が咲きそうな――と云っても、まだ霙《みぞれ》まじりの雨がふる、或寒さのきびしい夜《よ》の事である。当時大学の学生だった本間さんは、午後九時何分かに京都を発した急行の上《のぼ》り列車の食堂で、白葡萄酒《しろぶどうしゅ》のコップを前にしながら、ぼんやりM《エム》・C《シー》・C《シー》の煙をふかしていた。さっき米原《まいばら》を通越したから、もう岐阜県の境に近づいているのに相違ない。硝子《ガラス》窓から外を見ると、どこも一面にまっ暗である。時々小さい火の光りが流れるように通りすぎるが、それも遠くの家の明りだか、汽車の煙突から出る火花だか判然《はんぜん》しない。その中で唯、窓をたたく、凍《こお》りかかった雨の音が、騒々しい車輪の音に単調な響《ひびき》を交《かわ》している。

本間さんは、一週間ばかり前から春期休暇を利用して、維新前後の史料を研究かたがた、独りで京都へ遊びに来た。が、来て見ると、調べたい事もふえて来れば、行って見たい所もいろいろある。そこで何かと忙《せわ》しい思《おもい》をしている中《うち》に、何時《いつ》か休暇も残少《のこり》なになった。新学期の講義の始まるのにも、もうあまり時間はない。そう思うと、いくら都《みやこ》踊りや保津川《ほっがわ》下《くだ》りに未練があっても、便々《べんべん》と東山《ひがしやま》を眺めて、日を暮しているのは、気が咎《とが》める。本間さんはとうとう思い切って、雨が降るのに荷拵《にごしら》えが出来ると、俵屋《たわらや》の玄関から俥《くるま》を駆《か》って、制服制帽の甲斐甲斐《かいがい》しい姿を、七条《しちじょう》の停車場《ていしゃじょう》へ運ばせる事にした。

所《ところ》が乗って見ると、二等列車の中は身動きも出来ない程《ほど》こんでいる。ボーイが心配してくれたので、やっと腰を下《おろ》す空地《くうち》が見つかったが、そこではどうも眠れそうもない。そうかと云って寝台は、勿論皆《みな》売切れている。本間さんは暫《しばら》く、腰の広さ十囲《い》に余る酒臭い陸軍将校と、眠りながら歯ぎしりをするどこかの令夫人《れいふじん》との間にはさまって、出来るだけ肩をすぼめながら、青年らしい、とりとめのない空想に耽《ふけ》っていた。が、その中《うち》に追々《おいおい》空想も種切れになってしまう。それから強隣《きようりん》の圧迫も、次第に甚《はなはだ》しくなって来るらしい。そこで本間さんは已《や》むを得ず、立った後《あと》の空地へ制帽を置いて、一つ前に連結してある食堂車の中へ避難した。

食堂車の中はがらんとして、客はたった一人しかいない。本間さんはそれから一番遠いテーブルへ行《いっ》て、白葡萄酒を一杯云いつけた。実は酒を飲みたい訳でも何でもない。唯《ただ》、眠くなるまでの時間さえ、つぶす事が出来ればよいのである。だから無愛想《ぶあいそう》なウエエターが琥珀《こはく》のような酒の杯《さかずき》を、彼の前へ置いて行った後でも、それにはちょいと脣を触れたばかりで、すぐにM・C・Cへ火をつけた。煙草《たばこ》の煙は小さな青い輪を重ねて、明《あかる》い電灯の光の中へ、悠々《ゆうゆう》とのぼって行《ゆ》く。本間さんはテーブルの下に長々と足をのばしながら、始めて楽に息がつけるような心もちになった。

が、体だけはくつろいでも、気分は妙に沈んでいる。何だかこうして坐《すわ》っていると、硝子《ガラス》戸の外のくら暗《やみ》が、急にこっちへはいって来そうな気がしないでもない。或《あるい》は白いテーブル・クロースの上に、行儀よく並んでいる皿やコップが、汽車の進行する方向へ、一時《いちじ》に辷《すべ》り出しそうな心もちもする。それがはげしい雨の音と共に、次第に重苦しく心をおさえ始めた時、本間さんは物に脅《おびやか》されたような眼をあげて、われ知らず食堂車の中を見まわした。鏡をはめこんだカップ・ボード、動きながら燃えている幾《いく》つかの電灯、菜の花をさした硝子の花瓶、――そんな物が、いずれも耳に聞えない声を出して、ひしめいてでもいるように、慌《あわただ》しく眼にはいって来る。が、それらのすべてよりも本間さんの注意を惹《ひ》いたものは、向《むこ》うのテーブルに肘《ひじ》をついて、ウイスキーらしい杯を嘗《な》めている、たった一人の客であった。

客は斑白《はんぱく》の老紳士で、血色のいい両頰には、聊《いささ》か西洋人じみた疎《まばら》な髯《ひげ》を貯《たくわ》えている。これはつんと尖った鼻の先へ、鉄縁《てつぶち》の鼻眼鏡《はなめがね》をかけたので、殊《こと》にそう云う感じを深くさせた。着ているのは黒の背広であるが、遠方から一見した所でも、決して上等な洋服ではないらしい。――その老紳士が、本間さんと同時に眼をあげて、見るともなくこっちへ眼をやった。本間さんはその時、心の中で思わず「おや」と云うかすかな叫び声を発したのである。

それは何故《なぜ》かと云うと、本間さんにはその老紳士の顔が、どこかで一度見た事があるように思われた。尤《もっと》も実際の顔を見たのだか、写真で見たのだか、その辺ははっきりわからない。が、見た覚えは確《たしか》にある。そこで本間さんは、慌しく頭の中で知っている人の名前を点検した。

すると、まだその点検がすまない中《うち》に、老紳士はつと立上って、車の動揺に抵抗しながら、大股《おおまた》に本間さんの前へ歩みよった。そうしてそのテーブルの向うへ、無造作《むぞうさ》に腰を下すと、壮年のような大きな声を出して、「やあ失敬」と声をかけた。

本間さんは何だかわからないが、年長者の手前、意味のない微笑を浮べながら、鷹揚《おうよう》に一寸《ちょっと》頭を下げた。

「君は僕を知っていますか。なに知っていない？　知っていなければ、いなくってもよろしい。君は大学の学生でしょう。しかも文科大学だ。僕も君と似たような商売をしている人間です。事によると、同業組合の一人かも知れない。何です、君の専門は？」

「史学科です。」

「ははあ、史学。君もドクター・ジョンソンに軽蔑《けいべつ》される一人ですね。ジョンソン曰《いわく》、歴史家はalmanac-maker《アルマナック・メーカー》にすぎない。」

老紳士はこう云って、頸《くび》を後《うしろ》へ反《そ》らせながら、大きな声を出して笑い出した。もう大分酔《よい》がまわっているのであろう。本間さんは返事をせずに、唯《ただ》にやにやほほ笑みながら、その間に相手の身のまわりを注意深く観察した。老紳士は低い折襟《おりえり》に、黒のネクタイをして、所々《ところどころ》すりきれたチョッキの胸に太い時計の銀鎖《ぎんぐさり》を、物々しくぶらさげている。が、この服装のみすぼらしいのは、決して貧乏でそうしているのではないらしい。その証拠には襟でもシャツの袖口《そでぐち》でも、皆新しい白い色を、つめたく肉の上に硬《こわ》ばらしている。恐らく学者とか何とか云う階級に属する人なので、完《まった》く身なりなどには無頓着《むとんぢやく》なのであろう。

「アルマナック・メーカー。正《まさ》にそれにちがいない。いや僕の考える所では、それさえ甚《はなは》だ疑問ですね。しかしそんな事は、どうでもよろしい。それより君の特に研究しようとしているのは何ですか。」

「維新史です。」

「すると卒業論文の題目も、やはりその範囲内にある訳ですね。」

本間さんは何だか、口頭試験でもうけているような心もちになった。この相手の口吻《こうふん》には、妙に人を追窮《ついきゅう》するような所があって、それが結局自分を飛《と》んでもない所へ陥《おとしい》れそうな予感が、この時ぼんやりながらしたからである。そこで本間さんは思い出したように、白葡萄酒の杯をとりあげながら、わざと簡単に「西南《せいなん》戦争を問題にするつもりです」と、こう答えた。

すると老紳士は、自分も急に口ざみしくなったと見えて、体を半分後の方へ扭《ね》じまげると、怒鳴りつけるような声を出して、「おい、ウイスキーを一杯」と命令した。そうしてそれが来るのを待つまでもなく、本間さんの方へ向き直って、鼻眼鏡の後《うしろ》に一種の嘲笑《ちょうしょう》の色を浮べながら、こんな事をしゃべり出した。

「西南戦争ですか。それは面白い。僕も叔父《おじ》があの時賊軍に加わって、討死《うちじに》をしたから、そんな興味で少しは事実の穿鑿《せんさく》をやって見た事がある。君はどう云う史料に従って、研究されるか、知らないが、あの戦争に就《つ》いては随分《ずいぶん》誤伝が沢山あって、しかもその誤伝が又《また》立派に精確な史料で通っています。だから余程《よほど》史料の取捨を慎《つつし》まないと、思いもよらない誤謬《ごびゅう》を犯すような事になる。君も第一に先《まず》、そこへ気をつけた方が好《い》いでしょう。」

本間さんは向うの態度や口ぶりから推《お》して、どうもこの忠告も感謝して然《しか》る可《べ》きものか、どうか判然《はんぜん》しないような気がしたから、白葡萄酒を嘗め嘗《な》め、「ええ」とか何とか、至極曖昧《しごくあいまい》な返事をした。が、老紳士は少しも、こっちの返事などには、注意しない。折からウエエターが持って来たウイスキーで、ちょいと喉を沾《うるお》すと、ポケットから瀬戸物《せともの》のパイプを出して、それへ煙草をつめながら、

「尤《もっと》も気をつけても、あぶないかも知れない。こう申すと失礼のようだが、それ程あの戦争の史料には、怪しいものが、多いのですね。」

「そうでしょうか。」

老紳士は黙って頷《うなず》きながら、燐寸《マッチ》をすってパイプに火をつけた。西洋人じみた顔が、下から赤い火に照らされると、濃い煙が疎《まばら》な鬚《ひげ》をかすめて、埃及《エジプト》の匂《におい》をぷんとさせる。本間さんはそれを見ると何故か急にこの老紳士が、小面憎《こづらにく》く感じ出した。酔っているのは勿論《もちろん》、承知している。が、いい加減な駄法螺《だぼら》を聞かせられて、それで黙って恐れ入っては、制服の金釦《きんボタン》に対しても、面目が立たない。

「しかし私には、それ程《ほど》特に警戒する必要があるとは思われませんが――あなたはどう云う理由で、そうお考えなのですか。」

「理由？　理由はないが、事実がある。僕は唯《ただ》西南戦争の史料を一々綿密に調べて見た。そうしてその中から、多くの誤伝を発見した。それだけです。が、それだけでも、十分そう云

われはしないですか。」

「それは勿論、そう云われます。では一つ、その御発見になった事実を伺《うかが》いたいものですね。私なぞにも大いに参考になりそうですから。」

老紳士はパイプを銜《くわ》えた儘《まま》、暫《しば》らく口を噤《つぐ》んだ。そうして眼を硝子《ガラス》窓の外へやりながら、妙にちょいと顔をしかめた。その眼の前を横ぎって、数人の旅客《りよかく》の佇《たたず》んでいる停車場が、くら暗《やみ》と雨との中をうす明く飛びすぎる。本間さんは向うの気色《けしき》を窺《うかが》いながら、腹の中でざまを見ろと呟《つぶや》きたくなった。

「政治上の差障《さしさわ》りさえなければ、僕も喜んで話しますが——万一秘密の洩《も》れた事が、山縣《やまがた》公にでも知れて見給《たま》え。それこそ僕一人の迷惑ではありませんからね。」

老紳士は考え考え、徐《おもむろ》にこう云った。それから鼻眼鏡の位置を変えて、本間さんの顔を探るような眼で眺めたが、そこに浮んでいる侮蔑《ぶべつ》の表情が、早くもその眼に映ったのであろう。残っているウイスキーを勢よく、ぐいと飲み干すと、急に鬚だらけな顔を近づけて、本間さんの耳もとへ酒臭い口を寄せながら、殆《ほとん》ど噛みつきでもしそうな調子で、囁《ささや》いた。

「もし君が他言《たごん》しないと云う約束さえすれば、その中の一つ位は洩らしてあげましょう。」

今度は本間さんの方で顔をしかめた。こいつは気違いかも知れないと云う気が、その時咄《とつ》嗟《さ》に頭をかすめたからである。が、それと同時に、ここ迄《まで》追窮して置《お》きながら、見す見すその事実なるものを逸《いっ》してしまうのが惜しいような、心もちもした。そこへ又《また》、これ位な嚇《おど》しに乗せられて、尻込《しりご》みするような自分ではないと云う、子供じみた負けぬ気も、幾分かは働いたのであろう。本間さんは短くなったM・Cを、灰皿の中へ抛《ほう》りこみながら、頸《くび》をまっすぐにのばして、はっきりとこう云った。

「では他言しませんから、その事実と云うのを伺わせて下さい。」

「よろしい。」

老紳士は一しきり濃い煙をパイプからあげながら、小さな眼でじっと本間さんの顔を見た。今まで気がつかずにいたが、これは気違いの眼ではない。そうかと云って、世間一般の平凡な眼とも違う、聡明《そうめい》な、それでいてやさしみのある、始終何かに微笑を送っているような、朗然《ろうぜん》とした眼である。本間さんは黙って相手と向い合いながら、この眼と向うの言動との間にある、不思議な矛盾を感ぜずにはいられなかった。が、勿論老紳士は少しもそんな事には気がつかない。青い煙草の煙が、鼻眼鏡を繞《めぐ》って消えてしまうと、その煙の行方《ゆくえ》を見送るように、静《しずか》に眼を本間さんから離して、遠い空間へ漂《ただよわ》せながら、頭を稍後《ややうしろ》へ反《そ》らせて殆《ほとんど》独り呟くように、こんな途方もない事を云い出した。

「細かい事実の相違を挙げていては、際限がない。だから一番大きな誤解を話しましょう。それは西郷隆盛が、城山《しろやま》の戦《たたかい》では死なななかったと云う事です。」

これを聞くと本間さんは、急に笑いがこみ上げて来た。そこでその笑《わらい》を紛せる為《ため》に新しいM・Cへ火をつけながら、強《し》いて真面目《まじめ》な声を出して、「そうですか」と調子を合せた。もうその先を尋《き》きただすまでもない。あらゆる正確な史料が認めている西郷隆盛の城山戦死を、無造作に誤伝の中へ数えようとする——それだけで、この老人の所謂《いわゆる》事実も、略《ほぼ》正体が分っている。成程《なるほど》これは気違いでも何でもない。唯《ただ》、義経《よしつね》と鉄木直《てむじん》とを同一人にしたり、秀吉《ひでよし》を御落胤《ごらくいん》にしたりする、無邪気な田舎翁《でんしゃおう》の一人だったのである。こう思った本間さんは、可笑《おか》しさと腹立たしさと、それから一種の失望とを同時に心の中で感じながら、この上は出来る丈《だけ》早く、老人との問答を切り上げようと決心した。

「しかもあの時、城山で死なかったばかりではない。西郷隆盛は今日《こんにち》までも生きていいます。」

老紳士はこう云って、寧《むし》ろ昂然《こうぜん》と本間さんを一瞥《いちべつ》した。本間さんがこれにも、「ははあ」と云う気のない返事で応じた事は、勿論である。すると相手は、嘲《あざけ》るような微笑をちらりと脣頭《しんとう》に浮べながら、今度は静《しずか》な口ぶりで、わざとらしく問いかけた。

「君は僕の云う事を信ぜられない。いや弁解しなくっても、信ぜられないと云う事はわかっている。しかし——しかしですね。何故君は西郷隆盛が、今日まで生きていると云う事を疑われるのですか。」

「あなたは御自分でも西南戦争に興味を御持ちになって、事実の穿鑿をなすったそうですが、それならこんな事は、恐《おそ》らく私《わたくし》から中上げるまでもないのでしょう。が、そう御尋《おたず》ねになる以上は、私も知っているだけの事は、中上げたいと思います。」

本間さんは先方の悪く落着いた態度が忌々《いまいま》しくなったのと、それから一刀両断に早くこの喜劇の結末をつけたいのとで、大人気《おとなげ》ないと思いながら、こう云う前置きをして置《お》いて、口早やに城山戦死説を弁じ出した。僕はそれを今、詳《くわ》しくここへ書く必要はない。唯《ただ》、本間さんの議論が、いつもの通り引証《いんしょう》の正確な、如何《いか》にも論理の徹底している、決定的なものだったと云う事を書きさえすれば、それでもう十分である。が、瀬戸物のパイプを銜えた儘《まま》、煙を吹き吹き、その議論に耳を傾けていた老紳士は、一向辟易《へきえき》したらしい気色を現さない。鉄縁の鼻眼鏡の後《うしろ》には、不相変《あいかわらず》小さな眼が、柔《やわらか》な光をたたえながら、アイロニカルな微笑を浮べている。その眼が又、妙に本間さんの論鋒《ろんぽう》を鈍らせた。

「成程《なるほど》、或《ある》仮定の上に立って云えば、君の説は正しいでしょう。」

本間さんの議論が一段落を告げると、老人は悠然とこう云った。

「そうしてその仮定と云うのは、今君が挙げた加治木常樹《かぢきつねき》城山籠城《ろうじょう》調査筆記とか、市来四郎《いちきしろう》日記とか云うものの記事を、間違いのない事実だとする事です。だからそう云う史料を始めから否定している僕にとっては、折角《せっかく》の君の名論も、徹頭徹尾ノンセンスと云うより外《ほか》はない。まあ待ち給《たま》え。それは君はそう云う史料の正確な事を、いろいろの方面から弁護する事が出来るでしょう。しかし僕はあらゆる弁護を超越した、確《たしか》な実証を持っている。君はそれを何だと思いますか。」

本間さんは、聊《いささ》か煙《けむ》に捲《ま》かれて、ちょいと返事に躊躇《ちゅうちょ》した。

「それは西郷隆盛が僕と一しょに、今この汽車に乗っていると云う事です。」

老紳士は殆《ほとんど》厳粛に近い調子で、のしかかるように云い切った。日頃から物に騒がない本間さんが、流石《さすが》に愕然《がくぜん》としたのはこの時である。が、理性は一度脅《おびやか》されても、この位な事でその権威を失墜《しっつい》しはしない。思わず、M・Cの手を口からはなした本間さんは、又その煙をゆっくり吸いかえしながら、怪しいと云う眼つきをして、無言の儘《まま》、相手のつんと高い鼻のあたりを眺めた。

「こう云う事実に比べたら、君の史料の如きは何ですか。すべてが一片《いっぺん》の故紙《こし》に過ぎなくなってしまうでしょう。西郷隆盛は城山で死ななかった。其《その》証拠には、今此《この》上り急行列車の一等室に乗り合せている。此《この》位確な事実はありますまい。それとも、やはり君は生きている人間より、紙に書いた文字の方を信頼しますか。」

「さあ――生きていると云っても、私が見たのでなければ、信じられません。」

「見たのでなければ？」

老紳士は傲然《ごうぜん》とした調子で、本間さんの語《ことば》を繰返《くりかえ》した。そうして徐《おもむろ》にパイプの灰をはたき出した。

「そうです。見たのでなければ。」

本間さんは又《また》勢を盛返《もりかえ》して、わざと冷《ひやや》かに前の疑問をつきつけた。が、老人にとっては、この疑問も、格別、重大な効果を与えなかったらしい。彼はそれを聞くと突然として傲慢な態度を持《じ》しながら、故《ことさ》らに肩を聳《そびや》かせて見せた。

「同じ汽車に乗っているのだから、君さえ見ようと云えば、今でも見られます。尤《もっと》も南洲《なんしゅう》先生はもう眠《ねむ》ってしまったかも知れないが、なにこの一つ前の一等室だから、無駄足《むだあし》をしても大した損ではない。」

老紳士はこう云うと、瀬戸物のパイプをポケットへしまいながら、眼で本間さんに「来給《たま》え」と云う合図《あいず》をして、大儀《たいぎ》そうに立ち上った。こうなっては、本間さんも兎《と》に角《かく》一しょに、立たざるを得ない。そこでM・C・Cを銜えた儘《まま》、両手をズボンのポケットに入れて、不承不承に席を離れた。そうして蹌踉《そうろう》たる老紳士の後《うしろ》から、二列に並んでいたテーブルの間を、大股に戸口の方へ歩いて行った。後には唯《ただ》、白葡萄酒のコップとウイスキーのコップとが、白いテーブル・クロースの上へ、うすい半透明な影を落して、列車を襲いかかる雨の音の中に、寂しくその影をふるわせている。

それから十分ばかりたった後《のち》の事である。白葡萄酒のコップとウイスキーのコップとは、再《ふたたび》無愛想なウエエターの手で、琥珀《こはく》色の液体がその中に充《みた》された。いや、そればかりではない。二つのコップを囲んでは、鼻眼鏡をかけた老紳士と、大学の制服を着た本間さんとが、又《また》前のように腰を下《おろ》している。その一つ向うのテーブルには、さっき二人と入れちがいには

いって来た、着流しの肥《ふと》った男と、芸者《げいしゃ》らしい女とが、これは海老《えび》のフライか何かを突《つ》ついてでもいるらしい。滑《なめら》かな上方弁《かみがたべん》の会話が、纏綿《てんめん》として進行する間に、かちゃかちゃ云うフォークの音が、しきりなく耳にはいって来た。

が、幸い本間さんには、少しもそれが気にならない。何故かと云うと、本間さんの頭には、今見て来た驚くべき光景が、一ぱいになって拡《ひろ》がっている。一等室の鶯茶《うぐいすちゃ》がかった腰掛《こしかけ》と、同じ色の窓帷《カーテン》と、そうしてその間に居睡《いねむ》りをしている、山のような白頭《はくとう》の肥大漢《ひだいかん》と、――あ、その堂堂《どうどう》たる相貌《そうぼう》に、南洲先生の風骨《ふうこつ》を認めたのは果《はた》して自分の見ちがいであったろうか。あすこの電灯は、気のせいか、ここよりも明くない。が、あの特色のある眼もとや口もとは、側へ寄るまでもなくよく見えた。そうしてそれはどうしても、子供の時から見慣れている西郷隆盛の顔であった。……

「どうですね。これでもまだ、君は城山戦死説を主張しますか。」

老紳士は赤くなった顔に、晴々《はればれ》した微笑を浮べて、本間さんの答を促した。

「…………」

本間さんは当惑した。自分はどちらを信ずればよいのであろう。万人に正確だと認められている無数の史料か、或《あるい》は今見て来た魁偉《かいい》な老紳士か。前者を疑うのが自分の頭を疑うのなら、後者を疑うのは自分の眼を疑うのである。本間さんが当惑したのは、少しも偶然ではない。

「君は今現に、南洲先生を眼《ま》のあたりに見ながら、しかも猶《なお》史料を信じたがっている。」

老紳士はウイスキーの杯を取り上げ乍《なが》ら、講義でもするような調子で語《ことば》を次いだ。

「しかし、一体君の信じたがっている史料とは何か、それから先《ま》ず考えて見給《たま》え。城山戦死説は暫《しばら》く問題外にしても、凡《およ》そ歴史上の判断を下すに足る程《ほど》、正確な史料などと云うものは、どこにだってありはしないです。誰《たれ》でも或《ある》事実の記録をするには自然と自分でディテエルの取捨選択をしながら、書いてゆく。これはしないつもりでも、事実としてするのだから仕方がない。と云う意味は、それだけもう客観的の事実から遠ざかると云う事です。そうでしょう。だから一見当《あて》になりそうで、実は甚《はなはだ》当にならない。ウオルター・テレエが一旦起《いったんおこ》した世界史の稿を廃した話なぞは、よくこの間《かん》の消息を語っている。あれは君も知っているでしょう。実際我々には目前の事さえわからない。」

本間さんは実を云うと、そんな事は少しも知らなかった。が、黙っている中《うち》に、老紳士の方で知っているときめてしまったらしい。

「そこで城山戦死説だが、あの記録にしても、疑いを挟《はさ》む余地は沢山ある。成程《なるほど》西郷隆盛が明治十九年九月二十四日に、城山の戦《たたかい》で、死んだと云う事だけはどの史料も一致していましょう。しかしそれは唯《ただ》、西郷隆盛と信ぜられる人間が、死んだと云うのにすぎないのです。その人間が実際西郷隆盛かどうかは、自《おのずか》ら又問題が違って来る。ましてその首や首のない屍体《したい》を発見した事実になると、さっきも君が云った通り、異説も決して少くない。そこも疑えば、疑える筈《はず》です。一方そう云う疑いがある所へ、君は今この汽車の中で西郷隆盛――と云いたくなければ、少くとも西郷隆盛に酷似《こくじ》している人間に遇《あ》った。それでも君には史料なるものの方が信ぜられますか。」

「しかしですね。西郷隆盛の屍体は確かにあったのでしょう。そうすると――」

「似ている人間は、天下にいくらもいます。右腕に古い刀創《かたなきず》があるとか何とか云うのも一人に限った事ではない。君は狄青《てきせい》が濃智高《のうちこう》の屍《しかばね》を検《けん》した話を知っていますか。」

本間さんは、今度は正直に知らないと白状した。実はさっきから、相手の妙な論理と、いろいろな事をよく知っているのとに、悩まされて、追々《おいおい》この鼻眼鏡の前に一種の敬意に似たものを感じかかっていたのである。老紳士はこの間にポケットから、又例の瀬戸物のパイプを出して、ゆっくり埃及《エジプト》の煙をくゆらせながら、

「狄青が五十里を追うて、大理《たいり》に入《い》った時、敵の屍体を見ると、中に金龍《きんりゅう》の衣《ころも》を着ているものがある。衆《しゅう》は皆《みな》これを智高だと云ったが、狄青は独り聞かなかった。『安《いず》くんぞその詐《いつわ》りにあらざるを知らんや。寧《むし》ろ智高を失うとも、敢《あえ》て朝廷を誣《し》いて功を貪《むさぼ》らじ』これは道徳的に立派なばかりではない。真理に対する態度としても、望ましい語《ことば》でしょう。所《ところ》が遺憾ながら、西南戦争当時、官軍を指揮した諸将軍は、これ程《ほど》周密な思慮を欠いていた。そこで歴史までも『かも知れぬ』を『である』に置き換えてしまったのです。」

愈《いよいよ》どうにも口が出せなくなった本間さんは、そこで苦しまぎれに、小供《こども》らしい最後の反《はん》

駁《ばく》を試みた。

「しかし、そんなによく似ている人間がいるでしょうか。」

すると老紳士は、どう云う訳か、急に瀬戸物のパイプを口から離して、煙草の煙にむせながら、大きな声で笑い出した。その声があまり大きかったせいか、向うのテーブルにいた芸者がわざわざふり返って、怪訝《けげん》な顔をしながら、こっちを見た。が、老紳士は容易に、笑いやまない。片手に鼻眼鏡が落ちそうになるのをおさえながら、片手に火のついたパイプを持って、喉を鳴らし鳴らし、笑っている。本間さんは何だか訳がわからないので、白葡萄酒の杯を前に置いた儘《まま》、茫然《ぼうぜん》と唯《ただ》、相手の顔を眺めていた。

「それはいます。」老人は暫《しばら》くしてから、やっと息をつきながら、こう云った。

「今君が向うで居眠りをしているのを見たでしょう。あの男なぞは、あんなによく西郷隆盛に似ているではないですか。」

「ではあれは――あの人は何なのです。」

「あれですか。あれは僕の友人ですよ。本職は医者で、傍《かたわら》南画《なんが》を描く男ですが。」

「西郷隆盛ではないのですね。」

本間さんは真面目な声でこう云って、それから急に顔を赤らめた。今まで自分のつとめていた滑稽《こっけい》な役まわりが、この時忽然《こつぜん》として新しい光に、照される事になったからである。

「もし気に障《さわ》ったら、堪忍《かんにん》し給え、僕は君と話している中《うち》に、あんまり君が青年らしい正直な考《かんがえ》を持っていたから、ちょいと悪戯《いたずら》をする気になったのです。しかしした事は悪戯でも、云った事は冗談ではない。――僕はこう云う人間です。」

老紳士はポケットをさぐって、一枚の名刺を本間さんの前へ出して見せた。名刺には肩書きも何も、刷ってはない。が、本間さんはそれを見て、始めて、この老紳士の顔をどこで見たか、やっと思い出す事が出来たのである。――老紳士は本間さんの顔を眺めながら、満足そうに微笑した。

「先生とは実際夢にも思いませんでした。私《わたくし》こそいろいろ失礼な事を申し上げて、恐縮です。」

「いや、さっきの城山戦死説なぞは、中々《なかなか》傑作だった。君の卒業論文もああ云う調子なら面白いものが出来るでしょう。僕の方の大学にも、今年は一人維新史を専攻した学生がいる。――まあそんな事より、大《おお》に一つ飲み給え。」

霙《みぞれ》まじりの雨も、小止《こや》みになったと見えて、もう窓に音がしなくなった。女連れの客が立った後には、硝子《ガラス》の花瓶にさした菜の花ばかりが、冴《さ》え返る食堂車の中にかすかな匂《におい》を漂わせている。本間さんは白葡萄酒の杯を勢《いきおい》よく飲み干すと、色の出た頬をおさえながら、突然、

「先生はスケプティックですね。」と云った。

老紳士は鼻眼鏡の後《うしろ》から、眼でちょいと頷いた。あの始終何かに微笑を送っているよう

な朗然《ろうぜん》とした眼で頷いたのである。

「僕はピルロンの弟子で沢山だ。我々は何も知らない、いやそう云う我々自身の事さえも知らない。まして西郷隆盛の生死をやです。だから、僕は歴史を書くにしても、嘘のない歴史なぞを書こうとは思わない。唯如何《ただいか》にもありそうな、美しい歴史さえ書ければ、それで満足する。僕は若い時に、小説家になろうと思った事があった。なったらやっぱり、そう云う小説を書いていたでしょう。或《あるい》はその方が今よりよかったかも知れない。兎《と》に角《かく》僕はスケプティックで沢山だ。君はそう思わないですか。」

未定稿

一

夫れ柳風の狂句に曰、旧弊は隠居の名かとおさん尋き。日進開化の君が代は、二銭の郵便一分の鉄道、駕と飛脚は昔にて、千里を走ればおのずから悪事も何時かエレキテル、不思議の巧みを駿河台、椎の木屋敷と呼ばれたる、門の瓦斯灯いかめしき、家の主は名にし負う、金も有川兵吉とて、持丸長者の随一人、八犬伝のそれならで、仁義礼智の差別なく、淫酒二つに耽りたる、その流連の帰り路、時しも六月十日の夜、折から降り来る五月雨に、乗る人力も金春の、三等煉瓦を後にして、十二時圭《とけい》も止る丑満の、山城河岸や神田橋、やがて我家の冠木門、歌舞伎ならねど本釣に、常盤木落葉ばらばらと、落す楫棒諸共に、桐油を取れば有川は、無残や既にくれないの、血嘔吐を吐きし断末魔、車夫の仰天、一家の愁嘆、明くるも待たで交番所へ、訴え出でたる大変は、唯毒殺とばかりにて、仇は誰とも白藤の、夫人の涙乾く間なき、大急ぎの報道件の如し。——朝野新聞所載——

この話のあったのは、明治十二三年——東京の町には開化の日が照ると同時に、やはり旧弊の泥濘の多かった、丁度あの時代の事でした。と云うよりも或は、司馬江漢《しばこうかん》の銅版画にでもありそうな、日本の空気と西洋の光線との不思議な位際どい調和が、風俗の上にも建築の上にも、反映していた時代と云った方が、実に適当かも知れません。当時まだ私は洋学と漢学と、どちらも中途半端な教育を、しかも駈足で通りぬけた二十代の青年でしたが、それでも父と別懇だった成島柳北先生の肝入りで、及ばずながら朝野新聞の編輯局へ毎日顔を出していました。私は其処で本多保さんに——これも同じ社員ではありながら、寧ろ副業の素人探偵で有名だった、あの本多さんに始めて会ったのです。

本多さんは昔から一切身なりにはかまわない人で、殊に帽子なぞは一年中、鼠色の大きなヘルメットを何時も大あみだにかぶっていました。その上風采も至って揚らない方で、あの通り色の黒い、うす痘痕《いも》のある不男《ぶおとこ》が、背も低くければ、人並より痩せてもいると云うのですから、初対面の時なぞは、誰でもこれがあの評判の才物かと意外に思わないものはありません。私なぞも入社匆々、あの人が永らく英吉利《イギリス》にいたと云う事を、柳北先生に聞いた時は、やはり人の悪い先生にかつがれたのではないかと云う疑さえも持ったものです。よく才気のある人は、眼を見て知れるなどと云いますが、本多さんはその眼まで、どんよりと唯白いような、甚光の鈍い方でしたから。

　見た所はその通り、何処か下まわりの壮士めいた、一向振わない人物でしたが、頭のよく切れる事は、その時分から有名で、後年△△侯の懐刀と云う綽名のあった藤村さんと一対に、在朝在野の両才子と並び称されていたものです。これは一つには藤村さんがああ云うアングロメニアの高襟だったのに、本多さんは国粋主義者の寧頑固な一人でしたから、それだけ対照の妙を極めている因縁ずくもあったのでしょう。が、或結果だけ与えられて、それから逆に原因へ遡って行く、本多さんのあの鋭敏な分析的推理力に至っては、或は藤村さんさえ三舎を避けるかと思う位、恐る可き的確性を持っていました。そうして又本多さんには、その敏活な推理力を駆使するのが、丁度強壮な筋力の所有者が野外の競技を悦ぶように、殆どんな道楽にも換えられない、非常な興味の源になっているらしく思われました。ですからあの人が素人探偵として、不思議な令名を博したのも、実は唯この推理力を探偵の為の探偵に使ったので、金銭上の利益などが一切眼中になかったのは勿論、犯罪事実の摘発と云う事を道徳的に考えて、それから進んであの副業に従事したと云う次第でもありません。何時ぞや本多さん嫌いの福地桜痴居士が、「あいつは磁石みたいなやつだ。何時でも人の悪事へ悪事へと剣先を向けているじゃないか」と罵倒した事がありましたが、悪い意味さえ取ってしまえば、実際あの人の探偵癖は、磁石の針が極を指すように、或必然的な内部衝動性に全然支配されていたようです。

その好い証拠は、これから御話しする事実などがそれですが、そう云う重大な場合でなくとも、家常茶飯に本多さんは、好んであの神速な推理力を動かしました。現に一度などは編輯局の窓際で、隣屋根に降る五月雨を眺めながら、社長始め一同が、巻線香の燻っている煙草盆をとりまいて、昼休みの油を売っていると、それまで黙って煙草を吸っていた本多さんが、突然柳北先生をつかまえて、

「昨夜はあの降りに、余程御酩酊のようでしたな。何しろああ河岸を変って、御飲み直しになったのじゃ、いくら先生でもたまりますまい。」と、微笑しながら、こう云うのです。始は柳北先生もうっかり釣込まれて、机の上に頬杖をついた儘、

「何しろ石井のやつと一しょだからね。万八から柳光亭へ御酒輿を移す時なんぞは、全く蹌々踉々だったよ。」などと、云っていましたが、その内にふと気がついたと見えて、あの長い顔を頬杖の上で、急に本多さんの方へ向け直すと、眠《ね》の足りない眶を心持ち見開いて、

「どうして又君は、そんな事を知っているのだい」と怪訝《けげん》そうに尋ねました。すると本多さんは古風な鉈豆の煙管《キセル》か何かで、意地悪く脂下《やにさが》りながら、

「天網恢々疎にして洩らさずと云うじゃありませんか。ちゃんと証拠は挙っています。おまけに昨晩は、大分阿嬌も大ぜい居りましたな。中でもあの小千代などと云う御酌とは、先生も大に若返って、きゃっきゃっと騒いでいらしったでしょう。」

「へええ、これは不思議だ、じゃ君はあの時隣り座敷にでもいたのかい。それなら始からそ

う云えばいいのに――」

「冗談云っちゃいけません。私は例のミルの翻訳で、徹夜もしかねない位な忙しさです。」

これを聞いて呆れたのは、柳北先生ばかりではありません。我々は皆話をやめて、云い合せたように本多さんと柳北先生とを見比べました。が、本多さんは相不変、人の悪い微笑を洩らしながら、煙草の煙を吐くばかりで、容易に何とも答えません。

「じゃどうして、そう云う手証が挙ったね。」

それがやっと口を開いたのは、暫くしてから柳北先生がこう改めて尋ねた時でした。

「何、種を明せば、極くだらない事からわかったのです。わかったと云うよりは、中ったと云う方が或は当を得ているかも知れません。ごらんなさい。あの窓の明りにすかして見ると、先生の羽織の右の袖には、昨日までなかった酒の汚点《しみ》がついているでしょう。外の人なら兎も角も、先生が袖へ酒を御こぼしになるようじゃ、余程御酩酊なすったのに違いありません。次にさっき拝見すると、やはり羽織の裾の方に、揉んで落してはありますが、ちょいちょい泥の痕が見えました。どうせ往き還りは俥でしょうから、はねの上っている所を見ると、近くの御茶屋から御茶屋へ、雨の中を御歩きになったのも、略見当がつくと云うものです。最後に校書が大ぜいいたと云う事は――」

こう云って、本多さんは鉈豆の煙管をはたきながら、あの白い眼でちょいと柳北先生の顔を見ると、何故か瞬《またた》きを一つしました。

「校書が大ぜいいたと云う事は、先生の召し物の匂でわかります。」

一同はこの言《ことば》につれて、どっと一度にふき出しました。これには流石の柳北先生も少してれた形でしたが、大方その笑を揉み消すつもりだったのでしょう、急に頬杖を片づけると、故《ことさら》に真剣な声を出して、

「じゃ小千代とふざけたのは、どうしてわかったろう」と訊《き》いたものです。

「それも造作のない事からわかったのです。先生はさっき茶を召し上った後で、袂から手巾を御出しになったでしょう。」

「さてはあれに紅でもついていたのかい。」

柳北先生はにやにや笑いながら、狡猾そうに本多さんの顔を偸み見ました。が、本多さんは真面目な調子で、

「いや、紅はついていませんでした。又ついていたにしても、紅だけじゃ小千代だか誰だか、わかりません。それよりあの時手巾と一しょに、塩豌豆が一粒下へ落ちました。だから御酒だなと思ったのです。先生はよくああ云う物を買って、酒席でも御酒におやりになるでしょう。そうして、先生の御贔屓の御酒が小千代と云う位な事は、私もとうに知っています。」

万事がこう云う調子でした。ですから柳北先生も本多さんには、照魔鏡と云う綽名をつけて、あの大和魂という狂楽府を作った時にも、「世上豈無照魔鏡、分明照見正与邪」と云う楽屋落ちの句を入れたものです。所が当時の私と云うのは、京都で曝し首になった親父ゆず

りの謀叛気があって、何でも冒険的な事と云うと一種の倘恍を持っていましたから、目の前に本多さんのような名高い探偵がいる以上、どうしてその崇拝者にならずにいられましょう。私は一週間で本多さんに心服し、一月で本多さんの部下になり、三月で本多さんの行く所へは、どこでもついて行くようになってしまいました。――そうしてその間に一番私の興味を惹いたのが、これから御話ししようとする、不思議な殺人事件の探偵なのです。

二

確この喜劇の一幕があった前後だと思いますが、或日――これもやはり梅雨中の、一日寂しい雨が降りつづけている、黴臭い新聞社の午後でした。私が編輯局の机に向って、浜町の或待合にあった艶っぽい怪談を、春水張りの文章か何かで一生懸命に書いていると、給仕が一人私の所へやって来て、小泉さんに御目にかかりたいと云うのです。

「じゃ応接所へ御通し申して置け。」

こう云って給仕を追払うと、私は大急ぎで又五六行、精々物凄い筆を揮って、「その因縁はいずれ次号に」と、勿体らしく結んでから、筆を耳へ挟んだ儘、一張羅の怪しげな縞の背広に紅緒の上草履をひっかけて、名前だけは立派な応接所へ取りあえず先行って見ました。するとそこには給仕の云った通り、私も面識だけはある、交際家で有名な清水警部が、まだ椅子にも腰も下さないで、ぼんやり窓の外の隣屋根に、五月雨の光っているのを眺めながら、きな臭い巻煙草を退屈そうに吸っていましたが、私の顔を見たと思うと、急に人が変ったように、愛想よく笑って見せて、

「やあ小泉さん、どうも御多用の所を御呼び立て申してすみません。実は本多さんに御目にかかろうと思って伺ったのですがな、生憎まだ御出社にならないそうで、就いてはあなたから一つ御言伝てを願いたいのですが。」

「何です。又何か犯罪事件でもあったのですか。」

「あったのですかは驚きますな。新聞記者がそれじゃ心細い。金春《こんぱる》の往来で昨日《きのう》の朝、洋服の紳士が殺されていたと云う一件です。今じゃ東京中どこへ行ったって、その噂で持ち切っている位ですぜ。」

「ああ、あの新聞配達が屍骸を見つけたと云う事件ですか。あれなら知っていますよ。知っています所か、社中では昨夜から大分議論の問題になったものです。何でも今日聞けばあの紳士と云うのは、実業家の有川だそうじゃありませんか。」

「そうです。有川兵吉、渾名を偽文大尽と云う先生ですがな。あなた方にはよく叩かれていた男ですから、もう何も彼も御承知でしょう。」

清水警部はこう云って、血色の好い顔に溢れるばかりの微笑を浮べながら、妙に上眼を使うようにして、ちょいと私の顔を覗きました。新聞記者とは云いながら、まだここへ棲みこ

んで、半年とたたない年若の私は、元より偽文大尽の行状なぞを知っている訳はありません。そこで素直に首をふって、

「いいえ、何にも知りません。何か面白い事でもあるのですか。」

「面白いにも何にも、あの偽文の悪逆無道を御存知ないようじゃ、残念ながらまだ本多さんの片腕とは行きませんな。まあ一言にして尽せば、女好きな獣ですが、それもあいつのはまるで気違同様と来ているのです。一度なぞは横浜へ行く汽車の中で、乗合せたよその奥さんにさえ怪からん真似をしたと云うのですから、略一斑はわかりましょう。尤もあの時は大将、どこからか麻酔剤を手に入れていたそうですがな。そら「かなよみ新聞」か何かに、「麻酔剤車中芬蘭」と云う続物が出たのは、あの一件の制裁を書いたのです。」

「大変なやつですね。よくそんなやつが法律の制裁を受けないものです。」

「そこは金の力です。」と云って、清水警部は、何故か急に間の悪るそうな、顔をしながら、剃り痕の青い顋のあたりを二三度掌で撫でまわして、

「何しろ金はうなる程あるのですからな。現に京都の祇園か何処かで、舞妓が一人体よくあいつに殺された時なんぞも、金で内済にすませたらしいのです。勿論東京じゃ、そんな事はさせません。あなた方新聞記者もいる。我々警察官もいる。いくら偽文でも、東京じゃ駄目です。「世上豈無照魔鏡、分明照見正与邪」成島先生はうまい事を云いますな。」

清水警部が調子に乗って、丁度こう弁じ立てた途端です。まるで黙阿弥の散髪物《ざんぎりもの》にでも出

て来そうな機会《きつかけ》で、応接室の戸がばたりと開くと、如何わしい黒絽の紋附きの羽織に襞の分らない袴をはいた、背の低い本多さんが、無精らしく片手を懐へ入れて、その薄痘痕のある顔を突然私たちの前へ現しました。それを見た清水警部が、相好を崩して悦びながら、早速本多さんの方へ向き直ると、今まで私に話した通りを、もう一層大きな声で、手を揉み揉み饒舌り立てたのは、元より云うまでもありますまい。が、日頃から無愛想な本多さんは例の白い眼を動かして、じろりと清水警部を一瞥すると、自分は円テエブルの側の椅子の上へ、無造作に腰を下しながら、

「あの事件の話なら、僕は昨日から、もう聞き飽きる程聞きましたよ。」と、折角の話の腰を手もなく折ってしまいました。これには流石の清水警部も、ちょいと拍子抜がしたと見えて、何のとっつきもなく新しい巻煙草へ火をつけると、本多さんの向うの椅子へ、思い出したように腰をかけましたが、

「何しろ珍しい殺人ですからな。ああ云う金満家が往来で殺されている——まるで翻訳小説にでもありそうな話です。あなたなどの探偵なさるのには、絶好の事件でしょう。」

「何、御頼みがなければ、探偵しなくってもよろしい。」

本多さんは殆笑とも思われない程の笑を唇に浮べながら、皮肉にこう答を投げ返しました。その時の清水警部の顔を思い出すと、今になってさえ私は微笑せずにいられません。

「いや、御頼み所じゃありません。実は今日は私が、全東京市内の警察官を代表して、是非

とも一臂の労を借して頂くように、歎願をしに上った次第なのです。」

「そんな大袈裟な御頼を受ける程の人間じゃないが、手伝えと仰有るなら、御手伝い申してもよろしい。」

「それを伺って、私も大安心です。何しろ今度と云う今度は、のっけから私たちには手のつけようがないのですからな。」

こう云う問答を聞いていた私は、大に好奇心を動かしましたが、何しろ事件が私には全く関係のない事なので、邪魔になるのも気が利かないと思いましたから、ちょいと二人に目礼して、早速応接所の戸へ手をかけました。すると本多さんが、後から声をかけて、

「君、大して忙しくもなかったら、二人で清水さんの御話を伺おうじゃないか。その方が僕も勝手だから。」と、体よくその場を取繕ってくれました。これは勿論本多さんがすべて冒険とか探偵とか、そう云うものに興味のある、年少な私のロマンティシズムに前から同情があったからでしょう。そこで私も安心して、本多さんの隣の椅子へ、さも一かどの探偵らしく、横風に尻を落着けました。実際有名な本多さんと一しょに、しかもこの重大な殺人事件に就いて、警視庁の清水警部と協議をめぐらすと云う事は、可成私には嬉しい事だったのです。

「と云う訳はですな。」と、清水警部は言を次いで、「これは極秘密に御相談申し上げなければならないのですが、肝腎の犯人がどうも意外な所に発見されそうな容子なのです。その上

その嫌疑者が下等社会の人間だと、一先所轄警察署へ引致して、取調べると云う事も出来るのですが、生憎立派な身分のある紳士なので、確な証拠の挙らない中は、迂闊に手が下されません。万一こっちの見こみ違いで、腹でも切りかねない場合に立ち至ると、いくら私でも閉口しますからな。」

「へええ、もうそんな嫌疑者が出たのですか。」（未完）

疑惑

今ではもう十年あまり以前になるが、或《ある》年の春私《わたくし》は実践倫理学の講義を依頼されて、その間彼是《かれこれ》一週間ばかり、岐阜県《ぎふけん》下の大垣町《おおがきまち》へ滞在する事になった。元来地方有志なるものの難有《ありがた》迷惑な厚遇に辟易《へきえき》していた私は、私を請待《しょうだい》してくれた或《ある》教育家の団体へ予《あらかじ》め断りの手紙を出して、送迎とか宴会とか或《あるい》は又《また》名所の案内とか、その外《ほか》いろいろ講演に付随する一切の無用な暇つぶしを拒絶したい旨希望して置いた。すると幸《さいわい》私の変人だと云《い》う風評は夙《つと》にこの地方にも伝えられていたものと見えて、やがて私が向うへ行くと、その団体の会長たる大垣町長の斡旋《あっせん》によって、万事がこの我儘《わがまま》な希望通り取計らわれたばかりでなく、宿も特に普通の旅館を避けて、町内の素封家《そほうか》N氏の別荘とかになっている閑静な住居《すまい》を周旋された。私がこれから話そうと思うのは、その滞在中その別荘で偶然私が耳にした或悲惨な出来事の顚末《てんまつ》である。

その住居のある所は、巨鹿城《ころくじょう》に近い廓町《くるわまち》の最も俗塵に遠い一区劃《いっくかく》だった。殊《こと》に私の起臥《きが》していた書院造《しょいんづく》りの八畳は、日当りこそ悪い憾《うらみ》はあったが、障子襖《しょうじふすま》も程《ほど》よく錆《さ》びのついた、如何《いか》にも落着きのある座敷だった。私の世話を焼いてくれる別荘番の夫婦者は、格別用のない限り、何時《いつ》も勝手に下っていたから、このうす暗い八畳は大抵森閑《たいていしんかん》として人気《ひとけ》がなかった。それは御影《みかげ》の手水鉢《ちようずばち》の上に枝を延ばしている木蓮《もくれん》が、時時《ときどき》白い花を落すのでさえ、明《あきらか》に聞き取れるような静かさだった。毎日午前だけ講演に行った私は、午後と夜とをこの座敷で甚《はなは》だ泰平《たいへい》に暮す事が出来た。が、同時に又参考書と着換えとを入れた鞄の外《ほか》に何一つない私自身を、春寒く思う事も度度《たびたび》あった。

尤《もつと》も午後は時折来る訪問客に気が紛れて、さほど寂しいとは思わなかった。が、やがて竹の筒を台にした古風なランプに火が点《とも》ると、人間らしい気息《いぶき》の通う世界は、忽《たちまち》其《その》かすかな光に照される私の周囲だけに縮まってしまった。しかも私にはその周囲さえ、決して頼もしい気は起させなかった。私の後《うしろ》にある床《とこ》の間《ま》には、花も活《い》けてない青銅の瓶が一つ、威《い》かつくどっしりと据えてあった。そうしてその上には怪しげな楊柳観音《ようりゆうかんのん》の軸が、煤《すす》けた錦《きん》襴《らん》の表装《ひようそう》の中に朦朧《もうろう》と墨色《ぼくしよく》を弁じていた。私は折折《おりおり》書見の眼をあげて、この古ぼけた仏画をふり返ると、必《かならず》炷《た》きもしない線香がどこかで匂っているような心もちがした。それほど座敷の中には寺らしい閑寂《かんじやく》の気が罩《こも》っていた。だから私はよく早寝をした。が、床にはいっても容易に眠くはなかった。雨戸の外では夜鳥《よどり》の声が、遠近を定めず私を驚かした。その声はこの住居の上にある天守閣《てんしゆかく》を心に描《えが》かせた。昼見ると何時《いつ》も天守閣は、鬱蒼《うつそう》とした松の間に三層の白壁を畳みながら、その反《そ》り返った家根《やね》の空へ無数の鴉《からす》をばら撒《ま》いている。――私は何時《いつ》かうとうと浅い眠《ねむり》に沈みながら、それでもまだ腹の底には水のような春寒《はるさむ》が漂っているのを意識した。

すると或夜の事――それは予定の講演日数が将《まさ》に終ろうとしている頃であった。私は何時もの通りランプの前にあぐらをかいて、漫然《まんぜん》と書見に耽《ふけ》っていると、突然次の間《ま》との境の襖が無気味《ぶきみ》な程《ほど》静に開いた。その開いたのに気がついた時、無意識にあの別荘番を予期していた私は、折よく先刻書いて置いた端書《はがき》の投函《とうかん》を頼もうと思って、何気なく其方《その》を一瞥《いちべつ》した。するとその襖側のうす暗がりには、私の全く見知らない四十恰好《しじゅうがっこう》の男が一人、端然として坐《すわ》っていた。実を云えばその瞬間、私は驚愕――と云うよりも寧《むし》ろ迷信的な恐怖に近い一種の感情に脅《おびや》かされた。又実際その男は、それだけのショックに価《あたい》すべく、ぼんやりしたランプの光を浴びて、妙に幽霊じみた姿を具《そな》えていた。が、彼は私と顔を合わすと、昔風に両肱《りょうひじ》を高く張って恭《うやうや》しく頭《かしら》を下げながら、思ったよりも若い声で、殆《ほとんど》機械的にこんな挨拶の言《ことば》を述べた。

「夜中《やちゅう》、殊に御忙しい所を御邪魔に上りまして、何とも申し訳の致しようはございませんが、ちと折入って先生に御願い申したい儀がございまして、失礼をも顧みず、参上致したような次第でございます。」

漸《ようや》く最初《さいしょ》のショックから恢復《かいふく》した私は、その男がこう弁じ立てている間に、始めて落着いて相手を観察した。彼は額の広い、頬《ほほ》のこけた、年にも似合わず眼に働きのある、品の好《い》い半白《はんぱく》の人物だった。それが紋附《もんつき》でこそなかったが、見苦しからぬ羽織袴《はおりはかま》で、しかも膝《ひざ》のあたりにはちゃんと扇子《せんす》を控えていた。唯《ただ》、咄嗟《とっさ》の際にも私の神経を刺戟したのは、彼の左の手の指が一本欠けている事だった。私はふとそれに気がつくと、我知らず眼をその手から外《そ》らさないではいられなかった。

「何か御用ですか。」

私は読みかけた書物を閉じながら、無愛想《ぶあいそう》にこう問いかけた。云うまでもなく私には、彼の唐突な訪問が意外であると共に腹立しかった。と同時に又《また》別荘番が一言《いちごん》もこの客来《きやくらい》を取次がないのも不審だった。しかしその男は私の冷淡な言葉にもめげないで、もう一度額を畳につけると、不相変《あいかわらず》朗読でもしそうな調子で、

「申し遅れましたが、私《わたくし》は中村玄道《なかむらげんどう》と申しますもので、やはり毎日先生の御講演を伺《うかが》いに出て居《お》りますが、勿論《もちろん》多数の中でございますから、御見覚えもございますまい。どうかこれを御縁にして、今後は又何分ともよろしく御指導の程《ほど》を御願い致します。」

私はここに至って、漸《よう》やくこの男の来意《らいい》が呑みこめたような心もちがした。が、夜中書見《やちゆうしよけん》の清興《せいきよう》を破られた事は、依然として不快に違いなかった。

「すると――何か私の講演に質疑でもあると仰有《おつしや》るのですか。」

こう尋《たず》ねた私は内心ひそかに、「質疑なら明日《みようにち》講演場で伺いましょう。」と云う体《てい》の善《い》い撃退の文句を用意していた。しかし相手はやはり顔の筋肉一つ動かさないで、じっと袴の膝の上に視線を落しながら、

「いえ、質疑ではございません。ございませんが、実は私一身《いっしん》のふり方に就《つ》きまして、善悪とも先生の御意見を承《うけたまわ》りたいのでございます。と申しますのは、唯今からざっと二十年ばかり以前、私は或思いもよらない出来事に出合いまして、その結果とんと私にも私自身がわからなくなってしまいました。就きましては、先生のような倫理学界の大家の御説を伺いましたら、自然分別《ふんべつ》もつこうと存じまして、今晩わざわざ推参致《すいさんいた》しましたのでございます。如何《いかが》でございましょう。御退屈でも私の身の上話を一通り御聴き取り下さる訳には参りますまいか。」

私は答に躊躇《ちゅうちょ》した。成程《なるほど》専門の上から云えば倫理学者には相違ないが、そうかと云って又私は、その専門の知識を運転させてすぐに当面の実際問題への霊活《れいかつ》な解決を与え得る程《ほど》、融通《ゆうずう》の利《き》く頭脳の持ち主だとは遺憾《いかん》ながら己惚《うぬぼ》れる事が出来なかった。すると彼は私の逡巡《しゅん》《じゅん》に早くも気がついたと見えて、今まで袴の膝の上に伏せていた視線をあげると、半ば歎《たん》願《がん》するように、怯《お》ず怯《お》ず私の顔色を窺《うかが》いながら、前よりも稍《やや》自然な声で、慇懃《いんぎん》にこう言葉を継《つ》いだ。

「いえ、それも勿論強いて先生から、是非の御判断を伺わなくてはならないと申す訳ではございません。唯、私がこの年になりますまで、始終頭を悩まさずにはいられなかった問題でございますから、せめてその間《あいだ》の苦しみだけでも先生のような方の御耳に入れて、多少にもせよ私自身の心やりに致したいと思うのでございます。」

こう云われて見ると私は、義理にもこの見知らない男の話を聞かないと云う訳には行《ゆ》かなかった。が、同時に又不吉な予感と茫漠《ぼうばく》とした一種の責任感とが、重苦しく私の心の上にのしかかって来るような心もちもした。私はそれらの不安な感じを払い除けたい一心から、わざと気軽らしい態度を装って、うすぼんやりしたランプの向うに近近と相手を招じながら、

「では兎《と》に角《かく》御話だけ伺いましょう。尤《もっと》もそれを伺ったからと云って、格別御参考になるような意見などは申し上げられるかどうかわかりませんが。」

「いえ、唯、御聞きになってさえ下されば、それでもう私には本望すぎる位《くらい》でございます。」

中村玄道と名のった人物は、指の一本足りない手に畳の上の扇子をとり上げると、時時《ときどき》そっと眼をあげて私よりも寧《むしろ》、床《とこ》の間《ま》の楊柳観音《ようりゅうかんのん》を偸《ぬす》み見ながら、やはり抑揚《よくよう》に乏しい陰気な調子で、とぎれ勝ちにこう話し始めた。

丁度《ちょうど》明治二十四年の事でございます。御承知の通り二十四年と申しますと、あの濃尾《のうび》の大地震がございました年で、あれ以来この大垣もがらりと容子《ようす》が違ってしまいましたが、その頃町には小学校が丁度二つございまして、一つは藩侯《はんこう》の御建てになったもの、一つは町方の建てたものと、こう分れて居ったものでございます。私はこの藩侯の御建てになったK小

学校へ奉職《ほうしょく》して居りましたが、二三年前に県の師範学校を首席で卒業しましたのと、その後又《のちまた》引き続いて校長などの信用も相当にございましたのとで、年輩にしては高級な十五円と云う月俸を頂戴致《ちょうだいいた》して居りました。唯今でこそ十五円の月給取は露命《ろめい》も繋げない位《くらい》でございましょうが、何分《なにぶん》二十年も以前の事で、十分とは参りませんまでも、暮しに不自由はございませんでしたから、同僚の中でも私などは、どちらかと申すと羨望の的になった程でございました。

家族は天にも地にも妻一人で、それもまだ結婚してから、漸《ようや》く二年ばかりしか経たない頃でございました。妻は校長の遠縁のもので、幼い時に両親に別れてから私の所へ片づくまで、ずっと校長夫婦が娘のように面倒を見てくれた女でございます。名は小夜《さよ》と申しまして、私の口から申し上げますのも、異《い》なものでございますが、至って素直な、はにかみ易い――その代り又《また》無口過ぎて、どこか影の薄いような、寂しい生れつきでございました。が、私には似たもの夫婦で、たといこれと申す程《ほど》の花花《はなばな》しい楽しさはございませんでも、まず安らかなその日その日を、送る事が出来たのでございます。

するとあの大地震で、――忘れも致しません十月の二十八日、彼是《かれこれ》午前七時頃でございましょうか。私が井戸側《いどばた》で楊枝を使っていると、妻は台所で釜の飯を移している。――その上へ家がつぶれました。それがほんの一二分の間の事で、まるで大風のような凄まじい地鳴りが襲いかかったと思いますと、忽《たちまち》めきめきと家が傾《かし》いで、後《あと》は唯《ただ》瓦の飛ぶのが見えたばかりでございます。私はあっと云う暇もなく、やにわに落ち来た庇《ひさし》に敷かれて、暫《しばら》くは無我夢中の儘《まま》、どこからともなく寄せて来る大震動の波に揺られて居《お》りましたが、やっとその庇の下から土煙の中へ這い出して見ますと、眼の前にあるのは私の家の屋根で、しかも瓦の間に草の生えたのが、そっくり地の上へひしゃげて居りました。

その時の私の心もちは、驚いたと申しましょうか、慌てたと申しましょうか、まるで放心したのも同然で、べったり其処《そこ》へ腰を抜いたなり、丁度嵐の海のように右にも左にも屋根を落した家家《いえいえ》の上へ眼をやって、地鳴りの音、梁《はり》の落ちる音、樹木の折れる音、壁の崩れる音、それから幾千人の人人《ひとびと》が逃げ惑うのでございましょう、声とも音ともつかない響《ひびき》が騒然と煮えくり返るのをぼんやり聞いて居《お》りました。が、それはほんの刹那《せつな》の間《あいだ》で、やがて向うの庇《ひさし》の下に動いているものを見つけますと、私は急に飛び上って、凶《わる》い夢からでも覚めたように意味のない大声を挙げながら、いきなり其処へ駈《か》けつけました。庇の下には妻の小夜が、下半身を梁に圧《お》されながら、悶え苦しんで居ったのでございます。

私は妻の手を執《と》って引張りました。妻の肩を押して起そうとしました。が、圧しにかかった梁は、虫の這い出す程《ほど》も動きません。私はうろたえながら、庇の板を一枚一枚むしり取りました。取りながら、何度も妻に向って「しっかりしろ。」と喚《わめ》きました。妻を？　いや或《あるい》は私自身を励ましていたのかも存じません。小夜は「苦しい。」と申しました。「どうかして下さいまし。」とも申しました。が、私に励まされるまでもなく、別人のように血相を変えて、必死に梁を擡《もた》げようと致して居りましたから、私はその時妻の両手が、爪も見えない程血にまみれて、震えながら梁をさぐって居ったのが、今でもまざまざと苦しい記憶に残っているのでございます。

それが長い長い間の事でございました。――その内にふと気がつきますと、どこからか濛《もう》濛《もう》とした黒煙が一なだれに屋根を渡って、むっと私の顔へ吹きつけました。と思うと、その煙の向うにけたたましく何か爆《は》ぜる音がして、金粉《きんぷん》のような火粉がばらばらと疎《まば》らに空へ舞い上りました。私は気の違ったように妻へ獅嚙《しが》みつきました。そうしてもう一度無二無三《むにむさん》に、妻の体を梁の下から引きずり出そうと致しました。が、やはり妻の下半身は一寸《いっすん》も動かす事は出来ません。私は又吹きつけて来る煙を浴びて、庇に片膝つきながら、嚙みつくように妻へ申しました。何を？と御尋ねになるかも存じません。いや、必御尋ねになりましょう。しかし私も何を申したか、とんと覚えていないのでございます。唯私はその時妻が、血にまみれた手で私の腕をつかみながら、「あなた。」と一言《ひとこと》申したのを覚えて居ります。私は妻の顔を見つめました。あらゆる表情を失った、眼ばかり徒《いたずら》に大きく見開いている、気味の悪い顔でございます。すると今度は煙ばかりか、火の粉を煽《あお》った一陣の火気が、眼も眩《くら》む程私を襲って来ました。私はもう駄目だと思いました。妻は生きながら火に焼かれて、死ぬのだと思いました。生きながら？　私は血だらけな妻の手を握った儘《まま》、又何か喚きました。と、妻も又繰返して、「あなた。」と一言申しました。私はその時その「あなた。」と云う言葉の中に、無数の意味、無数の感情を感じたのでございます。生きながら？　生きながら？　私は三度何か叫びました。それは「死ね。」と云ったようにも覚えて居《お》ります。「己《おれ》も死ぬ。」と云ったようにも覚えて居ります。が、何と云ったかわからない内に、私は手当り次第、落ちている瓦を取り上げて、続けざまに妻の頭へ打ち下しました。

それから後《のち》の事は、先生の御察しにまかせる外《ほか》はございません。私は独《ひと》り生き残りました。殆《ほとんど》町中を焼きつくした火と煙とに追われながら、小山のように路《みち》を塞いだ家家《いえいえ》の屋根の間をくぐって、漸《ようや》く危い一命を拾ったのでございます。幸か、それとも又不幸か、私には何にもわかりませんでした。唯その夜、まだ燃えている火事の光を暗い空に望みながら、同僚の一人二人と一しょに、やはり一ひしぎにつぶされた学校の外の仮小屋で、炊き出しの握り飯を手にとった時とめどなく涙が流れた事は、未《いま》だにどうしても忘れられません。

中村玄道は暫《しばら》く言葉を切って、臆病《おくびよう》らしく眼を畳《たたみ》へ落《おと》した。突然こんな話を聞かされた私も、愈《いよいよ》広い座敷の春寒《はるさむ》が襟元まで押寄せたような心もちがして、「成程《なるほど》」と云う元気さえ起らなかった。

部屋の中には、唯、ランプの油を吸い上げる音がした。それから机の上に載せた私の懐中時計が、細かく時を刻む音がした。と思うと又その中で、床《とこ》の間《ま》の楊柳観音が身動きをしたかと思う程、かすかな吐息《といき》をつく音がした。

私は悸《おび》えた眼を挙げて、悄然《しょうぜん》と坐っている相手の姿を見守った。吐息をしたのは彼だろうか、それとも私自身だろうか。——が、その疑問が解けない内に、中村玄道はやはり低い声で、徐《おもむろ》に話を続け出した。

申すまでもなく私は、妻の最期を悲しみました。それればかりか、時としては、校長始め同僚から、深切《しんせつ》な同情の言葉を受けて、人前を恥じず涙さえ流した事がございました。が、私があの地震の中で、妻を殺したと云う事だけは、妙に口へ出して云う事が出来なかったのでございます。

「生きながら火に焼かれるよりはと思って、私が手にかけて殺して来ました。」——これだけの事を口外したからと云って、何も私が監獄へ送られる次第でもございますまい。いや、寧《むし》ろその為《ため》に世間は一層《いっそう》私に同情してくれたのに相違ございません。それがどう云うものか、云おうとすると忽《たちま》ち喉元にこびりついて、一言《ひとこと》も舌が動かなくなってしまうのでございます。

当時の私はその原因が、全く私の臆病に根ざしているのだと思いました。が、実は単に臆病と云うよりも、もっと深い所に潜んでいる原因があったのでございます。しかしその原因は、私に再婚の話が起って、愈《いよいよ》もう一度新生涯へはいろうと云う間際までは、私自身にもわかりませんでした。そうしてそれがわかった時、私はもう二度と人並の生活を送る資格のない、憐むべき精神上の敗残者になるより外《ほか》はなかったのでございます。

再婚の話を私に持ち出したのは、小夜の親許《おやもと》になっていた校長で、これが純粋に私の為を計った結果だと申す事は私にもよく呑み込めました。又実際その頃はもうあの大地震があってから、彼是《かれこれ》一年あまり経った時分で、校長が此《こ》の問題を切り出した以前にも、内内《ないない》同じような相談を持ちかけて私の口占《くちうら》を引いて見るものが一度ならずあったのでございます。処《ところ》が校長の話を聞いて見ますと、意外な事にはその縁談の相手と云うのが、唯今先生のいらっしゃる、このN家の二番娘で、当時私が学校以外にも、時時《ときどき》出稽古《でげいこ》の面倒を見てやった尋《じん》常《じょう》四年生の長男の姉だったろうではございませんか。勿論私は一応辞退しました。第一教員の私と資産家のN家とでは格段に身分も違いますし、家庭教師と云う関係上、結婚までには何か曰《いわ》くがあったろうなどと、痛くない腹を探られるのも面白くないと思ったからでございます。同時に又《また》私の進まなかった理由の後《うしろ》には、去る者は日に疎《うと》しで、以前程《ほど》悲しい記憶はなかったまでも、私自身打ち殺した小夜の面影《おもかげ》が、箒星《ほうきぼし》の尾のようにぼんやり纏《まつ》わっていたのに相違ございません。

が、校長は十分私の心もちを汲《く》んでくれた上で、私位《ぐらい》の年輩の者が今後独身生活を続けるのは困難だと云う事、しかも今度の縁談は先方から達《た》っての所望《しょもう》だと云う事、校長自身が進んで媒酌《ばいしやく》の労を執《と》る以上、悪評などが立つ謂《い》われのないと云う事、その外《ほか》日頃私の希望している東京遊学の如きも、結婚した暁には大いに便宜があるだろうと云う事――そういう事をいろいろ並べ立てて、根気よく私を説きました。こう云われて見ますと、私も無下《むげ》には断ってしまう訳には参りません。そこへ相手の娘と申しますのは、評判の美人でございましたし、その上御恥しい次第ではございますが、N家の資産にも目がくれましたので、校長に勧められるのも度重《たびかさ》なって参りますと、何時か「熟考して見ましょう。」が「いずれ年でも変りましたら。」などと、だんだん軟化致し始めました。そうしてその年の変った明治二十六年の初夏には、愈《いよいよ》秋になったら式を挙げると云う運びさえついてしまったのでございます。

するとその話がきまった頃から、妙に私は気が鬱《うつ》して、自分ながら不思議に思う程、何をするにも昔のような元気がなくなってしまいました。たとえば学校へ参りましても、教員室の机に倚《よ》り懸《かか》りながら、ぼんやり何かに思い耽って、授業の開始を知らせる板木《はんぎ》の音さえ、聞き落してしまうような事が度度《たびたび》あるのでございます。その癖何が気になるのかと申しますと、それは私にもはっきりとは見極めをつける事が出来ません。唯、頭の中の歯車がどこかしっくり合わないような――しかもそのしっくり合わない向うには、私の自覚を超越した秘密が蟠《わだかま》っているような、気味の悪い心もちがするのでございます。

それがざっと二月ばかり続いてからの事でございましたろう。丁度暑中休暇になった当座で、或夕方私が散歩旁《かたがた》、本願寺別院《ほんがんじべついん》の裏手にある本屋の店先を覗《のぞ》いて見ますと、その頃評判の高かった風俗画報と申す雑誌が五六冊、夜窓鬼談《やそうきだん》や月耕漫画《げっこうまんが》などと一《いっ》しょに、石版刷《せきはんずり》の表紙を並べて居《お》りました。そこで店先に佇《たたず》みながら、何気なくその風俗画報を一冊手にとって見ますと、表紙に家が倒れたり火事が始まったりしている画《え》があって、そこへ二行に「明治二十四年十一月三十日発行、十月二十八日震災記聞《きぶん》」と大きく刷ってあるのでございます。それを見た時、私は急に胸がはずみ出しました。私の耳もとでは誰《たれ》かが嬉しそうに嘲《あざ》笑《わら》いながら、「それだ、それだ。」と囁《ささや》くような心もちさえ致します。私はまだ火をともさない店先の薄明りで、慌《あわただ》しく表紙をはぐって見ました。するとまっ先に一家の老若《ろうにゃく》が、落ちて来た梁に打ちひしがれて惨死《ざんし》を遂げる画が出て居ります。それから土地が二つに裂けて、足を過った女子供を呑んでいる画が出て居ります。それから——一一《いちいち》数え立てるまでもございませんが、その時その風俗画報は、二年以前の大地震の光景を再《ふたたび》私の眼の前へ展開してくれたのでございます。長良川《ながらがわ》鉄橋陥落の図、尾張《おわり》紡績会社破壊の図、第三師団兵士死体発掘の図、愛知《あいち》病院負傷者救護の図——そう云う凄惨《せいさん》な画は次から次と、あの呪わしい当時の記憶の中へ私を引きこんで参りました。私は眼がうるみました。体も震え始めました。苦痛とも歓喜ともつかない感情は、容赦なく私の精神を蕩漾《とうよう》させてしまいます。そうして最後の一枚の画が私の眼の前に開かれた時——私は今でもその時の驚愕がありあり心に残って居ります。それは落ち来た梁に腰を打たれて、一人の女が無惨《むざん》にも悶え苦しんでいる画でございました。その梁の横《よこた》わった向うには、黒煙《くろけむり》が濛濛《もうもう》と巻き上って、朱《しゅ》を撥《はじ》いた火の粉さえ乱れ飛んでいるではございませんか。これが私の妻でなくて誰でしょう、妻の最期でなくて何でしょう。私は危く風俗画報を手から落そうと致しました。危《あやう》く声を挙げて叫ぼうと致しました。しかもその途端に一層私を怯《おび》えさせたのは、突然あたりが赤赤《あかあか》と明くなって、火事を想わせるような煙の匂《におい》がぷんと鼻を打った事でございます。私は強《し》いて心を押し鎮めながら、風俗画報を下へ置いて、きょろきょろ店先を見廻しました。店先では丁度小僧が吊《つり》ランプへ火をとぼして、夕暗《ゆうやみ》の流れている往来へ、まだ煙の立つ燐寸殻《マッチがら》を捨てている所だったのでございます。

それ以来、私は、前よりも更《さら》に幽鬱《ゆううつ》な人間になってしまいました。今まで私を脅《おびやか》したのは、唯何とも知れない不安な心もちでございましたが、その後《ご》は或疑惑が私の頭の中に蟠って、日夜を問わず私を責め虐《さいな》むのでございます。と申しますのは、あの大地震の時私が妻を殺したのは、果して已《や》むを得なかったのだろうか。――もう一層露骨に申しますと、私は妻を殺したのは、始《はじめ》から殺したい心があって殺したのではなかったろうか、大地震は唯私の為に機会を与えたのではなかったろうか、――こう云う疑惑でございました。私は勿論この疑惑の前に、何度思い切って「否《いな》、否。」と答えた事だかわかりません。が、本屋の店先で私の耳に「それだ。それだ。」と囁いた何物かは、その度《たび》に又嘲笑《あざわら》って、「では何故《なぜ》お前は妻を殺した事を口外する事が出来なかったのだ。」と、問い詰《つめ》るのでございます。私はその事実に思い当ると、必《かならず》ぎくりと致しました。ああ、何故私は妻を殺したなら殺したと云い放てなかったのでございましょう。何故今日までひた隠しに、それ程の恐しい経験を隠して居《お》ったのでございましょう。

しかもその際私の記憶へ鮮《あざやか》に生き返って来たものは、当時の私が妻の小夜を内心憎んでいたと云う、忌《いま》わしい事実でございます。これは恥を御話しなければ、ちと御会得《ごえとく》が参らないかも存じませんが、妻は不幸にも肉体的に欠陥のある女でございました。（以下八十二行省略）……そこで私もその時までは、覚束《おぼつか》ないながら私の道徳感情が兎《と》も角《かく》も勝利を博したものと信じて居ったのでございます。が、あの大地震のような凶変《きょうへん》が起って、一切の社会的束縛が地上から姿を隠した時、どうしてそれと共に私の道徳感情も亀裂《きれつ》を生じなかったと申せましょう、どうして私の利己心も火の手を揚げなかったと申せましょう。私は是《ここ》に立ち至ってやはり妻を殺したのは、殺す為《ため》に殺したのではなかろうかと云う、疑惑を認めずには居られませんでした。私が愈《いよいよ》幽鬱になったのは、寧《むしろ》自然の数《すう》とでも申すべきものだったのでございます。

しかしまだ私には、「あの場合妻を殺さなかったにしても、妻は必《かならず》火事の為に焼け死んだのに相違ない。そうすれば何も妻を殺したのが、特に自分の罪悪だとは云われない筈だ。」と云う一条の血路がございました。処《ところ》が或《ある》日、もう季節が真夏から残暑へ振り変って、学校が始まって居た頃でございますが、私ども教員が一同教員室の卓子《テーブル》を囲んで、番茶を飲みながら、他愛《たわい》もない雑談を交して居りますと、どう云う時の拍子だったか、話題が又あの二年以前の大地震に落ちた事がございます。私はその時も独り口を噤《つぐ》んだぎりで、同僚の話を聞くともなく聞き流して居りましたが、本願寺の別院の屋根が落ちた話、船町《ふなまち》の堤防が崩れた話、俵町《たわらまち》の往来の土が裂けた話——とそれからそれへ話がはずみましたが、やがて一人の教員が申しますには、中町《なかまち》とかの備後屋《びんごや》と云う酒屋の女房は、一旦梁の下敷きになって、身動きも碌《ろく》に出来なかったのが、その内に火事が始って、梁も幸《さいわい》焼け折れたものだから、やっと命だけは拾ったと、こう云うのでございます。私はそれを聞いた時に、俄《にわか》に目の前が暗くなって、その儘暫《しばら》くは呼吸さえも止るような心地が致しました。又実際その間は、失心したも同様な姿だったのでございましょう。漸《ようや》く我に返って見ますと、同僚は急に私の顔色が変って、椅子ごと倒れそうになったのに驚きながら、皆私のまわりへ集って、水を飲ませるやら薬をくれるやら、大騒ぎを致して居りました。が、私はその同僚に礼を云う余裕もない程、頭の中はあの恐ろしい疑惑の塊《かたまり》で一ぱいになっていたのでございます。私はやはり妻を殺す為に殺したのではなかったろうか。たとい梁に圧《お》されていても、万一命が助かるのを恐れて打ち殺したのではなかったろうか。もしあの儘殺さないで置いたなら今の備後屋の女房の話のように、私の妻もどんな機会で九死《きゅうし》に一生《いっしょう》を得たかも知れない。それを私は情無《なさけな》く、瓦の一撃で殺してしまった——そう思った時の私の苦しさは、ひとえに先生の御推察を仰ぐ外《ほか》はございません。私はその苦しみの中で、せめてはN家との縁談を断ってでも、幾分一身《いくぶんいっしん》を潔《きよ》くしようと決心したのでございます。

処《ところ》が愈《いよいよ》その運びをつけると云う段になりますと、折角《せっかく》の私の決心は未練にも又鈍り出しました。何しろ近近《きんきん》結婚式を挙げようと云う間際になって、突然破談にしたいと申すのでございますから、あの大地震の時に私が妻を殺害した顚末《てんまつ》は元より、これまでの私の苦しい心中も一切打ち明けなければなりますまい。それが小心な私には、いざと云う場合に立ち至ると、如何《いか》に自ら鞭撻《べんたつ》しても、断行する勇気が出なかったのでございます。私は何度となく腑甲斐《ふがい》ない私自身を責めました。が、徒《いたずら》に責めるばかりで、何一つ然るべき処置も取らない内に、残暑は又朝寒《あさざむ》に移り変って、とうとう所謂《いわゆる》華燭《かしょく》の典を挙げる日も、目前に迫ったではございませんか。

　私はもうその頃には、何誰《だれ》とも滅多に口を利《き》かない程、沈み切った人間になって居りました。結婚を延期したらと注意した同僚も、一人や二人ではございません。医者に見て貰《もら》ったらと云う忠告も、三度まで校長から受けました。が、当時の私にはそう云う深切《しんせつ》な言葉の手前、外見だけでも健康を顧慮《こりよ》しようと云う気力さえ既《すで》になかったのでございます。と同時に又その連中《れんじゆう》の心配を利用して、病気を口実に結婚を延期するのも、今となっては意気地《いくじ》のない姑息《こそく》手段としか思われませんでした。しかも一方ではN家の主人などが、私の気鬱《きうつ》の原因を独身生活の影響だとでも感違いをしたのでございましょう。一日も早く結婚しろと頻《しきり》に主張しますので、日こそ違いますが二年前《ぜん》にあの大地震のあった十月、愈《いよいよ》私はN家の本邸で結婚式を挙げる事になりました。連日の心労に憔悴《しょうすい》し切った私が、花婿《はなむこ》らしい紋服を着用して、いかめしく金屏風を立てめぐらした広間へ案内された時、どれ程私は今日《こんにち》の私を恥しく思ったでございましょう。私はまるで人目を偸《ぬす》んで、大罪悪を働こうとしている悪漢のような気が致しました。いや、ような気ではございません。実際私は殺人の罪悪をぬり隠して、N家の娘と資産とを一時《いちじ》盗もうと企てている人非人《にんぴにん》なのでございます。私は顔が熱くなって参りました、胸が苦しくなって参りました。出来るならこの場で、私が妻を殺した一条を逐一《ちくいち》白状してしまいたい。――そんな気がまるで嵐のように、烈しく私の頭の中を駈けめぐり始めました。するとその時、私の着座している前の畳へ、夢のように白羽二重《しろはぶたえ》の足袋《たび》が現れました。続いて仄《ほの》かな波の空に松と鶴とが霞《かす》んでいる裾模様が見えました。それから錦襴《きんらん》の帯、はこせこの銀鎖、白襟と順を追って、鼈甲《べっこう》の櫛笄《くしこうがい》が重そうに光っている高島田《たかしまだ》が眼にはいった時、私は殆《ほとんど》息がつまる程、絶体絶命な恐怖に圧倒されて、思わず両手を畳へつくと「私は人殺しです。極重悪《ごくじゅうあく》の罪人です」と、必死な声を挙げてしまいました。

……………

中村玄道はこう語り終ると、暫《しばら》くじっと私の顔を見つめていたが、やがて口もとに無理な微笑を浮べながら、

「その以後の事は申し上げるまでもございますまい。が、唯一つ御耳に入れて置きたいのは、当日限り私は狂人と云う名前を負わされて、憐むべき余世《よせい》を送らなければならなくなった事でございます。果して私が狂人かどうか、そのような事は一切先生の御判断に御任せ致しましょう。しかしたとい狂人でございましても、私を狂人に致したものは、やはり我我人間《われわれ》の心の底に潜んでいる怪物のせいではございますまいか。その怪物が居《お》ります限り、今日私を狂人と嘲笑《あざわら》っている連中《れんじゆう》でさえ、明日《あす》は又私と同様な狂人にならないものでもございません。——とまあ私は考えて居るのでございますが、如何《いかが》なものでございましょう。」

ランプは不相変《あいかわらず》私とこの無気味な客との間に、春寒い焔を動かしていた。私は楊柳観音を後《うしろ》にした儘、相手の指の一本ないのさえ問い質《ただ》して見る気力もなく、黙然《もくねん》と坐っているより外《ほか》はなかった。

あなたは私の申し上げる事を御信じにならないかも知れません。いや、きっと嘘だと御思いなさるでしょう。昔なら知らず、これから私の申し上げる事は、大正の昭代《しょうだい》にあった事なのです。しかも御同様住み慣れている、この東京にあった事なのです。外へ出れば電車や自働車が走っている。内へはいればしっきりなく電話のベルが鳴っている。新聞を見れば同盟罷工《ひこう》や婦人運動の報道が出ている。――そう云《い》う今日、この大都会の一隅でポオやホフマンの小説にでもありそうな、気味の悪い事件が起ったと云う事は、いくら私が事実だと申した所《ところ》で、御信じになれないのは御尤《ごもっと》もです。が、その東京の町々の灯火が、幾百万あるにしても、日没と共に蔽《おお》いかかる夜を悉《ことごとく》焼き払って、昼に返す訣《わけ》には行きますまい。丁度それと同じように、無線電信や飛行機が如何に自然を征服したと云っても、その自然の奥に潜んでいる神秘な世界の地図までも、引く事が出来たと云う次第ではありません。それならどうして、この文明の日光に照らされた東京にも、平常は夢の中にのみ跳梁《ちょうりょう》する精霊たちの秘密な力が、時と場合とでアウエルバッハの窖《あなぐら》のような不思議を現じないと云えましょう。時と場合所《どころ》ではありません。私に云わせれば、あなたの御注意次第で、驚くべき超自然的な現象は、まるで夜咲く花のように、始終我々の周囲にも出没去来しているのです。たとえば冬の夜更などに、銀座通りを御歩きになって見ると、必《かならず》アスファルトの上に落ちている紙屑《かみくず》が、数にして凡《およ》そ二十ばかり、一つ所に集まって、くるくる風に渦を巻いているのが、御眼に止まる事でしょう。それだけなら、何も申し上げる程の事はありませんが、ためしにその紙屑が渦を巻いている所を、勘定して御覧なさい。必新橋《しんばし》から京橋《きょうばし》までの間に、左側に三個所、右側に一個所あって、しかもそれが一つ残らず、四つ辻に近い所ですから。これも或《あるい》は気流の関係だとでも、申して申せない事はありますまい。けれどももう少し注意して御覧になると、どの紙屑の渦の中にも、きっと赤い紙屑が一つある――活動写真の広告だとか、千代紙の切れ端だとか、乃至《ないし》は又燐寸《マッチ》の商標だとか、物はいろいろ変っていても、赤い色が見えるのには、何時でも変りがありません。それがまるで外《ほか》の紙屑を率るように、一しきり風が動いたと思うと、まっさきにひらりと舞上ります。と、かすかな砂煙の中から囁《ささや》くような声が起って、其処此処《そこここ》に白く散らかっていた紙屑が、忽《たちま》ちアスファルトの空へ消えてしまう。消えてしまうのじゃありません。一度にさっと輪を描いて、流れるように飛ぶのです。風が落ちる時もその通り、今まで私が見た所では、赤い紙が先へ止まりました。こうなると如何《いか》にあなたでも、御不審が起らずにはいられますまい。私は勿論《もちろん》不審でした。現に二三度は往来へ立ち止まって、近くの飾窓《ショウウインドウ》から、大幅の光がさす中に、しっきりなく飛びまわる紙屑を、じっと透かして見た事もありました。実際その時はそうして見たら、ふだんは人間の眼に見えない物も、夕暗にまぎれる蝙蝠程《こうもりほど》は、朧《おぼろ》げにしろ、彷彿《ほうふつ》と見えそうな気がしたからです。

が、東京の町で不思議なのは、銀座通りに落ちている紙屑ばかりじゃありません。夜更けて乗る市内の電車でも、時々尋常の考に及ばない、妙な出来事に遇うものです。その中でも可笑《おか》しいのは人気《ひとけ》のない町を行く赤電車や青電車が、乗る人もない停留場へちゃんと止まる事でしょう。これも前の紙屑同様、疑わしいと御思いになったら、今夜でもためして御覧なさい。同じ市内の電車でも、動坂線《どうざかせん》と巣鴨線《すがもせん》と、この二つが多いそうですが、つい四五日前の晩も、私の乗った赤電車が、やはり乗降りのない停留場へぱったり止まってしまったのは、その動坂線の団子坂下《だんござかした》です。しかも車掌がベルの綱へ手をかけながら、半ば往来の方へ体を出して、例の如く「御乗りですか。」と声をかけたじゃありませんか。私は車掌台のすぐ近くにいましたから、すぐに窓から外を覗《のぞ》いて見ました。と、外は薄雲のかかった月の光が、朦朧《もうろう》と漂っているだけで、停留場の柱の下は勿論、両側の町家が悉戸を鎖した、真夜中の広い往来にも、更に人間らしい影は見えません。妙だなと思う途端、車掌がベルの綱を引いたので、電車はその儘《まま》動き出しましたが、それでもまだ窓から外を眺めていると、停留場が遠くなるのに従って、今度は何となく私の眼にも、其処の月の光の中に、だんだん小さくなって行く人影があるような気がしました。これは申すまでもなく、私の神経の迷かもしれませんが、あの先を急ぐ赤電車の車掌が、どうして乗る人もない停留場へ電車を止めなどしたのでしょう。しかもこんな目に遇ったのは、何も私ばかりじゃなく、私の知人の間にも、三四人はいようと云うのです。して見ると、まさか電車の車掌がその度に寝惚けたとも申されますまい。現に私の知人の一人なぞは、車掌をつかまえて、「誰もいないじゃないか。」と、きめつけると、車掌も不審そうな顔をして、「大勢さんのように思いましたが。」と、答えた事があるそうです。

その外《ほか》まだ数え立てれば、砲兵工廠《ほうへいこうしょう》の煙突の煙が、風向きに逆って流れたり、撞《つ》く人もないニコライの寺の鐘が、真夜中に突然鳴り出したり、同じ番号の電車が二台、前後して日の暮の日本橋《にほんばし》を通りすぎたり、人っこ一人いない国技館《こくぎかん》の中で、毎晩のように大勢の喝采《かっさい》が聞えたり、——所謂《いわゆる》「自然の夜の側面」は、丁度美しい蛾《が》の飛び交うように、この繁華な東京の町々にも、絶え間なく姿を現しているのです。従ってこれから私が申上げようと思う話も、実はあなたが御想像になる程、現実の世界と懸け離れた、徹頭徹尾あり得べからざる事件と云う次第ではありません。いや、東京の夜の秘密を一通り御承知になった現在なら、無下《むげ》にはあなたも私の話を、莫迦《ばか》になさる筈《はず》はありますまい。もし又しまいまで御聞きになった上でも、やはり鶴屋南北《つるやなんぼく》以来の焼酎火《しょうちゅうび》の匂《におい》がするようだったら、それは事件そのものに嘘があるせいと云うよりは、寧《むし》ろ私の申し上げ方が、ポオやホフマンの塁を摩《ま》す程、手に入っていない罪だろうと思います。何故と云えば一二年以前、この事件の当事者が、或《ある》夏の夜私と差向《さしむか》いで、こうこう云う不思議に出遇った事があると、詳しい話をしてくれた時には、私は今でも忘れられない程、一種の妖気とも云うべき物が、陰々として私たちのまわりを立て罩《こ》めたような気がしたのですから。

　この当事者と云う男は、平常私の所へ出入をする、日本橋辺の或る出版書肆《しょし》の若主人で、ふだんは用談さえすませてしまうと、匆々《そうそう》帰ってしまうのですが、丁度その夜は日の暮からさっと一雨《ひとあめ》かかったので、始《はじめ》は雨止みを待つ心算《つもり》ででも、何時になく腰を落着けたのでしょう。色の白い、眉の迫った、痩せぎすな若主人は、盆提灯《ぼんぢょうちん》へ火のはいった縁先のうす明りにかしこまって、彼是《かれこれ》初夜も過ぎる頃まで、四方山《よもやま》の世間話をして行きました。その世間話の中へ挟みながら、「是非一度これは先生に聞いて頂きたいと思って居りましたが。」と、殆《ほとんど》心配そうな顔色で徐《おもむろ》に口を切ったのが、申すまでもなく本文の妖婆《ようば》の話だったのです。私は今でもその若主人が、上布《じょうふ》の肩から一なすり墨をぼかしたような夏羽織で、西瓜《すいか》の皿を前にしながら、まるで他聞でも憚《はばか》るように、小声でひそひそ話し出した容子《ようす》が、はっきりと記憶に残っています。そう云えばもう一つ、その頭の上の盆提灯が、豊かな胴へ秋草の模様をほんのりと明《あかる》く浮かせた向うに、雨上りの空がむら雲をだだ黒く一面に乱していたのも、やはり妙に身にしみて、忘れる事が出来ません。

　そこで肝腎《かんじん》の話と云うのは、その新蔵《しんぞう》と云う若主人が（外に差障りがあるといけませんから、仮にこう呼んで置きましょう。）二十三の夏にあった事で、当時本所一つ目《ほんじょひとつめ》辺に住んでいた神下《かみおろ》しの婆の所へ、ちと心配な筋があって、伺いを立てに行ったと云う、それが抑々《そもそも》の発端なのです。何でも六月の上旬或日、新蔵はあの界隈《かいわい》に呉服屋を出している、商業学校時代の友だちを引張り出して、一しょに与兵衛鮨へ行ったのだそうですが、其処で一杯やっている内に、その心配な筋と云うのを問わず語りに話して聞かせると、その友だちの泰さんと云うのが急に真面目《まじめ》な顔をして、「じゃお島婆さんに見て貰《もら》い給え。」と、熱心に勧め出しました。そこで仔細《しさい》を聞いて見ると、この神下しの婆と云うのは、二、三年以前に浅草《あさくさ》あたりから今の所へ引越して来たので、占《うらない》もすれば加持《かじ》もする――それが又飯綱《いづな》でも使うのかと思う程、霊顕《れいげん》があると云うのです。「君も知っているだろう。ついこの間魚政の女隠居が身投げをした。――あの屍骸《しがい》がどうしても上らなかったんだが、お島婆さんに御札《おふだ》を貰って、それを一《いち》の橋《はし》から川へ抛りこむと、その日の内に浮いて出たじゃないか。しかも御札を抛りこんだ、一の橋の橋杭の所にさ。丁度日の暮の上げ潮だったが、仕合せとあすこにもやっていた、石船《いしぶね》の船頭が見つけてね。さあ、御客様だ、土佐衛門《どざえもん》だと云う騒ぎで、早速橋詰《はしづめ》の交番へ届けたんだろう。僕が通りかかった時にゃ、もう巡査が来ていたが、人ごみの後から覗いて見ると、上げたばかりの女隠居の屍骸が、荒菰《あらごも》をかぶせて寝かしてある、その菰の下から出た、水ぶくれの足の裏には、何だと思う、君？　あの御札がぴったり斜《はす》っかけに食附《くっつ》いていたんだ。僕はさすがにぞっとしたね。」――と云う友だちの話を聞いた時には、新蔵もやはり背中が寒くなって、夕潮の色だの、橋杭の形だの、それからその下に漂っている女隠居の姿だの――そんな物が一度に眼の前へ、浮《うか》んで来たような気がしたそうです。が、何しろ一杯機嫌で、「そりゃ面白い。是非一つ見て貰おう。」と、負惜しみの膝を進めました。「じゃ僕が案内しよう。この間金談を見て貰いに行って以来、今じゃあの婆さんとも大分懇意になっているから。」「何分頼む。」――こう云う調子で、銜《くわ》え楊枝《ようじ》の儘与兵衛を出ると、麦藁《むぎわら》帽子に梅雨晴の西日をよけて、夏外套《なつがいとう》の肩を並べながら、ぶらりとその神下しの婆の所へ出かけたと云います。

此処でその新蔵の心配な筋と云うのを御話しますと、家に使っていた女中の中に、お敏《とし》と云う女があって、それが新蔵とは一年越互に思い合っていたのですが、どうした訣か去年の暮に叔母の病気を見舞いに行ったぎり、音沙汰もなくなってしまったのです。驚いたは新蔵ばかりでなく、このお敏に目をかけていた新蔵の母親も心配して、請人《うけにん》を始め伝手《つて》から伝手へ、手を廻《まわ》して探しましたが、どうしても行《ゆ》く方が分りません。やれ、看護婦になっているのを見たの、やれ、妾になったと云う噂があるの、と、取沙汰だけはいろいろあっても、さて突きつめた所になると、皆目《かいもく》どうなったか知れないのです。新蔵は始気遣って、それから又腹を立てて、この頃では唯《ただ》ぼんやりと沈んでいるばかりになりましたが、その元気のない容子が、薄々ながら二人の関係を感づいていた母親には、新しい心配の種になったのでしょう。芝居へやる。湯治を勧める。或は商売附合いの宴会へも父親の名代を勧めさせる――と云った具合に骨を折って、無理にも新蔵の浮かない気分を引き立てようとし始めました。そこでその日も母親が、本所《ほんじょ》界隈の小売店を見廻らせると云うのは口実で、実は気晴らしに遊んで来いと云わないばかり、紙入の中には小遣いの紙幣まで入れてくれましたから、丁度東両国《ひがしりょうごく》に幼馴染《おさななじみ》があるのを幸《さいわい》、その泰さんと云うのを引張り出して、久しぶりに近所の与兵衛鮨へ、一杯やりに行ったのです。

こう云う事情がありましたから、お島婆さんの所へ行くと云っても、新蔵のほろ酔《よい》の腹の底には、何処《どこ》か真剣な所があったのでしょう。一つ目の橋の袂《たもと》を左へ切れて、人通りの少い竪川河岸《たてかわがし》を二つ目の方へ一町《いっちょう》ばかり行くと、左官屋と荒物屋との間に挟まって、竹格子《たけごうし》の窓のついた、煤《すす》だらけの格子戸造りが一軒ある――それがあの神下しの婆の家だと聞いた時には、まるでお敏と自分との運命が、この怪しいお島婆さんの言葉一つできまりそうな、無気味な心もちが先に立って、さっきの酒の酔なぞは、すっかりもう醒めてしまったそうです。又実際そのお島婆さんの家と云うのが、見たばかりでも気が滅入りそうな、庇《ひさし》の低い平家建《ひらやだて》で、この頃の天気に色の出た雨落ちの石の青苔《あおごけ》からも、菌《きのこ》位は生えるかと思う位、妙にじめじめしていました。その上隣の荒物屋との境にある、一抱《ひとかかえ》あまりの葉柳が、窓も蔽《おお》う程枝垂《ほどしだ》れていますから、瓦にさえ暗い影が落ちて、障子一重《しょうじひとえ》隔てた向うには、さも唯《ただ》ならない秘密が潜んでいそうな、陰森《いんしん》としたけはいがあったと云います。

が、泰さんは一向《いっこう》無頓着に、その竹格子の窓の前へ立止《たちどま》ると、新蔵の方を振返って、「じや愈々《いよいよ》鬼婆に見参《けんざん》と出かけるかな。だが驚いちゃいけないぜ。」と、今更らしい嚇《おど》しを云うのです。新蔵は勿論嘲笑《あざわら》って、「子供じゃあるまいし。誰が婆さん位に恐れるものか。」と、うっちゃるように答えましたが、泰さんは反ってその返事に人の悪るそうな眼つきを返しながら、「何さ。婆さんを見たんじゃ驚くまいが、此処には君なんぞ思いもよらない、別嬪《べっぴん》が一人いるからね。それで御忠告に及んだんだよ。」と、こう云う内にもう格子へ手をかけて、「御免。」と、勢《いきおい》の好い声を出しました。するとすぐに「はい。」と云う、含み声の答があって、そっと障子を開けながら、入口の梱に膝をついたのは、憐《しおら》しい十七八の娘です。成程《なるほど》これじゃ、泰さんが、「驚くな」と云ったのも、更に不思議はありません。色の白い、鼻筋の透った、生際《はえぎわ》の美しい細面で、殊に眼が水々しい。――が、何処かその顔立ちにも、痛々しい窶《やつ》れが見えて、撫子《なでしこ》を散らしためりんすの帯さえ、派手な紺絣《こんがすり》の単衣《ひとえ》の胸をせめそうな気がしたそうです。泰さんは娘の顔を見ると、麦藁帽子を脱ぎながら、「阿母《おっか》さんは？」と尋ねました。すると娘は術なさそうな顔をして、「生憎《あいにく》出まして留守でございますが。」と、さも自分が悪い事でもしたように、眶《まぶた》を染めて答えましたが、ふと涼しい眼を格子戸の外へやると、急に顔の色が変って、「あら。」と、かすかに叫びながら、飛び立とうとしたじゃありませんか。泰さんは場所が場所だけに、さては通り魔でもしたのかと思ったそうですが、慌《あわ》てて後を振返ると、今まで夕日の中に立っていた新蔵の姿が見えません。と、二度びっくりする暇もなく、泰さんの袂にすがったのは、その神下しの婆の娘で、それが息をはずませながら、一生懸命な声で云うのを聞くと、「あなた。今の御連れ様にどうかそう仰有《おっしゃ》って下さいまし。二度とこの近所へ御立寄りなすっちゃいけません。さもないと、あの方の御命にも関《かかわ》るような事が起りますから。」と、こう切れ切れに云うのだそうです。泰さんは何が何やら、まるで煙《けむ》に捲《ま》かれた体《てい》で、暫《しばら》くは唖呆気にとられていましたが、兎《と》に角《かく》、言伝《ことづ》てを頼まれた体なので、「よろしい。確《たしか》に頼まれました。」と云ったきり、よくよく狼狽《ろうばい》したのでしょう。麦藁帽子もぶら下げた儘、いきなり外へ飛び出すと、新蔵の後を追いかけて、半町ばかり駈け出しました。

その半町ばかり離れた所が、丁度寂しい石河岸《いしがし》の前で、上の方だけ西日に染まった、電柱の外に何もない――其処に新蔵はしょんぼりと、夏外套の袖《そで》を合せて、足元を眺めながら、佇《たたず》んでいました。が、やっと駈けつけた泰さんが、まだ胸が躍っていると云う調子で、「冗談じゃないぜ。驚くなと云った僕の方が、どの位君に驚かされたか知れやしない。一体君はあの別嬪を――」と云いかけると、新蔵はもう一つ目の橋の方へ落着かない歩みを運びながら、「知っているとも。あれが君、お敏なんだ。」と、興奮した声で答えたそうです。泰さんは三度びっくりした――びっくりした筈でしょう。何しろこれからその行方を見て貰おうと云う当の女が、人もあろうにお島婆さんの娘だと云う騒ぎなのですから。と云って泰さんもその娘に頼まれた、容易ならない言伝ての手前、驚いてばかりもいられますまい。そこで麦藁帽子をかぶるが早いか、二度とこの界隈へは近づくなと云うお敏の言葉を、声色同様に饒舌《しゃべ》って聞かせました。新蔵はその言葉を静《しずか》に聞いていましたが、やがて眉を顰めると、迂散《うさん》らしい眼つきをして、「来てくれるなと云うのはわかるけれど、来れば命にかかわると云うのは不思議じゃないか。不思議よりや寧《むし》ろ乱暴だね。」と、腹を立てたような声を出すのです。が、泰さんも唯言伝てを聞いただけで、どうした訣とも問い質さずに、お島婆さんの家を駈け出したのですから、いくら相手を慰めたくも、好い加減な御座なりを並べる外《ほか》は、慰めようがありません。すると新蔵は猶更《なおさら》の事、別人のように黙りこんで、さっさと歩みを早めたそうですが、その内に又与兵衛鮨の旗の出ている下へ来ると、急に泰さんの方をふり向いて、「僕はお敏に逢ってくりゃ好かった。」と、残念らしい口吻《こうふん》を洩《もら》しました。その時泰さんが何気なく、「じゃもう一度逢いに行くさ。」と、調戯《からか》うようにこう云った――それが後になって考えると、新蔵の心に燃えている、焰のような逢いたさへ、油をかける事になったのでしょう。程なく泰さんに別れると、すぐ新蔵が取って返したのは、回向院前《えこういんまえ》の坊主軍鶏《ぼうずしゃも》で、あたりが暗くなるのを待ちながら、銚子も二三本空にしました。そうして日がとっぷり暮れると同時に、又其処を飛び出して、酒臭い息を吐きながら、夏外套の袖を後へ刎《は》ねて、押しかけたのはお敏の所――あの神下しの婆の家です。

それが星一つ見えない、暗《やみ》の夜で、悪く地息《じいき》が蒸れる癖に、時々ひやりと風が流れる、梅雨中にありがちな天気でした。新蔵は勿論中っ腹で、お敏の本心を聞かない内は、唯じゃ帰らない位な気組でしたから、墨を流した空に柳が聳《そび》えて、その下に竹格子の窓が灯をともした、底気味悪い家の容子にも頓着せず、いきなり格子戸をがらりとやると、狭い土間に突立って、「今晩は。」と一つ怒鳴《どな》ったそうです。その声を聞いたばかりでも、誰だろう位な推量はすぐについたからでしょう。あの優しい含み声の返事も、その時は震えていたようですが、やがて静に障子が開くと、梱越しに手をついた、やつやつしいお敏の姿が、次の間からさす電灯の光を浴びて、今でも泣いているかと思う程、悄々と其処へ現れました。が、こちらは元より酒の上で、麦藁帽子を阿弥陀《あみだ》にかぶった儘《まま》、邪慳《じゃけん》にお敏を見下しながら、「ええ、阿母さんは御在宅ですか。手前少々見て頂きたい事があって、上ったんですが、――御覧下さいますか、如何《いかが》なもんでしょう。御取次。」と白々《しらじら》しくずっきり云った。――それがどの位つらかったのでしょう、お敏はやはり手をついた儘、消え入りたそうに肩を落して、「はい。」と云ったぎり暫《しばら》くは涙を呑んだようでしたが、もう一度新蔵が虹のような酒気を吐いて、「御取次。」と云おうとすると、襖《ふすま》を隔てた次の間から、まるで蟇が呟くように、「どなたやらん、そこな人。遠慮のうこちへ通らっしゃれ。」と、力のない、鼻へ抜けた、お島婆さんの声が聞えました。そこな人も凄じい。お敏を隠した発頭人。まずこいつをとっちめて、――と云う権幕《けんまく》でしたから、新蔵はずいと上りざまに、夏外套を脱ぎ捨てると、思わず止めようとしたお敏の手へ、麦藁帽子を残したなり、昂然《こうぜん》と次の間へ通りました。が、可哀そうなのは後に残ったお敏で、これは境の襖の襖側へぴったりと身を寄せた儘、夏外套や麦藁帽子の始末をしようと云う方角《ほうがく》もなく、涙ぐんだ涼しい眼に、じっと天井を仰ぎながら、華奢《きゃしゃ》な両手を胸へ組んで、頻《しきり》に何か祈念でも凝《こ》らしているように見えたそうです。

さて次の間へ通った新蔵は、遠慮なく座蒲団《ざぶとん》を膝へ敷いて、横柄《おうへい》にあたりを見廻すと、部屋は想像していた通り、天井も柱も煤《すす》の色をした、見すぼらしい八畳でしたが、正面に浅い六尺の床《とこ》があって、婆娑羅大神《ばさらだいじん》と書いた軸の前へ、御鏡が一つ、御酒徳利が一対、それから赤青黄の紙を刻んだ、小さな幣束《へいそく》が三四本、恭《うやうや》しげに飾ってある、――その左手の縁側の外は、すぐに竪川《たてかわ》の流《ながれ》でしょう。思いなしか、立て切った障子に響いて、かすかな水の音が聞えました。さて肝腎の相手はと見ると、床の前を右へ外して、菓子折、サイダア、砂糖袋、玉子の折などの到来物が、ずらりと並んでいる箪笥《たんす》の下に、大柄《おおがら》な、切髪《きりがみ》の、鼻が低い、口の大きな、青ん膨《ぶく》れに膨れた婆が、黒地の単衣の襟を抜いて、睫毛《まつげ》の疎《まばら》な目をつぶって、水気の来たような指を組んで、魍魎《もうりょう》の如くのっさりと、畳一ぱいに坐っていました。さっきこの婆のものを云う声が、蟇の呟くようだったと云いましたが、こうして坐っているのを見ると、蟇も蟇、容易ならない蟇の怪が、人間の姿を装《よそお》って、毒気を吐こうとしているとでも形容しそうな気色ですから、これにはさすがの新蔵も、頭の上の電灯さえ、光が薄れるかと思う程、凄しげな心もちがして来たそうです。

が、勿論それ位な事は、重々覚悟の前でしたから、「じゃ一つ御覧を願いたい。縁談ですがね。」と、きっぱり云った。――その言葉が聞えないのか、お島婆さんはやっと薄眼を開いて、片手を耳へ当てながら、「何の、縁談の。」と繰返《くりかえ》しましたが、やはり同じようなぼやけた声で、「おぬし、女が欲しいでの。」と、のっけから鼻で笑ったと云います。新蔵はじじり業の煮えるのをこらえながら、「欲しいからこそ、見て貰うんです。さもなけりゃ、誰がこんな――」と、柄にもない鉄火《てっか》な事を云って、こちらも負けずに鼻で笑いました。けれども婆は自若《じじゃく》として、まるで蝙蝠の翼のように、耳へ当てた片手を動かしながら、「怒らしゃるまいてや。口が悪いはわしが癖じゃての。」と、まだ半ばせせら笑うように、新蔵の言葉を遮《さえぎ》りましたが、それでも漸《ようや》く調子を改めて、「年はの。」と、仔細《しさい》らしく尋ねたそうです。「男は二十三――酉年《とりどし》です。」「女はの。」「十七。」「卯年《うどし》よの。」「生れ月《づき》は――」「措《お》かっしゃい。年ばかりでも知りょうての。」婆はこう云いながら、二三度膝の上の指を折って、星でも数えるようでしたが、やがて皮のたるんだ眶を挙げて、ぎょろりと新蔵へ眼をくれると、「成らぬてや。成らぬてや。大凶も大凶よの。」と、まず大仰《おおぎょう》に嚇《おど》かして、それから又独り呟くように、「この縁を結んだらの、おぬしにもせよ、女にもせよ、必《かならず》一人は身を果《はた》そうじゃ。」と、云い切ったろうじゃありませんか。かっとしたのは新蔵で、さてこそ命にかかわると云ったのは、この婆の差金《さしがね》だろうと、見てとったから、我慢が出来ません。じりりと膝を向け直すと、まだ酒臭い顋《あご》をしゃくって、「大凶結構。男が一度惚れたからにゃ、身を果す位は朝飯前です。火難、剣難、水難があってこそ、惚れ栄えもあると御思いなさい。」と、嵩《かさ》にかかって云い放しました。すると婆は又薄眼になって、厚い脣《くちびる》をもぐもぐ動かしながら、「なれどもの、男に身を果された女はどうじゃ。まいてよ、女に身を果された男はの、泣こうてや。吼《ほ》えようてや。」と、嘲笑うような声で云うのです。おのれ、お敏の体に指一本でもさして見ろ――と気負った勢で、新蔵は婆を睨《ね》めつけながら、「女にゃ男がついています。」と、真向からきめつけると、相手は相不変《あいかわらず》手を組んだ儘《まま》、悪く光沢《つや》のある頬《ほお》をにやりとやって、「では男にはの。」と、嘯《うそぶ》くように問い返しました。その時は思わずぞっとしたと、新蔵が後で話しましたが、これは成程《なるほど》あの婆に果し状をつけられたようなものですから、気味が悪かったのには、相違ありますまい。しかもそう問い返した後で、婆は新蔵のひるんだ気色を見ると、黒い単衣の襟をぐいと抜いて、「如何におぬしが揣《おしはか》ろうとも、人間の力には天然自然の限りがあるてや。悪あがきは思い止らっしゃれ。」と、猫撫声《ねこなでごえ》を出しましたが、急にもう一度大きな眼を仇白《あだしろ》く見開いて、「それ、それ、証拠は目のあたりじゃ。おぬしにはあのため息が聞えぬかいの。」と、今度は両手を耳へ当てながら、さも一大事らしく囁いたと云うのです。新蔵は我知らず堅くなって、じっと耳を澄ませましたが、襖一重向うに隠れている、お敏のけはいを除いては、何一つ聞えるものもありません。すると婆は益々《ますます》眼をぎょろつかせて、「聞えぬかいの。おぬしのような若いのが、そこな石河岸の石の上で、ついているため息が聞えぬかいの。」と、次第に後の簞笥に映った影も大きくなるかと思う程、膝を進めて来ましたが、やがてその婆臭い匂《におい》が、新蔵の鼻を打ったと思うと、障子も、襖も、御酒徳利も、御鏡も、簞笥も、座蒲団も、すべて陰々とした妖気の中に、まるで今までとは打って変った、怪しげな形を現して、「あの若いのもおぬしのように、おのが好色心《すきごころ》に目が眩《くら》んでの、この婆に憑らせられた婆娑羅《ばさら》の大神に逆《さかろ》うたてや。されば立ち所に神罰を蒙《こうむ》って、瞬く暇に身を捨《す》てうでの。おぬしには善い見せしめじゃ。聞かっしやれ。」と云う声が、無数の蠅《はえ》の羽音のように、四方から新蔵の耳を襲って来ました。その拍子に障子の外の竪川へ、誰とも知れず身を投げた、けたたましい水音が、宵闇《よいやみ》を破って聞えたそうです。これに荒胆《あらぎも》を挫《ひし》がれた新蔵は、もう五分とその場に居たたまれず、捨台辞《すてぜりふ》を残すのもそこそこで、泣いているお敏さえ忘れたように、蹌踉《そうろう》とお島婆さんの家を飛び出しました。

さて日本橋の家へ帰って、明くる日起きぬけに新聞を見ると、果して昨夜竪川に身投げがあった。――それも亀沢町《かめざわちょう》の樽屋の息子で、原因は失恋、飛びこんだ場所は、一の橋と二の橋との間にある石河岸と出ているのです。それが神経にこたえたのでしょう。新蔵は急に熱が出て、それから三日ばかりと云うものは、ずっと床に就いていました。が、寝ていても気にかかるのは、申すまでもなくお敏の事で、勿論今となって見れば、何も相手が心変りをしたと云う訣じゃなく、突然暇をとったのも、二度とこの界隈へ来てくれるなと云ったのも、皆お島婆さんの作略に相異ないのですから、今更のようにお敏を疑ったのが恥《はずか》しくもなって来ますし、又一方ではこの自分に何の怨《うらみ》もないお島婆さんが、何故そんな作略をめぐらすのだか、不思議で仕方がなかったそうです。それにつけても人一人身投げをさせて見ているような、鬼婆と一しょにいるのじゃ、今にもお敏は裸の儘、婆娑羅の大神が祭ってある、あの座敷の古柱へ、ぐるぐる巻に括《くく》りつけられて、松葉燻《まつばいぶ》し位にはされ兼ねますまい。そう思うともう新蔵は、おちおち寝てもいられないような気がしますから、四日目には床を離れるが早いか、兎にも角にも泰さんの所へ、知慧を借りに出かけようとすると、丁度其処へその泰さんの所から、電話がかかって来たじゃありませんか。しかもその電話と云うのが、外ならないお敏の一件で、聞けば昨夜遅くなってから、泰さんの所へお敏が来た。そうして是非一度若旦那様に御目にかかって、委細の話をしたいのだが、以前奉公していた御店へ、電話もまさかかけられないから、あなたに言伝てを頼みたい――と云う用向きだったそうです。逢いたいのは、こちらも同じ思いですから、新蔵は殆《ほとんど》送話器にすがりつきそうな勢で、「どこで逢うと云うんだろう。」と、一生懸命に問いかけますと、能弁な泰さんは、「それがさ、」とゆっくり前置きをして、「何しろあんな内気な女が、二三度会ったばかりの僕の所へ、尋ねて来ようと云うんだから、よくよく思い余っての上なんだろう。そう思うと、僕もすっかりつまされてしまってね、すぐに待合をとも考えたんだが、婆の手前は御湯へ行くと云って、出て来るんだと聞いて見りゃ、川向うは少し遠すぎるし――と云って外に然《しか》るべき所もないから、よろしい、僕の所の二階を明渡《あけわた》しましょうって云ったんだが、余り恐れ入りますからとか何とか云って、どうしても承知しない。尤もこりゃ気兼ねをするのも、無理はないと思ったから、じゃどこかにお前さんの方に、心当りの場所でもありますかって尋ねると、急に赤い顔をしたがね。小さな声で、明日の夕方、近所の石河岸まで若旦那様に来て頂けないでしょうかと云うんだ。野天の逢曳《あいびき》は罪がなくって好い。」と、笑を噛《か》み殺した容子でした。が、元より新蔵の方は笑う所の騒ぎじゃなく、「じゃ石河岸ときまったんだね。」と、も間、時間は六時と七時との間、どかしそうに念を押すと、仕方がないから、そうきめて置いた、新蔵は礼と一しょに承知の旨を答用が済んだら、自分の所へも寄ってくれと云う返事です。新蔵は礼と一しょに承知の旨を答えると、早速電話を切りましたが、さあそれから日の暮までが、待遠しいの、待遠しくないのじゃありません。算盤《そろばん》を弾《はじ》く。帳合いを手伝う。中元の進物の差図《さしず》をする。――その合間には、じれったそうな顔をして、帳場格子の上にある時計の針ばかり気にしていました。

そう云う苦しい思いをして、やっと店をぬけ出したのは、まだ西日の照りつける、五時少し前でしたが、その時妙な事があったと云うのは、小僧の一人が揃《そろ》えて出した日和下駄《ひよりげた》を突かけて、新刊書類の建看板が未に生乾きのペンキの匂を漂わしている後から、アスファルトの往来へひょいと一足踏み出すと、新蔵のかぶっている麦藁帽子の庇《ひさし》をかすめて、蝶が二羽飛び過ぎました。烏羽揚羽と云うのでしょう。黒い翅《はね》の上に気味悪く、青い光沢がかかった蝶なのです。勿論その時は格別気にもしないで、二羽とも高い夕日の空へ、揉《も》み上げられるようになって見えなくなるのを、ちらりと頭の上に仰ぎながら、折よく通りかかった上野《うえの》行の電車へ飛び乗ってしまいましたが、さて須田町《すだちょう》で乗換えて、国技館前で降りて見ると、又ひらひらと麦藁帽子にまつわるのは、やはり二羽の黒い揚羽でした。が、まさか日本橋から此処まで蝶が跡をつけて、来ようなどとは考えませんから、この時もやはり気にとめずに、約束の刻限にはまだ余裕もあろうと云うので、あれから一つ目の方へ曲る途中、看板に藪《やぶ》とある、小綺麗な蕎麦屋を一軒見つけて、仕度旁々《かたがた》はいったそうです。尤も今日は謹んで、酒は一滴も口にせず、妙に胸が閊《つか》えるのを、やっと冷麦を一つ平げて、往来の日足が消えた時分、まるで人目を忍ぶ落人《おちうど》のように、こっそり暖簾《のれん》から外へ出ました。するとその外へ出た所を、追いすがる如くさっと来て、おやと思う鼻の先へ一文字に舞い上ったのは、今度も黒《くろ》天鵞絨《ビロード》の翅の上に、青い粉を刷《は》いたような、一対の烏翅揚羽なのです。その時は気のせいか、額へ羽搏った蝶の形が、冷やかに澄んだ夕暮の空気を、烏程の大きさに切抜いたかと思いましたが、ぎょっとして思わず足を止めると、その儘すっと小さくなって、互にからみ合いながら、見る見る空の色に紛れてしまいました。重ね重ねの怪しい蝶の振舞に、新蔵もさすがに怯気《おじけ》がさして、悪く石河岸なぞへ行って立っていたら、身でも投げたくなりはしないかと、二の足を踏む気さえ起ったと云います。が、それだけ又心配なのは、今夜逢いに来るお敏の身の上ですから、新蔵はすぐに心をとり直すと、もう黄昏《たそがれ》の人影が蝙蝠のようにちらほらする回向院前の往来を、側目もふらずまっすぐに、約束の場所へ駈けつけました。所が駈けつけるともう一度、御影《みかげ》の狛犬が並んでいる河岸の空からふわりと来て、青光りのする翅と翅とがもつれ合ったと思う間もなく、蝶は二羽とも風になぐれて、まだ薄明りの残っている電柱の根元で消えたそうです。

ですからその石河岸の前をぶらぶらして、お敏の来るのを待っている間も、新蔵は気が気じゃありません。麦藁帽子をかぶり直したり、袂へ忍ばせた時計を見たり、小一時間と云うものは、さっき店の帳場格子の後にいた時より、もっと苛立たしい思いをさせられました。

が、いくら待ってもお敏の姿が見えないので、我知らず石河岸の前を離れながら、お島婆さんの家の方へ、半町ばかり歩いて来ると、右側に一軒洗湯《せんとう》があって、大きく桃の実を描いた上に、万病根治桃葉湯と唐めかした、ペンキ塗りの看板が出ています。お敏が湯に行くのを口実に、家を出ると云ったのは、この洗湯じゃないかと思う。――丁度その途端に女湯の暖簾をあげて、夕闇の往来へ出て来たのは、紛れもないお敏でした。なりはこの間と変りなく、撫子模様のめりんすの帯に紺絣の単衣でしたが、今夜は湯上りだけに血色も美しく、銀杏返《いちょうがえ》しの鬢《びん》のあたりも、まだ濡《ぬ》れているのかと思う程、艶々《つやつや》と櫛目《くしめ》を見せています。それが濡《ぬれ》手拭と石鹸の箱とをそっと胸へ抱くようにして、何が怖いのか、往来の右左へ心配そうな眼をくばりましたが、すぐに新蔵の姿を見つけたのでしょう。まだ気づかわしそうな眼でほほ笑むと、つと蓮葉に男の側へ歩み寄って、「長い事御待たせ申しまして。」と便なさそうに云いました。「何、いくらも待ちやしない。それよりお前、よく出られたね。」新蔵はこう云いながら、お敏と一しょに元来た石河岸の方へゆっくり歩き出しましたが、相手はやはり落着かない容子で、そわそわ後ばかり見返りますから、「どうしたんだ。まるで追手でもかかりそうな風《ふう》じゃないか。」と、わざと調戯《からか》うように声をかけますと、お敏は急に顔を赤らめて、「まあ私、折角いらしって下すった御礼も申し上げないで――ほんとうによく御出で下さいました。」と、それでも不安らしく答えるのです。そこで新蔵も気がかりになって、あの石河岸へ来るまでの間に、いろいろ仔細を尋ねましたが、お敏は唯苦しそうな微笑を洩らして、

「こうしている所が見つかって御覧なさいまし。私ばかりかあなたまで、どんな恐しい目に御遇いになるか知れたものではございませんよ。」と、それだけの返事しかしてくれません。その内にもう二人は、約束の石河岸の前へ来かかりましたが、お敏は薄暗がりにつくばっている御影の狛犬へ眼をやると、ほっと安心したような吐息をついて、その下をだらだらと川の方へ下りて行くと、根府川石《ねぶかわいし》が何本も、船から挙げた儘寝かしてある――其処まで来て、やっと立止ったそうです。恐る恐るその後から、石河岸の中へはいった新蔵は、例の狛犬の陰になって、往来の人目にかからないのを幸、夕じめりのした根府川石の上へ、無造作に腰を下しながら、「私の命にかかわるの、恐しい目に遇うのって、一体どうしたと云う訣なんだい。」と、又さっきの返事を促しました。するとお敏は暫くの間、蒼黒く石垣を浸している竪川の水を見渡して、静に何か口の内で祈念しているようでしたが、やがてその眼を新蔵に返すと、始めて、嬉しそうに微笑して、「もう此処まで来れば大丈夫でございますよ。」と、囁くように云うじゃありませんか。新蔵は狐につままれたような顔をして、無言の儘お敏の顔を見返しました。それからお敏が、自分も新蔵の側へ腰をかけて、途切れ勝《がち》にひそひそ話し出したのを聞くと、成程二人は時と場合で、命位《くらい》は取られ兼ねない、恐しい敵を控えているのです。

元来あのお島婆さんと云うのは、世間じゃ母親のように思っていますが、実は遠縁の叔母とかで、お敏の両親が生きていた内は、つき合いさえしなかったものだそうです。何でも代々宮大工だったお敏の父親に云わせると、「あの婆は人間じゃねえ。嘘だと思ったら、横っ腹を見ろ。魚の鱗《うろこ》が生えてやがるじゃねえか。」とかで、往来でお島婆さんに遇ったと云っても、すぐに切火《きりび》を打ったり、浪《なみ》の花《はな》を撒《ま》いたりする位でした。が、その父親が歿くなって間もなく、お敏には幼馴染で母親には姪に当る、或病身な身なし児の娘が、お島婆さんの養女になったので、自然お敏の家とあの婆の家との間にも、親類らしい往来が始まったのです。けれどもそれさえほんの一二年で、お敏は母親に死なれると、世話をする兄弟もなかったので、百ケ日もまだすまない内に、日本橋の新蔵の家へ奉公する事になりましたから、それぎりお島婆さんとも交渉が絶えてしまいました。そう云うあの婆の所へ、どうして又お敏が行くようになったかは、後で御話しする事にしましょう。

所でお島婆さんの素性はと云うと、歿くなった父親にでも聞いて見たら兎も角、お敏は何も知りませんが、唯、昔から口寄せの巫女をしていたと云う事だけは、母親か誰かから聞いていました。が、お敏が知ってからは、もう例の婆娑羅の大神と云う、怪しい物の力を借りて、加持や占をしていたそうです。この婆娑羅の大神と云うのが、やはりお島婆さんのように、何とも素性の知れない神で、やれ天狗だの、狐だのと、いろいろ取沙汰もありましたが、お敏にとっては産土神《うぶすながみ》の天満宮《てんまんぐう》の神主《かんぬし》などは、必何か水府のものに相違ないと云っていました。そのせいかお島婆さんは、毎晩二時の時計が鳴ると、裏の縁側から梯子《はしご》伝いに、竪川の中へ身を浸して、ずっぷり頭まで水に隠した儘、三十分あまりもはいっている——それもこの頃の陽気ばかりだと、さほどこたえはしますまいが、寒中でもやはり湯巻き一つで、紛々と降りしきる霙《みぞれ》の中を、まるで人面《じんめん》の獺《かわうそ》のように、ざぶりと水へはいると云うじゃありませんか。一度などはお敏が心配して、電灯を片手に雨戸を開けながら、そっと川の中を覗いて見たら、向う岸の並蔵の屋根に白々と雪が残っているだけ、それだけ余計黒い水の上に、婆の切髪の頭だけが、浮巣のように漂っていたそうです。その代りこの婆のする事は、加持でも占でも験《げん》がある――と云うと、善い方ばかりのようですが、この婆に金を使って、親とか夫とか兄弟とかを呪い殺したものも大勢いました。現にこの間この石河岸から身を投げた男なぞも、同じ柳橋《やなぎばし》の芸者とかに思《おもい》をかけた或米問屋の主人の頼みで、あの婆が造作もなく命を捨てさせてしまったのだそうです。が、どう云う秘密な理由があるのか、一人でも其処で呪い殺された、この石河岸のような場所になると、さすがの婆の加持祈禱《きとう》でも、そのいまわりにいる人間には、害を加える事が出来ません。のみならず、其処でしている事は、千里眼同様な婆の眼にも、はいらずにすむようですから、それでお敏は新蔵を、わざわざこの石河岸へ呼び寄せたと云う次第なのです。

　ではどう云う訣でお島婆さんが、それ程お敏と新蔵との恋の邪魔をするかと云いますと、この春頃から相場の高低を見て貰いに来る或株屋が、お敏の美しいのに目をつけて、大金を餌《えさ》にあの婆を釣った結果、妾にする約束をさせたのだそうです。が、それだけなら、兎も角も金で埒《らち》の開く事ですが、此処にもう一つ不思議な故障があるのは、お敏を手離すと、あの婆が加持も占も出来なくなる。——と云うのは、お島婆さんがいざ仕事にとりかかるとなると、まずその婆娑羅の大神をお敏の体に祈り下して、神憑《かみがか》りになったお敏の口から、一々差図を仰ぐのだそうです。これは何もそうしなくとも、あの婆自身が神憑りになったらよさそうに思われますが、そう云う夢とも現《うつつ》ともつかない恍惚の境にはいったものは、その間こそ人の知らない世界の消息にも通じるものの、醒めたが最後、その間の事はすっかり忘れてしまいますから、仕方がなくお敏に神を下して、その言葉を聞くのだとか云う事でした。こう云う事情がある以上、あの婆がお敏を手離さないのも、まず尤もと云わなければなりますまい。所が株屋の方は又それがつけ目なので、お敏を妾にする以上、必お島婆さんもついて来るに相違ありませんから、そこでこれには相場を占わせて、あわよくば天下を取ろうと云う、色と慾とにかけた腹らしいのです。

が、お敏の身になって見れば、如何に夢現の中で云う事にしろ、お島婆さんが悪事を働くのは、全く自分の云いつけ通りにするのですから、良心がなければ知らない事、こんな道具に使われるのは空恐しいのに相違ありません。そう云えば前に御話したお島婆さんの養女と云うのも、引き取られるからこの役に使われ通しで、唯でさえ脾弱《ひよわ》いのが益々病身になってしまいましたが、とうとうしまいには心の罪に責められて、あの婆の寝ている暇に、首を縊《くく》って死んだと云う事です。お敏が新蔵の家から暇をとったのは、この養女が死んだ時で、可哀そうにその新仏が幼馴染のお敏へ宛《あ》てた、一封の書置きがあったのを幸、早くもあの婆は後釜にお敏を据えようと思ったのでしょう。まんまとそれを種に暇を貰わせて、今の住居へおびき寄せると、殺しても主人の所へは帰さないと、強面に云い渡してしまったそうです。が、勿論新蔵と堅い約束の出来ていたお敏は、その晩にも逃げ帰る心算だったそうですが、向うも用心していたのでしょう。度々《たびたび》入口の格子戸を窺《うかが》っても、必外に一匹の蛇《へび》が大きなとぐろを巻いているので、到底一足も踏み出す勇気は、起らなかったと云う事です。それからその後も何度となく、隙を狙っては逃げ出しにかかると、やはり似たような不思議があって、どうしても本意が遂げられません。そこでこの頃は仕方がなく何も因縁事と詮《あきら》めて、泣く泣くお島婆さんの云いなり次第になっていました。

所がこの間新蔵が来て以来、二人の関係が知れて見ると、日頃非道なあの婆が、お敏を責めるの責めないのじゃありません。それも打ったりつねったりするばかりか、夜更けを待っては怪しげな法を使って、両腕を空ざまに吊《つる》し上げたり、頸《くび》のまわりへ蛇をまきつかせたり、聞くさえ身の毛のよ立つような、恐しい目にあわせるのです。が、それよりも更につらいのは、そう云う折檻《せっかん》の相間《あいま》相間に、あの婆がにやりと嘲笑って、これでも思い切らなければ、新蔵の命を縮めても、お敏は人手に渡さないと、憎々しく嚇す事でした。こうなるとお敏も絶体絶命ですから、今までは何事も宿命と覚悟をきめていたのが、万一新蔵の身の上に、取り返しのつかない事でも起っては大変と、とうとう男に一部始終を打ち明ける気になったのです。が、それも新蔵が委細を聞いた後になって、そう云う恐しい事をする女かと、嫌いもし蔑《さげす》みもしそうでしたから、愈々《いよいよ》泰さんの所へ駈けつけるまでには、どの位思い迷ったか、知れない程だったと云う事でした。

お敏はこう話し終ると、又何時ものように蒼白くなった顔を挙げて、じっと新蔵の眼を見つめながら、「そう云う因果な身の上なのでございますから、いくらつらくっても悲しくっても、何もなかった昔と諦めて、この儘――」と云いかけましたが、もう我慢が出来なくなったと見えて、男の膝へすがったなり、袖を噛んで泣き出しました。途方に暮れたのは新蔵で、暫くは唯お敏の背をさすりながら、叱ったり励ましたりしていたものの、さてあのお島婆さんを向うにまわして、どうすれば無事に二人の恋を遂げる事が出来るかと云うと、残念ながら勝算は到底ないと云わなければなりません。が、勿論お敏の為にも弱味を見すべき場合ではないので、無理に元気の好い声を出しながら、「何、そんなに心配おしでない。長い間には又何とか分別もつこうと云うものだから。」と、一時のがれの慰めを云いますと、お敏は漸《ようや》く涙をおさめて、新蔵の膝を離れましたが、それでもまだ潤《うる》み声で、「それは長い間でしたら、どうにかならない事もございますまいが、明後日の夜は又家の御婆さんが、神を下すと云って居《お》りましたもの。もしその時私がふとした事でも申しましたら――」と、術なさそうに云うのです。これには新蔵も二度吐胸《とむね》を衝《つ》いて、折角のつけ元気さえ、全く沮喪《そそう》せずにはいられませんでした。明後日と云えば、今日明日の中に、何とか工夫をめぐらさなければ、自分は元よりお敏まで、とり返しのつかない不幸の底に、沈淪《ちんりん》しなければなりますまい。が、たった二日の間に、どうしてあの怪しい婆を、取って抑える事が出来ましょう。たとい警察へ訴えたにしろ、幽冥《ゆうめい》の世界で行われる犯罪には、法律の力も及びません。そうかと云って社会の与論《よろん》も、お島婆さんの悪事などは、勿論哂《わら》うべき迷信として、不問に附してしまうでしょう。そう思うと新蔵は、今更のように腕を組んで、茫然《ぼうぜん》とするより外はありませんでした。そう云う苦しい沈黙が、暫くの間続いた後で、お敏は涙ぐんだ眼を挙げると、仄《ほの》かに星の光っている暮方の空を眺めながら、「いっそ私は死んでしまいたい。」と、かすかかすかな声で呟きましたが、やがて物に怯《おび》えたように、怖々あたりを見廻して、「余り遅くなりますと、又家の御婆さんに叱られますから、私はもう帰りましょう。」と、根も精もつき果てた人のように云うのです。成程そう云えば此処へ来てから、三十分は確に経ちましたろう。夕闇は潮の匂《におい》と一しょに二人のまわりを立て罩《こ》めて、向う河岸の薪の山も、その下に繋《つな》いである苫船《とまぶね》も、蒼茫《そうぼう》たる一色に隠れながら、唯竪川の水ばかりが、丁度大魚の腹のように、うす白くうねうねと光っています。新蔵はお敏の肩を抱いて、優しく脣を合せてから、「兎も角も明日の夕方には、又此処まで来ておくれ。私もそれまでには出来るだけ、知慧を絞って見る心算だから。」と、一生懸命に力をつけました。お敏は頰の涙の痕《あと》をそっと濡手拭で拭きながら、無言の儘悲しそうに頷《うなず》きましたが、さて悄々根府川石から立上って、これも萎《しお》れ切った新蔵と一しょに、あの御影の狛犬の下を寂しい往来へ出ようとすると、急に又涙がこみ上げて来たのでしょう。夜目にも美しい襟足を見せて、せつなそうにうつむきながら、

「ああ、いっそ私は死んでしまいたい。」と、もう一度かすかにこう云いました。するとその途端です。さっき二羽の黒い蝶が消えた、例の電柱の根元の所に、大きな人間の眼が一つ、髣髴《ほうふつ》として浮び出したじゃありませんか。それも睫毛のない、うす青い膜がかかったような、瞳の色の濁っている、何処を見ているともつかない眼で、大きさは彼是《かれこれ》三尺あまりもありましたろう。始は水の泡のようにふっと出て、それから地の上を少し離れた所へ、漂う如くぼんやり止りましたが、忽ちそのどろりとした煤色《すすいろ》の瞳が、斜《なな》めに眥《まなじり》の方へ寄ったそうです。その上不思議な事には、この大きな眼が、往来を流れる闇ににじんで、朦朧とあったのに関らず、何とも云いようのない悪意の閃《ひらめ》きを蔵しているように見えました。新蔵は思わず拳《こぶし》を握って、お敏の体をかばいながら、必死にこの幻を見つめたと云います。実際その時は総身の毛穴へ、悉風がふきこんだかと思う程、ぞっと背筋から寒くなって、息さえつまるような心もちだったのでしょう。いくら声を立てようと思っても、舌が動かなかったと云う事でした。が、幸その眼の方でも、暫くは懸命の憎悪を瞳に集めて、やはりこちらを見返すようでしたが、見る見る内に形が薄くなって、最後に貝殻のような眶が落ちると、もう其処には電柱ばかりで、何も怪しい物の姿は見えません。唯、あの烏羽揚羽のような物が、ひらひら飛び立ったように見えたそうですが、それは事によると、地を掠《かす》めた蝙蝠だったかも知れますまい。その後で新蔵とお敏とは、まるで悪い夢からでも醒めたように、うっとり色を失った顔を見合せましたが、忽《たちまち》互の眼の中に恐しい覚悟の色を読み合うと、我知らずしっかり手をとり交して、わなわな身ぶるいしたと云う事です。

　それから三十分ばかり経った後、新蔵はまだ眼の色を変えた儘、風通しの好い裏座敷で、主人の泰さんを前にしながら、今夜出合ったさまざまな不思議な事を、小声でひそひそと話していました。二羽の黒い蝶の事、お島婆さんの秘密の事、大きな眼の幻の事――すべてが現代の青年には、荒唐無稽としか思われない事ですが、兼ねてあの婆の怪しい呪力《じゅりき》を心得ている泰さんは、更に疑念を挟む気色もなく、アイスクリームを薦《すす》めながら、片唾《かたず》を呑んで聞いてくれるのです。「その大きな眼が消えてしまうと、お敏はまっ蒼な顔をして、『どうしましょう。此処であなたと御目にかかったのが、もう御婆さんに知れてしまいました。』と云うんだ。が、僕は『こうなったが最後、あの婆と我々との間には、戦争が始まったのも同様なんだから、知れようが知れまいが、かまうもんか。』って威張ったんだがね。困った事には今も話した通り、僕は明日又あの石河岸で、お敏と落合う約束がしてあるだろう。所が今夜の出合いがあの婆に見つかったとなると、恐らく明日はお敏を手放して、出さないだろうと思うんだ。だからよしんばあの婆の爪の下から、お敏を救い出す名案があってもだね、おまけにその名案が今日明日中に思いついたにしてもだ。明日の晩お敏に逢えなけりゃ、すべての計画が画餅《がへい》になる訣だろう。そう思ったら、僕はもう、神にも仏にも見放されたような心もちがしてね。お敏に別れて此処へ来るまでの間も、まるで足は地に着いていないような心もちだった。」――新蔵はこう委細を話し終ると、思い出したように団扇《うちわ》を使いながら、心配そうに泰さんの顔を窺《うかが》いました。が、泰さんは存外驚かずに、暫《しばら》くは唯《ただ》軒先の釣葱《つりしのぶ》が風にまわるのを見ていましたが、漸く新蔵の方へ眼を移すと、それでもちょいと眉をひそめて、「つまり君が目的を達するにゃ、三重の難関がある訣だね。第一に君はお島婆さんの手から、安全にだね、安全にお敏さんを奪い取らなければならない。第二にそれも明後日までには、是非共実行する必要がある。それからその実行上の打合せをする為《ため》に、明日中にお敏さんに逢って置きたい、——と云うのが第三の難関だろう。そこでこの第三の難関はだね。第一第二の難関さえ切り抜けられりゃ、どうにでもなると思うんだ。」と、自信があるらしい口調で云うのです。新蔵はまだ浮かない顔をした儘、「どうして？」と、疑わしそうに尋ねました。すると泰さんは面憎い程落着いた顔をして、「何、訣はありゃしない。君が逢えなけりゃ——」と云いかけましたが、急にあたりを見廻しながら、「こうっと、こりゃいざと云う時まで伏せて置こう。どうもさっきからの話じゃ、あの婆め、君のまわりへ厳重に網を張っているらしいから、うっかりした事は云わない方が好さそうだ。実は第一第二の難関も破って破れなくはなさそうに思うんだが。——まあ、まあ、万事僕に任せて置くさ。それより今夜は麦酒《ビール》でも飲んで、大いに勇気を養って行き給え。」と、しまいにはさも気楽らしい笑に紛《まぎら》してしまうじゃありませんか。新蔵は勿論それを、もどかしくも腹立たしくも思いましたが、さてその麦酒が始まって見ると、やはり泰さんの用心が尤もだったと思うような事が起りました。と云うのは二人の間に浮かない世間話が始まってから、ふと泰さんが気がつくと、燻《いぶ》し鮭の小皿と一しょに、新蔵の膳に載って居るコップがもう泡の消えた黒麦酒をなみなみと湛えた儘、口もつけずに置いてあります。そこで泰さんが水の垂れる麦酒罎《びん》の尻《しり》をとって、「さあ、ちっと陽気に干そうじゃないか。」と、相手を促した時の事でした。何気なくそのコップをとり上げた新蔵が、ぐいと一息に飲もうとすると、直径二寸ばかり円を描いた、つらりと光る黒麦酒の面に、天井の電灯や後の葭戸《よしど》が映っている――其処へ一瞬間、見慣れない人間の顔が映ったのです。いや、もっと精密に云えば唯見慣れない顔と云うだけで、人間かどうかもはっきりとはわかりません。こちらの考え方一つでは、鳥とでも、獣とでも、乃至は蛇や蛙とでも、思って思えない事はないのです。それも顔と云うよりは、寧《むし》ろその一部分で、殊に眼から鼻のあたりが、まるで新蔵の肩越しにそっとコップの中を覗いたかの如く、電灯の光を遮って、ありありと影を落しました。こう云うと長い間の事のようですが、前にも云った通りほんの一瞬間で、何とも判然しない物の眼が、直径二寸の黒麦酒の円の中から、ちらりと新蔵の眼を窺ったと思うと、忽消え失せてしまったのです。新蔵は飲もうとしたコップを下へ置いて、きょろきょろ前後を見廻しました。が、電灯も依然として明るければ、軒先の釣葱も相不変《あいかわらず》風に廻っていて、この涼しい裏座敷には、更に妖臭を帯びた物も見当りません。「どうした。虫でもはいったんじゃないか。」――こう泰さんに尋ねられた新蔵は、仕方なく額の汗を拭って、「何、妙な顔がこの麦酒に映ったんだ。」と、恥しそうに答えました。これを聞くと泰さんは、「妙な顔が映った?」と反響のように繰返しながら、新蔵のコップを覗きこみましたが、元より今はそう云う泰さんの顔の外に、顔らしいものは何も映りません。「君の神経のせいじゃないか。まさかあの婆も、僕の所までは手を出しやしなかろう。」「だって君は今も自分でそう云ったじゃないか。僕の体のまわりにゃ、抜け目なくあの婆が網を張っているからって。」「大きにそうだっけ。だがまさか――まさかその麦酒のコップへ、あの婆が舌を入れて、一口頂戴したって次第でもなかろう。それならかまわないから、干してしまい給え。」――こう云う具合に泰さんは、いろいろ沈んだ相手の気を引き立てようとしましたが、新蔵は益々ふさぐ一方で、とうとうそのコップも干さない内に、もう帰り仕度をし始めました。そこで泰さんもやむを得ず、呉々《くれぐれ》も力を落さないようにと、再三親切な言葉を添えてから、電車では心もとないと云うので、車まで云いつけてくれたそうです。

その晩は寝ても、妙な夢ばかり見て、何度となくうなされましたが、それでも漸く朝になると、新蔵は早速泰さんの所へ、昨夜の礼旁々《かたがた》電話をかけました。すると電話に出て来たのは、泰さんの店の番頭で、「旦那は今朝程早く、どちらかへ御出かけになりました。」と云う挨拶なのです。新蔵はもしやお島婆さんの所へでも、行ったのじゃないかと思いましたが、打ち明けてそう尋ねる訣にも行かず、又尋ねたにした所で、余人の知っている筈もありませんから、帰り匆々《そうそう》知らせてくれるようにと、よく番頭に頼んで置いて、一まず電話を切ってしまいました。所が彼是午《ひる》近くになると、今度は泰さんから電話がかかって来て、案の定今朝お島婆さんの所へ、家相を見て貰いに行ったと云うのです。「幸、お敏さんに会ったからね、僕の計画だけは手紙にして、そっとあの人の手に握らせて来たよ。返事は明日でなくっちゃわからないが、何しろ非常の場合だから、お敏さんも振って引受けそうなもんだ。」——こう云う泰さんの言葉を聞いていると、如何にも万事が好都合に運びそうな気がしますから、愈々新蔵はその計画と云うのが知りたくなって、「一体何をどうする心算なんだ。」と尋ねますと、泰さんはやはり昨夜のように、電話でもにやにや笑っている容子で、「まあ、もう二三日待ち給え。あの婆が相手じゃ、電話だって油断がならないからね。じゃいずれ又僕の方から、電話をかける事にしよう。さようなら。」と云う始末なのです。電話を切った新蔵は、何時もの通りその後で、帳場格子の後へ坐りましたが、さあ此処二日の間に自分とお敏との運命がきまるのだと思うと、心細いともつかず、もどかしいともつかず、そうかと云って猶更又嬉しいともつかず、唯妙にわくわくした心もちになって、帳面も算盤も手につきません。そこでその日は、まだ熱がとれないようだと云うのを口実に、午から二階の居間で寝ていました。が、その間でも絶えず気になったのは、誰かが自分の一挙一動をじっと見つめているような心もちで、これは寝ているると起きているとに関らず、執念深くつきまとっていたそうです。現に午過ぎの三時頃には、確に二階の梯子段《はしごだん》の上り口に、誰か蹲《うずくま》っているものがあって、その視線が葭戸《よしど》越しに、こちらへ向けられているようでしたから、すぐに飛び起きて、其処まで出て行って見ましたが、唯磨きこんだ廊下の上に、ぼんやり窓の外の空が映っているだけで、何も人間らしいものは見えませんでした。

こう云う具合でその翌日になると、益々新蔵は気が気でなくなって、泰さんの電話がかかるのを今か今かと待っていましたが、漸《ようや》く昨日と同じ刻限になって、約束通り電話口へ呼び出されました。しかし出て見ると泰さんは、昨日より更に元気の好い声で、「とうとう君、お敏さんの返事があってね、一切僕の計画通り実行する事になったよ。何、どうして返事を受取った？　又用を拵《こしら》えて、僕自身あの婆の所へ出馬したのさ。すると昨日手紙で頼んであるから、取次に出たお敏さんが、すぐに僕の手へ返事を忍ばせたんだ。可愛い返事だぜ。平仮名で『しょうちいたしました』と書いてある――」と、得意らしく弁じ立てるのです。所《ところ》が今日は妙な事に、こう云う言葉の途中から、泰さんの声ばかりでなく、もう一人誰かの声がはいりました。尤もこの声と云うのも、何と云っているのだか、言葉は皆目《かいもく》わからないのですが、兎に角勢の好い泰さんの声とは正反対に、鼻へかかった、力のない、喘《あえ》ぐような、まだるい声が、丁度陰と日向《ひなた》とのように泰さんの饒舌《しゃべ》って行く間を縫って、受話器の底へ流れこむのです。始めの内は新蔵も、混線だろう位な量見で、別に気にもしませんでしたから、「それから、それから。」と促し立てて、懐しいお敏の消息を、夢中になって聞いていました。が、その内に泰さんにも、この妙な声が聞えたのでしょう。「何だか騒々しいな。君の方かい。」と尋ねますから、「いや僕の方じゃない。混線だろう。」と答えますと、泰さんはちょいと舌打ちをした気色で、「じゃ一度切って、又かけ直すぜ。」と云いながら、一度所か二度も三度も、交換手に小言を云っちゃ、根気よく繋ぎ直させましたが、やはり蟇の呟くような、ぶつぶつ云う声が聞えるのです。泰さんもしまいには我を折って、「仕方がないな。どこかに故障があるんだろう。――が、それより肝腎の本筋だがね、愈々お敏さんが承知したとなりゃ、まあ、万々計画通り成功するだろうと思うから、安心して吉報を待ってい給え。」と、又さっきの話を続け出しましたが、新蔵はやはり泰さんの計画と云うのが気になるので、もう一遍昨日のように、「一体何をどうする心算なんだ。」と尋ねますと、相手は例の如く澄ましたもので、「もう一日辛抱し給え。明日の今時分までにゃ、きっと君にも知らせられるだろうと思うから。――まあ、そんなに急がないで、大船に乗った気で待っているさ。果報は寝て待てって云うじゃないか。」と、冗談まじりに答えました。するとその声がまだ終らない内に、もう一つのぼやけた声が急に耳の側へ来て、「悪あがきは思い止らっしゃれや。」と、はっきり嘲笑ったじゃありませんか。泰さんと新蔵とは思わず同時に両方から、「何だ、今の声は。」と尋ね合いましたが、それぎり受話器の中はひっそりして、あの呟くような鼻声さえ全く聞えなくなってしまいました。「こりゃいけない。今のは君、あの婆だぜ。悪くすると、折角の計画も――まあ、すべてが明日の事だ。じゃこれで失敬するよ。」――こう云いながら、電話を切った泰さんの声の中には、明かに狼狽《ろうばい》したけはいが感じられました。又実際お島婆さんが、二人の間の電話にさえ気を配るようになったとすると、勿論泰さんとお敏とが秘密の手紙をやりとりしているにも、目をつけているのに相違ありませんから、泰さんの慌てるのも尤もなのです。まして新蔵の身になって見れば、どうする心算か知らないにもせよ、兎に角かけ換《がえ》のない泰さんの計画が、あの婆に裏を掻《か》かれる以上、それこそ万事休してしまうより外はありません。ですから新蔵は電話口を離れると、まるで喪心《そうしん》した人のように、ぼんやり二階の居間へ行って、日が暮れるまで、窓の外の青空ばかり眺めていました。その空にも気のせいか、時々あの忌わしい烏羽揚羽が、何十羽となく群を成して、気味の悪い更紗《さらさ》模様を織り出した事があるそうですが、新蔵はもう体も心もすっかり疲れ果てていましたから、その不思議を不思議として、感じる事さえ出来なかったと云います。

その晩も亦新蔵は悪夢ばかり見続けて、碌々《ろくろく》眠る事さえ出来ませんでしたが、それでも夜が明けると、幾分か心に張りが出ましたので、砂を嚙むより味のない朝飯をすませると、早速泰さんへ電話をかけました。

「莫迦に、早いじゃないか。僕のような朝寝坊の所へ、今時分電話をかけるのは残酷だよ。」――泰さんは実際まだ眠むそうな声で、こう苦情を申し立てましたが、新蔵はそれには返事もしないで、「僕はね、昨日の電話の一件があって以来、とても便々と家にゃいられないからね。これからすぐに君の所へ行くよ。いいえ、電話で君の話を聞いた位じゃ、とても気が休まらないんだ。好いかい。すぐに行くからね。」と、だだっ子のように云い張ったそうです。この興奮し切った口調を聞いちゃ、泰さんも外に仕方がなかったのでしょう。「じゃ来給え。待っているから。」と、素直に答えてくれたので、新蔵は電話を切るが早いか、心配そうな母親にもむずかしい顔を見せただけで、何処へ行くとも断らずに、ふいと店を飛び出しました。出て見ると、空はどんよりと曇って、東の方の雲の間に赤胴色の光が漂っている、妙に蒸暑い天気でしたが、元よりそんな事は気にかける余裕もなく、すぐ電車へ飛び乗って、すいているのを幸と、まん中の座席へ腰を下したそうです。すると一時恢復《かいふく》したように見えた疲労が、意地悪くまだ残っていたのか、新蔵は今更のように気が沈んで、まるで堅い麦藁帽子が追々頭をしめつけるのかと思う程、烈しい頭痛までして来ました。そこで気を紛せたい一心から、今まで下駄の爪先ばかりへやっていた眼を、隣近所へ挙げて見ると、この電車にも亦不思議があった。――と云うのは、天井の両側に行儀よく並んでいる吊皮が、電車の動揺するのにつれて、皆振子のように揺れていますが、新蔵の前の吊皮だけは、始終じっと一つ所に、動かないでいるのです。それも始は可笑《おか》しいな位な心もちで、深くは気にも止めませんでしたが、その内に又誰かに見つめられているような、気味の悪い心もちが自然に強くなり出したので、こんな吊皮の下に坐っているのが、いけないのだろうと思いましたから、向う側の隅にある空席へわざわざ移りました。移って、ふと上を見ると、今まで揺られていた吊皮が突然造りつけたように動かなくなって、その代りさっきの吊皮が、さも自由になったのを喜ぶらしく、勢よくぶらつき始めたじゃありませんか。新蔵は毎度の事ながら、この時もやはり頭痛さえ忘れる程、何とも云えない恐怖を感じて、思わず救いを求める如く、外の乗客たちの顔を見廻しました。と、斜に新蔵と向い合った、何処かの隠居らしい婆さんが一人、黒絽《くろろ》の被布《ひふ》の襟を抜いて、金縁の眼鏡越しにじろりと新蔵の方を見返したのです。勿論それはあの神下しの婆なぞとは何の由縁《ゆかり》もない人物だったのには相違ありませんが、その視線を浴びると同時に、新蔵は忽ちお島婆さんの青んぶくれの顔を思い出しましたから、もう矢も楯《たて》もたまりません。いきなり切符を車掌へ渡すと、仕事を仕損じた掏摸《すり》より早く、電車を飛び降りてしまいました。が、何しろ凄まじい速力で、進行していた電車ですから、足が地についたと思うと、麦藁帽子が飛ぶ。下駄の鼻緒が切れる。その上俯向きに前へ倒れて、膝頭《ひぎがしら》を擂剝《すりむ》くと云う騒ぎです。いや、もう少し起き上るのが遅かったら、砂煙を立てて走って来た、何処《どこ》かの貨物自働車に、轢《ひ》かれてしまった事でしょう。泥だらけになった新蔵は、ガソリンの煙を顔に吹きつけて、横なぐれに通りすぎた、その自働車の黄色塗の後に、商標らしい黒い蝶の形を眺めた時、全く命拾いをしたのが、神業のような気がしたそうです。

それが鞍掛橋《くらかけばし》の停留場へ一町ばかり手前でしたが、仕合せと通りかかった辻車が一台あったので、兎も角もその車へ這《は》い上ると、まだ血相を変えた儘、東両国《ひがしりょうごく》へ急がせました。が、その途中も動悸はするし、膝頭の傷はずきずき痛むし、おまけに今の騒動があった後ですから、いつ何時この車もひっくり返りかねないような、縁起の悪い不安もあるし、殆《ほとん》ど生きている空はなかったそうです。殊に車が両国橋へさしかかった時、国技館の天に朧銀《おぼろぎん》の縁をとった黒い雲が重なり合って、広い大川の水面に蜆《しじみ》蝶の翼のような帆影が群っているのを眺めると、新蔵は愈々自分とお敏との生死の分れ目が近づいたような、悲壮な感激に動かされて、思わず涙さえ浮めました。ですから車が橋を渡って、泰さんの家の門口へやっと梶棒を下した時には、嬉しいのか、悲しいのか、自分にも判然しない程、唯無性に胸が迫って、けげんな顔をしている車夫の手へ、方外な賃銭を渡す間も惜しいように、倉皇《そうこう》と店先の暖簾をくぐりました。

泰さんは新蔵の顔を見ると、手をとらないばかりにして、例の裏座敷へ通しましたが、やがてその手足の創痕《きずあと》だの、綻《ほころ》びの切れた夏羽織だのに気がついたものと見えて、「どうしたんだい。その体裁は。」と、呆れたように尋ねました。「電車から落っこってね、鞍掛橋の所で飛び降りをしそくなったもんだから。」「田舎者じゃあるまいし、――気が利かないにも、程があるぜ。だが何だって又、あんな所で、飛び降りなんぞしたんだろう。」――そこで新蔵は電車の中で出会った不思議を、一々泰さんに話して聞かせました。すると泰さんは熱心にその一部始終を聞き終ってから、何時になく眉をひそめて、「形勢愈々非だね。僕はお敏さんが失敗したんじゃないかと思うんだが。」と独り言のように云うのです。新蔵はお敏の名前を聞くと、急に又動悸が高まるような気がしましたから、「失敗したんじゃないかって？　君は一体お敏に何をやらせようとしたんだ。」と、詰問する如く尋ねました。けれども泰さんはその問には答えないで、「尤もこうなるのも僕の罪かも知れないんだ。僕がお敏さんへ手紙を渡した事なんぞを、電話で君にしゃべらなかったら、あの婆も僕の計画には感づかずにいたのに違いないんだからな。」と、如何にも当惑したらしいため息さえ洩らすのです。新蔵は愈々たまらなくなって、「今になってもまだ君の計画を知らせてくれないと云うのは、あんまり君、残酷じゃないか。そのおかげで僕は、二重の苦しみをしなけりゃならないんだ。」と、声を震わせながら怨じ立てると、泰さんは「まあ。」と抑えるような手つきをして、「そりゃ重々尤もだよ。尤もだと云う事は僕もよく承知しているんだが、あの婆を相手にしている以上、これも已《や》むを得ない事だと思ってくれ給え。現に今も云った通り、僕はお敏さんへ手紙を渡した事も、君に打明けずに黙っていたら、もっと万事好都合に、運んだかも知れないと思っているんだ。何しろ君の一言一動は、皆お島婆さんにゃ見透しらしいからね。いや、事によると、この間の電話の一件以来、僕も随分あの婆に睨まれていないもんでもない。が、今までの所じゃ、兎に角僕には君程の不思議な事件も起らないんだから、実際僕の計画が失敗したのかどうか、それがはっきり分るまでは、いくら君に恨まれても、一切僕の胸一つにおさめて置きたいと思うんだ。」と、諭したり慰めたりしてくれました。が、新蔵はそう聞いた所で、泰さんの云う事には得心出来ても、お敏の安否を気使う心に変りのある筈はありませんから、まだ険しい表情を眉の間に残した儘、「それにしても君、お敏の体に間違いのあるような事はないだろうね。」と、突っかかるように念を押すと、泰さんもやはり心配そうな眼つきをして、「さあ。」と云ったぎり、暫くは思案に沈んでいましたが、やがてちょいと次の間の柱時計を覗きながら、「僕もそれが気になって仕方がないんだ。

じゃあの婆の家へは行かないでも、近所まで偵察に行って見ようか。」と、思い切ったらしく云うのです。新蔵も実は悠長にこうして坐りこんでいるのが、気が気でなかった所ですから、勿論いやと言う筈はありません。そこですぐに相談が纏《まとま》って、ものの五分と経たない内に、二人は夏羽織の肩を並べながら、匆々《そうそう》泰さんの家を出ました。

所が泰さんの家を出て、まだ半町と行かない内に、ばたばた後から駈けて来るものがありますから、二人とも、同時に振返って見ると、別に怪しいものではなく、泰さんの店の小僧が一人、蛇《じゃ》の目《め》を一本肩にかついで、大急ぎで主人の後を追いかけて来たのです。「傘か。」「へえ、番頭さんが降りそうですから御持ちなさいましって云いました。」「そんならお客様の分も持ってくりゃ好いのに。」――泰さんは苦笑しながら、その蛇の目を受取ると、小僧は生意気に頭を掻《か》いてから、とってつけたように御辞儀をして、勢よく店の方へ駈けて行ってしまいました。そう云えば成程頭の上にはさっきよりも黒い夕立雲が、一面にむらむらと滲み渡って、その所々を洩れる空の光も、まるで磨いた鋼鉄のような、気味の悪い冷たさを帯びているのです。新蔵は泰さんと一しょに歩きながら、この空模様を眺めると、又忌わしい予感に襲われ出したので、自然相手との話もはずまず、無暗《むやみ》に足ばかり早め出しました。ですから泰さんは遅れ勝ちで、始終小走りに追いついては、さも気忙《きぜわ》しそうに汗を拭いていましたが、その内にとうとうあきらめたのでしょう。新蔵を先へ立たせた儘、自分は後から蛇の目の傘を下げて、時々友だちの後姿を気の毒そうに眺めながら、ぶらぶら歩いて行きました。すると二人が一の橋の袂を左へ切れて、お敏と新蔵とが日暮に大きな眼の幻を見た、あの石河岸の前まで来た時、後から一台の車が来て、泰さんの傍を走り抜けましたが、その車の上の客の姿を見ると、泰さんは急に眉をひそめて、「おい、おい。」と、けたたましく新蔵を呼び止めるじゃありませんか。そこで新蔵もやむを得ず足を止めて、不承不承に相手を見返りながら、うるさそうに「何だい。」と答えると、泰さんは急ぎ足に追いついて、「君は今、車へ乗って通った人の顔を見たかい。」と、妙な事を尋ねるのです。「見たよ。瘦せた、黒い色眼鏡をかけている男だろう。」――新蔵はいぶかしそうにこう云いながら、又さっさと歩き出しましたが、泰さんは更にひるまないで、前よりも一層重々しく、「ありゃね、君、僕の家の上華客《じょうとくい》で、鍵惣《かぎそう》って云う相場師だよ。僕は事によるとお敏さんを妾にしたいと云っているのは、あの男じゃないかと思うんだがどうだろう。いや、格別何故って訣もないんだが、ふとそんな気がし出したんだ。」と、思いもよらない事を云い出しました。が、新蔵はやはり沈んだ調子で、「気だけだろう。」と云い捨てた儘、例の桃葉湯の看板さえ眺めもせずに歩いて行くのです。と、泰さんは蛇の目の傘で二人の行く方を指さしながら、「必しも気だけじゃないよ。見給え。あの車はお島婆さんの家の前へ、ちゃんと止っているじゃないか。」と得意らしく新蔵の顔を見返しました。見ると実際さっきの車は、雨を待っている葉柳が暗く条《えだ》を垂らした下に、金紋のついた後をこちらへ向けて、車夫は蹴《け》込《こ》みの前に腰をかけているらしく、悠々と楫棒《かじぼう》を下ろしているのです。これを見た新蔵は、始めて浮かぬ顔色の底に、かすかな情熱を動かしながら、それでもまだ懶《ものう》げな最初の調子を失わないで、「だがね、君、あの婆に占を見て貰いに来る相場師だって、鍵惣とかの外にもいるだろうじゃないか。」と面倒臭そうに答えましたが、その内にもうお島婆さんの家と隣り合った、左官屋の所まで来かかったからでしょう。泰さんはその上自説も主張しないで、油断なくあたりに気をくばりながら、まるで新蔵の身をかばうように、夏羽織の肩を摺り合せて、ゆっくり、お島婆さんの家の前を通りすぎました。通りすぎながら、二人が尻眼に容子を窺うと、唯ふだんと変っているのは、例の鍵惣が乗って来た車だけで、これは遠くで眺めたのよりもずっと手前、丁度左官屋の水口の前に太ゴムの轍《わだち》を威《い》かつく止めて、バットの吸殻を耳にはさんだ車夫が、尤もそうに新聞を読んでいます。が、その外は竹格子の窓も、煤けた入口の格子戸も、乃至はまだ葭戸にも変らない、格子戸の中の古ぼけた障子の色も、すべてが何時もと変らないばかりか、家内もやはり日頃のように、陰森《いんしん》とした静かさが罩《こ》もっているように思われました。まして万一を僥倖《ぎょうこう》して来た、お敏の姿らしいものは、あのしおらしい紺絣の袂が、ひらめくのさえ眼にはいりません。ですから二人はお島婆さんの家の前を隣の荒物屋の方へ通りぬけると、今までの心の緊張が弛《ゆる》んだと云う以外にも、折角の当てが外れたと云う落胆まで背負わずにはいられませんでした。

所がその荒物屋の前へ来ると、浅草紙、亀《かめ》の子束子《だわし》、髪洗粉などを並べた上に、蚊やり線香と書いた赤提灯が、一ぱいに大きく下っている――その店先へ佇んで、荒物屋のお上さんと話しているのは、紛もないお敏だろうじゃありませんか。二人は思わず顔を見合せると、殆《ほとんど》一秒もためらわずに、夏羽織の裾を飜《ひるがえ》しながら、つかつかと荒物屋の店へはいりました。そのけはいに気がついて、二人の方を振り向いたお敏は、見る見る蒼白い頰の底にほのかな血の色を動かしましたが、さすがに荒物屋のお上さんの手前も兼ねなければならなかったのでしょう。軒先へ垂れている柳の条を肩へかけた儘、無理に胸の躍るのを抑えるらしく、「まあ。」とかすかな驚きの声を洩《も》らしたとか云う事です。すると泰さんは落着き払って、ちょいと麦藁帽子の庇《ひさし》へ手をやりながら、「阿母さんは御宅ですか。」と、さりげなく言葉をかけました。「はあ、居ります。」「で、あなたは？」「御客様の御用で半紙を買いに――」――こう云うお敏の言葉が終らない内に、柳に塞《ふさ》がれた店先が一層うす暗くなったと思うと忽ち蚊やり線香の赤提灯の胴をかすめて、きらりと一すじ雨の糸が冷たく斜に光りました。と同時に柳の葉も震えるかと思う程、どろどろと雷が鳴ったそうです。泰さんはこれを切っかけに、一足店の外へ引返しながら、「じゃちょいと阿母さんにそう云って下さい。私が又見てお貰い申したい事があって上りましたって――今も御門先で度々御免と声をかけたんだが、一向音沙汰がないんでね、どうしたのかと思ったら、肝腎の御取次が此処で油を売っていたんです。」と、お敏と荒物屋のお上さんとを等分に見比べて、手際よく快活に笑って見せました。勿論何も知らない荒物屋のお上さんは、こう云う泰さんの巧《たくみ》な芝居に、気がつく筈もありませんから、「じゃお敏さん、早く行ってお上げなさいよ。」と、気忙わしそうに促すと、自分も降り出した雨に慌てて、蚊やり線香の赤提灯を匆々《そうそう》とりこめに立ったと云いますす。そこでお敏も、「じゃ叔母さん、又後程。」と挨拶を残して、泰さんと新蔵とを左右にしながら、荒物屋の店を出ましたが、元より三人ともお島婆さんの家の前には足も止めず、もう点々と落ちて来る大粒な雨を蛇の目に受けて、一つ目の方へ足を早めました。実際その何分かの間は、当人同志は云うまでもなく、平常は元気の好い泰さんさえ、愈々運命の賽《さい》を投げて、丁《ちょう》か半《はん》かをきめる時が来たような気がしたのでしょう。あの石河岸の前へ来るまでは、三人とも云い合わせたように眼を伏せて、見る間に土砂降りになって来た雨も気がつかないらしく、無言で歩き続けました。

その内に御影の狛犬が向い合っている所まで来ると、やっと泰さんが顔を挙げて、「此処が一番安全だって云うから、雨やみ旁々《かたがた》この中で休んで行こう。」と、二人の方を振り返りました。そこで皆一つの傘の下に雨をよけながら、積み上げた石と石との間をぬけて、ふだんは石切りが仕事をする所なのでしょう。石河岸の隅に張ってある蓆屋根《むしろやね》の下へはいりました。その時は雨も益々凄じくなって、竪川を隔てた向う河岸も見えない程、まっ白にたぎり落ちていましたから、この一枚の蓆屋根位では、到底洩らずにすむ訣もありません。のみならず、霧のような雨のしぶきも、湿った土の匂《におい》と一しょに、濛々と外から吹きこんで来ます。そこで三人は蓆屋根の下にはいりながらも、まだ一本の蛇の目を頼みにして、削りかけた儘になっている門柱らしい御影の上に、目白押しに腰を下しました。と、すぐに口を切ったのは新蔵です。「お敏、僕はもう御前に逢えないかと思っていた。」――こう云う内に又雨の中を斜に蒼白い電光が走って、雲を裂くように雷が鳴りましたから、お敏は思わず銀杏返しを膝の上へ伏せて、暫くはじっと身動きもしませんでしたが、やがて全く色を失った顔を挙げると、夢現のような目なざしをうっとりと外の雨脚へやって、「私ももう覚悟はして居りました。」と気味の悪い程静に云いました。心中――そう云う穏ならない文字が、まるで燐《りん》ででも書いたように、新蔵の頭脳へ焼きついたのは、実にこのお敏の言葉を聞いた、瞬間だったと云う事です。が、二人の間に腰を据えて、大きく蛇の目をかざしていた泰さんは、左右へ当惑そうな眼を配りながら、それでも声だけは元気よく、「おい、しっかりしなくっちゃいけないぜ。お敏さんも勇気を出すんです。得てこう云う時には死神が、とっ着きたがるものですからね――そりゃそうと今来ているお客は、鍵惣って云う相場師でしょう。ええ、私もちょいと知っているんです。あなたを妾にしたいって云うのは、あの男じゃないんですか。」と、早速実際的な方面へ話を移してしまいました。するとお敏も急に夢から覚めたようように、涼しい眼を泰さんの顔に注ぎながら、「ええ、あの人なんでございます。」と、口惜しそうに答えたそうです。「それ見給え。やっぱり僕の見込んだ通りじゃないか。」――こう云って泰さんは、得意らしく新蔵の方を見返りましたが、すぐに又真面目な調子になって、劬《いたわ》るようにお敏の方へ向いながら、「この降りじゃ、いくら鍵惣でもまだ二十分や三十分は御宅にいるでしょう。その間に一つ、私の計画がどうなったか話して聞かせて下さい。もし万事休したとなりゃ、男は当って砕けろだ。私がこれから御宅へ行って、直接鍵惣に懸合って見ますから。」と、新蔵の耳にも頼母《たのも》しい程、男らしく云い切りました。その間も雷は愈々烈しくなって、昼ながらも大幅な稲妻が、殆《ほとんど》絶え間なく滝のような雨をはたいていましたが、お敏はもうその悲しさをさえ忘れる位、必死を極めていたのでしょう。顔も美しいと云うよりは、寧ろ凄いようなけはいを帯びて、これぱかりは変らない、鮮《あざやか》な脣を震わせながら、「それがみんな裏を掻かれて、――もう何も彼も駄目でございますわ。」と、細く透る声で答えました。それからお敏が、この雷雨の蓆屋根の下で、残念そうに息をはずませながら、途切れ途切れに物語った話を聞くと、新蔵の知らない泰さんの計画と云うのは、たった昨夜一晩の内に、こんな鋭い曲折を作って、まんまと失敗してしまったのです。

泰さんは始新蔵から、お島婆さんがお敏へ神を下して、伺いを立てると云う事を聞いた時に、咄嗟《とっさ》に胸に浮んだのは、その時お敏が神憑《かみがか》りの真似《まね》をして、あの婆に一杯食わせるのが一番近道だと云う事でした。そこで前にも云った通り、家相を見て貰うのにかこつけて、お島婆さんの所へ行った時に、そっとその旨を書いた手紙をお敏に手渡して来たのです。お敏もこの計画を実行するのは、随分あぶない橋を渡るようなものだとは思いましたが、何しろ差当ってその外に、目前の災難を切り抜ける妙案も思い当りませんから、明くる日の朝思い切って、「しょうちいたしました」と云う返事を泰さんに渡しました。所がその晩の十二時に、例の如くあの婆が竪川の水に浸った後で、愈々婆娑羅の神を祈り下し始めると、全く人間業では仕方のない障害のあるのを知ったのです。が、その仔細を申し上げるのには、今の世にあろうとも思われない、あの婆の不思議な修法の次第を御話して置かなければなりますまい。お島婆さんはいざ神を下すとなると、あろう事かお敏を湯巻一つにして、両手を後へ括《くく》り上げた上、髪さえ根から引きほどいて、電灯を消したあの部屋のまん中に、北へ向って坐らせるのだそうです。それから自分も裸の儘、左の手には裸蠟燭《はだかろうそく》をともし、右の手には鏡を執《と》って、お敏の前へ立ちはだかりながら、口の内に秘密の呪文を念じて、鏡を相手につきつけつきつけ、一心不乱に祈念をこめる——これだけでも普通の女なら、気を失うのに違いありませんが、その内に追々呪文の声が高くなって来ると、あの婆は鏡を楯《たて》にしながら、少しずつじりじり詰めよせて、しまいには、その鏡に気圧《けお》されるのか、両手の利かないお敏の体が仰向けに畳へ倒れるまで、手をゆるめずに責めるのだと云う事です。しかもこうして倒してしまった上で、あの婆はまるで屍骸《しがい》の肉を食う爬虫類のように這い寄りながら、お敏の胸の上へのしかかって、裸蠟燭の光が落ちる気味の悪い鏡の中を、下からまともに何時までも覗かせるのだと云うじゃありませんか。すると程なくあの婆娑羅の神が、まるで古沼の底から立つ瘴気《しょうき》のように、音もなく暗の中へ忍んで来て、そっと女の体へ乗移るのでしょう。お敏は次第に眼が据って、手足をぴくぴく引き攣《つ》らせると、もうあの婆が口忙しく畳みかける問に応じて、息もつかずに、秘密の答を饒舌《しゃべ》り続けると云う事です。ですからその晩もお島婆さんは、こう云う手順を違えずに、神を祈下そうとしましたが、お敏は泰さんとの約束を守って、うわべは正気を失ったと見せながら、内心は更に油断なく、機会さえあれば真しやかに、二人の恋の妨げをするなと、贋《にせ》の神託を下す心算でいました。勿論その時あの婆が根掘り葉掘り尋ねる問などは、神慮に叶わない風を装って、一つも答えない事にきめていたのです。所が例の裸蠟燭の光を受けて、小さいながら爛々《らんらん》と輝いた鏡の面を見つめていると、いくら気を確に持とうと思っていても、自然と心が恍惚として、何時となく我を忘れそうな危険に脅《おびやか》され始めました。そうかと云って、あの婆は、呪文を唱える暇もぬかりなく、じっとこちらの顔色を窺いすましているのですから、隙を狙って鏡から眼を離すと云う訣にも行きません。その内に鏡はお敏の視線を吸いよせるように、益々怪しげな光を放って、一寸ずつ、一分ずつ、宿命よりも気味悪く、だんだんこちらへ近づいて来ました。おまけにあの青んぶくれの婆が、絶え間なく呟く呪文の声も、まるで目に見えない蜘蛛《くも》の巣のように、四方からお敏の心を搦《から》んで、何時か夢とも現ともわからない境へ引きずりこもうとするのです。それがどの位かかったたか、お敏自身も後になって考えたのでは、朧《おぼろ》げな記憶さえ残っていません。が、兎も角も自分には一晩中とも思われる程、長い長い間続いた後で、とうとうお敏は苦心の甲斐もなく、あの婆の秘法の穽に陥れられてしまったのでしょう。うす暗い裸蠟燭の火がまたたく中に、大小さまざまの黒い蝶が、数限りもなく円を描いて、さっと天井へ舞上ったと思うと、その儘目の前の鏡が見えなくなって、何時もの通り死人も同様な眠に沈んでしまいました。

お敏は雷鳴と雨声との中に、眼にも脣にも懸命の色を漲《みなぎ》らせて、こう一部始終を語り終りました。さっきから熱心に耳を傾けていた泰さんと新蔵とは、この時云い合せたように吐《と》息《いき》をして、ちらりと視線を交せましたが、兼て計画の失敗は覚悟していても、一々その仔細を聞いて見ると、今度こそすべてが画餅に帰したと云う、今更らしい絶望の威力を痛切に感じたからでしょう。暫くは二人とも唖のように口を噤んだ儘、天を覆して降る豪雨の音を茫然と唯聞いていました。が、その内に泰さんは勇気を振い起したと見えて、今まで興奮し切っていた反動か、見る見る陰鬱になり出したお敏に向って、「その間の事は何一つまるで覚えていないのですか。」と、励ますように尋ねたそうです。と、お敏は眼を伏せて、「ええ、何も――」と答えましたが、すぐに又哀訴するような眼なざしを恐る恐る泰さんの顔へ挙げて、「やっと正気になりました時には、もう夜が明けて居りましたんです。」と、怨《うら》めしそうにつけ加えると、急に袂を顔へ当てて、忍び泣きに咽《むせ》び入りました。そう云う内にも外の天気は、まだ晴れ間も見えないばかりか、雷は今にも落ちかかるかと思う程、殷々《いんいん》と頭上に轟《とどろ》き渡って、その度に瞳を焼くような電光が、しっきりなく蓆屋根の下へも閃いて来ます。すると今まで身動きもしなかった新蔵が、何と思ったか突然立ち上ると、凄じく血相を変えた儘、荒れ狂う雨と稲妻との中へ、出て行きそうにするじゃありませんか。しかもその手には、何時の間にか、石切りが忘れて行ったらしい鑿《のみ》を提げているのです。これを見た泰さんは、蛇の目を其処へ抛り出すが早いか、やにわに後から追いすがって、抱くように新蔵の肩を抑えました。「おい、気でも違ったのか。」――思わずこう泰さんは怒鳴りつけながら、無理に相手を引き戻そうとすると、新蔵は別人のように上ずった声で、「離してくれ給え。もうこうなりゃ、僕が死ぬか、あの婆を殺すかより外はないんだ。」と、夢中で喚《わめ》き立てるのです。「莫迦な事をするな。第一今日は鍵惣も来合せていると云うじゃないか。だから僕が向うへ行って――」「鍵惣が何だ。お敏を妾にしようと云うやつが、君の頼みなんぞ聞くものか。それよりか僕を離してくれ給え。よ、友達甲斐に離してくれ給えったら。」「君はお敏さんの事を忘れたのか。君がそんな無謀な事をしたら、あの人はどうするんだ。」――二人がこう揉み合っている間に、新蔵は優しい二つの腕が、わなわな震えながらも力強く、首のまわりに懸ったのを感じました。それから涙に溢れた涼しい眼が、限りなく悲しい光を湛《たた》えて、じっと彼の顔に注がれているのを眺めました。最後に大雨の音を縫って、殆聞きとれない程かすかな声が、「御一しょに死なせて下さいまし。」と、囁いたのを耳にしました。と同時に近くへ落雷があったのでしょう。天が裂けたような一声の霹靂《へきれき》と共に紫の火花が眼の前へ散乱すると、新蔵は恋人と友人とに抱かれた儘、昏々として気を失ってしまいました。

それから何日か経った後の事です。新蔵はやっと長い悪夢に似た昏睡《こんすい》状態から覚めて見ると、自分は日本橋の家の二階で、氷嚢《ひょうのう》を頭に当てながら、静に横になっていました。枕元には薬罎《くすりびん》や検温器と一しょに、小さな朝顔の鉢があって、しおらしい瑠璃色《るりいろ》の花が咲いていますから、大方まだ朝の内なのでしょう。雨、雷鳴、お島婆さん、お敏、――そんな記憶をぼんやり辿りながら、新蔵はふと眼を傍へ転ずると、思いがけなく其処の葭戸際には、銀杏返しの鬢がほつれた、まだ頬の色の蒼白いお敏が、気づかわしそうに坐っていました。いや、坐っているばかりか、新蔵が正気に返ったのを見ると、忽ちかすかに顔を赤らめて、「若旦那様、御気がつきなさいましたか。」と、つつましく声をかけたじゃありませんか。「お敏。」——新蔵はまだ夢を見ているような心もちで、こう恋人の名を呟きましたが、その時又枕もとで、「まあ、これでやっと安心した。——おっと、その儘、その儘、なる可く静にしていなくっちゃいけないぜ。」と、これもやはり思いがけない泰さんの声が聞えました。「君もいたのか。」「僕もいるしさ。君の阿母さんも此処に御出でなさる。御医者様は今し方帰ったばかりだ。」——こんな問答を交換しながら、新蔵は眼をお敏から返して、まるで遠い所の物でも見るように、うっとりと反対の側を眺めると、成程泰さんと母親とが、ほっとしたような顔を見合せて、枕もとに近く坐っています。が、やっと正気に返った新蔵には、あの恐しい大雷雨の後、どうして日本橋の家へ帰って来たのか、更にそう云う消息がのみこめませんから、暫くは唯茫然と三人の顔ばかり眺めていました。が、その内に母親は優しく新蔵の顔を覗きこんで、「もう何事も無事に治まったからね、この上はお前もよく養生をして、一日も早く丈夫な体になってくれなけりゃいけませんよ。」と、劬《いた》わるように言葉をかけました。すると泰さんもその後から、「安心し給え。君たち二人の思が神に通じたんだよ。お島婆さんは鍵惣と話している内に、神鳴りに打たれて死んでしまった。」と、何時もよりも快活に云い添えるのです。新蔵はこの意外な吉報を聞くと同時に、喜びとも悲しみとも名状し難い、不思議な感動に蕩揺《とうよう》されて、思わず涙を頬に落すと、その儘眼をとざしてしまいました。それが看護をしていた三人には、又失神したとでも思われたのでしょう。急に皆そわそわ立ち騒ぐようなけはいがし出しましたから、新蔵は又眼を開くと、腰を浮かせかけていた泰さんが、わざと大袈裟に舌打ちをして、「何だ。驚かせるぜ。――御安心なさい。今泣いた烏がもう笑っています。」と、二人の女の方をふり返りました。実際新蔵はもうこの世の中にあの怪しい婆の影がささなくなったのだと考えると、自然と微笑が脣に浮んで来るのを感じたのです。それから又暫くの間、この幸福な微笑を楽んだ後で、新蔵は泰さんの顔へ眼をやりながら、「鍵惣は？」と尋ねました。と、泰さんは笑いながら、「鍵惣か。鍵惣は目をまわしただけだった。」と云って、何故かちょいとためらったようでしたが、やがて思い直したらしく、「僕は昨日見舞に行って、あの男自身の口から聞いたんだがね。お敏さんは神を下された時に、君たち二人の恋の邪魔をすれば、あの婆の命に関ると、繰返し繰返し云ったそうだ。が、あの婆は狂言だと思ったので、明くる日鍵惣が行った時に、この上はもう殺生《せっしょう》な事をしても、君たち二人の仲を裂くとか、大いに息まいていたらしいよ。して見ると、僕の計画は、失敗に終ったのに違いないんだが、その又計画通りの事が、実際は起っていたんだろうじゃないか。しかしお島婆さんがそれを狂言だと思った揚句、とうとう自滅したなんぞは、どう考えても予想外だね。これじゃ婆娑羅の神と云うのも、善だか悪だかわからなくなった。」と、怪訝《けげん》そうに話して聞かせるのです。こう云う話を聞くにつけても、新蔵は愈々この間から、自分を掌中に弄んだ、幽冥の力の怪しさに驚かないではいられませんでしたが、忽ち又自分はあの雷雨の日以来、どうしていたのだろうと思い出しましたから、「じゃ僕は。」と尋ねますと、今度はお敏が泰さんに代って、「あの石河岸からすぐ車で、近所の御医者様へ御つれ申しましたが、雨に御打たれなすったせいか、大層御熱が高くなって、日の暮にこちらへ御帰りになっても、まるで正気ではいらっしゃいませんでした。」と、しみじみした調子で口を添えました。これを聞くと泰さんも、満足そうに膝をのり出して、「その熱がやっと引いたのは、全く君のお母さんとお敏さんとのおかげだよ。今日でまる三日の間、譫言《うわごと》ばかり云っている君の看病で、お敏さんは元より阿母さんも、まんじりとさえなさらないんだ。尤もお島婆さんの方は、追善心に葬式万端、僕がとりしきってやって来たがね。それもこれも阿母さんの御世話になっていない物はないんだよ。」と、末は励ますように述べ立てるのです。「阿母さん。難有《ありがと》う。」「何だね、お前、私より泰さんに御礼を申し上げなくっちゃ。」——こう云う内に親子とも、いや、お敏も、泰さんも、皆涙を浮べていました。が、泰さんは男だけに、すぐ元気な声を出して、「もう彼是三時でしょう。じゃ私は御暇《おいとま》しますかな。」と、半ば体を起しかけると、新蔵は不審そうに眉をよせて、「三時？今はまだ朝じゃないのかい。」と、妙な事を尋ねるのです。呆気にとられた泰さんは、「冗談云っちゃいけない。」と云いながら、帯の間の時計を抜いて、蓋を開けて見せそうにしましたが、ふと新蔵の眼が枕もとの朝顔の花に落ちているのを見ると、急に晴れ晴れした微笑を浮べて、こんな事を話して聞かせました。「この朝顔はね、あの婆の家にいた時から、お敏さんが丹精した鉢植なんだ。所があの雨の日に咲いた瑠璃色の花だけは、奇体に今日まで凋《しぼ》まないんだよ。お敏さんは何でもこの花が咲いている限り、きっと君は本復するに違いないって、自分も信じりゃ僕たちにも度々云っていたものなんだ。その甲斐あって、君が正気に返ったんだから、同じ不思議な現象にしても、これだけは如何にも優しいじゃないか。」

魔術

或時雨《あるしぐれ》の降る晩のことです。私を乗せた人力車《じんりきしや》は、何度も大森界隈《おおもりかいわい》の険《けわ》しい坂を上ったり下りたりして、やっと竹藪《たけやぶ》に囲まれた、小さな西洋館の前に梶棒《かじぼう》を下《おろ》しました。もう鼠《ねずみ》色のペンキの剝《は》げかかった、狭苦《せまくる》しい玄関には、車夫《しやふ》の出した提灯《ちようちん》の明りで見ると、印度《インド》人マテイラム・ミスラと日本字で書いた、これだけは新しい、瀬戸物《せともの》の標札がかかっています。

マテイラム・ミスラ君と言えば、もう皆さんの中にも、御存じの方が少なくないかも知れません。ミスラ君は永年《ながねん》印度の独立を計《はか》っているカルカッタ生《うま》れの愛国者で、同時に又《また》ハッサン・カンという名高い婆羅門《ばらもん》の秘法を学んだ、年の若い魔術の大家なのです。私は丁度《ちようど》一月ばかり以前から、或友人の紹介でミスラ君と交際していましたが、政治経済の問題などはいろいろ議論したことがあっても、肝心《かんじん》の魔術を使う時には、まだ一度も居合《いあわ》せたことがありません。そこで今夜は前以《まえもつ》て、魔術を使って見せてくれるように、手紙で頼んで置いてから、当時ミスラ君の住んでいた、寂しい大森の町はずれまで、人力車を急がせて来たのです。

私は雨に濡《ぬ》れながら、覚束《おぼつか》ない車夫の提灯の明りを便《たよ》りにその標札の下にある呼鈴《ベル》の鈕《ボタン》を押しました。すると間もなく戸が開《あ》いて、玄関へ顔を出したのは、ミスラ君の世話をしている、背の低い日本人の御婆《おばあ》さんです。

「ミスラ君は御出《おい》でですか。」

「いらっしゃいます。先程《さきほど》からあなた様を御待ち兼《か》ねでございました。」

御婆さんは愛想よくこう言いながら、すぐその玄関のつきあたりにある、ミスラ君の部屋へ私を案内しました。

「今晩は、雨が降るのによく御出ででした。」

色のまっ黒な、眼の大きい、柔《やわらか》な口髭《くちひげ》のあるミスラ君は、テーブルの上にある石油ランプの心《しん》を撚《ねじ》りながら、元気よく私に挨拶《あいさつ》しました。

「いや、あなたの魔術さえ拝見出来れば、雨位《ぐらい》は何ともありません。」

私は椅子《いす》に腰をかけてから、うす暗い石油ランプの光に照された、陰気な部屋の中を見廻しました。

ミスラ君の部屋は質素《しっそ》な西洋間で、まん中にテーブルが一つ、壁側《かべぎわ》に手ごろな書棚が一つ、それから窓の前に机が一つ――外《ほか》には唯我我《ただわれわれ》の腰をかける、椅子が並んでいるだけです。しかもその椅子や机が、みんな古ぼけた物ばかりで、縁へ赤く花模様を織り出した、派手なテーブル掛《かけ》でさえ、今にもずたずたに裂けるかと思うほど、糸目が露《あらわ》になっていました。

私たちは挨拶をすませてから、暫《しばら》くは外の竹藪《たけやぶ》に降る雨の音を聞くともなく聞いていま

したが、やがて又《また》あの召使いの御婆さんが、紅茶の道具を持ってはいって来ると、ミスラ君は葉巻の箱の蓋《ふた》を開けて、

「どうです。一本。」と勧《すす》めてくれました。

「難有《ありがと》う。」

私は遠慮なく葉巻を一本取って、燐寸《マッチ》の火をうつしながら、

「確《たしか》あなたの御使いになる精霊《せいれい》は、ジンとかいう名前でしたね。するとこれから私が拝見する魔術と言うのも、そのジンの力を借りてなさるのですか。」

ミスラ君は自分も葉巻へ火をつけると、にやにや笑いながら、匂《におい》の好《い》い煙を吐いて、

「ジンなどという精霊があると思ったのは、もう何百年も昔のことです。アラビヤ夜話《やわ》の時代のこととでも言いましょうか。私がハッサン・カンから学んだ魔術は、あなたでも使おうと思えば使えますよ。高《たか》が進歩した催眠術に過ぎないのですから。――御覧なさい。この手を唯《ただ》こうしさえすれば好《い》いのです。」

ミスラ君は手を挙げて、二三度私の眼の前へ三角形のようなものを描きましたが、やがてその手をテーブルの上へやると、縁へ赤く織り出した模様の花をつまみ上げました。私はびっくりして、思わず椅子をずりよせながら、よくよくその花を眺めましたが、確にそれは今の今まで、テーブル掛の中にあった花模様の一つに違いありません。が、ミスラ君がその花を私の鼻の先へ持って来ると、丁度麝香《じゃこう》か何かのように重苦しい匂さえするのです。私はあ

まりの不思議さに、何度も感嘆の声を洩《も》らしますと、ミスラ君はやはり微笑した儘《まま》、又無造作にその花をテーブル掛の上へ落しました。勿論《もちろん》落すともとの通り花は織り出した模様になって、つまみ上げること所《どころ》か、花びら一つ自由には動かせなくなってしまうのです。

「どうです。訳はないでしょう。今度は、このランプを御覧なさい。」

ミスラ君はこう言いながら、ちょいとテーブルの上のランプを置き直しましたが、その拍子にどういう訳か、ランプはまるで独楽《こま》のように、ぐるぐる廻り始めました。それもちゃんと一所《ひとところ》に止った儘、ホヤを心棒のようにして、勢《いきおい》よく廻り始めたのです。初《はじめ》の内は私も胆《きも》をつぶして、万一火事にでもなっては大変だと、何度もひやひやしましたが、ミスラ君は静《しずか》に紅茶を飲みながら、一向騒ぐ容子《ようす》もありません。そこで私もしまいには、すっかり度胸が据《すわ》ってしまって、だんだん早くなるランプの運動を、眼も離さず眺めていました。

又実際ランプの蓋が風を起して廻る中に、黄いろい焰《ほのお》がたった一つ、瞬《またた》きもせずにともっているのは、何とも言えず美しい、不思議な見物《みもの》だったのです。が、その内にランプの廻るのが愈《いよいよ》速《すみやか》になって行って、とうとう廻っているとは見えない程《ほど》、澄み渡ったと思いますと、何時《いつ》の間《ま》にか、前のようにホヤ一つ歪《ゆが》んだ気色《けしき》もなく、テーブルの上に据っていました。

「驚きましたか。こんなことはほんの子供瞞《だま》しですよ。それともあなたが御望みなら、もう一つ何か御覧に入れましょう。」

ミスラ君は後を振返って、壁側の書棚を眺めましたが、やがてその方へ手をさし伸ばして、招くように指を動かすと、今度は書棚に並んでいた書物が一冊ずつ動き出して、自然にテーブルの上まで飛んで来ました。その又飛び方が両方へ表紙を開いて、夏の夕方に飛び交う蝙蝠《こうもり》のように、ひらひらと宙へ舞上るのです。私は葉巻を口へ銜《くわ》えた儘、呆気《あっけ》にとられて見ていましたが、書物はうす暗いランプの光の中に何冊も自由に飛び廻って、一一《いちいち》行儀よくテーブルの上へピラミッド形に積み上りました。しかも残らずこちらへ移ってしまったと思うと、すぐに最初来たのから動き出して、もとの書棚へ順順《じゅんじゅん》に飛び還って行《ゆ》くじゃありませんか。

が、中でも一番面白かったのは、うすい仮綴《かりと》じの書物が一冊、やはり翼のように表紙を開いて、ふわりと宙へ上りましたが、暫《しばら》くテーブルの上で輪を描いてから、急に頁《ページ》をざわつかせると、逆落《さかおと》しに私の膝《ひざ》へさっと下りて来たことです。どうしたのかと思って手にとって見ると、これは私が一週間ばかり前にミスラ君へ貸した覚えがある、仏蘭西《フランス》の新しい小説でした。

「永永《ながなが》御本を難有《ありがと》う。」

ミスラ君はまだ微笑を含んだ声で、こう私に礼を言いました。勿論その時はもう多くの書物が、みんなテーブルの上から書棚の中へ舞い戻ってしまっていたのです。私は夢からさめたような心もちで、暫時《ざんじ》は挨拶さえ出来ませんでしたが、その内にさっきミスラ君の言った、

「私の魔術などというものは、あなたでも使おうと思えば使えるのです」という言葉を思い出しましたから、

「いや、兼《か》ね兼《が》ね評判はうかがっていましたが、あなたの御使いなさる魔術が、これ程不思議なものだろうとは、実際思いもよりませんでした。ところで私のような人間にも、使って使えないことのないと言うのは、御冗談ではないのですか。」

「使えますとも。誰にでも造作《ぞうさ》なく使えます。唯《ただ》――」と言いかけてミスラ君はじっと私の顔を眺めながら、真面目《まじめ》な口調になって、

「唯、慾《よく》のある人間には使えません。ハッサン・カンの魔術を習おうと思ったら、まず慾を捨てることです。あなたにはそれが出来ますか。」

「出来るつもりです。」

私はこう答えましたが、何となく不安な気もしたので、すぐに又後から言葉を添えました。

「魔術さえ教えて頂ければ。」

それでもミスラ君は疑わしそうな眼つきを見せましたが、さすがにこの上念を押すのは無躾《ぶしつけ》だとでも思ったのでしょう。やがて大様《おおよう》に頷《うなず》きながら、

「では教えて上げましょう。が、いくら造作なく使えると言っても、習うのには暇もかかりますから、今夜は私の所へ御泊《おとま》りなさい。」

「どうもいろいろ恐れ入ります。」

私は魔術を教えて貰《もら》う嬉しさに、何度もミスラ君へ御礼を言いました。が、ミスラ君はそんなことに頓着《とんぢやく》する気色もなく、静《しずか》に椅子から立上ると、

「御婆サン。御婆サン。今夜ハ御客様ガ御泊リニナルカラ、寝床ノ支度《したく》ヲシテ置イテオクレ。」

私は胸を躍らしながら、葉巻の灰をはたくのも忘れて、まともに石油ランプの光を浴びた、深切《しんせつ》そうなミスラ君の顔を思わずじっと見上げました。

× × × × × ×

私がミスラ君に魔術を教わってから、一月ばかりたった後《のち》のことです。これもやはりざあざあ雨の降る晩でしたが、私は銀座《ぎんざ》の或倶楽部《あるクラブ》の一室で、五六人の友人と暖炉《だんろ》の前へ陣取りながら、気軽な雑談に耽《ふけ》っていました。

何しろここは東京の中心ですから、窓の外に降る雨脚《あまあし》も、しっきりなく往来する自動車や馬車の屋根を濡らすせいか、あの、大森の竹藪にしぶくような、ものさびしい音は聞えません。

勿論窓の内の陽気なことも、明い電灯の光と言い、大きなモロッコ皮の椅子と言い、或《あるい》は又滑かに光っている寄木細工《よせぎざいく》の床と言い、見るから精霊でも出て来そうな、ミスラ君の部屋などとはまるで比べものにはならないのです。

私たちは葉巻の煙の中に、暫《しばら》くは猟の話だの競馬の話だのをしていましたが、その内に一人の友人が、吸いさしの葉巻を暖炉の中に抛《ほう》りこんで、私の方へ振り向きながら、

「君は近頃魔術を使うという評判だが、どうだい。今夜は一つ僕たちの前で使って見せてくれないか。」

「好《い》いとも。」

私は椅子の背に頭を靠《もた》せた儘、さも魔術の名人らしく、横柄《おうへい》にこう答えました。

「じゃ、何でも君に一任するから、世間の手品師などには出来そうもない、不思議な術を使って見せてくれ給え。」

友人たちは皆賛成だと見えて、てんでに椅子をすり寄せながら、促すように私の方を眺めました。そこで私は徐《おもむろ》に立上って、

「よく見ていてくれ給えよ。僕の使う魔術には、種も仕掛もないのだから。」

私はこう言いながら、両手のカフスをまくり上げて、暖炉の中に燃え盛《さか》っている石炭を、無造作に掌《てのひら》の上へすくい上げました。私を囲んでいた友人たちは、これだけでも、もう荒《あら》肝《ぎも》を挫《ひし》がれたのでしょう。皆顔を見合せながらうっかり側へ寄って火傷《やけど》でもしては大変だと、気味悪そうにしりごみさえし始めるのです。

そこで私の方は愈《いよいよ》落着き払って、その掌の上の石炭の火を暫く一同の眼の前へつきつけてから、今度はそれを勢《いきおい》よく寄木細工の床へ撒《ま》き散らしました。その途端《とたん》です、窓の外に

降る雨の音を圧して、もう一つ変った雨の音が俄《にわか》に床の上から起ったのは。と言うのはまっ赤な石炭の火が、私の掌を離れると同時に、無数の美しい金貨になって、雨のように床の上へこぼれ飛んだからなのです。

友人たちは皆夢でも見ているように、惘然《ぼうぜん》と喝采《かっさい》するのさえも忘れていました。

「まずちょいとこんなものさ。」

私は得意の微笑を浮べながら、静《しずか》に又《また》元の椅子に腰を下しました。

「こりゃ皆《みんな》ほんとうの金貨かい。」

呆気《あっけ》にとられていた友人の一人が、漸《ようや》くこう私に尋ねたのは、それから五分ばかりたった後《のち》のことです。

「ほんとうの金貨さ。嘘《うそ》だと思ったら、手にとって見給え。」

「まさか火傷をするようなことはあるまいね。」

友人の一人は恐る恐る、床の上の金貨を手にとって見ましたが、

「成程《なるほど》こりゃほんとうの金貨だ。おい、給仕、箒《ほうき》と塵《ちり》取《と》りとを持って来て、これを皆掃《は》き集めてくれ。」

給仕はすぐに言いつけられた通り、床の上の金貨を掃き集めて、堆《うずたか》く側のテーブルへ盛り上げました。友人たちは皆そのテーブルのまわりを囲みながら、

「ざっと二十万円位はありそうだね。」

「いや、もっとありそうだ。華奢《きやしや》なテーブルだった日には、つぶれてしまう位あるじゃないか。」

「何しろ大した魔術を習ったものだ。石炭の火がすぐに金貨になるのだから。」

「これじゃ一週間とたたない内に、岩崎《いわさき》や三井《みつい》にも負けないような金満家になってしまうだろう。」などと、口口《くちぐち》に私の魔術を褒《ほ》めそやしました。が、私はやはり椅子によりかかった儘《まま》悠然と葉巻の煙を吐いて、

「いや、僕の魔術というやつは、一旦慾心《いつたんよくしん》を起したら、二度と使うことが出来ないのだ。だからこの金貨にしても、君たちが見てしまった上は、すぐに又元の暖炉の中へ抛りこんでしまおうと思っている。」

　友人たちは私の言葉を聞くと、言い合せたように、反対し始めました。これだけの大金を元の石炭にしてしまうのは、もったいない話だと言うのです。が、私はミスラ君に約束した手前もありますから、どうしても暖炉に抛りこむと、強情に友人たちと争いました。するとその友人たちの中でも、一番狡猾《こうかつ》だという評判のあるのが、鼻の先で、せせら笑いながら、

「君はこの金貨を元の石炭にしようと言う。僕たちは又《また》したくないと言う。それじゃいつまでたった所で、議論が干《ひ》ないのは当り前だろう。そこで僕が思うには、この金貨を元手にして、君が僕たちと骨牌《カルタ》をするのだ。そうしてもし君が勝ったなら、石炭にするとも何にするとも、自由に君が始末するが好《い》い。が、もし僕たちが勝ったなら、金貨の儘僕たちへ渡し給

え。そうすれば御互《おたがい》の申し分も立って、至極《しごく》満足だろうじゃないか。」

それでも私はまだ首を振って、容易にその申し出しに賛成しようとはしませんでした。所《ところ》がその友人は、愈《いよいよ》嘲《あざけ》るような笑《わらい》を浮べながら、私とテーブルの上の金貨とを狡《ず》るそうにじろじろ見比べて、

「君が僕たちと骨牌《カルタ》をしないのは、つまりその金貨を僕たちに取られたくないと思うからだろう。それなら魔術を使うために、慾心を捨てたとか何とかいう、折角《せっかく》の君の決心も怪しくなって来る訳じゃないか。」

「いや、何も僕は、この金貨が惜しいから石炭にするのじゃない。」

「それなら骨牌《カルタ》をやり給えな。」

何度もこういう押問答《おしもんどう》を繰返した後で、とうとう私はその友人の言葉通り、テーブルの上の金貨を元手に、どうしても骨牌《カルタ》を闘わせなければならない羽目《はめ》に立ち至りました。勿論友人たちは皆大喜びで、すぐにトランプを一組取り寄せると、部屋の片隅にある骨牌《カルタ》机を囲みながら、まだためらい勝ちな私を早く早くと急《せ》き立てるのです。

ですから私も仕方がなく、暫くの間は友人たちを相手に、嫌嫌《いやいや》骨牌《カルタ》をしていました。が、どういうものか、その夜《よ》に限って、ふだんは格別骨牌《カルタ》上手でもない私が、嘘のようにどんどん勝つのです。すると又妙なもので、始《はじめ》は気のりもしなかったのが、だんだん面白くなり始めて、ものの十分とたたない内に、いつか私は一切を忘れて、熱心に骨牌《カルタ》を引き始めまし

た。

友人たちは、元より私から、あの金貨を残らず捲《ま》き上げるつもりで、わざわざ骨牌《カルタ》を始めたのですから、こうなると皆あせりにあせって、殆《ほとんど》血相さえ変るかと思うほど、夢中になって勝負を争い出しました。が、いくら友人たちが躍起となっても、私は一度も負けないばかりか、とうとうしまいには、あの金貨と略《ほぼ》同じほどの金高《きんだか》だけ、私の方が勝ってしまったじゃありませんか。するとさっきの人の悪い友人が、まるで、気違いのような勢《いきおい》で、私の前に、札《ふだ》をつきつけながら、

「さあ、引き給え。僕は僕の財産をすっかり賭ける。地面も、家作《かさく》も、馬も、自動車も、一つ残らず賭けてしまう。その代り君はあの金貨の外《ほか》に、今まで君が勝った金を悉《ことごと》く賭けるのだ。さあ、引き給え。」

私はこの刹那《せつな》に慾が出ました。テーブルの上に積んである、山のような金貨ばかりか、折角《せっかく》私が勝った金さえ、今度運悪く負けたが最後、皆相手の友人に取られてしまわなければなりません。のみならずこの勝負に勝ちさえすれば、私は向うの全財産を一度に手へ入れることが出来るのです。こんな時に使わなければどこに魔術などを教わった、苦心の甲斐《かい》があるのでしょう。そう思うと私は矢も楯《たて》もたまらなくなって、そっと魔術を使いながら、決闘でもするような勢《いきおい》で、

「よろしい。まず君から引き給え。」

「九《く》。」

「王様《キング》。」

私は勝ち誇った声を挙げながら、まっ蒼《さお》になった相手の眼の前へ、引き当てた札を出して見せました。すると不思議にもその骨牌《カルタ》の王様《キング》が、まるで魂がはいったように、冠《かんむり》をかぶった頭を擡《もた》げて、ひょいと札の外へ体を出すと、行儀よく剣を持った儘、にやりと気味の悪い微笑を浮べて、

「御婆サン。御婆サン。御客様ハ御帰リニナルソウダカラ、寝床ノ支度ハシナクテモ好《い》イヨ。」と、聞き覚えのある声で言うのです。と思うと、どういう訳か、窓の外に降る雨脚までが、急に又あの大森の竹藪にしぶくような、寂しいざんざ降《ぶ》りの音を立て始めました。

ふと気がついてあたりを見廻すと、私はまだうす暗い石油ランプの光を浴びながら、まるであの骨牌の王様《キング》のような微笑を浮べているミスラ君と、向い合って坐《すわ》っていたのです。私が指の間に挟んだ葉巻の灰さえ、やはり落ちずにたまっている所を見ても、私が一月ばかりたったと思ったのは、ほんの二三分の間に見た、夢だったのに違いありません。けれどもその二三分の短い間に、私がハッサン・カンの魔術の秘法を習う資格のない人間だということは、私自身にもミスラ君にも、明かになってしまったのです。私は恥しそうに頭を下げた儘、暫くは口もきけませんでした。

「私の魔術を使おうと思ったら、まず慾を捨てなければなりません。あなたはそれだけの修行が出来ていないのです。」

ミスラ君は気の毒そうな眼つきをしながら、縁へ赤く花模様を織り出したテーブル掛の上に肘《ひじ》をついて、静にこう私をたしなめました。

アグニの神

一

支那《しな》の上海《シャンハイ》の或《ある》町です。昼でも薄暗い或家の二階に、人相の悪い印度《インド》人の婆《ばあ》さんが一人、商人らしい一人の亜米利加《アメリカ》人と何か頻《しきり》に話し合っていました。

「実は今度もお婆さんに、占いを頼みに来たのだがね、――」

亜米利加人はそう言いながら、新しい巻煙草《まきたばこ》へ火をつけました。

「占いですか？　占いは当分見ないことにしましたよ。」

婆さんは嘲《あざけ》るように、じろりと相手の顔を見ました。

「この頃は折角《せっかく》見て上げても、御礼さえ碌《ろく》にしない人が、多くなって来ましたからね。」

「そりゃ勿論《もちろん》御礼をするよ。」

亜米利加人は惜しげもなく、三百弗《ドル》の小切手を一枚、婆さんの前へ投げてやりました。

「差当《さしあた》りこれだけ取って置くさ。もしお婆さんの占いが当れば、その時は別に御礼をするから、――」

　婆さんは三百弗の小切手を見ると、急に愛想がよくなりました。

「こんなに沢山頂いては、反《かえ》って御気の毒ですね。――そうして一体又《また》あなたは、何を占ってくれろとおっしゃるんです？」

「私が見て貰《もら》いたいのは、――」

　亜米利加人は煙草を銜《くわ》えたなり、狡猾《こうかつ》そうな微笑を浮べました。

「一体日米戦争はいつあるかということなんだ。それさえちゃんとわかっていれば、我我《われわれ》商人は忽《たちま》ちの内に、大金儲《おおがねもう》けが出来るからね。」

「じゃ明日《あした》いらっしゃい。それまでに占って置いて上げますから。」

「そうか。じゃ間違いのないように、――」

　印度人の婆さんは、得意そうに胸を反《そ》らせました。

「私の占いは五十年来、一度も外れたことはないのですよ。何しろ私のはアグニの神が、御自身御告げをなさるのですからね。」

　亜米利加人が帰ってしまうと、婆さんは次の間《ま》の戸口へ行って、

「恵蓮《えれん》。恵蓮。」と呼び立てました。

　その声に応じて出て来たのは、美しい支那人の女の子です。が、何か苦労でもあるのか、この女の子の下《しも》ぶくれの頰《ほほ》は、まるで蠟《ろう》のような色をしていました。

「何を愚図愚図《ぐずぐず》しているんだえ？　ほんとうにお前位《くらい》、ずうずうしい女はありゃしないよ。きっと又台所で居睡《いねむ》りか何かしていたんだろう？」

恵蓮はいくら叱られても、じっと俯向《うつむ》いた儘《まま》黙っていました。

「よくお聞きよ。今夜は久しぶりにアグニの神へ、御伺いを立てるんだからね、そのつもりでいるんだよ。」

女の子はまっ黒な婆さんの顔へ、悲しそうな眼を挙げました。

「今夜ですか？」

「今夜の十二時。好《い》いかえ？　忘れちゃいけないよ。」

印度人の婆さんは、脅《おどか》すように指を挙げました。

「又お前がこの間のように、私に世話ばかり焼かせると、今度こそお前の命はないよ。お前なんぞは殺そうと思えば、鶵《ひよ》っ仔《こ》の頸《くび》を絞めるより——」

こう言いかけた婆さんは、急に顔をしかめました。ふと相手に気がついて見ると、恵蓮はいつか窓側に行って、丁度《ちょうど》明《あ》いていた硝子《ガラス》窓から、寂しい往来を眺《なが》めているのです。

「何を見ているんだえ？」

恵蓮は愈《いよいよ》色を失って、もう一度婆さんの顔を見上げました。

「よし、よし、そう私を莫迦《ばか》にするんなら、まだお前は痛い目に会い足りないんだろう。」

婆さんは眼を怒《いか》らせながら、そこにあった箒《ほうき》をふり上げました。

丁度その途端《とたん》です。誰《たれ》か外へ来たと見えて、戸を叩く音が、突然荒荒《あらあら》しく聞え始めました。

二

その日のかれこれ同じ時刻に、この家の外を通りかかった、年の若い一人の日本人がありました。それがどう思ったのか、二階の窓から顔を出した支那人の女の子を一目見ると、しばらくは呆気《あっけ》にとられたように、ぼんやり立ちすくんでしまいました。

そこへ又通りかかったのは、年をとった支那人の人力車夫《じんりきしゃふ》です。

「おい。おい。あの二階に誰《たれ》が住んでいるか、お前は知っていないかね？」

日本人はその人力車夫へ、いきなりこう問いかけました。支那人は楫棒《かじぼう》を握った儘、高い二階を見上げましたが、「あすこですか？　あすこには、何とかいう印度人の婆さんが住んでいます。」と、気味悪そうに返事をすると、匆匆《そうそう》行《ゆ》きそうにするのです。

「まあ、待ってくれ。そうしてその婆さんは、何を商売にしているんだ？」

「占い者《しゃ》です。が、この近所の噂《うわさ》じゃ、何でも魔法さえ使うそうです。まあ、命が大事だったら、あの婆さんの所なぞへは行かない方が好《い》いようですよ。」

支那人の車夫が行ってしまってから、日本人は腕を組んで、何か考えているようでしたが、やがて決心でもついたのか、さっさとその家の中へはいって行きました。すると突然聞えて来たのは、婆さんの罵《ののし》る声に交《まじ》った、支那人の女の子の泣き声です。日本人はその声を聞くが早いか、一股《ひとまた》に二三段ずつ、薄暗い梯子《はしご》を駈《か》け上りました。そうして婆さんの部屋の戸を力一《いっ》ぱい叩き出しました。

戸は直《す》ぐに開きました。が、日本人が中へはいって見ると、そこには印度人の婆さんがたった一人立っているばかり、もう支那人の女の子は、次の間《ま》へでも隠れたのか、影も形も見当りません。

「何か御用ですか？」

婆さんはさも疑わしそうに、じろじろ相手の顔を見ました。

「お前さんは占い者だろう？」

日本人は腕を組んだ儘《まま》、婆さんの顔を睨《にら》み返しました。

「そうです。」

「じゃ私の用なぞは、聞かなくてもわかっているじゃないか？　私も一つお前さんの占いを見て貰いにやって来たんだ。」

「何を見て上げるんですえ？」

婆さんは益《ますます》疑わしそうに、日本人の容子を窺《うかが》っていました。

「私の主人の御嬢さんが、去年の春行方《ゆくえ》知れずになった。それを一つ見て貰いたいんだが、――」

日本人は一句一句、力を入れて言うのです。

「私の主人は香港《ホンコン》の日本領事だ。御嬢さんの名は妙子《たえこ》さんとおっしゃる。私は遠藤《えんどう》という書生だが――どうだね？　その御嬢さんはどこにいらっしゃる。」

遠藤はこう言いながら、上衣《うわぎ》の隠しに手を入れると、一挺《いっちょう》のピストルを引き出しました。

「この近所にいらっしゃりはしないか？　香港の警察署の調べた所じゃ、御嬢さんを攫《さら》ったのは、印度人らしいということだったが、――隠し立てをすると為《ため》にならんぞ。」

しかし印度人の婆さんは、少しも怖がる気色《けしき》が見えません。見えない所《どころ》か唇《くちびる》には、反《かえ》って人を莫迦にしたような微笑さえ浮べているのです。

「お前さんは何を言うんだえ？　私はそんな御嬢さんなんぞは、顔を見たこともありゃしないよ。」

「嘘をつけ。今その窓から外を見ていたのは、確《たしか》に御嬢さんの妙子さんだ。」

遠藤は片手にピストルを握った儘、片手に次の間の戸口を指さしました。

「それでもまだ剛情を張るんなら、あすこにいる支那人をつれて来い。」

「あれは私の貰い子だよ。」

婆さんはやはり嘲るように、にやにや独《ひと》り笑っているのです。

「貰い子か貰い子でないか、一目見りゃわかることだ。貴様がつれて来なければ、おれがあすこへ行って見る。」

遠藤が次の間へ踏みこもうとすると、咄嗟《とっさ》に印度人の婆さんは、その戸口に立ち塞《ふさ》がりました。

「ここは私の家《うち》だよ。見ず知らずのお前さんなんぞに、奥へはいられてたまるものか。」

「退《ど》け。退かないと射殺《うちころ》すぞ。」

遠藤はピストルを挙げました。いや、挙げようとしたのです。が、その拍子に婆さんが、鴉《からす》の啼《な》くような声を立てたかと思うと、まるで電気に打たれたように、ピストルは手から落ちてしまいました。これには勇み立った遠藤も、さすがに胆《きも》をひしがれたのでしょう、ちょいとの間は不思議そうに、あたりを見廻していましたが、忽《たちま》ち又勇気をとり直すと、

「魔法使《つかい》め」と罵りながら、虎《とら》のように婆さんへ飛びかかりました。

が、婆さんもさるものです。ひらりと身を躱《かわ》すが早いか、そこにあった箒をとって、又掴《つか》みかかろうとする遠藤の顔へ、床の上の五味《ごみ》を掃きかけました。すると、その五味が皆火花になって、眼といわず、口といわず、ばらばらと遠藤の顔へ焼きつくのです。

遠藤はとうとうたまり兼ねて、火花の旋風《せんぷう》に追われながら、転げるように外へ逃げ出しました。

三

その夜《よ》の十二時に近い時分、遠藤は独り婆さんの家の前にたたずみながら、二階の硝子窓《ガラス》に映る火影《ほかげ》を口惜《くや》しそうに見つめていました。

「折角御嬢さんの在りかをつきとめながら、とり戻すことが出来ないのは残念だな。一《いっ》そ警察へ訴えようか？　いや、いや、支那の警察が手ぬるいことは、香港でもう懲《こ》り懲《ご》りしている。万一今度も逃げられたら、又探すのが一苦労だ。といってあの魔法使には、ピストルさえ役に立たないし、――」

遠藤がそんなことを考えていると、突然高い二階の窓から、ひらひら落ちて来た紙切れがあります。

「おや、紙切れが落ちて来たが、――もしや御嬢さんの手紙じゃないか？」

こう呟《つぶや》いた遠藤は、その紙切れを、拾い上げながらそっと隠しの懐中電灯を出して、まん円《まる》な光に照らして見ました。すると果して紙切れの上には、妙子が書いたのに違いない、消えそうな鉛筆の跡があります。

「遠藤サン。コノ家《うち》ノオ婆サンハ、恐シイ魔法使デス。時時《ときどき》真夜中ニ私ノ体へ、『アグニ』

トイウ印度ノ神ヲ乗リ移ラセマス。私ハソノ神ガ乗リ移ッテイル間中、死ンダヨウニナッテイルノデス。デスカラドンナ事ガ起ルカ知リマセンガ、何デモオ婆サンノ話デハ、『アグニ』ノ神ガ私ノ口ヲ借リテ、イロイロ予言ヲスルノダソウデス。今夜モ十二時ニハオ婆サンガ又『アグニ』ノ神ヲ乗リ移ラセマス。イツモダト私ハ知ラズ知ラズ、気ガ遠クナッテシマウノデスガ、今夜ハソウナラナイ内ニ、ワザト魔法ニカカッタ真似《まね》ヲシマス。ソウシテ私ヲオ父様ノ所へ返サナイト『アグニ』ノ神ガオ婆サンノ命ヲトルト言ッテヤリマス。オ婆サンハ何ヨリモ『アグニ』ノ神ガ怖イノデスカラ、ソレヲ聞ケバキット私ヲ返スダロウト思イマス。ドウカ明日《あした》ノ朝モウ一度、オ婆サンノ所へ来テ下サイ。コノ計略ノ外《ほか》ニハオ婆サンノ手カラ、逃ゲ出スミチハアリマセン。サヨウナラ。」

遠藤は手紙を読み終ると、懐中時計を出して見ました。時計は十二時五分前です。

「もうそろそろ時刻になるな、相手はあんな魔法使だし、御嬢さんはまだ子供だから、余程運が好《よ》くないと、――」

遠藤の言葉が終らない内に、もう魔法が始まるのでしょう。今まで明るかった二階の窓は、急にまっ暗になってしまいました。と同時に不思議な香《こう》の匂《におい》が、町の敷石にも滲《し》みる程、どこからか静に漂《ただよ》って来ました。

四

その時あの印度人の婆さんは、ランプを消した二階の部屋の机に、魔法の書物を拡《ひろ》げながら、頻《しきり》に呪文《じゅもん》を唱えていました。書物は香炉の火の光に、暗い中でも文字だけは、ぼんやり浮き上らせているのです。

婆さんの前には心配そうな恵蓮が、――いや、支那服を着せられた妙子が、じっと椅子に坐っていました。さっき窓から落した手紙は、無事に遠藤さんの手へはいったであろうか？あの時往来にいた人影は、確に遠藤さんだと思ったが、もしや人違いではなかったであろうか？――そう思うと妙子は、いても立ってもいられないような気がして来ます。しかし今うっかりそんな気《け》ぶりが、婆さんの眼にでも止まったが最後、この恐しい魔法使いの家から、逃げ出そうという計略は、すぐに見破られてしまうでしょう。ですから妙子は一生懸命に、震える両手を組み合せながら、かねてたくんで置いた通り、アグニの神が乗り移ったように、見せかける時の近づくのを今か今かと待っていました。

婆さんは呪文を唱えてしまうと、今度は妙子をめぐりながら、いろいろな手ぶりをし始めました。或時《あるとき》は前へ立った儘、両手を左右に挙げて見せたり、又或時は後《うしろ》へ来て、まるで眼かくしでもするように、そっと妙子の額の上へ手をかざしたりするのです。もしこの時部屋の外から、誰か婆さんの容子《ようす》を見ていたとすれば、それはきっと大きな蝙蝠《こうもり》か何かが、蒼白《あおじろ》い香炉の火の光の中に、飛びまわってでもいるように見えたでしょう。

その内に妙子はいつものように、だんだん睡気《ねむけ》がきざして来ました。が、ここで睡ってしまっては、折角の計略にかけることも、出来なくなってしまう道理です。そうしてこれが出来なければ、勿論二度とお父さんの所へも、帰れなくなるのに違いありません。

「日本の神神様《かみがみさま》、どうか私《わたくし》が睡らないように、御守りなすって下さいまし。その代《かわ》り私はもう一度、たとい一目でもお父さんの御顔を見ることが出来たなら、すぐに死んでもよろしゅうございます。日本の神神様、どうかお婆さんを欺《だま》せるように、御力を御貸し下さいまし。」

妙子は何度も心の中に、熱心に祈りを続けました。しかし睡気はおいおいと、強くなって来るばかりです。と同時に妙子の耳には、丁度銅鑼《どら》でも鳴らすような、得体の知れない音楽の声が、かすかに伝わり始めました。これはいつでもアグニの神が、空から降りて来る時に、きっと聞える声なのです。

もうこうなってはいくら我慢しても、睡らずにいることは出来ません。現に目の前の香炉の火や、印度人の婆さんの姿でさえ、気味の悪い夢が薄れるように、見る見る消え失《う》せてしまうのです。

「アグニの神、アグニの神、どうか私《わたくし》の申すことを御聞き入れ下さいまし。」

やがてあの魔法使いが、床の上にひれ伏した儘、嗄《しわが》れた声を挙げた時には、妙子は椅子に坐りながら、殆《ほとん》ど生死も知らないように、いつかもうぐっすり寝入っていました。

五

妙子は勿論婆さんも、この魔法を使う所は、誰《たれ》の眼にも触れないと、思っていたのに違いありません。しかし実際は部屋の外に、もう一人戸の鍵穴から、覗《のぞ》いている男があったのです。それは一体誰でしょうか？――言うまでもなく、書生の遠藤です。

遠藤は妙子の手紙を見てから、一時《いちじ》は往来に立ったなり、夜明けを待とうかとも思いました。が、お嬢さんの身の上を思うと、どうしてもじっとしてはいられません。そこでとうとう盗人《ぬすびと》のように、そっと家の中へ忍びこむと、早速この二階の戸口へ来て、さっきから透《す》き見をしていたのです。

しかし透き見をすると言っても、何しろ鍵穴を覗くのですから、蒼白い香炉の火の光を浴びた、死人のような妙子の顔が、やっと正面に見えるだけです。その外《ほか》は机も、魔法の書物も、床にひれ伏した婆さんの姿も、まるで遠藤の眼にははいりません。しかし嗄れた婆さんの声は、手にとるようにはっきり聞えました。

「アグニの神、アグニの神、どうか私の申すことを御聞き入れ下さいまし。」

婆さんがこう言ったと思うと、息もしないように坐っていた妙子は、やはり眼をつぶった儘、突然口を利《き》き始めました。しかもその声がどうしても、妙子のような少女とは思われない、荒荒《あらあら》しい男の声なのです。

「いや、おれはお前の願いなぞは聞かない。お前はおれの言いつけに背《そむ》いて、いつも悪事ばかり働いて来た。おれはもう今夜限り、お前を見捨てようと思っている。いや、その上に悪事の罰を下してやろうと思っている。」

婆さんは呆気《あっけ》にとられたのでしょう。暫《しばら》くは何とも答えずに、喘《あえ》ぐような声ばかり立てていました。が、妙子は婆さんに頓着《とんちゃく》せず、おごそかに話し続けるのです。

「お前は憐れな父親の手から、この女の子を盗んで来た。もし命が惜しかったら、明日《あす》とも言わず今夜の内に、早速この女の子を返すが好《い》い。」

遠藤は鍵穴に眼を当てた儘、婆さんの答を待っていました。すると婆さんは驚きでもするかと思いの外《ほか》、憎憎《にくにく》しい笑い声を洩らしながら、急に妙子の前へ突っ立ちました。

「人を莫迦にするのも、好い加減におし。お前は私を何だと思っているのだえ。私はまだお前に欺される程《ほど》、耄碌《もうろく》はしていない心算《つもり》だよ。早速お前を父親へ返せ——警察の御役人じゃあるまいし、アグニの神がそんなことを御言いつけになってたまるものか。」

婆さんはどこからとり出したか、眼をつぶった妙子の顔の先へ、一挺《いっちょう》のナイフを突きつけました。

「さあ、正直に白状おし。お前は勿体《もったい》なくもアグニの神の、声色《こわいろ》を使っているのだろう。」

さっきから容子を窺っていても、妙子が実際睡《ねむ》っていることは、勿論遠藤にはわかりません。ですから遠藤はこれを見ると、さては計略が露顕《ろけん》したかと思わず胸を躍《おど》らせました。が、妙子は相変らず目蓋《まぶた》一つ動かさず、嘲笑《あざわら》うように答えるのです。

「お前も死に時が近づいたな。おれの声がお前には人間の声に聞えるのか。おれの声は低くとも、天上に燃える炎の声だ。それがお前にはわからないのか。わからなければ、勝手にするが好《い》い。おれは唯《ただ》お前に尋ねるのだ。すぐにこの女の子を送り返すか、それともおれの言いつけに背くか――」

婆さんはちょいとためらったようです。が、忽《たちま》ち勇気をとり直すと、片手にナイフを握りながら、片手に妙子の襟髪《えりがみ》を摑《つか》んで、ずるずる手もとへ引き寄せました。

「この阿魔《あま》め。まだ剛情を張る気だな。よし、よし、それなら約束通り、一思いに命をとってやるぞ。」

婆さんはナイフを振り上げました。もう一分間遅れても、妙子の命はなくなります。遠藤は咄嗟に身を起すと、錠のかかった入口の戸を無理無体に明けようとしました。が、戸は容易に破れません。いくら押しても、叩いても、手の皮が摺《す》り剝《む》けるばかりです。

六

その内に部屋の中からは、誰《たれ》かのわっと叫ぶ声が、突然暗やみに響きました。それから人が床の上へ、倒れる音も聞えたようです。遠藤は殆《ほとん》ど気違いのように、妙子の名前を呼びかけながら、全身の力を肩に集めて、何度も入口の戸へぶつかりました。

板の裂ける音、錠のはね飛ぶ音、――戸はとうとう破れました。しかし肝腎《かんじん》の部屋の中は、まだ香炉に蒼白い火がめらめら燃えているばかり、人気《ひとけ》のないようにしんとしています。

遠藤はその光を便りに、怯《お》ず怯《お》ずあたりを見廻しました。

するとすぐに眼にはいったのは、やはりじっと椅子にかけた、死人のような妙子です。それが何故《なぜ》か遠藤には、頭に毫光《ごこう》でもかかっているように、厳《おごそ》かな感じを起させました。

「御嬢さん、御嬢さん。」

遠藤は椅子の側《そば》へ行くと、妙子の耳もとへ口をつけて、一生懸命に叫び立てました。が、妙子は眼をつぶったなり、何とも口を開きません。

「御嬢さん。しっかりおしなさい。遠藤です。」

妙子はやっと夢がさめたように、かすかな眼を開きました。

「遠藤さん？」

「そうです。遠藤です。もう大丈夫ですから、御安心なさい。さあ、早く逃げましょう。」

妙子はまだ夢現《ゆめうつつ》のように、弱弱《よわよわ》しい声を出しました。

「計略は駄目だったわ。つい私が眠ってしまったものだから、――堪忍《かんにん》して頂戴《ちょうだい》よ。」

「計略が露顕したのは、あなたのせいじゃありませんよ。あなたは私と約束した通り、アグニの神の憑《かか》った真似をやり了《おお》せたじゃありませんか？――そんなことはどうでも好《い》いことです。さあ、早く御逃げなさい。」

遠藤はもどかしそうに、椅子から妙子を抱き起しました。

「あら、嘘。私は眠ってしまったのですもの。どんなことを言ったか、知りはしないわ。」

妙子は遠藤の胸に凭《もた》れながら、呟《つぶや》くようにこう言いました。

「計略は駄目だったわ。とても私は逃げられなくなってよ。」

「そんなことがあるものですか。私と一しょにいらっしゃい。今度しくじったら大変です。」

「だってお婆さんがいるでしょう？」

「お婆さん？」

遠藤はもう一度、部屋の中を見廻しました。机の上にはさっきの通り、魔法の書物が開いてある、――その下へ仰向きに倒れているのは、あの印度人の婆さんです。婆さんは意外にも自分の胸へ、自分のナイフを突き立てた儘、血だまりの中に死んでいました。

「お婆さんはどうして？」

「死んでいます。」

妙子は遠藤を見上げながら、美しい眉をひそめました。

「私、ちっとも知らなかったわ。お婆さんは遠藤さんが——あなたが殺してしまったの？」

遠藤は婆さんの屍骸《しがい》から、妙子の顔へ眼をやりました。今夜の計略が失敗したことが、——しかしその為に婆さんも死ねば、妙子も無事に取り返せたことが、——運命の力の不思議なことが、やっと遠藤にもわかったのは、この瞬間だったのです。

「私が殺したのじゃありません。あの婆さんを殺したのは今夜ここへ来たアグニの神です。」

遠藤は妙子を抱《かか》えた儘、おごそかにこう囁《ささや》きました。

妙な話

或《ある》冬の夜《よ》、私は旧友の村上《むらかみ》と一《いっ》しょに、銀座通《ぎんざどお》りを歩いていた。

「この間千枝子《ちえこ》から手紙が来たっけ。君にもよろしくと云《い》う事だった。」

村上はふと思い出したように、今は佐世保《させぼ》に住んでいる妹の消息《しょうそく》を話題にした。

「千枝子さんも健在《たっしゃ》だろうね。」

「ああ、この頃はずっと達者のようだ。あいつも東京にいる時分は、随分《ずいぶん》神経衰弱もひどかったのだが、――あの時分は君も知っているね。」

「知っている。が、神経衰弱だったかどうか、――」

「知らなかったかね。あの時分の千枝子と来た日には、まるで気違いも同様さ。泣くかと思うと笑っている。笑っているかと思うと、――妙な話をし出すのだ。」

「妙な話？」

村上は返事をする前に、或珈琲店《あるカッフェ》の硝子扉《ガラスど》を押した。そうして往来の見える卓《テーブル》に私と向い合って腰を下《おろ》した。

「妙な話さ。君にはまだ話さなかったかしら。これはあいつが佐世保へ行く前に、僕に話して聞かせたのだが。――」

君も知っている通り、千枝子の夫は欧洲《おうしゅう》戦役中、地中海《ちちゅうかい》方面へ派遣された「A――」の乗組将校《のりくみしょうこう》だった。あいつはその留守《るす》の間《あいだ》、僕の所へ来ていたのだが、愈《いよいよ》戦争も片がつくと云う頃から、急に神経衰弱がひどくなり出したのだ。その主な原因は、今まで一週間に一度ずつはきっと来ていた夫の手紙が、ぱったり来なくなったせいかも知れない。何しろ千枝子は結婚後まだ半年と経たない内に、夫と別れてしまったのだから、その手紙を楽しみにしていた事は、遠慮のない僕さえひやかすのは、残酷な気がする位《くらい》だった。

丁度《ちょうど》その時分の事だった。或日、――そうそう、あの日は紀元節《きげんせつ》だっけ。何でも朝から雨の降り出した、寒さの厳しい午後だったが、千枝子は久しぶりに鎌倉《かまくら》へ、遊びに行って来ると云い出した。鎌倉には或実業家の細君になった、あいつの学校友だちが住んでいる。――其処《そこ》へ遊びに行くと云うのだが、何もこの雨の降るのに、わざわざ鎌倉くんだりまで遊びに行く必要もないと思ったから、僕は勿論《もちろん》僕の妻《さい》も、再三《さいさん》明日《あした》にした方が好《よ》くはないかと云って見た。しかし千枝子は剛情《ごうじょう》に、どうしても今日行《ゆ》きたいと云う。そうしてしまいには腹を立てながら、さっさと支度をして出て行ってしまった。

事によると今日は泊って来るから、帰りは明日の朝になるかも知れない。――そう云ってあいつは出て行ったのだが、少時《しばらく》すると、どうしたのだかぐっしょり雨に濡れた儘《まま》、まっ蒼《さお》な顔をして帰って来た。聞けば中央停車場から濠端《ほりばた》の電車の停留場まで、傘もささずに歩いたのだそうだ。では何故《なぜ》又《また》そんな事をしたのだと云うと、――それが妙な話なのだ。

千枝子が中央停車場へはいると、――いや、その前にまだこう云う事があった。あいつが電車へ乗った所が、生憎《あいにく》客席が皆《みな》塞がっている。そこで吊り革にぶら下っていると、すぐ眼の前の硝子《ガラス》窓に、ぼんやり海の景色が映るのだそうだ。電車はその時神保町《じんぼうちょう》の通りを走っていたのだから、無論《むろん》海の景色なぞが映る道理はない。が、外の往来の透《す》いて見える上に、浪の動くのが浮き上っている。殊《こと》に窓へ雨がしぶくと、水平線さえかすかに煙って見える。――と云う所から察すると、千枝子はもうその時に、神経がどうかしていたのだろう。

それから、中央停車場へはいると、入口にいた赤帽《あかぼう》の一人が、突然千枝子に挨拶《あいさつ》をした。そうして「旦那《だんな》様は御変りもございませんか。」と云った。これも妙だったには違いない。が、更に妙だった事は、千枝子がそう云う赤帽の問を、別に妙とも思わなかった事だ。「難有《ありがと》う。唯《ただ》この頃はどうなすったのだか、さっぱり御便りが来ないのでね。」――そう千枝子は赤帽に、返事さえもしたと云うのだ。すると赤帽はもう一度「では私が旦那様にお目にかかって参りましょう。」と云った。御目にかかって来ると云っても、夫は遠い地中海にいる。――と思った時、始めて千枝子は、この見慣れない赤帽の言葉が、気違いじみているのに気がついたのだそうだ。が、問い返そうと思う内に、赤帽はちょいと会釈《えしゃく》をすると、こそこそ人ごみの中に隠れてしまった。それきり千枝子はいくら探して見ても、二度とその赤帽の姿が見当らない。――いや、見当らないと云うよりも、今まで向い合っていた赤帽の顔が、不思議な程《ほど》思い出せないのだそうだ。だから、あの赤帽の姿が見当らないと同時に、どの赤帽も皆その男に見える。そうして千枝子にはわからなくても、あの怪しい赤帽が、絶えずこちらの身のまわりを監視していそうな心もちがする。こうなるともう鎌倉所《どころ》か、其処《そこ》にいるのさえ何だか気味が悪い。千枝子はとうとう傘もささずに、大降りの雨を浴びながら、夢のように停車場を逃げ出して来た。――勿論こう云う千枝子の話は、あいつの神経のせいに違いないが、その時風邪を引いたのだろう。翌日から彼是《かれこれ》三日ばかりは、ずっと高い熱が続いて、「あなた、堪忍《かんにん》して下さい。」だの、「何故帰っていらっしゃらないんです。」だの、何か夫と話しているらしい譫言《うわごと》ばかり云っていた。が、鎌倉行きの祟《たた》りはそればかりではない。風邪がすっかり癒《なお》った後《あと》でも、赤帽と云う言葉を聞くと、千枝子はその日中ふさぎこんで、口さえ碌《ろく》に利《き》かなかったものだ。そう云えば一度なぞは、何処《どこ》かの回漕店《かいそうてん》の看板に、赤帽の画《え》があるのを見たものだから、あいつは又《また》出先まで行かない内に、帰って来たと云う滑稽《こっけい》もあった。

しかし彼是一月《ひとつき》ばかりすると、あいつの赤帽を怖がるのも、大分下火《だいぶしたび》になって来た。「姉さん。何とか云う鏡花《きょうか》の小説に、猫のような顔をした赤帽の出るのがあったでしょう。私が妙な目に遇《あ》ったのは、あれを読んでいたせいかも知れないわね。」――千枝子はその頃僕の妻に、そんな事も笑って云ったそうだ。所《ところ》が三月の幾日《いくにち》だかには、もう一度赤帽に脅《おびや》かされた。それ以来夫が帰って来るまで、千枝子はどんな用があっても、決して停車場へは行った事がない。君が朝鮮へ立つ時にも、あいつが見送りに来なかったのは、やはり赤帽が怖かったのだそうだ。

その三月の幾日だかには、夫の同僚が亜米利加《アメリカ》から、二年ぶりに帰って来る。——千枝子はそれを出迎える為《ため》に、朝から家を出て行ったが、君も知っている通り、あの界隈《かいわい》は場所がらだけに、昼でも滅多に人通りがない。その淋しい路《みち》ばたに、風車売りの荷が一台、忘られたように置いてあった。丁度風の強い曇天《どんてん》だったから、荷に挿《さ》した色紙《いろがみ》の風車《かざぐるま》が、皆目まぐるしく廻っている。——千枝子はそう云う景色だけでも、何故か心細い気がしたそうだが、通りがかりにふと眼をやると、赤帽をかぶった男が一人、後向きに其処へしゃがんでいた。勿論これは風車売が、煙草《たばこ》か何かのんでいたのだろう。しかしその帽子の赤い色を見たら、千枝子は何だか停車場へ行くと、又不思議でも起りそうな、予感めいた心もちがして、一度は引き返してしまおうかとも、考えた位《くらい》だったそうだ。

が、停車場へ行ってからも、出迎えをすませてしまうまでは、仕合せと何事も起らなかった。唯、夫の同僚を先に、一同がぞろぞろ薄暗い改札口を出ようとすると、誰かあいつの後《うしろ》から、「旦那様は右の腕に、御怪我をなすっていらっしゃるそうです。御手紙が来ないのはその為ですよ。」と、声をかけるものがあった。千枝子は咄嗟《とっさ》にふり返って見たが、後には赤帽も何もいない。いるのはこれも見知り越しの、海軍将校の夫妻だけだった。無論この夫妻が唐突《とうとつ》とそんな事をしゃべる道理もないから、声がした事は妙と云えば、確に妙に違いなかった。が、兎《と》も角《かく》、赤帽の見えないのが、千枝子には嬉しい気がしたのだろう。あいつはその儘《まま》改札口を出ると、やはり外《ほか》の連中と一しょに、夫の同僚が車寄《くるまよ》せから、自動車に乗るのを送りに行った。するともう一度後《うしろ》から、「奥様、旦那様は来月中に、御帰りになるそうですよ。」と、はっきり誰かが声をかけた。その時も千枝子はふり向いて見たが、後には出迎えの男女の外《ほか》に、一人も赤帽は見えなかった。しかし後にはいないにしても、前には赤帽が二人ばかり、自動車に荷物を移している。――その一人がどう思ったか、途端にこちらを見返りながら、にやりと妙に笑って見せた。千枝子はそれを見た時には、あたりの人目にも止まった程《ほど》、顔色が変ってしまったそうだ。が、あいつが心を落ち着けて見ると、二人だと思った赤帽は、一人しか荷物を扱っていない。しかもその一人は今笑ったのと、全然別人に違いないのだ。では今笑った赤帽の顔は、今度こそ見覚えが出来たかと云うと、不相変《あいかわらず》記憶がぼんやりしている。いくら一生懸命に思い出そうとしても、あいつの頭には赤帽をかぶった、眼鼻のない顔より浮んで来ない。――これが千枝子の口から聞いた、二度目の妙な話なのだ。

その後《ご》一月ばかりすると、――君が朝鮮へ行ったのと、確《たしか》前後していたと思うが、実際夫が帰って来た。右の腕を負傷して居《い》た為《ため》に、少時《しばらく》手紙が書けなかったと云う事も、不思議にやはり事実だった。「千枝子さんは旦那様思いだから、自然とそんな事がわかったのでしよう。」――僕の妻なぞはその当座、こう云ってはあいつをひやかしたものだ。それから又半月ばかりの後《のち》、千枝子夫婦は夫の任地の佐世保へ行ってしまったが、向うへ着くか着かないのに、あいつのよこした手紙を見ると、驚いた事には三度目の妙な話が書いてある。と云うのは千枝子夫婦が、中央停車場を立った時に、夫婦の荷を運んだ赤帽が、もう動き出した汽車の窓へ、挨拶の心算《つもり》か顔を出した。その顔を一目見ると、夫は急に変な顔をしたが、やがて半ば恥かしそうに、こう云う話をし出したそうだ。――夫がマルセイユに上陸中、何人かの同僚と一しょに、或カッフェへ行っていると、突然日本人の赤帽が一人、卓子《テーブル》の側《そば》へ歩み寄って、馴馴《なれなれ》しく近状《きんじょう》を尋《たず》ねかけた。勿論マルセイユの往来に、日本人の赤帽なぞが、徘徊《はいかい》しているべき理窟《りくつ》はない。が、夫はどう云う訳か格別不思議とも思わずに、右の腕を負傷した事や帰期《きき》の近い事なぞを話してやった。その内に酔《よ》っている同僚の一人が、コニャックの杯《さかずき》をひっくり返した。それに驚いてあたりを見ると、何時《いつ》の間にか日本人の赤帽は、カッフェから姿を隠していた。一体あいつは何だったろう。――そう今になって考えると、眼は確《たしか》に明いていたにしても、夢だか実際だか差別がつかない。のみならず亦《また》同僚たちも、全然赤帽の来た事なぞには、気がつかないような顔をしている。そこでとうとうその事に就《つ》いては、誰にも打ち明けて話さずにしまった。所《ところ》が日本へ帰って来ると、現に千枝子は、二度までも怪しい赤帽に遇《あ》ったと云う。ではマルセイユで見かけたのは、その赤帽かと思いもしたが、余《あま》り怪談じみているし、一つには名誉の遠征中も、細君の事ばかり思っているかと、嘲《あざけ》られそうな気がしたから、今日まではやはり黙っていた。が、今顔を出した赤帽を見たら、マルセイユのカッフェにはいって来た男と、眉毛一つ違っていない。——夫はそう話し終ってから、少時《しばらく》は口を噤《つぐ》んでいたが、やがて不安そうに声を低くすると、「しかし妙じゃないか？　眉毛一つ違わないと云うものの、おれはどうしてもその赤帽の顔が、はっきり思い出せないんだ。唯、窓越しに顔を見た瞬間、あいつだなと……」

村上が此処《ここ》まで話して来た時、新にカッフェへはいって来た、友人らしい三四人が、私たちの卓子《テーブル》に近づきながら、口口《くちぐち》に彼へ挨拶した。私は立ち上った。

「では僕は失敬しよう。いずれ朝鮮へ帰る前には、もう一度君を訪ねるから。」

私はカッフェの外へ出ると、思わず長い息を吐《つ》いた。それは丁度三年以前、千枝子が二度までも私と、中央停車場に落ち合うべき密会の約を破った上、永久に貞淑《ていしゅく》な妻でありたいと云う、簡単な手紙をよこした訳が、今夜始めてわかったからであった。……

お富の貞操

明治元年五月十四日の午過《ひる》ぎだった。「官軍は明日《あす》夜の明け次第《しだい》、東叡山《とうえいざん》彰義隊《しょうぎたい》を攻撃する。上野《うえの》界隈の町家のものは匆匆《そうそう》何処へでも立ち退いてしまえ。」——そう云《い》う達しのあった午過ぎだった。下谷町《したやまち》二丁目の小間物店《こまものみせ》、古河屋政兵衛《こがやせいべえ》の立ち退いた跡には、台所の隅の蚫貝《あわびがい》の前に大きい牡の三毛猫が一匹静かに香箱《こうばこ》をつくっていた。

戸をしめ切った家の中は勿論《もちろん》午過ぎでもまっ暗だった。人音《ひとおと》も全然聞えなかった。唯《ただ》耳にはいるものは連日の雨の音ばかりだった。雨は見えない屋根の上へ時時《ときどき》急に降り注いでは、何時《いつ》か又《また》中空へ遠のいて行った。猫はその音の高まる度《たび》に、琥珀《こはく》色の眼をまん円《まる》にした。竈《かまど》さえわからない台所にも、この時だけは無気味《ぶきみ》な燐光《りんこう》が見えた。が、ざあっと云う雨音以外に何も変化のない事を知ると、猫はやはり身動きもせずもう一度眼を糸のようにした。

そんな事が何度か繰り返される内に、猫はとうとう眠ったのか、眼を明《あ》ける事もしなくなった。しかし雨は相不変《あいかわらず》急になったり静まったりした。八《や》つ、八つ半、——時はこの雨音の中にだんだん日の暮へ移って行った。

すると七つに迫った時、猫は何かに驚いたように突然眼を大きくした。同時に耳も立てたらしかった。が、雨は今までよりも遥かに小降りになっていた。往来を馳《は》せ過ぎる駕籠《かご》舁きの声、――その外《ほか》には何も聞えなかった。しかし数秒の沈黙の後《のち》、まっ暗だった台所は何時の間《ま》にかぼんやり明るみ始めた。狭い板の間《ま》を塞《ふさ》いだ竈、蓋のない水瓶《みずがめ》の水光り、荒神《こうじん》の松、引き窓の綱、――そんな物も順順《じゅんじゅん》に見えるようになった。猫は愈《いよいよ》不安そうに、戸の明いた水口を睨《にら》みながら、のそりと大きい体を起した。

この時この水口の戸を開いたのは、――いや戸を開いたばかりではない、腰障子《こししょうじ》もしまいに明けたのは、濡れ鼠《ねずみ》になった乞食《こじき》だった。彼は古い手拭《てぬぐい》をかぶった首だけ前へ伸ばしたなり、少時《しばらく》は静かな家のけはいにじっと耳を澄《す》ませていた。が、人音《ひとおと》のないのを見定めると、これだけは真新しい酒筵《さかむしろ》に鮮かな濡れ色を見せた儘《まま》、そっと台所へ上って来た。猫は耳を平《ひら》めながら、二足三足《ふたあしみあし》跡ずさりをした。しかし乞食は驚きもせず後手《うしろで》に障子をしめてから、徐《おもむ》ろに顔の手拭をとった。顔は髭《ひげ》に埋《うず》まった上、膏薬《こうやく》も二三個所貼ってあった。しかし垢《あか》にはまみれていても、眼鼻立ちは寧《むし》ろ尋常だった。

「三毛《みけ》。三毛。」

乞食は髪の水を切ったり、顔の滴《しずく》を拭ったりしながら、小声に猫の名前を呼んだ。猫はその声に聞き覚えがあるのか、平めていた耳をもとに戻した。が、まだ其処《そこ》に佇《たたず》んだなり、時時《ときどき》はじろじろ彼の顔へ疑深い眼を注いでいた。その間に酒筵を脱いだ乞食は脛《すね》の色も見えない泥足の儘《まま》、猫の前へどっかりあぐらをかいた。

「三毛公。どうした？——誰《たれ》もいない所を見ると、貴様だけ置き去りを食わされたな。」

乞食は独《ひと》り笑いながら、大きい手に猫の頭を撫でた。猫はちょいと逃げ腰になった。が、それぎり飛び退《の》きもせず、反《かえ》って其処へ坐《すわ》ったなり、だんだん眼さえ細め出した。乞食は猫を撫でやめると、今度は古湯帷子《ゆかた》の懐から、油光りのする短銃を出した。そうして覚束《おぼつか》ない薄明りの中に、引き金の具合を検《しら》べ出した。「いくさ」の空気の漂《ただよ》った、人気のない家の台所に短銃をいじっている一人の乞食——それは確かに小説じみた、物珍らしい光景に違いなかった。しかし薄眼になった猫はやはり背中を円くした儘《まま》、一切の秘密を知っているように、冷然と坐っているばかりだった。

「明日《あす》になるとな、三毛公、この界隈《かいわい》へも雨のように鉄砲の玉が降って来るぞ。そいつに中《あた》ると死んじまうから、明日はどんな騒ぎがあっても、一日縁の下に隠れていろよ。……」

乞食は短銃を検べながら、時時《ときどき》猫に話しかけた。

「お前とも永い御馴染《おなじみ》だな。が、今日が御別れだぞ。明日《あす》はお前にも大厄日だ。おれも明日は死ぬかも知れない。よし又死なずにすんだ所が、この先二度とお前と一《いっ》しょに掃溜《はきだ》めあさりはしないつもりだ。そうすればお前は大喜びだろう。」

その内に雨は又一しきり、騒がしい音を立て始めた。雲も棟瓦《むねがわら》を煙らせる程《ほど》、近近《ちかぢか》と屋根に押し迫ったのであろう。台所に漂った薄明りは、前よりも一層《いっそう》かすかになった。が、乞食は顔も挙《あ》げず、やっと検べ終った短銃へ、丹念に弾薬を装塡《そうてん》していた。

「それとも名残《なご》りだけは惜しんでくれるか？　いや、猫と云うやつは三年の恩も忘れると云うから、お前も当てにはならなそうだな。——が、まあ、そんな事はどうでも好《い》いや。唯おれもいないとすると、——」

乞食は急に口を噤《つぐ》んだ。途端《とたん》に誰か水口の外へ歩み寄ったらしいけはいがした。短銃をしまうのと振り返るのと、乞食にはそれが同時だった。いや、その外《ほか》に水口の障子ががらりと明けられたのも同時だった。乞食は咄嗟《とっさ》に身構えながら、まともに闖入者《ちんにゅうしゃ》と眼を合せた。

すると障子を明けた誰かは乞食の姿を見るが早いか、反《かえ》って不意を打れたように、「あっ」とかすかな叫び声を洩らした。それは素裸足《すはだし》に大黒傘《だいこくがさ》を下げた、まだ年の若い女だった。彼女は殆《ほとんど》衝動的に、もと来た雨の中へ飛び出そうとした。が、最初の驚きから、やっと勇気を恢復《かいふく》すると、台所の薄明りに透かしながら、じっと乞食の顔を覗《のぞ》きこんだ。

乞食は呆気《あっけ》にとられたのか、古湯帷子の片膝を立てた儘、まじまじ相手を見守っていた。もうその眼にもさっきのように、油断のない気色《けしき》は見えなかった。二人は黙然《もくねん》と少時《しばらく》の間、互《たがい》に眼と眼を見合せていた。

「何だい、お前は新公《しんこう》じゃないか？」

彼女は少し落ち着いたように、こう乞食へ声をかけた。乞食はにやにや笑いながら、二三度彼女へ頭を下げた。

「どうも相済《あいす》みません。あんまり降りが強いもんだから、つい御留守へはいこみましたがね

──何、格別明き巣狙いに宗旨《しゅうし》を変えた訣《わけ》でもないんです。」

「驚かせるよ、ほんとうに──いくら明き巣狙いじゃないと云ったって、図図《ずうずう》しいにも程があるじゃないか？」

彼女は傘の滴《しずく》を切り切り、腹立たしそうにつけ加えた。

「さあ、こっちへ出ておくれよ。わたしは家《うち》へはいるんだから。」

「へえ、出ます。出ろと仰有《おっしゃ》らないでも出ますがね。姐《ねえ》さんはまだ立ち退《の》かなかったんですかい？」

「立ち退いたのさ。立ち退いたんだけれども、──そんな事はどうでも好《い》いじゃないか？」

「すると何か忘れ物でもしたんですね。──まあ、こっちへおはいんなさい。其処《そこ》では雨がかかりますぜ。」

彼女はまだ業腹《ごうはら》そうに、乞食の言葉には返事もせず、水口の板の間《ま》へ腰を下した。それから流しへ泥足を伸ばすと、ざあざあ水をかけ始めた。平然とあぐらをかいた乞食は髭《ひげ》だらけの頤《あご》をさすりながら、じろじろその姿を眺めていた。彼女は色の浅黒い、鼻のあたりに雀斑《そばかす》のある、田舎者《いなか》らしい小女《こおんな》だった。なりも召使いに相応な手織木綿の一重物《ひとえもの》に、小倉《こくら》の帯しかしていなかった。が、活《い》き活《い》きした眼鼻立ちや、堅肥《かたぶと》りの体つきには、何処《どこ》か新しい桃や梨を聯想《れんそう》させる美しさがあった。

「この騒ぎの中を取りに返るのじゃ、何か大事の物を忘れたんですね。何です、その忘れ物は？　え、姐さん。——お富《とみ》さん。」

新公は又尋ね続けた。

「何だって好《い》いじゃないか？　それよりさっさと出て行っておくれよ。」

お富の返事は突慳貪《つっけんどん》だった。が、ふと何か思いついたように、新公の顔を見上げると、真面目にこんな事を尋ね出した。

「新公、お前、家の三毛を知らないかい？」

「三毛？　三毛は今此処《ここ》に、——おや、何処へ行きやがったろう？」

乞食はあたりを見廻した。すると猫は何時の間にか、棚の擂鉢《すりばち》や鉄鍋の間に、ちゃんと香箱をつくっていた。その姿は新公と同時に、忽ちお富にも見つかったのであろう。彼女は柄杓《ひしゃく》を捨てるが早いか、乞食の存在も忘れたように、板の間の上に立ち上った。そうして晴れ晴れと微笑しながら、棚の上の猫を呼ぶようにした。

新公は薄暗い棚の上の猫から、不思議そうにお富へ眼を移した。

「猫ですかい、姐さん、忘れ物と云うのは？」

「猫じゃ悪いのかい？——三毛、三毛、さあ、下りて御出で。」

新公は突然笑い出した。その声は雨音の鳴り渡る中に殆《ほとんど》気味の悪い反響を起した。と、お富はもう一度、腹立たしさに頬《ほほ》を火照《ほて》らせながら、いきなり新公に怒鳴りつけた。

「何が可笑《おか》しんだい？　家のお上《かみ》さんは三毛を忘れて来たって、気違いの様になっているんじゃないか？　三毛が殺されたらどうしようって、泣き通しに泣いているんじゃないか？　わたしもそれが可哀そうだから、雨の中をわざわざ帰って来たんじゃないか？――」

「ようござんすよ。もう笑いはしませんよ。」

新公はそれでも笑い笑い、お富の言葉を遮《さえぎ》った。

「もう笑いはしませんがね。まあ、考えて御覧なさい。明日にも『いくさ』が始まろうと云うのに、高が猫の一匹や二匹――これはどう考えたって、可笑しいのに違いありませんや。お前さんの前だけれども、一体此処のお上さん位、わからずやのしみったれはありませんぜ。第一あの三毛公を探しに、……」

「お黙りよ！　お上さんの讒訴《ざんそ》なぞは聞きたくないよ！」

お富は殆じだんだを踏んだ。が、乞食は思いの外彼女の権幕には驚かなかった。のみならずしげしげ彼女の姿に無遠慮な視線を注いでいた。実際その時の彼女の姿は野蛮な美しさそのものだった。雨に濡れた着物や湯巻、――それらは何処を眺めても、ぴったり肌について いるだけ、露《あら》わに肉体を語っていた。しかも一目に処女を感ずる、若若《わかわか》しい肉体を語っていた。新公は彼女に目を据えたなり、やはり笑い声に話し続けた。

「第一あの三毛公を探しに、お前さんをよこすのでもわかっていまさあ。ねえ、そうじゃありませんか？　今じゃもう上野界隈、立ち退《の》かない家はありませんや。して見れば町家《ちょうか》は並んでいても、人のいない町原《まちばら》と同じ事だ。まさか狼《おおかみ》も出まいけれども、どんな危い目に遇《あ》うかも知れない。——と、まず云ったものじゃありませんか？」

「そんな余計な心配をするより、さっさと猫をとっておくれよ。——これが『いくさ』でも始まりゃしまいし、何が危い事があるものかね。」

「冗談云っちゃいけません。若い女の一人歩きが、こう云う時に危くなけりゃ、危いと云う事はありませんや。早い話が此処にいるのは、お前さんとわたしと二人っきりだ。万一わたしが妙な気でも出したら、姐さん、お前さんはどうしなさるね？」

新公はだんだん冗談だか、真面目《まじめ》だか、わからない口調になった。しかし澄んだお富の目には、恐怖らしい影さえ見えなかった。唯その頬には、さっきよりも、一層血の色がさしたらしかった。

「何だい、新公、——お前はわたしを嚇《おど》かそうって云うのかい？」

お富は彼女自身嚇かすように、一足新公の側《そば》へ寄った。

「嚇かすえ？　嚇かすだけならば好《い》いじゃありませんか？　肩に金切《きんぎ》れなんぞくっつけていたって、風《ふう》の悪いやつらも多い世の中だ。ましてわたしは乞食ですぜ。嚇かすばかりとは限りませんや。もしほんとうに妙な気を出したら、……」

新公は残らず云わない内に、したたか頭を打ちのめされた。お富は何時か彼の前に、大黒傘をふり上げていたのだった。

「生意気な事をお云いでない。」

お富は又新公の頭へ、力一《いっ》ぱい傘を打ち下した。新公は咄嗟に身を躱《かわ》そうとした。が、傘はその途端に、古湯帷子の肩を打ち据えていた。この騒ぎに驚いた猫は、鉄鍋を一つ蹴落しながら、荒神の棚へ飛び移った。と同時に荒神の松や油光りのする灯明皿も、新公の上へ転げ落ちた。新公はやっと飛び起きる前に、まだ何度もお富の傘に、打ちのめされずにはすまなかった。

「こん畜生《ちくしょう》！　こん畜生！」

お富は傘を揮《ふる》い続けた。が、新公は打たれながらも、とうとう傘を引ったくった。のみならず傘を投げ出すが早いか猛然とお富に飛びかかった。二人は狭い板の間《ま》の上に、少時《しばらく》の間摑《つか》み合った。この立ち廻りの最中《さいちゅう》に、雨は又台所の屋根へ、凄まじい音を湊《あつ》め出した。光も雨音の高まるのと一しょに、見る見る薄暗さを加えて行った。新公は打たれても、引っ掻かれても、遮二無二《しゃにむに》お富を扭《ね》じ伏せようとした。しかし何度か仕損じた後《のち》、やっと彼女に組み付いたと思うと、突然又弾《はじ》かれたように、水口の方へ飛びすさった。

「この阿魔《あま》あ！………」

新公は障子を後ろにしたなり、じっとお富を睨《にら》みつけた。何時か髪も壊れたお富は、べったり板の間に坐りながら、帯の間に挟んで来たらしい剃刀《かみそり》を逆手に握っていた。それは殺気を帯びてもいれば、同時に又妙に艶《なま》めかしい、云わば荒神の棚の上に、脊《せ》を高めた猫と似たものだった。二人はちょいと無言の儘、相手の目の中を窺《うかが》い合った。が、新公は一瞬の後《のち》、わざとらしい冷笑を見せると、懐からさっきの短銃を出した。

「さあ、いくらでもじたばたして見ろ。」

短銃の先は徐《おもむ》ろに、お富の胸のあたりへ向った。それでも彼女は口惜《くや》しそうに、新公の顔を見つめたきり、何とも口を開かなかった。新公は彼女が騒がないのを見ると、今度は何か思いついたように、短銃の先を上に向けた。その先には薄暗い中に、琥珀色の猫の目が仄《ほの》めいていた。

「好《い》いかい？　お富さん。――」

新公は相手をじらすように、笑いを含んだ声を出した。

「この短銃がどんと云うと、あの猫が逆様《さかさま》に転げ落ちるんだ。お前さんにしても同じ事だぜ。そら好いかい？」

引き金はすんでに落ちようとした。

「新公！」

突然お富は声を立てた。

「いけないよ。打っちゃいけない。」

新公はお富へ目を移した。しかしまだ短銃の先は、三毛猫に狙いを定めていた。

「いけないのは知れた事だ。」

「打っちゃ可哀《かわい》そうだよ。三毛だけは助けておくれ。」

お富は今までとは打って変った、心配そうな目つきをしながら、心もち震える唇《くちびる》の間に、細かい歯並みを覗《のぞ》かせていた。新公は半ば嘲《あざけ》るように、又半ば訝《いぶか》るように、彼女の顔を眺めたなり、やっと短銃の先を下げた。と同時にお富の顔には、ほっとした色が浮んで来た。

「じゃ猫は助けてやろう。その代《かわ》り。――」

新公は横柄《おうへい》に云い放った。

「その代りお前さんの体を借りるぜ。」

お富はちょいと目を外《そ》らせた。一瞬間彼女の心の中には、憎しみ、怒り、嫌悪、悲哀、その外いろいろの感情がごったに燃え立って来たらしかった。新公はそう云う彼女の変化に注意深い目を配りながら、横歩きに彼女の後ろへ廻ると茶の間《ま》の障子を明け放った。茶の間は台所に比べれば、勿論一層薄暗かった。が、立ち退いた跡と云う条、取り残した茶簞笥《ちゃだんす》や長火鉢は、その中にもはっきり見る事が出来た。新公は其処に佇んだ儘、かすかに汗ばんでいるらしい、お富の襟もとへ目を落した。するとそれを感じたのか、お富は体を捻《ねじ》るように、後ろにいる新公の顔を見上げた。彼女の顔にはもう何時の間にか、さっきと少しも変らない、活《い》き活《い》きした色が返っていた。しかし新公は狼狽《ろうばい》したように、妙な瞬きを一つしながら、いきなり又猫へ短銃を向けた。

「いけないよ。いけないってば。――」

お富は彼を止めると同時に、手の中の剃刀を板の間《ま》へ落した。

「いけなけりゃあすこへお行きなさいな。」

新公は薄笑いを浮べていた。

「いけ好かない！」

お富は忌忌《いまいま》しそうに呟《つぶや》いた。が、突然立ち上ると、ふて腐れた女のするように、さっさと茶の間《ま》へはいって行った。新公は彼女の諦《あきら》めの好《い》いのに、多少驚いた容子《ようす》だった。雨はもうその時には、ずっと音をかすめていた。おまけに雲の間には、夕日の光でもさし出したのか、薄暗かった台所も、だんだん明るさを加えて行った。新公はその中に佇みながら、茶の間のけはいに聞き入っていた。小倉の帯の解かれる音、畳の上へ寝たらしい音。——それぎり茶の間はしんとしてしまった。

新公はちょいとためらった後《のち》、薄明るい茶の間へ足を入れた。茶の間のまん中にはお富が一人、袖に顔を蔽《おお》った儘、じっと仰向《あおむ》けに横たわっていた。新公はその姿を見るが早いか、逃げるように台所へ引き返した。彼の顔には形容の出来ない、妙な表情が漲《みなぎ》っていた。それは嫌悪のようにも見えれば、恥じたようにも見える色だった。彼は板の間へ出たと思うと、まだ茶の間へ背を向けたなり、突然苦しそうに笑い出した。

「冗談だ。お富さん。冗談だよ。もうこっちへ出て来ておくんなさい。……」

——何分かの後《のち》、懐《ふところ》に猫を入れたお富は、もう傘を片手にしながら、破れ筵を敷いた新公と、気軽に何か話していた。

「姐さん。わたしは少しお前さんに、訊《き》きたい事があるんですがね。――」

新公はまだ間が悪そうに、お富の顔を見ないようにしていた。

「何をさ！」

「何をって事もないんですがね。――まあ肌身を任せると云えば、女の一生じゃ大変な事だ。それをお富さん、お前さんは、その猫の命と懸《か》け替《がえ》に、――こいつはどうもお前さんにしちゃ、乱暴すぎるじゃありませんか？」

新公はちょいと口を噤んだ。がお富は微笑んだぎり、懐の猫を劬《いたわ》っていた。

「そんなにその猫が可愛《かわい》いんですかい？」

「そりゃ三毛も可愛いしね。――」

お富は煮え切らない返事をした。

「それとも又お前さんは、近所でも評判の主人思いだ。三毛が殺されたとなった日にゃ、この家の上さんに申し訣《わけ》がない。――と云う心配でもあったんですかい？」

「ああ、三毛も可愛いしね。お上さんも大事にゃ違いないんだよ。けれどもただわたしはね。――」

お富は小首を傾けながら、遠い所でも見るような目をした。

「何と云えば好いんだろう？　唯あの時はああしないと、何だかすまない気がしたのさ。」

――更《さら》に又何分かの後《のち》、一人になった新公は、古湯帷子の膝を抱いた儘、ぼんやり台所に坐っていた。暮色は疎《まば》らな雨の音の中に、だんだん此処へも迫って来た。引き窓の綱、流し元の水瓶、――そんな物も一つずつ見えなくなった。と思うと上野の鐘が、一杵《いっしょ》ずつ雨雲にこもりながら、重苦しい音を拡げ始めた。新公はその音に驚いたように、ひっそりしたあたりを見廻した。それから手さぐりに流し元へ下りると、柄杓になみなみと水を酌《く》んだ。

「村上新三郎源《むらかみしんざぶろうみなもと》の繁光《しげみつ》、今日だけは一本やられたな。」

彼はそう呟きざま、うまそうに黄昏《たそがれ》の水を飲んだ。……

×　　×　　×　　×　　×　　×

明治二十三年三月二十六日、お富は夫や三人の子供と、上野の広小路《ひろこうじ》を歩いていた。

その日は丁度竹《ちょうどたけ》の台《だい》に、第三回内国博覧会の開会式が催される当日だった。おまけに桜も黒門のあたりは、もう大抵開いていた。だから広小路の人通りは、殆《ほとんど》押し返さないばかりだった。其処《そこ》へ上野の方からは、開会式の帰りらしい馬車や人力車の行列が、しっきりなしに流れて来た。前田正名《まえだまさな》、田口卯吉《たぐちうきち》、渋沢栄一《しぶさわえいいち》、辻新次《つじしんじ》、岡倉覚三《おかくらかくぞう》、下条正雄《げじょうまさお》――その馬車や人力車の客には、そう云う人人《ひとびと》も交っていた。

五つになる次男を抱いた夫は、袂《たもと》に長男を縋《すが》らせた儘、目まぐるしい往来の人通りをよけよけ、時時《ときどき》ちょいと心配そうに、後ろのお富を振り返った。お富は長女の手をひきながら、その度に晴れやかな微笑《ほほえみ》を見せた。勿論二十年の歳月は、彼女にも老《おい》を齎《もたら》していた。しかし目の中《うち》に冴えた光は昔と余り変らなかった。彼女は明治四五年頃に、古河屋政兵衛《こがやせいべえ》の甥《おい》に当る、今の夫と結婚した。夫はその頃は横浜《よこはま》に、今は銀座《ぎんざ》の何丁目かに、小さい時計屋の店を出していた。………

お富はふと目を挙げた。その時丁度《ちょうど》さしかかった、二頭立ちの馬車の中には、新公が悠《ゆう》悠《ゆう》と坐っていた。新公が、――尤《もっと》も今の新公の体は、駝鳥《だちょう》の羽根の前立だの、厳《いか》めしい金モオルの飾緒《かざりお》だの、大小幾つかの勲章だの、いろいろの名誉の標章に埋《うず》まっているようなものだった。しかし半白《はんぱく》の髯《ひげ》の間《あいだ》に、こちらを見ている赭《あか》ら顔は、往年の乞食に違いなかった。お富は思わず足を緩《ゆる》めた。が、不思議にも驚かなかった。新公は唯の乞食ではない。――そんな事はなぜかわかっていた。顔のせいか、言葉のせいか、それとも持っていた短銃のせいか、兎《と》に角《かく》わかってはいたのだった。お富は眉《まゆ》も動かさずに、じっと新公の顔を眺めた。新公も故意か偶然か、彼女の顔を見守っていた。二十年以前の雨の日の記憶は、この瞬間お富の心に、切ない程はっきり浮んで来た。彼女はあの日無分別にも、一匹の猫を救う為《ため》に、新公に体を任そうとした。その動機は何だったか、――彼女はそれを知らなかった。新公は亦《また》そう云う羽目《はめ》にも、彼女が投げ出した体には、指さえ触れる事を肯《がえん》じなかった。その動機は何だったか、――それも彼女は知らなかった。が、知らないのにも関《かかわ》らず、それらは皆お富には、当然すぎる程《ほど》当然だった。彼女は馬車とすれ違いながら、何か心の伸びるような気がした。

新公の馬車の通り過ぎた時、夫は人ごみの間から、又お富を振り返った。彼女はやはりその顔を見ると、何事もないように微笑んで見せた。活き活きと、嬉しそうに。……

報恩記

阿媽港甚内の話

わたしは甚内《じんない》と云《い》うものです。苗字《みようじ》は――さあ、世間ではずっと前から、阿媽港《あまかわ》甚内と云っているようです。阿媽港甚内、――あなたもこの名は知っていますか？　いや、驚くには及びません。わたしはあなたの知っている通り、評判の高い盗人《ぬすびと》です。しかし今夜参ったのは、盗みにはいったのではありません。どうかそれだけは安心して下さい。

あなたは日本にいる伴天連《ばてれん》の中でも、道徳の高い人だと聞いています。して見れば盗人と名のついたものと、少時《しばらく》でも一《いっ》しょにいると云う事は、愉快ではないかも知れません。が、わたしも思いの外《ほか》、盗みばかりしてもいないのです。何時《いつ》ぞや聚楽《じゆらく》の御殿へ召された呂宋助《るそんすけ》左衛門《ざえもん》の手代《てだい》の一人も、確か甚内と名乗っていました。又利休居士《またりきゆうこじ》の珍重《ちんちよう》していた「赤がしら」と称《とな》える水さしも、それを贈った連歌師《れんがし》の本名は、甚内とか云ったと聞いています。そう云えばつい二三年以前、阿媽港日記と云う本を書いた、大村《おおむら》あたりの通辞《つうじ》の名前も、甚内と云うのではなかったでしょうか？　その外《ほか》三条《さんじょう》河原《がわら》の喧嘩に、甲比丹《カピタン》「まるどなど」を救った虚無僧《こむそう》、堺《さかい》の妙国寺《みょうこくじ》門前に、南蛮《なんばん》の薬を売っていた商人、……そう云うものも名前を明かせば、何がし甚内だったのに違いありません。いや、それよりも大事なのは、去年この「さん・ふらんしすこ」の御寺《みてら》へ、おん母《はは》「まりや」の爪を収めた、黄金《おうごん》の舎利塔《しゃりとう》を献じているのも、やはり甚内と云う信徒だった筈《はず》です。

　しかし今夜は残念ながら、一一《いちいち》そう云う行状を話している暇はありません。唯《ただ》どうか阿媽港甚内は、世間一般の人間と余《あま》り変りのない事を信じて下さい。そうですか？　では出来るだけ手短かに、わたしの用向きを述べる事にしましょう。わたしは或《ある》男の魂の為《ため》に、「みさ」の御祈りを願いに来たのです。いや、わたしの血縁のものではありません。と云っても亦《また》わたしの刃金《はがね》に、血を塗ったものでもないのです。名前ですか？　名前は、――さあ、それは明かして好《い》いかどうか、わたしにも判断はつきません。或る男の魂の為に、――或《あるい》は「ぽうろ」と云う日本人《にっぽんじん》の為に、冥福《めいふく》を祈ってやりたいのです。いけませんか？――成程《なるほど》阿媽港甚内に、こう云う事を頼まれたのでは、手軽に受合う気にもなれますまい。では兎《と》に角《かく》一通り、事情だけは話して見る事にしましょう。しかしそれには生死を問わず、他言《たごん》しない約束が必要です。あなたはその胸の十字架に懸けても、きっと約束を守りますか？　いや――、失礼は赦して下さい。（微笑）伴天連《ばてれん》のあなたを疑うのは、盗人のわたしには僭上《せんじょう》でしょう。しかしこの約束を守らなければ、（突然真面目《まじめ》に）「いんへるの」の猛火に焼かれずとも、現《げん》世《せ》に罰が下《くだ》る筈です。

もう二年あまり以前の話ですが、丁度《ちょうど》或凩《あるこがらし》の真夜中です。わたしは雲水《うんすい》に姿を変えながら、京の町中をうろついていました。京の町中をうろついたのは、その夜に始《よ》まったのではありません。もう彼是《かれこれ》五日ばかり、何時《いつ》も初更《しょこう》を過ぎさえすれば、必《かならず》人目に立たないように、そっと家家《いえいえ》を窺《うかが》ったのです。勿論何の為だったかは、註を入れるにも及びますまい。殊《こと》にその頃は摩利伽《まりか》へでも、一時《いちじ》渡っているつもりでしたから、余計に金《かね》の入用もあったのです。

町は勿論とうの昔に人通りを絶っていましたが、星ばかりきらめいた空中には、小やみもない風の音がどよめいています。わたしは暗い軒通《のきづた》いに、小川通《おがわどお》りを下って来ると、ふと辻を一つ曲《まが》った所に、大きい角屋敷《かどやしき》のあるのを見つけました。これは京でも名を知られた、北《ほう》条屋弥三右衛門《じょうややさうえもん》の本宅です。同じ渡海《とかい》を渡世にしていても、北条屋は到底角倉《とうていかどくら》などと肩を並べる事は出来ますまい。しかし兎に角沙室《しやむろ》や呂宋《るそん》へ、船の一二艘《そう》も出しているのですから、一かどの分限者《ぶげんしや》には違いありません。わたしは何もこの家を目当に、うろついていたのではないのですが、丁度其処《そこ》へ来合わせたのを幸い、一稼ぎする気を起しました。その上前にも云った通り、夜は深いし風も出ている、――わたしの商売にとりかかるのには、万事持って来いの寸法です。わたしは路《みち》ばたの天水桶《てんすいおけ》の後《うしろ》に、網代《あじろ》の笠や杖を隠した上、忽《たちま》ち高塀を乗り越えました。

世間の噂《うわさ》を聞いて御覧なさい。阿媽港甚内は、忍術を使う、――誰《たれ》でも皆そう云っています。しかしあなたは俗人のように、そんな事は本当と思いますまい。わたしは忍術も使わなければ、悪魔も味方にはしていないのです。唯《ただ》阿媽港にいた時分、葡萄牙《ポルトガル》の船の医者に、究理の学問を教わりました。それを実地に役立てさえすれば、大きい錠前を扭《ね》じ切ったり、重い閂《かんぬき》を外したりするのは、格別むずかしい事ではありません。（微笑）今までにない盗みの仕方、――それも日本と云う未開の土地は、十字架や鉄砲の渡来と同様、やはり西洋に教わったのです。

わたしは一《ひと》ときとたたない内に、北条屋の家《うち》の中にはいっていました。が、暗い廊下をつき当ると、驚いた事にはこの夜更けにも、まだ火影《ほかげ》のさしているばかりか、話し声のする小座敷《ざしき》があります。それがあたりの容子《ようす》では、どうしても茶室に違いありません。「凩《こがらし》の茶か」――わたしはそう苦笑しながら、そっと其処《そこ》へ忍び寄りました。実際その時は人声のするのに、仕事の邪魔を思うよりも、数寄《すき》を凝らした囲いの中に、この家《や》の主人や客に来た仲間が、どんな風流を楽しんでいるか？――そんな事に心が惹かれたのです。

襖の外に身を寄せるが早いか、わたしの耳には思った通り、釜《かま》のたぎりがはいりました。が、その音がすると同時に、意外にも誰か話をしては、泣いている声が聞えるのです。誰か、――と云うよりもそれは二度と聞かずに、女だと云う事さえわかりました。こう云う大家《たいけ》の茶座敷に、真夜中女の泣いていると云うのは、どうせ唯事《ただごと》ではありません。わたしは息をひそめた儘《まま》、幸い明いていた襖《ふすま》の隙《すき》から、茶室の中を覗《のぞ》きこみました。行灯《あんどん》の光に照された、古色紙《こしきし》らしい床《とこ》の懸け物、懸け花入《ばないれ》の霜菊《しもぎく》の花。――囲いの中には御約束通り、物寂びた趣が漂っていました。その床の前、――丁度わたしの真正面に坐《すわ》った老人は、主人の弥三右衛門でしょう、何か細かい唐草《からくさ》の羽織に、じっと両腕を組んだ儘《まま》、殆《ほとんど》よそ眼に見たのでは、釜の煮《に》え音でも聞いているようです。弥三右衛門の下座《しもざ》には、品の好《い》い笄髷《こうがいまげ》の老女が一人、これは横顔を見せた儘、時時《ときどき》涙を拭っていました。

「いくら不自由がないようでも、やはり苦労だけはあると見える。」――わたしはそう思いながら、自然と微笑を洩《も》らしたものです。微笑を、――こう云ってもそれは北条屋夫婦に、悪意があったのではありません。わたしのように四十年間、悪名ばかり負っているものには、他人の、――殊《こと》に幸福らしい他人の不幸は、自然と微笑を浮ばせるのです。（残酷な表情）その時もわたしは夫婦の歎《なげ》きが、歌舞伎《かぶき》を見るように愉快だったのです。（皮肉な微笑）しかしこれはわたし一人に、限った事ではありますまい。誰にも好まれる草紙《そうし》と云えば、悲しい話にきまっているようです。

弥三右衛門は少時《しばらく》の後《のち》、吐息《といき》をするようにこう云いました。

「もうこの羽目《はめ》になった上は、泣いても喚《わめ》いても取返しはつかない。わたしは明日《あす》にも店のものに、暇《ひま》をやる事に決心をした。」

その時又烈しい風が、どっと茶室を揺すぶりました。それに声が紛《まぎ》れたのでしょう。弥三右衛門の内儀《ないぎ》の言葉は、何と云ったのだかわかりません。が、主人は頷《うなず》きながら、両手を膝の上に組み合せると、網代《あじろ》の天井へ眼を上げました。太い眉《まゆ》、尖った頬骨《ほおぼね》、殊に切れの長い目尻、――これは確かに見れば見る程《ほど》、何時《いつ》か一度は会っている顔です。

「おん主人《あるじ》、「えす・きりすと」様。何とぞ我我《われわれ》夫婦の心に、あなた様の御力を御恵み下さい。……」

弥三右衛門は眼を閉じた儘、御祈りの言葉を呟《つぶや》き始めました。老女もやはり夫のように天帝の加護を乞うているようです。わたしはその間瞬《またた》きもせず、弥三右衛門の顔を見続けました。すると又凩の渡った時、わたしの心に閃《ひらめ》いたのは、二十年以前の記憶です。わたしはこの記憶の中に、はっきり弥三右衛門の姿を捉えました。

その二十年以前の記憶と云うのは、――いや、それは話すには及びますまい。唯手短に事実だけ云えば、わたしは阿媽港に渡っていた時、或日本《にほん》の船頭《せんどう》に危《あやう》い命を助けて貰《もら》いました。その時は互《たがい》に名乗りもせず、それなり別れてしまいましたが、今わたしの見た弥三右衛門は、当年の船頭に違いないのです。わたしは奇遇《きぐう》に驚きながら、やはりこの老人の顔を見守っていました。そう云えば威《い》かつい肩のあたりや、指節《ゆびふし》の太い手の恰好《かっこう》には、未《いま》だに珊瑚礁の潮《しお》けむりや、白檀山《びゃくだんやま》の匂いがしみているようです。

弥三右衛門は長い御祈りを終ると、静かに老女へこう云いました。

「跡《あと》は唯《ただ》何事も、天主の御意《ぎょい》次第と思うたが好《よ》い。――では釜のたぎっているのを幸い、茶でも一つ立てて貰おうか？」

しかし老女は今更《いまさら》のように、こみ上げる涙を堪《こら》えるように、消え入りそうな返事をしました。

「はい。——それでもまだ悔《く》やしいのは、——」

「さあ、それが愚痴《ぐち》と云うものじゃ。北条丸《ほうじようまる》の沈んだのも、抛《な》げ銀《ぎん》の皆倒れたのも、——」

「いえ、そんな事ではございません。せめては悴《せがれ》の弥三郎《やさぶろう》でも、いてくれればと思うのでございますが、……」

わたしはこの話を聞いている内に、もう一度微笑が浮んで来ました。が、今度は北条屋の不運に、愉快を感じたのではありません。「昔の恩を返す時が来た」——そう思う事が嬉しかったのです。わたしにも、御尋《おたず》ね者《もの》の阿媽港甚内にも、立派に恩返しが出来る愉快さは、——いや、この愉快さを知るものは、わたしの外《ほか》にはありますまい。（皮肉に）世間の善人は可哀そうです。何一つ悪事を働かない代りに、どの位《くらい》善行を施《ほどこ》した時には、嬉しい心もちになるものか、——そんな事も碌《ろく》には知らないのですから。

「何、ああ云う人でなしは、居らぬだけにまだしも仕合せな位じゃ。……」

弥三右衛門は苦苦《にがにが》しそうに、行灯《あんどん》へ眼を外《そ》らせました。

「あいつが使いおった金でもあれば、今度も急場だけは凌《しの》げたかも知れぬ。それを思えば勘当《かんどう》したのは、……」

弥三右衛門はこう云ったなり、驚いたようにわたしを眺めました。これは驚いたのも無理はありません。わたしはその時声もかけずに、堺《さかい》の襖を明けたのですから。——しかもわたしの身なりと云えば、雲水に姿をやつした上、網代の笠を脱いだ代りに、南蛮頭巾《ずきん》をかぶっていたのですから。

「誰だ、おぬしは?」

弥三右衛門は年はとっていても、咄嗟《とっさ》に膝を起しました。

「いや、御驚きになるには及びません。わたしは阿媽港甚内と云うものです。——まあ、御静かになすって下さい。阿媽港甚内は盗人ですが、今夜突然参上したのは、少し外《ほか》にも訣《わけ》があるのです。——」

わたしは頭巾を脱ぎながら、弥三右衛門の前に坐りました。

その後《のち》の事は話さずとも、あなたには推察出来るでしょう。わたしは北条屋の危急《ききゆう》を救う為《ため》に、三日と云う日限を一日も違えず、六千貫《がん》の金を調達《ちようだつ》する、恩返しの約束を結んだのです。——おや、誰《たれ》か戸の外に、足音が聞えるではありませんか? では今夜は御免下さい。いずれ明日《あす》か明後日《あさって》の夜《よ》、もう一度此処《ここ》へ忍んで来ます。あの大十字架《おおくるす》の星の光は阿媽港の空には輝いていても、日本《にっぽん》の空には見られません。わたしも丁度ああ云うように日本では姿を晦《くら》ませていないと、今夜「みさ」を願いに来た、「ぽうろ」の魂の為にもすまないのです。

何、わたしの逃げ途《みち》ですか？　そんな事は心配に及びません。この高い天窓からでも、あの大きい暖炉からでも、自由自在に出て行かれます。就《つ》いてはどうか呉呉《くれぐれ》も、恩人「ぽうろ」の魂の為に、一切他言は慎《つつし》んで下さい。

北条屋弥三右衛門の話

伴天連《ばてれん》様。どうかわたしの懺悔《ざんげ》を御聞き下さい。御承知でも御座いましょうが、この頃世上に噂の高い、阿媽港甚内と云う盗人がございます。根来寺《ねごろでら》の塔に住んでいたのも、殺生《せっしょう》関白《かんぱく》の太刀《たち》を盗んだのも、又遠い海の外では、呂宋の太守を襲ったのも、皆あの男だとか聞き及びました。それがとうとう搦《から》めとられた上、今度一条戻《もど》り橋《ばし》のほとりに、曝《さら》し首《くび》になったと云う事も、或は御耳にはいって居《お》りましょう。わたしはあの阿媽港甚内に一方《ひとかた》ならぬ大恩を蒙《こうむ》りました。が、又大恩を蒙っただけに、唯今《ただいま》では何とも申しようのない、悲しい目にも遇《あ》ったのでございます。どうかその仔細《しさい》を御聞きの上、罪びと北条屋弥三右衛門にも、天帝の御愛憐を御祈り下さい。

　丁度今から二年ばかり以前の、冬の事でございます。ずっとしけばかり続いた為に、持ち船の北条丸は沈みますし、抛げ銀は皆倒れますし、――それやこれやの重なった揚句、北条屋一家は分散の外《ほか》に、仕方のない羽目になってしまいました。御承知の通り町人には取引きうの家業は、我我《われわれ》もうこうなればございません。友だちと申すものは先はございましても、ず潮に吸われた大船《おおぶね》も同様、まっ逆様《さかさま》に奈落《ならく》の底へ、落ちこむばかりなのでございます。すると或夜、――今でもこの夜の事は忘れません。或凩の烈しい夜でございましたが、わたし共夫婦は御存知の囲いに、夜の更けるのも知らず話して居りました。其処へ突然はいって参ったのは、雲水の姿に南蛮頭巾をかぶった、あの阿媽港甚内でございます。わたしは勿論驚きもすれば、又怒りも致しました。が、甚内の話を聞いて見ますと、あの男はやはり盗みを働きに、わたしの宅へ忍びこみましたが、茶室には未《いまだ》に火影ばかりか、人の話し声が聞えている、そこで襖越しに、覗いて見ると、この北条屋弥三右衛門は、甚内の命を助けた事のある、二十年以前の恩人だったと、こう云う次第ではございませんか？

成程《なるほど》そう云われて見れば、彼是《かれこれ》二十年にもなりましょうか、まだわたしが阿媽港通いの「ふすた」船の船頭を致していた頃、あそこへ船がかりをしている内に、髭《ひげ》さえ碌《ろく》にない日本人を一人、助けてやった事がございます。何でもその時の話では、ふとした酒の上の喧嘩から、唐人《とうじん》を一人殺した為に、追手《おって》がかかったとか申して居りました。して見ればそれが今日では、あの阿媽港甚内と云う、名代《なだい》の盗人になったのでございましょう。わたしは兎に角甚内の言葉も嘘《うそ》ではない事がわかりましたから、一家のものの寝ているのを幸い、まずその用向きを尋ねて見ました。

すると甚内の申しますには、あの男の力に及ぶ事なら、二十年以前の恩返しに、北条屋の危急を救ってやりたい、差当り入用《いりよう》の金子《きんす》の高《たか》は、どの位《くらい》だと尋ねるのでございます。わたしは思わず苦笑致しました。盗人に金を調達して貰う、——それが可笑《おか》しいばかりではございません。如何《いか》に阿媽港甚内でも、そう云う金がある位《くらい》ならば、何もわざわざわたしの宅へ、盗みにはいるにも当りますまい。しかしその金高を申しますと、甚内は小首を傾けながら、今夜の内にはむずかしいが、三日も待てば調達しようと、無造作《むぞうさ》に引き受けたのでございます。が、何しろ入用なのは、六千貫と云う大金でございますから、きっと調達出来るかどうか、当てになるものではございません。いや、わたしの量見《りょうけん》では、まず賽《さい》の目をたのむよりも、覚束《おぼつか》ないと覚悟をきめていました。

甚内はその夜わたしの家内に、悠悠《ゆうゆう》と茶なぞ立てさせた上、凩の中を帰って行きました。が、その翌日になって見ても、約束の金は届きません。二日目も同様でございました。三日目は、——この日は雪になりましたが、やはり夜《よ》に入《い》ってしまった後《のち》も、何一つ便りはありません。わたしは前に甚内の約束は、当にして居らぬと申し上げました。が、店のものにも暇を出さず、成行《なりゆ》きに任せていた所を見ると、それでも幾分《いくぶん》か心待ちには、待っていたのでございましょう。又実際三日目の夜《よ》には、囲いの行灯に向っていても、雪折れの音のする度《たび》毎《ごと》に、聞き耳ばかり立てて居りました。

所《ところ》が三更《さんこう》も過ぎた時分、突然茶室の外の庭に、何か人の組み合うらしい物音が聞えるではございませんか？　わたしの心に閃《ひらめ》いたのは、勿論甚内の身の上でございます。もしや捕《と》り手《て》でもかかったのではないか？――わたしは咄嗟にこう思いましたから、庭に向いた障子を明けるが早いか、行灯の火を掲《かか》げて見ました。雪の深い茶室の前には、大明竹《だいみんちく》の垂れ伏したあたりに、誰か二人摑《つか》み合っている――と思うとその一人は、飛びかかる相手を突き放したなり、庭木の陰をくぐるように、忽《たちま》ち塀の方へ逃げ出しました。雪のはだれる音、塀に攀《よ》じ登る音、――それぎりひっそりしてしまったのは、もう何処《どこ》か塀の外へ、無事に落ち延びたのでございましょう。が、突き放された相手の一人は、格別跡を追おうともせず、体の雪を払いながら、静かにわたしの前へ歩み寄りました。

「わたしです。阿媽港甚内ですよ。」

わたしは呆気《あっけ》にとられた儘、甚内の姿を見守りました。甚内は今夜も南蛮頭巾に、袈裟法衣《けさころも》を着ているのでございます。

「いや、とんだ騒ぎをしました。誰《たれ》もあの組打ちの音に、眼を覚さねば仕合せですが。」

甚内は囲いへはいると同時に、ちらりと苦笑を洩らしました。

「何、わたしが忍んで来ると、丁度誰かこの床の下へ、這《は》いこもうとするものがあるのです。そこで一つ手捕りにした上、顔を見てやろうと思ったのですが、とうとう逃げられてしまいました。」

わたしはまださっきの通り、捕り手の心配がございましたから、役人ではないかと尋ねて見ました。が、甚内は役人所か、盗人だと申すのでございます。盗人が盗人を捉えようとした、――この位《くらい》珍しい事はございますまい。今度は甚内よりもわたしの顔に、自然と苦笑が浮びました。しかしそれは兎も角も、調達の成否を聞かない内は、わたしの心も安まりません。すると甚内は云わない先に、わたしの心を読んだのでございましょう、悠悠《ゆうゆう》と胴巻《どうま》きをほどきながら、炉《ろ》の前へ金包《かねづつ》みを並べました。

「御安心なさい、六千貫の工面《くめん》はつきましたから。――実はもう昨日の内に、大抵《たいてい》調達したのですが、まだ二百貫程不足でしたから、今夜はそれを持って来ました。どうかこの包みを受け取って下さい。又昨日《きのう》までに集めた金は、あなた方御夫婦も知らない内に、この茶室の床下へ隠して置きました。大方《おおかた》今夜の盗人のやつも、その金を嗅《か》ぎつけて来たのでしょう。」

わたしは夢でも見ているように、そう云う言葉を聞いていました。盗人に金を施《ほどこ》して貰う、――それはあなたに伺わないでも、確かに善い事ではございますまい。しかし調達が出来るかどうか、半信半疑の境にいた時は、善悪も考えずに居りましたし、又今となって見れば、むげに受け取らぬとも申されません。しかもその金を受け取らないとなれば、わたしばかりか一家のものも、路頭《ろとう》に迷うのでございます。どうかこの心もちに、せめては御憐憫《ごれんびん》を御加え下さい。わたしは何時《いつ》か甚内の前に、恭《うやうや》しく両手をついた儘《まま》、何も申さずに泣いて居りました。……

その後《のち》わたしは二年の間、甚内の噂を聞かずに居りました。が、とうとう分散もせずに恙《つつが》ないその日を送られるのは、皆甚内の御蔭《おかげ》でございますから、何時《いつ》でもあの男の仕合せの為に、人知れずおん母《はは》「まりや」様へも、祈願《きがん》をこめていたのでございます。所《ところ》がどうでございましょう、この頃往来の話を聞けば、阿媽港甚内は御召捕《おめしと》りの上、戻り橋に首を曝していると、こう申すではございませんか？　わたくしは驚きも致しました。人知れず涙も落しました。しかし積悪の報《むくい》と思えば、これも致し方はございますまい。いや、寧《むし》ろこの永年、天罰も受けずに居りましたのは、不思議だった位《くらい》でございます。が、せめてもの恩返しに、陰ながら回向《えこう》をしてやりたい。――こう思ったものでございますから、わたしは今日伴もつれずに、早速一条戻り橋へ、その曝し首を見に参りました。

戻り橋のほとりへ参りますと、もうその首を曝した前には、大勢人がたかって居ります。罪状を記した白木《しらき》の札《ふだ》、首の番をする下役人《したやくにん》――それは何時《いつ》もと変りません。が、三本組み合せた、青竹の上に載せてある首は、――ああ、そのむごたらしい血まみれの首は、どうしたと云うのでございましょう？　わたしは騒騒《そうぞう》しい人だかりの中に、蒼ざめた首を見るが早いか、思わず立ちすくんでしまいました。この首はあの男ではございません。阿媽港甚内の首ではございません。この太い眉、この突き出た頬、この眉間の刀創《かたなきず》、――何一つ甚内には似て居りません。しかし、――わたしは突然日の光も、わたしのまわりの人だかりも、竹の上へ載せた曝し首も、皆何処か遠い世界へ、流れてしまったかと思う位、烈しい驚きに襲われました。この首は甚内ではございません。わたしの首でございます。二十年以前のわたし、――丁度甚内の命を助けた、その頃のわたしでございます。「弥三郎！」――わたしは舌さえ動かせたなら、こう叫んでいたかも知れません。が、声を揚げる所《どころ》かわたしの体は瘧《おこり》を病んだように、震えているばかりでございました。

弥三郎！　わたしは唯幻のように、悴の曝し首を眺めました。首はやや仰向いた儘半ば開いた眶《まぶた》の下から、じっとわたしを見守って居ります。これはどうした訣でございましょう？　悴は何かの間違いから、甚内と思われたのでございましょうか？　しかし御吟味も受けたとすれば、そう云う間違いは起りますまい。それとも阿媽港甚内というのは、悴だったのでございましょうか？　わたしの宅へ来た贋雲水《にせうんすい》は、誰か甚内の名前を仮りた、別人だったのでございましょうか？　いや、そんな筈《はず》はございません。三日と云う日限を一日も違えず、六千貫の金を工面するものは、この広い日本の国にも、甚内の外《ほか》に誰が居りましょう？して見ると、――その時わたしの心の中には、二年以前雪の降った夜、甚内と庭に争っていた、誰とも知らぬ男の姿が、急にはっきり浮んで参りました。あの男は誰だったのでございましょう？　もしや悴ではございますまいか？　そう云えばあの男の姿かたちは、ちらりと一眼見ただけでも、どうやら悴の弥三郎に、似ていたようでもございます。しかしこれはわたし一人の、心の迷いでございましょうか？　もし悴だったとすれば、――わたしは夢の覚めたように、しげしげ首を眺めました。するとその紫ばんだ、妙に緊りのない脣《くちびる》には、何か微笑《ほほえみ》に近い物が、ほんのり残っているのでございます。

曝し首に微笑が残っている、――あなたはそんな事を御聞きになると、御哂《おわら》いになるかも知れません。わたしさえそれに気のついた時には、眼のせいかとも思いました。が、何度見直しても、その干からびた脣には、確かに微笑らしい明みが、漂っているのでございます。わたしはこの不思議な微笑に、永い間見入って居《お》りました。と、何時《いつ》かわたしの顔にも、やはり微笑が浮んで参りました。しかし微笑が浮ぶと同時に、眼には自然と熱い涙も、にじみ出して来たのでございます。

「お父さん、勘忍《かんにん》して下さい。――」

その微笑は無言の内に、こう申していたのでございます。

「お父さん。不孝《ふこう》の罪は勘忍して下さい。わたしは二年以前の雪の夜、勘当の御詫《おわ》びがしたいばかりに、そっと家《うち》へ忍んで行きました。昼間は店のものに見られるのさえ、恥しいなりをしていましたから、わざわざ夜《よ》の更けるのを待った上、お父さんの寝間《ねま》の戸を叩いても、御眼にかかるつもりでいたのです。所《ところ》がふと囲いの障子に、火影のさしているのを幸い、其処へ怯《お》ず怯《お》ず行きかけると、いきなり誰か後《うしろ》から、言葉もかけずに組つきました。

「お父さん。それから先はどうなったか、あなたの知っている通りです。わたしは余り不意だった為、お父さんの姿を見るが早いか、相手の曲者《くせもの》を突き放したなり、高塀の外へ逃げてしまいました。が、雪明りに見た相手の姿は、不思議にも雲水のようでしたから、誰も追う者のないのを確めた後《のち》、もう一度あの茶室の外へ、大胆《だいたん》にも忍んで行ったのです。わたしは囲いの障子越しに、一切《いっさい》の話を立ち聞きました。

「お父さん。北条屋を救った甚内は、わたしたち一家の恩人です。わたしは甚内の身に危急があれば、たとえ命は抛《なげう》っても、恩に報いたいと決心しました。又この恩を返す事は、勘当《かんどう》を受けた浮浪人《ふろうにん》のわたしでなければ出来ますまい。わたしはこの二年間、そう云う機会を待っていました。そうして、――その機会が来たのです。どうか不孝の罪は勘忍して下さい。わたしは極道《ごくどう》に生れましたが、一家の大恩だけは返しました。それがせめてもの心やりです。……」

わたしは宅へ帰る途中も、同時に泣いたり笑ったりしながら、倅のけなげさを褒《ほ》めてやりました。あなたは御存知になりますまいが、倅の弥三郎もわたしと同様、御宗門《ごしゆうもん》に帰依《きえ》して居りましたから、もとは「ぽうろ」と云う名前さえも、頂いて居ったものでございます。しかし、――しかし倅も不運なやつでございました。いや、倅ばかりではございません。わたしもあの阿媽港甚内に一家の没落さえ救われなければ、こんな嘆きは致しますまいに。いくら未練《みれん》だと思いましても、これればかりは切のうございます。分散せずにいた方が好《よ》いか、倅を殺さずに置いた方が好いか、――（突然苦しそうに）どうかわたしを御救い下さい。わたしはこの儘生きていれば、大恩人の甚内を憎むようになるかも知れません。………（永い間の歔欷《すすりなき》）

「ぽうろ」弥三郎の話

ああ、おん母《はは》「まりや」様！　わたしは夜が明け次第、首を打たれる事になっています。わたしの首は地に落ちても、わたしの魂は小鳥のように、あなたの御側《おそば》へ飛んで行くでしょう。いや、悪事ばかり働いたわたしは、「はらいそ」（天国）の荘厳《そうごん》を拝する代りに、恐しい「いんへるの」（地獄）の猛火の底へ、逆落《さかおと》しになるかも知れません。しかしわたしは満足です。わたしの心には二十年来、この位《くらい》嬉しい心もちは、宿った事がないのです。

わたしは北条屋弥三郎です。が、わたしの曝し首は、阿媽港甚内と呼ばれるでしょう。わたしがあの阿媽港甚内、――これ程《ほど》愉快《ゆかい》な事があるでしょうか？　阿媽港甚内、――どうです？　好《い》い名前ではありませんか？　わたしはその名前を口にするだけでも、この暗い牢《ろう》の中さえ、天上の薔薇《ばら》や百合《ゆり》の花に、満ち渡るような心もちがします。

忘れもしない二年前《ぜん》の冬、丁度或大雪の夜《よる》です。わたしは博奕《ばくち》の元手《もとで》が欲しさに、父の本宅へ忍びこみました。所《ところ》がまだ囲いの障子に、火影がさしていましたから、そっと其処を窺おうとすると、いきなり誰《たれ》か言葉もかけず、わたしの襟上《えりがみ》を捉えたものがあります。振り払う、又摑みかかる、――相手は誰だか知らないのですが、その力の逞《たくま》しい事は、到底唯ものとは思われません。のみならず二三度揉み合う内に、茶室の障子が明いたと思うと、庭へ行灯をさし出したのは、紛れもない父の弥三右衛門です。わたしは一生懸命に、摑まれた胸倉を振り切りながら、高塀の外へ逃げ出しました。

しかし半町程《はんちようほど》逃げ延びると、わたしは或軒下《のきした》に隠れながら、往来の前後を見廻しました。往来には夜目にも白白《しろじろ》と、時時《ときどき》雪煙りが揚《あが》る外《ほか》には、何処にも動いているものは見えません。相手は諦めてしまったのか、もう追いかけても来ないようです。が、あの男は何ものでしょう？　咄嗟の間《あいだ》に見た所では、確かに僧形《そうぎよう》をしていました。が、さっきの腕の強さを見れば、――殊に兵法にも精《くわ》しいのを見れば、世の常の坊主ではありますまい。第一こう云う大雪の夜に、庭先へ誰か坊主が来ている、――それが不思議ではありませんか？　わたしは少《しば》時思案《らく》した後、たとい危い芸当にしても、兎に角もう一度茶室の外へ、忍び寄る事に決心しました。

それから一時ばかりたった頃です。あの怪しい行脚《あんぎや》の坊主は、丁度雪の止んだのを幸い、小川通りを下って行きました。これが阿媽港甚内なのです。侍《さむらい》、連歌師《れんがし》、町人、虚無僧《こむそう》、――何にでも姿を変えると云う、洛中《らくちゆう》に名高い盗人なのです。わたしは後から見え隠れに甚内の跡をつけて行きました。その時程妙に嬉しかった事は、一度もなかったのに違いありません。阿媽港甚内！　阿媽港甚内！　わたしはどの位夢の中にも、あの男の姿を慕《した》っていたでしょう。殺生関白の太刀を盗んだのも甚内です。沙室屋《しやむろや》の珊瑚樹《さんごじゆ》を詐《かた》ったのも甚内です。備前宰相《びぜんさいしよう》の伽羅《きやら》を切ったのも、甲比丹《カピタン》「ぺれいら」の時計を奪ったのも、一夜《いちや》に五つの土蔵を破ったのも、八人の参河侍《みかわざむらい》を斬り倒したのも、――その外《ほか》末代にも伝わるような、稀有《けう》の悪事を働いたのは、何時《いつ》でも阿媽港甚内です。その甚内は今わたしの前に、網代の笠を傾けながら、薄明るい雪路《ゆきみち》を歩いている。――こう云う姿を眺められるのは、それだけでも仕合せではありませんか？　が、わたしはこの上にも、もっと仕合せになりたかったのです。

わたしは浄厳寺《じようごんじ》の裏へ来ると、一散《いつさん》に甚内へ追いつきました。此処《ここ》はずっと町家《ちようか》のない土塀《どべい》続きになっていますから、たとい昼でも人目を避けるには、一番御誂《おあつら》えの場所なのですが、甚内はわたしを見ても、格別驚いた気色《けしき》は見せず、静かに其処へ足を止めました。しかも杖をついたなり、わたしの言葉を待つように、一言《ひとこと》も口を利《き》かないのです。わたしは実際恐る恐る、甚内の前に手をつきました。しかしその落着いた顔を見ると、思うように声さえ出て来ません。

「どうか失礼は御免下さい。わたしは北条屋弥三右衛門の悴弥三郎と申すものです。――」

わたしは顔を火照《ほて》らせながら、やっとこう口を切りました。

「実は少し御願いがあって、あなたの跡を慕って来たのですが、……」

甚内は唯頷きました。それだけでも気の小さいわたしには、どの位《くらい》難有《ありがた》い気がしたでしょう。わたしは勇気も出て来ましたから、やはり雪の中に手をついたなり、父の勘当を受けている事、今はあぶれものの仲間にはいっている事、今夜父の家へ盗みにはいった所が、計らず甚内にめぐり合った事、なお又《また》父と甚内との密談も一つ残らず聞いた事、――そんな事を手短に話しました。が、甚内は不相変《あいかわらず》、黙然《もくねん》と口を噤《つぐ》んだ儘、冷やかにわたしを見ているのです。わたしはその話をしてしまうと、一層膝を進ませながら、甚内の顔を覗きこみました。

「北条一家の蒙《こうむ》った恩は、わたしにも亦かかっています。わたしはその恩を忘れないしるしに、あなたの手下《てした》になる決心をしました。どうかわたしを使って下さい。わたしは盗みも知っています。火をつける術《すべ》も知っています。その外《ほか》一通りの悪事だけは、人に劣《おと》らず知っています。――」

しかし甚内は黙っています。わたしは胸を躍らせながら、愈《いよいよ》熱心に説き立てました。

「どうかわたしを使って下さい。わたしは必《かならず》働きます。京、伏見《ふしみ》、堺《さかい》、大阪、――わたしの知らない土地はありません。わたしは一日に十五里歩きます。力も四斗俵《しとぴょう》は片手に挙《あが》ります。人も二三人は殺して見ました。どうかわたしを使って下さい。わたしはあなたの為ならば、どんな仕事でもして見せます。伏見の城の白孔雀《しろくじゃく》も、盗めと云えば、盗んで来ます。『さん・ふらんしすこ』の寺の鐘楼《しゅろう》も、焼けと云えば焼いて来ます。右大臣家《うだいじんけ》の姫君も、拐《かどわか》せと云えば拐して来ます。奉行《ぶぎょう》の首も取れと云えば、――」

わたしはこう云いかけた時、いきなり雪の中へ蹴倒されました。

「莫迦《ばか》め！」

甚内は一声叱った儘、元の通り歩いて行きそうにします。わたしは殆《ほとんど》気違いのように法《ころ》衣《も》の裾へ縋りつきました。

「どうかわたしを使って下さい。わたしはどんな場合にも、きっとあなたを離れません。あなたの為には水火《すいか》にも入《い》ります。あの『えそぼ』の話の獅子王《ししおう》さえ、鼠《ねずみ》に救われるではありませんか？　わたしはその鼠になります。わたしは、——」

「黙れ。甚内は貴様なぞの恩は受けぬ。」

甚内はわたしを振り放すと、もう一度其処へ蹴倒しました。

「白癩《びゃくらい》めが！　親孝行でもしろ！」

わたしは二度目に蹴倒された時、急に口惜しさがこみ上げて来ました。

「よし！　きっと恩になるな！」

しかし甚内は見返りもせず、さっさと雪路を急いで行きます。何時《いつ》かさし始めた月の光に網代の笠を仄めかせながら、……それぎりわたしは二年の間、ずっと甚内を見ずにいるのです。（突然笑う）「甚内は貴様なぞの恩は受けぬ」……あの男はこう云いました。しかしわたしは夜の明け次第、甚内の代りに殺されるのです。

ああ、おん母「まりや」様！　わたしはこの二年間、甚内の恩を返したさに、どの位苦しんだか知れません。恩を返したさに？——いや、恩と云うよりも、寧《むし》ろ恨《うらみ》を返したさにです。しかし甚内は何処にいるか？　甚内は何をしているか？——誰にそれがわかりましょう？　第一甚内はどんな男か？——それさえ知っているものはありません。わたしが遇《あ》った贋雲水は四十前後の小男です。が、柳町《やなぎまち》の廓《くるわ》にいたのは、まだ三十を越えていない、赧《あか》ら顔に鬚《ひげ》の生えた、浪人だと云うではありませんか？　歌舞伎の小屋を擾《さわ》がしたと云う、腰の曲った紅毛人《こうもうじん》、妙国寺《みょうこくじ》の財宝を掠《かす》めたと云う、前髪の垂れた若侍、――そう云うのを皆甚内とすれば、あの男の正体を見分ける事さえ、到底人力《じんりょく》には及ばない筈です。其処《そこ》へわたしは去年の末から、吐血《とけつ》の病に罹《かか》ってしまいました。

どうか恨みを返してやりたい、――わたしは日毎に痩《や》せ細りながら、その事ばかりを考えていました。すると或夜《あるよ》わたしの心に、突然閃いた一策があります。「まりや」様！　「まりや」様！　この一策を御教え下すったのは、あなたの御恵みに違いありません。唯わたしの体を捨てる、吐血の病に衰え果てた、骨と皮ばかりの体を捨てる、――それだけの覚悟をしさえすれば、わたしの本望は遂げられるのです。わたしはその夜《よ》嬉しさの余り、何時《いつ》までも独り笑いながら、同じ言葉を繰返していました。――「甚内の身代《みがわ》りに首を打たれる。甚内の身代りに首を打たれる。……」

甚内の身代りに首を打たれる――何とすばらしい事ではありませんか？　そうすれば勿論わたしと一しょに、甚内の罪も亡《ほろ》んでしまう。――甚内は広い日本《にっぽん》国中、何処でも大威張《おおいばり》に歩けるのです。その代り（再び笑う）――その代りわたしは一夜の内に、稀代《きだい》の大賊《たいぞく》になれるのです。呂宋助左衛門の手代だったのも、備前宰相の伽羅を切ったのも、利休居士の友だちになったのも、沙室屋の珊瑚樹を詐ったのも、伏見の城の金蔵《かねぐら》を破ったのも、八人の参河侍を斬り倒したのも、――ありとあらゆる甚内の名誉は、悉《ことごと》くわたしに奪われるのです。(三度笑う)云わば甚内を助けると同時に、甚内の名前を殺してしまう、一家の恩を返すと同時に、わたしの恨みも返してしまう、――この位《くらい》愉快な返報《へんぽう》はありません。わたしがその夜嬉《よ》しさの余り、笑い続けたのも当然です。今でも、――この牢の中でも、これが笑わずにいられるでしょうか？

わたしはこの策を思いついた後《のち》、内裏《だいり》へ盗みにはいりました。宵闇《よいやみ》の夜《よ》の浅い内ですから、御簾《みす》越しに火影がちらついたり、松の中に花だけ仄めいたり、――そんな事も見たように覚えています。が、長い廻廊《かいろう》の屋根から、人気《ひとけ》のない庭へ飛び下りると、忽ち《たちま》四五人の警護《けいご》の侍に、望みの通り搦められました。その時です。わたしを組み伏せた鬚侍《ひげざむらい》は、一生懸命に縄をかけながら、「今度こそは甚内を手捕りにしたぞ」と、呟いていたではありませんか？　そうです。阿媽港甚内の外《ほか》に、誰が内裏なぞへ忍びこみましょう？　わたしはこの言葉を聞くと、必死にもがいている間でも、思わず微笑を洩らしたものです。

「甚内は貴様なぞの恩にはならぬ。」――あの男はこう云いました。しかしわたしは夜の明け次第、甚内の代りに殺されるのです。何と云う気味の好《よ》い面当《つらあ》てでしょう。わたしは首を曝された儘、あの男の来るのを待ってやります。甚内はきっとわたしの首に、声のない哄《こう》笑《しょう》を感ずるでしょう。「どうだ、弥三郎の恩返しは？」――その哄笑はこう云うのです。「お前はもう甚内では無い。阿媽港甚内はこの首なのだ、あの天下に噂の高い、日本《にっぽん》第一の大盗人《おおぬすびと》は！」（笑う）ああ、わたしは愉快です。この位愉快に思った事は、一生に唯一度です。が、もし父の弥三右衛門に、わたしの曝し首を見られた時には、――（苦しそうに）勘忍して下さい。お父さん！　吐血の病に罹ったわたしは、たとい首を打たれずとも、三年とは命は続かないのです。どうか不孝は勘忍して下さい、わたしは極道に生まれましたが、兎に角一家の恩だけは返す事が出来たのですから。………

藪の中

検非違使に問われたる木樵りの物語

さようでございます。あの死骸《しがい》を見つけたのは、わたしに違いございません。わたしは今朝《けさ》何時《いつ》もの通り、裏山の杉《すぎ》を伐《き》りに参りました。すると山陰《やまかげ》の藪《やぶ》の中に、あの死骸があったのでございます。あった処《ところ》でございますか？ それは山科《やましな》の駅路《えきろ》からは、四五町程《ほど》隔たって居《お》りましょう。竹の中に痩《や》せ杉の交った、人気《ひとけ》のない所でございます。

死骸は縹《はなだ》の水干《すいかん》に、都風《みやこふう》のさび烏帽子《えぼし》をかぶった儘《まま》、仰向《あおむ》けに倒れて居りました。何しろ一刀《ひとかたな》とは申すものの、胸もとの突き傷でございますから、死骸のまわりの竹の落葉《おちば》は、蘇芳《すおう》に滲《し》みたようでございます。いえ、血はもう流れては居りません。傷口も乾いて居ったようでございます。おまけに其処《そこ》には、馬蠅《うまばえ》が一匹、わたしの足音も聞えないように、べったり食いついて居りましたっけ。

太刀《たち》か何かは見えなかったか？ いえ、何もございません。唯《ただ》その側《そば》の杉の根がたに、縄が一筋落ちて居《お》りました。それから、――そうそう、縄の外にも櫛《くし》が一つございました。死骸のまわりにあったものは、この二つぎりでございます。が、草や竹の落葉は、一面に踏み荒されて居《お》りましたから、きっとあの男は殺される前に、余程《よほど》手痛い働きでも致したのに違いございません。何、馬はいなかったか？　あそこは一体馬なぞには、はいれない所でございます。何しろ馬の通う路《みち》とは、藪一つ隔たって居りますから。

検非違使に問われたる旅法師の物語

あの死骸の男には、確かに昨日《きのう》遇《あ》って居《お》ります。昨日の、――さあ、午頃《ひるごろ》でございましょう。場所は関山《せきやま》から山科《やましな》へ、参ろうと云《い》う途中でございます。あの男は馬に乗った女と一しょに、関山の方へ歩いて参りました。女は牟子《むし》を垂れて居りましたから、顔はわたしにはわかりません。見えたのは唯萩重《ただはぎがさ》ねらしい、衣《きぬ》の色ばかりでございます。馬は月毛《つきげ》の、――確か法師髪《ほうしがみ》の馬のようでございました。丈《たけ》でございますか？　丈は四寸《よき》もございましたか？――何しろ沙門《しやもん》の事でございますから、その辺《へん》ははっきり存じません。男は、――いえ、太刀も帯びて居れば、弓矢も携えて居りました。殊《こと》に黒い塗《ぬ》り箙《えびら》へ、二十あまり征矢《そや》をさしたのは、唯今でもはっきり覚えて居ります。

あの男がかようになろうとは、夢にも思わずに居りましたが、真《まこと》に人間の命なぞは、如《によ》露亦如電《ろやくにょでん》に違いございません。やれやれ、何とも申しようのない、気の毒な事を致しました。

検非違使に問われたる放免の物語

わたしが搦《から》め取った男でございますか？　これは確かに多襄丸《たじょうまる》と云う、名高い盗人《ぬすびと》でございます。尤《もっと》もわたしが搦め取った時には、馬から落ちたのでございましょう、粟田口《あわだぐち》の石橋の上に、うんうん呻って居りました。時刻でございますか？　時刻は昨夜《さくや》の初更頃《しょこうごろ》でございます。何時《いつ》ぞやわたしが捉《とら》え損じた時にも、やはりこの紺《こん》の水干《すいかん》に、打出《うちだ》しの太刀を佩《は》いて居りました。唯今はその外《ほか》にも御覧の通り、弓矢の類《るい》さえ携えて居ります。さようでございますか？　あの死骸の男が持っていたのも、――では人殺しを働いたのは、この多襄丸に違いございません。革を巻いた弓、黒塗りの箙、鷹《たか》の羽《は》の征矢が十七本、――これは皆《みな》、あの男が持っていたものでございましょう。はい。馬も仰有《おっしゃ》る通り、法師髪の月毛《つきげ》でございます。その畜生《ちくしょう》に落されるとは、何かの因縁に違いございません。それは石橋の少し先に、長い端綱《はづな》を引いた儘《まま》、路《みち》ばたの青芒《あおすすき》を食って居りました。

この多襄丸と云うやつは、洛中《らくちゅう》に徘徊《はいかい》する盗人の中でも、女好きのやつでございます。昨年の秋鳥部寺《あきとりべでら》の賓頭盧《びんずる》の後《うしろ》の山に、物詣《ものもう》でに来たらしい女房が一人、女の童《めわらわ》と一しょに殺されていたのは、こいつの仕業だとか申して居りました。その月毛に乗っていた女も、こいつがあの男を殺したとなれば、何処《どこ》へどうしたかわかりません。差出がましゅうございますが、それも御詮議《ごせんぎ》下さいまし。

検非違使に問われたる媼の物語

はい、あの死骸は手前の娘が、片附《かたづ》いた男でございます。が、都《みやこ》のものではございません。若狭《わかさ》の国府《こくふ》の侍でございます。名は金沢《かなざわ》の武弘《たけひろ》、年は二十六歳でございました。いえ、優しい気立《きだ》てでございますから、遺恨なぞ受ける筈《はず》はございません。

娘でございますか？　娘の名は真砂《まさご》、年は十九歳でございます。これは男にも劣らぬ位、勝気の女でございますが、まだ一度も武弘の外には、男を持った事はございません。顔は色の浅黒い、左の眼尻《めじり》に黒子《ほくろ》のある、小さい瓜実顔《うりざねがお》でございます。

武弘は昨日娘と一しょに、若狭へ立ったのでございますが、こんな事になりますとは、何と云う因果でございましょう。しかし娘はどうなりましたやら、婿の事はあきらめましても、これだけは心配でなりません。どうかこの姥《うば》が一生のお願いでございますから、たとい草木を分けましても、娘の行方《ゆくえ》をお尋ね下さいまし。何に致せ憎いのは、その多襄丸とか何とか申す、盗人のやつでございます。婿ばかりか、娘までも……（跡《あと》は泣き入りて言葉なし。）

×　×　×　×　×　×

多襄丸の白状

あの男を殺したのはわたしです。しかし女は殺しはしません。では何処へ行ったのか？　それはわたしにもわからないのです。まあ、お待ちなさい。いくら拷問《ごうもん》にかけられても、知らない事は申されますまい。その上わたしもこうなれば、卑怯《ひきょう》な隠し立てはしないつもりです。

わたしは昨日の午《ひる》少し過ぎ、あの夫婦に出会いました。その時風の吹いた拍子に、牟子の垂絹《たれぎぬ》が上ったものですから、ちらりと女の顔が見えたのです。ちらりと、――見えたと思う瞬間には、もう見えなくなったのですが、一つにはその為《ため》もあったのでしょう、わたしにはあの女の顔が、女菩薩《にょぼさつ》のように見えたのです。わたしはその咄嗟《とっさ》の間《あいだ》に、たとい男は殺しても、女は奪おうと決心しました。

何、男を殺すなぞは、あなた方の思っているように、大した事ではありません。どうせ女を奪うとなれば、必《かならず》、男は殺されるのです。唯《ただ》わたしは殺す時に、腰の太刀を使うのですが、あなた方は太刀は使わない、唯権力で殺す、金で殺す、どうかするとお為《ため》ごかしの言葉だけでも殺すでしょう。成程《なるほど》血は流れない、男は立派に生きている、――しかしそれでも殺したのです。罪の深さを考えて見れば、あなた方が悪いか、わたしが悪いか、どちらが悪いかわかりません。（皮肉なる微笑）

しかし男を殺さずとも、女を奪う事が出来れば、別に不足はない訳です。いや、その時の心もちでは、出来るだけ男を殺さずに、女を奪おうと決心したのです。が、あの山科の駅路では、とてもそんな事は出来ません。そこでわたしは山の中へ、あの夫婦をつれこむ工夫をしました。

これも造作はありません。わたしはあの夫婦と途《みち》づれになると、向うの山には古塚《ふるづか》がある、この古塚を発《あば》いて見たら、鏡や太刀が沢山出た、わたしは誰《たれ》も知らないように、山の陰の藪の中へ、そう云う物を埋《うず》めてある、もし望み手があるならば、どれでも安い値に売り渡したい、――と云う話をしたのです。男は何時《いつ》かわたしの話に、だんだん心を動かし初めました。それから、――どうです。慾《よく》と云うものは恐しいではありませんか？　それから半時《はんとき》もたたない内に、あの夫婦はわたしと一しょに、山路《やまみち》へ馬を向けていたのです。

わたしは藪の前へ来ると、宝はこの中に埋《うず》めてある、見に来てくれと云いました。男は慾に渇《かわ》いていますから、異存のある筈《はず》はありません。が、女は馬も下りずに、待っていると云うのです。又《また》あの藪の茂っているのを見れば、そう云うのも無理はありますまい。わたしはこれも実を云えば、思う壺《つぼ》にはまったのですから、女一人を残した儘《まま》、男と藪の中へはいりました。

藪は少時《しばらく》の間は竹ばかりです。が、半町程《ほど》行った処《ところ》に、やや開いた杉むらがある、——わたしの仕事を仕遂《しと》げるのには、これ程都合の好い場所はありません。わたしは藪を押し分けながら、宝は杉の下に埋《うず》めてあると、尤《もっと》もらしい嘘《うそ》をつきました。男はわたしにそう云われると、もう痩せ杉が透いて見える方へ、一生懸命に進んで行《ゆ》きます。その内に竹が疎《まば》らになると、何本も杉が並んでいる、——わたしは其処へ来るが早いか、いきなり相手を組み伏せました。男も太刀を佩いているだけに、力は相当にあったようですが、不意を打たれてはたまりません。忽《たちま》ち一本の杉の根がたへ、括《くく》りつけられてしまいました。縄ですか？　縄は盗人の有難さに、何時《いつ》塀を越えるかわかりませんから、ちゃんと腰につけていたのです。勿論《もちろん》声を出させない為《ため》にも、竹の落葉を頬張《ほおば》らせれば、外《ほか》に面倒はありません。

わたしは男を片附《かたづ》けてしまうと、今度は又女の所へ、男が急病を起したらしいから、見に来てくれと云いに行きました。これも図星に当ったのは、申し上げるまでもありますまい。女は市女笠《いちめがさ》を脱いだ儘、わたしに手をとられながら、藪の奥へはいって来ました。所《ところ》が其処へ来て見ると、男は杉の根に縛られている、——女はそれを一目見るなり、何時の間に懐から出していたか、きらりと小刀《さすが》を引き抜きました。わたしはまだ今までに、あの位気性《きしょう》の烈《はげ》しい女は、一人も見た事がありません。もしその時でも油断していたらば、一突きに脾《ひ》腹《ばら》を突かれたでしょう。いや、それは身を躱《かわ》した所が、無二無三《むにむさん》に斬《き》り立てられる内には、どんな怪我《けが》も仕兼《しか》ねなかったのです。が、わたしも多襄丸ですから、どうにかこうにか太刀も抜かずに、とうとう小刀を打ち落しました。いくら気の勝《か》った女でも、得物《えもの》がなければ仕方がありません。わたしはとうとう思い通り、男の命は取らずとも、女を手に入れる事は出来たのです。

男の命は取らずとも、——そうです。わたしはその上にも、男を殺すつもりはなかったのです。所が泣き伏した女を後《あと》に、藪の外へ逃げようとすると、女は突然わたしの腕へ、気違いのように縋《すが》りつきました。しかも切れ切れに叫ぶのを聞けば、あなたが死ぬか夫が死ぬか、どちらか一人死んでくれ、二人の男に恥を見せるのは、死ぬよりもつらいと云うのです。いや、その内どちらにしろ、生き残った男につれ添いたい、——そうも喘ぎ喘ぎ云うのです。わたしはその時猛然と、男を殺したい気になりました。(陰鬱《いんうつ》なる興奮)

こんな事を申し上げると、きっとわたしはあなた方より、残酷な人間に見えるでしょう。しかしそれはあなた方が、あの女の顔を見ないからです。殊にその一瞬間《いっしゅんかん》の、燃えるような瞳を見ないからです。わたしは女と眼を合せた時、たとい神鳴《かみなり》に打ち殺されても、この女を妻にしたいと思いました。妻にしたい、——わたしの念頭にあったのは、唯こう云う一事だけです。これはあなた方の思うように、卑しい色慾《しきよく》ではありません。もしその時色慾の外《ほか》に、何も望みがなかったとすれば、わたしは女を蹴倒《けたお》しても、きっと逃げてしまったでしょう。男もそうすればわたしの太刀に、血を塗る事にはならなかったのです。が、薄暗い藪の中に、じっと女の顔を見た刹那《せつな》、わたしは男を殺さない限り、此処《ここ》は去るまいと覚悟しました。

しかし男を殺すにしても、卑怯な殺し方はしたくありません。わたしは男の縄を解いた上、太刀打ちをしろと云いました。（杉の根がたに落ちていたのは、その時捨て忘れた縄なのです。）男は血相を変えた儘、太い太刀を引き抜きました。と思うと口も利かずに、憤然とわたしへ飛びかかりました。――その太刀打ちがどうなったかは、申し上げるまでもありますまい。わたしの太刀は二十三合目《ごうめ》に、相手の胸を貫きました。二十三合目に、――どうかそれを忘れずに下さい。わたしは今でもこの事だけは、感心だと思っているのです。わたしと二十合斬《き》り結んだものは、天下にあの男一人だけですから。（快活なる微笑）

わたしは男が倒れると同時に、血に染まった刀を下げたなり、女の方を振り返りました。すると、――どうです、あの女は何処にもいないではありませんか？　わたしは女がどちらへ逃げたか、杉むらの間を探して見ました。が、竹の落葉の上には、それらしい跡も残っていません。又耳を澄ませて見ても、聞えるのは唯男の喉《のど》に、断末魔の音がするだけです。

事によるとあの女は、わたしが太刀打《うち》を始めるが早いか、人の助けでも呼ぶ為に、藪をくぐって逃げたのかも知れない。――わたしはそう考えると、今度はわたしの命ですから、太刀や弓矢を奪ったなり、すぐに又もとの山路へ出ました。其処にはまだ女の馬が、静かに草を食っています。その後《ご》の事は申し上げるだけ、無用の口数《くちかず》に過ぎますまい。唯、都へはいる前に、太刀だけはもう手放していました。――わたしの白状はこれだけです。どうせ一度は樗《おうち》の梢《こずえ》に、懸《か》ける首と思っていますから、どうか極刑《ごくけい》に遇《あ》わせて下さい。（昂然《こうぜん》たる態度）

清水寺に来れる女の懺悔

――その紺の水干を着た男は、わたしを手ごめにしてしまうと、縛られた夫を眺《なが》めながら、嘲《あざけ》るように笑いました。夫はどんなに無念だったでしょう。が、いくら身悶《みもだ》えをしても、体中にかかった縄目は、一層ひしひしと食い入るだけです。わたしは思わず夫の側《そば》へ、転ぶように走り寄りました。いえ、走り寄ろうとしたのです。しかし男は咄嗟の間に、わたしを其処へ蹴倒しました。丁度その途端です。わたしは夫の眼の中に、何とも云いようのない輝きが、宿っているのを覚《さと》りました。何とも云いようのない、――わたしはあの眼を思い出すと、今でも身震いが出ずにはいられません。口さえ一言《ひとこと》も利けない夫は、その刹那《せつな》の眼の中に、一切の心を伝えたのです。しかも其処に閃《ひらめ》いていたのは、怒りでもなければ悲しみでもない、――唯わたしを蔑《さげす》んだ、冷たい光だったではありませんか？　わたしは男に蹴られたよりも、その眼の色に打たれたように、我知らず何か叫んだぎり、とうとう気を失ってしまいました。

その内にやっと気がついて見ると、あの紺の水干の男は、もう何処かへ行っていました。跡には唯杉の根がたに、夫が縛られているだけです。わたしは竹の落葉の上に、やっと体を起したなり、夫の顔を見守りました。が、夫の眼の色は、少しもさっきと変りません。やはり冷たい蔑みの底に、憎しみの色を見せているのです。恥《はずか》しさ、悲しさ、腹立たしさ、——その時のわたしの心の中《うち》は、何と云えば好《よ》いかわかりません。わたしはよろよろ立ち上りながら、夫の側《そば》へ近寄りました。

「あなた。もうこうなった上は、あなたと御一しょには居《い》られません。わたしは一思いに死ぬ覚悟です。しかし、——しかしあなたもお死になすって下さい。あなたはわたしの恥を御覧になりました。わたしはこの儘あなた一人、お残し申す訳には参りません。」

わたしは一生懸命に、これだけの事を云いました。それでも夫は忌《いま》わしそうに、わたしを見つめているばかりなのです。わたしは裂けそうな胸を抑えながら、夫の太刀を探しました。が、あの盗人に奪われたのでしょう。太刀は勿論弓矢さえも、藪の中には見当りません。しかし幸い小刀だけは、わたしの足もとに落ちているのです。わたしはその小刀を振り上げると、もう一度夫にこう云いました。

「ではお命を頂かせて下さい。わたしもすぐにお供します。」

夫はこの言葉を聞いた時、やっと脣《くちびる》を動かしました。勿論口には笹の落葉が、一ぱいにつまっていますから、声は少しも聞えません。が、わたしはそれを見ると、忽《たちま》ちその言葉を覚りました。夫はわたしを蔑んだ儘、「殺せ」と一言云ったのです。わたしは殆《ほと》ど、夢うつつの内に、夫の縹《はなだ》の水干の胸へ、ずぶりと小刀を刺し通しました。

わたしは又この時も、気を失ってしまったのでしょう。やっとあたりを見まわした時には、夫はもう縛られた儘、とうに息が絶えていました。その蒼《あお》ざめた顔の上には、竹に交った杉むらの空から、西日が一すじ落ちているのです。わたしは泣き声を呑《の》みながら、死骸の縄を解き捨てました。そうして、——そうしてわたしがどうなったか？　それだけはもうわたしには、申し上げる力もありません。兎《と》に角《かく》わたしはどうしても、死に切る力がなかったのです。小刀を喉に突き立てたり、山の裾《すそ》の池へ身を投げたり、いろいろな事もして見ましたが、死に切れずにこうしている限り、これも自慢にはなりますまい。（寂しき微笑）わたしのように腑甲斐《ふがい》ないものは、大慈大悲《だいじだいひ》の観世音菩薩《かんぜおんぼさつ》も、お見放しなすったものかも知れません。しかし夫を殺したわたしは、盗人の手ごめに遇《あ》ったわたしは、一体どうすれば好《よ》いのでしょう？　一体わたしは、——わたしは、——（突然烈《はげ》しき歔欷《すすりなき》）

巫女の口を借りたる死霊の物語

——盗人は妻を手ごめにすると、其処へ腰を下した儘、いろいろ妻を慰《なぐさ》め出した。おれは勿論《もちろん》口は利けない。体も杉の根に縛られている。が、おれはその間《あいだ》に、何度も妻へ目くばせをした。この男の云う事を真《ま》に受けるな、何を云っても嘘と思え、——おれはそんな意味を伝えたいと思った。しかし妻は悄然《しょうぜん》と笹の落葉に坐《すわ》ったなり、じっと膝へ目をやっている。それがどうも盗人の言葉に、聞き入っているように見えるではないか？　おれは妬《ねたま》しさに身悶《みもだ》えをした。が、盗人はそれからそれへと、巧妙に話を進めている。一度でも肌身《はだみ》を汚したとなれば、夫との仲も折り合うまい。そんな夫に連れ添っているより、自分の妻になる気はないか？　自分はいとしいと思えばこそ、大《だい》それた真似《まね》も働いたのだ、——盗人はとうとう大胆にも、そう云う話さえ持ち出した。

盗人にこう云われると、妻はうっとりと顔を擡《もた》げた。おれはまだあの時程、美しい妻は見た事がない。しかしその美しい妻は、現在縛られたおれを前に、何と盗人に返事をしたか？　おれは中有《ちゅうう》に迷っていても、妻の返事を思い出す毎《ごと》に、瞋恚《しんい》に燃えなかったためしはない。妻は確かにこう云った、——「では何処へでもつれて行って下さい。」（長き沈黙）

妻の罪はそれだけではない。それだけならばこの闇《やみ》の中に、いま程おれも苦しみはしまい。しかし妻は夢のように、盗人に手をとられながら、藪の外へ行《ゆ》こうとすると、忽《たちま》ち顔色《がんしょく》を失ったなり、杉の根のおれを指さした。「あの人を殺して下さい。わたしはあの人が生きていては、あなたと一しょにはいられません。」——妻は気が狂ったように、何度もこう叫び立てた。「あの人を殺して下さい。」——この言葉は嵐のように、今でも遠い闇の底へ、まっ逆様《さかさま》におれを吹き落そうとする。一度でもこの位憎むべき言葉が、人間の口を出た事があろうか？　一度でもこの位呪《のろ》わしい言葉が、人間の耳に触れた事があろうか？　一度でもこの位、――（突然迸《ほとばし》る如き嘲笑《ちょうしょう》）その言葉を聞いた時は、盗人さえ色を失ってしまった。「あの人を殺して下さい。」――妻はそう叫びながら、盗人の腕に縋《すが》っている。盗人はじっと妻を見た儘、殺すとも殺さぬとも返事をしない。――と思うか思わない内に、妻は竹の落葉の上へ、唯一蹴《ひとけ》りに蹴倒された、（再《ふたたび》迸る如き嘲笑）盗人は静かに両腕を組むと、おれの姿へ眼をやった。「あの女はどうするつもりだ？　殺すか、それとも助けてやるか？　返事は唯頷《うなず》けば好《よ》い。殺すか？」――おれはこの言葉だけでも、盗人の罪は赦《ゆる》してやりたい。（再《ふたたび》、長き沈黙）

妻はおれがためらう内に、何か一声叫ぶが早いか、忽《たちま》ち藪の奥へ走り出した。盗人も咄嗟に飛びかかったが、これは袖さえ捉えなかったらしい。おれは唯幻のように、そう云う景色を眺めていた。

盗人は妻が逃げ去った後《のち》、太刀や弓矢を取り上げると、一箇所だけおれの縄を切った。「今度はおれの身の上だ。」――おれは盗人が藪の外へ、姿を隠してしまう時に、こう呟《つぶや》いたのを覚えている。その跡は何処も静かだった。いや、まだ誰《たれ》かの泣く声がする。おれは縄を解きながら、じっと耳を澄ませて見た。が、その声も気がついて見れば、おれ自身の泣いている声だったではないか？（三度《みたび》、長き沈黙）

おれはやっと杉の根から、疲れ果てた体を起した。おれの前には妻が落した、小刀が一つ光っている。おれはそれを手にとると、一突きにおれの胸へ刺した。何か腥《なまぐさ》い塊がおれの口へこみ上げて来る。が、苦しみは少しもない。唯胸が冷たくなると、一層あたりがしんとしてしまった。ああ、何と云う静かさだろう。この山陰の藪の空には、小鳥一羽囀りに来ない。唯杉や竹の杪《うら》に、寂しい日影が漂っている。日影が、——それも次第に薄れて来る。もう杉や竹も見えない。おれは其処に倒れた儘、深い静かさに包まれている。

その時誰か忍び足に、おれの側《そば》へ来たものがある。おれはそちらを見ようとした。が、おれのまわりには、何時《いつ》か薄闇《うすやみ》が立ちこめている。誰か、——その誰かは見えない手に、そっと胸の小刀を抜いた。同時におれの口の中には、もう一度血潮が溢《あふ》れて来る。おれはそれぎり永久に、中有の闇へ沈んでしまった。……

編者解説

日下三蔵《くさかさんぞう》
（文芸評論家）

ミステリが探偵小説と呼ばれていた時代（大正期から昭和二十年代まで）に活躍した作家の作品を対象にした光文社文庫の新シリーズ《探偵くらぶ》、第二弾の本書には芥川龍之介のミステリ系作品をまとめてみた。

芥川龍之介といえば近代日本を代表する作家のひとりで、短篇の名手として知られている。その活動期間は、一九一四（大正三）年から一九二七（昭和二）年までのわずか十三年だったが、その間に実に三百七十篇以上の作品を発表している。

芥川龍之介は東京帝国大学（現在の東京大学）在学中に、第一高等学校同期の菊池寛《きくちかん》、久米正雄《くめまさお》らとともに第三次「新思潮」を創刊し、同誌に翻訳と創作を発表している。その中にはゴーチェの怪奇小説「クラリモンド」があった。芥川は妖怪が好きで、海外の怪奇幻想小説を原書で愛読していた。学研M文庫で『伝奇ノ匣3　芥川龍之介妖怪文学館』（二〇〇二年七月）を編んだ東雅夫《ひがしまさお》さんの巻末解説「幽霊と妖怪に憑かれた文豪――芥川龍之介の旧蔵書そのほか」によると、その蔵書には、ブラム・ストーカー『吸血鬼ドラキュラ』、アルジャーノン・ブラックウッド『妖怪博士ジョン・サイレンス』、M・R・ジェイムズ『好古家の怪談集』、『アンブローズ・ビアス全集』などがあり、中には自身の手で寸評が書き込まれているものもあったという。

中国の古典に材を採った「杜子春」、『今昔物語集』に材を採った「羅生門」「鼻」、『宇治拾遺物語』に材を採った「地獄変」と、芥川の作品には内外の文学作品を下敷きにしたものが多いが、これは膨大な読書量に裏打ちされたものであった。

「奉教人の死」「きりしとほろ上人伝」はキリスト教の聖人の逸話集『レゲンダ・アウレア』のキリシタン版をベースにしたと書かれているが、これは芥川が考えた架空の書物だというから人を食っている。

江戸川乱歩《えどがわらんぽ》は、編集委員として参加した東都書房版の『日本推理小説大系1　明治大正集』（一九六〇年十二月）の解説で、芥川龍之介について、こう述べている。

前記、探偵小説的作品の続出した大正期に最も多くこの種作品を発表した作家は谷崎《たにざき》潤一郎《じゅんいちろう》についで芥川龍之介と佐藤春夫《さとうはるお》であった。芥川のそういう作品として従来挙げられているものは「偸盗」「開化の殺人」「地獄変」「影」「妖婆」「疑惑」などであるが、本巻にはこれまで探偵作家傑作集などに取り上げられなかった「藪の中」（大正十一年一月号「新潮」）と「報恩記」（大正十一年四月号「中央公論」）を選んだ。

大正七年夏、「中央公論」は「秘密と開放号」という臨時増刊を出し、小説欄には芸術的探偵小説と題して、谷崎潤一郎「二人の芸術家の話」、佐藤春夫「指紋」、芥川龍之介「開化の殺人」、里見弴《さとみとん》「刑事の家」の四篇をのせた。里見弴は探偵小説的作風の人ではないが、他の三人は、そういう作風を持つ代表的作家として、ここに名をつらねたのは当然であった。そして、この増刊が出たのは、われわれが、いわゆる創作探偵小説を書きはじめる数年も前だったのである。

博識の芥川は、ポーはもちろん、そのほか、人の余り知らないような西洋の探偵的、怪奇的文学に通じていた。そして、自からも探偵小説味のある作品を書いた。本巻に収めた二篇は、むろん探偵小説として書かれたものではないが、探偵小説的観点からも充分読みごたえある作品である。「藪の中」のプロットはグラン・プリ映画「羅生門」に取り入れられたもので、数人の陳述が相矛盾するという人間世界のパラドックスを描いているが、そこに犯罪の謎を追う面白さがあり、濃厚な探偵小説味が感じられる。「報恩記」は復讐のために恩返しをするという逆説的なテーマで、恩返しをせられる主人公は日本流にいえば義賊、西洋流にいえばアルセーヌ・ルパンであり、この主人公といい、結末の意外性といい、やはり探偵小説愛好家をも喜ばせる作品である。

芥川はE・A・ポーやコナン・ドイルも原書で読んでおり、「開化の殺人」（大正七年）、「疑惑」（大正八年）など、海外で生まれたミステリの形式を踏まえた短篇も書いている。むろん、まだ日本に探偵小説というジャンルが定着する前の作品であるから、必ずしもその後に成立したパターンに則っている訳ではないが、専門外でありながら、ミステリに先鞭をつけた作家であることは間違いない。原書でドイルのシャーロック・ホームズを読み、大正六年から舞台を江戸に移し替えたホームズとして《半七捕物帳》シリーズを書き始めた岡本綺堂《おかもときどう》と、同じ立ち位置の作家と考えていい。

中島河太郎《なかじまかわたろう》氏は『日本推理小説辞典』（一九八五年九月／東京堂出版）の芥川龍之介の項目で「芥川の作品は純粋の推理小説ではないが、いわゆる探偵趣味を含み、人間心理の分析に出色のものがあって、大正末期の創作探偵小説の誕生の気運を醸成する役割を果たした」と述べている。戦前の主な探偵作家のデビュー年を一覧にしてみると、大正前期に本格的なミステリ作品を書いていた谷崎潤一郎、芥川龍之介、佐藤春夫の三人を乱歩が「探偵小説中興の祖」と位置付けたのが納得できるだろう。

大正10年　横溝正史《よこみぞせいし》
大正11年　角田喜久雄《つのだきくお》、水谷準《みずたにじゅん》
大正12年　江戸川乱歩、甲賀三郎《こうがさぶろう》、松本泰《まつもとたい》

大正13年　渡辺温《わたなべおん》、小酒井不木《こさかいふぼく》
大正14年　大下宇陀児《おおしたうだる》、城昌幸《じょうまさゆき》、森下雨村《もりしたうそん》
大正15年　夢野久作《ゆめのきゅうさく》
昭和2年
昭和3年　海野十三《うんのじゅうざ》
昭和4年　浜尾四郎《はまおしろう》、渡辺啓助《わたなべけいすけ》
昭和5年
昭和6年
昭和7年　大阪圭吉《おおさかけいきち》
昭和8年　小栗虫太郎《おぐりむしたろう》
昭和9年　木々高太郎《きぎたかたろう》、久生十蘭《ひさおじゅうらん》、蒼井雄《あおいゆう》

前出の引用文で乱歩がいう従来の「探偵作家傑作集」として、まず念頭においていたのは、改造社から文庫版ハードカバーで刊行された国産ミステリ初の本格的な全集《日本探偵小説全集》（全二十巻）の第二十巻『佐藤春夫・芥川龍之介集』（昭和四年六月）〔A〕だろう。表題の通り佐藤春夫との合集で、芥川作品は「開化の良人」「開化の殺人」「妙な話」「黒衣聖母」「影」「奇怪な再会」を収録。この六篇は、本書にもそのまま収録した。

次いで、戦後に木々高太郎の監修で雄鶏社から刊行された《推理小説叢書》（全九巻）の第三巻『春の夜　其の他』（昭和二十一年七月）〔B〕がある。このシリーズは、木々が「探偵小説」に代わる新名称「推理小説」を提唱した画期的なものだったが、ミステリの定義を広げ過ぎて、森鷗外《もりおうがい》、小島政二郎《こじままさじろう》らの推理味の薄い作品を収録したためか、この時点では「推理小説」の呼び名は定着せず、完全に入れ替わるまでは十年近くを要した。

『春の夜　其の他』は「春の夜」「お富の貞操」「三右衛門の罪」「南京の基督」「舞踏会」「鼠小僧次郎吉」「魔術」「妖婆」「歯車」「或阿呆の一生」「或旧友へ送る手記」の十一篇を収録。木々高太郎による「後記」には、こう書かれていた。

> 作品を撰んだのは、私である。そしてこの作家の場合には、主として心理的なもの、思索的なものと言う標準で撰ぶことになった。例えば巻頭の「春の夜」の如きものは、短か

A

B　昭和二十一年版

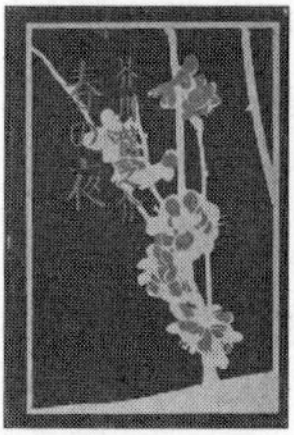
C　昭和二十二年版

D

いけれども心理的推理として《原文ママ》実に深い研究に値するものを持っている。「三右衛門の罪」は、それが作品のうちに語られているからよく判るであろう。「お富の貞操」「南京の基督」も亦同じ型に属するものと見ることが出来る。

「歯車」「或阿呆の一生」は私小説ではあるが、世に言う私小説ではない。これこそ思索を取り扱った極めて特異な小説である。勿論、このような見方から撰べば、芥川作品のうちにはこの外にもっと代表的のもの（例えば「河童」）もある。然し、限られた紙数のうちに入れる都合もあったので、この巻は以上の如きものになったわけであった。

このうち本書には、「春の夜」「お富の貞操」「三右衛門の罪」「魔術」「妖婆」の五篇を収めた。「歯車」「或阿呆の一生」まで推理小説に含めるのであれば、芥川作品は、大半が推理小説ということになってしまうからである。

なお、昭和二十一年の初刊本は恩地孝四郎《おんちこうしろう》の装幀。昭和二十二年七月には、芥川の盟友だった小穴隆一《おあなりゅういち》の装幀で『春の夜』と改題した新装版〔C〕が出ている。ただし、扉と奥付は付け替えられていたものの、本文は初刊本と同じ活字を使用しているため、本文扉は『春の夜　其の他』のまま、シリーズ名のない単発の単行本なのに木々の「後記」が残っているというちぐはぐな本であった。小穴隆一装幀バージョンには昭和二十五年版もある。

河出文庫から一九九八（平成十）年七月に出た『文豪ミステリ傑作選　芥川龍之介集』

〔D〕は、「開化の殺人」「奉教人の死」「開化の良人」「疑惑」「魔術」「未定稿」「黒衣聖母」「影」「妙な話」「アグニの神」「奇怪な再会」「藪の中」「報恩記」の十三篇を収録。これらの作品は、すべて本書にも収めるつもりで編集作業を進めていたが、「奉教人の死」について、現在では難しい差別語が使用されているため収録は見合わせて欲しいという強い要請が版元サイドからあり、何度も協議を重ねたが、残念ながら結論は覆らなかった。編者の力不足によって、芥川龍之介のミステリ作品集としては、画竜点睛《がりょうてんせい》を欠く形となってしまったことを、読者の皆さまにお詫びしたい。

各篇の初出は、以下の通りである。

開化の殺人　「中央公論」大正7年7月増刊号
開化の良人　「中外」大正8年2月号
黒衣聖母　「文章倶楽部」大正9年5月号
影　「改造」大正9年9月号
奇怪な再会　「大阪毎日新聞夕刊」大正10年1～2月
春の夜　「文藝春秋」大正15年9月号
三右衛門の罪　「改造」大正13年1月号
煙草と悪魔　「新思潮」大正5年11月号

西郷隆盛　「新小説」大正7年1月号
未定稿　「新小説」大正9年4月号
疑惑　「中央公論」大正8年7月号
妖婆　「中央公論」大正8年9～10月号
魔術　「赤い鳥」大正9年1月号
アグニの神　「赤い鳥」大正10年1～2月号
妙な話　「現代」大正10年1月号
お富の貞操　「改造」大正11年5、9月号
報恩記　「中央公論」大正11年4月号
藪の中　「新潮」大正11年1月号

このうち「未定稿」は「開化の殺人」の原型と思われる。また、「魔術」は本シリーズ既刊の谷崎潤一郎『白昼鬼語』に収めた短篇「ハッサン・カンの妖術」の設定が流用されている。両者を読み比べてみるのも一興だろう。

本書には、身体的、精神的障害について、あるいは性別、職業、人種、疾病などを表す描写に於いて、現代では望ましくないとされる表現が散見される。これは社会が良い方向に変

化してきたことの証明でもあるだろう。フィクションには良くも悪くも発表された当時の価値観、用語、考え方が映し込まれている訳だが、これを現代の基準で書き換えてしまうと、作品の時代的な資料としての価値が失われてしまう。そこで、語句の改変などは基本的に行わず、原文のまま刊行する。読者諸兄姉は各篇の発表年を念頭に置いたうえで、作品自体をお楽しみいただきたいと思っている。

◎底本

開化の殺人　芥川龍之介全集第一巻　一九二七年一二月刊
開化の良人　芥川龍之介全集第二巻　一九二八年一月刊
黒衣聖母　芥川龍之介全集第二巻　一九二八年一月刊
影　芥川龍之介全集第二巻　一九二八年一月刊
奇怪な再会　芥川龍之介全集第三巻　一九二八年七月刊
春の夜　芥川龍之介全集第四巻　一九二七年一一月刊
三右衛門の罪　芥川龍之介全集第三巻　一九二八年七月刊
煙草と悪魔　芥川龍之介全集第一巻　一九二七年一二月刊
西郷隆盛　芥川龍之介全集第一巻　一九二七年一二月刊
未定稿　芥川龍之介全集第三巻　一九七七年一〇月刊
疑惑　芥川龍之介全集第二巻　一九二八年一月刊
妖婆　芥川龍之介全集第三巻　一九二八年七月刊
魔術　芥川龍之介全集第二巻　一九二八年一月刊
アグニの神　芥川龍之介全集第三巻　一九二八年七月刊
妙な話　芥川龍之介全集第三巻　一九二八年七月刊
お富の貞操　芥川龍之介全集第三巻　一九二八年七月刊
報恩記　芥川龍之介全集第三巻　一九二八年七月刊
藪の中　芥川龍之介全集第三巻　一九二八年七月刊

全て　岩波書店

本文中に、「妾」「下女」「女中」「看護婦」「車夫」「乞食」「身なし児」など職業や身分等に関する不快・不適切とされる用語や、特定の民族・地域について「支那」「紅毛」、日本の朝鮮半島植民地統治下（一九一〇年〜一九四五年）にのみ存在した呼称である「京城」（太平洋戦争終戦後、大韓民国はこれを排し「ソウル」としました）など、今日の観点からは使用されるべきでない表現が使用されています。

また、ハンセン病の一症状を称して「白癩」、黙っている状態を指して「唖のように」とするなど、疾病や身体障害に関して不適切な用語や比喩表現、「脳病院」「狂人」「気違い」「気が狂った」など精神障害への偏見や差別を助長するような記述も多用されています。

しかしながら編集部では、本作が成立した一九一六年〜一九二六年当時の時代背景、および作者がすでに故人であることを考慮した上で、これらの表現についても底本のままとしました。それが今日ある人権侵害や差別問題を考える手がかりになり、ひいては作品の歴史的価値および文学的価値を尊重することにつながると判断したものです。差別の助長を意図するものではないということを、ご理解ください。

【編集部】

光文社文庫

黒《こく》衣《い》聖《せい》母《ぼ》　探偵《たんてい》くらぶ

著　者　芥《あくた》川《がわ》龍《りゅう》之《の》介《すけ》

2021年10月20日　初版1刷発行

発行者　鈴木広和
印　刷　新藤慶昌堂
製　本　ナショナル製本

発行所　株式会社　光文社
〒112-8011　東京都文京区音羽1-16-6
電話 (03)5395-8149　編集部
8116　書籍販売部
8125　業務部

落丁本・乱丁本は業務部にご連絡くだされば、お取替えいたします。

ISBN978-4-334-79232-9　Printed in Japan

組版　萩原印刷

光文社文庫　好評既刊

三毛猫ホームズの最後の審判　赤川次郎
三毛猫ホームズの花嫁人形　新装版　赤川次郎
三毛猫ホームズの仮面劇場　新装版　赤川次郎
三毛猫ホームズの危険な火遊び　赤川次郎
三毛猫ホームズの暗黒迷路　赤川次郎
三毛猫ホームズの茶話会　赤川次郎
三毛猫ホームズの十字路　赤川次郎
三毛猫ホームズの用心棒　赤川次郎
三毛猫ホームズは階段を上る　赤川次郎
三毛猫ホームズの夢紀行　赤川次郎
三毛猫ホームズの闇将軍　赤川次郎
三毛猫ホームズの回り舞台　赤川次郎
三毛猫ホームズの証言台　赤川次郎
三毛猫ホームズの復活祭　赤川次郎
三毛猫ホームズの裁きの日　赤川次郎
三毛猫ホームズの夏　赤川次郎
三毛猫ホームズの秋　赤川次郎

三毛猫ホームズの冬　赤川次郎
三毛猫ホームズの春　赤川次郎
若草色のポシェット　赤川次郎
群青色のカンバス　赤川次郎
亜麻色のジャケット　赤川次郎
薄紫のウィークエンド　赤川次郎
琥珀色のダイアリー　赤川次郎
緋色のペンダント　赤川次郎
象牙色のクローゼット　赤川次郎
瑠璃色のステンドグラス　赤川次郎
暗黒のスタートライン　赤川次郎
小豆色のテーブル　赤川次郎
銀色のキーホルダー　赤川次郎
藤色のカクテルドレス　赤川次郎
うぐいす色の旅行鞄　赤川次郎
利休鼠のララバイ　赤川次郎
濡羽色のマスク　赤川次郎